心心相依

中华56个民族散记

杨盛龙　著

作家出版社

序

尹汉胤

湘西龙山地处武陵山腹地，连荆楚系巴蜀，位居三省要冲。境内群山耸立，峰峦跌宕，酉水、澧水流润其间。湘西四大古镇之一“里耶”，坐落于酉水畔。“里耶”土家语意为“开拓这片土地”。经考古发现，在里耶出土有大量新石器文物及战国古城遗址，并在山洞中发掘出一具人体残骸，残骸覆有标志地质特征的板结石，专家认为有可能是古人类的残骸。更令人惊讶的是在一口古井中，发掘出了36000余枚秦简牍。一枚枚沉睡千年的秦简牍，为后人留下了解读不尽的秘密，同时也为龙山蒙上了一层神秘色彩。杨盛龙便出生在这开拓之地的湘西龙山。

不知是湘西孕育了太多的生命秘密，还是这方水土本来就是生命的起源。生息繁衍于莽莽群山的土家人，世代守候在这片土地上，顺生达观，韧力不屈，心中充满着生活的梦想。悠悠酉水，千百年来负载着乡人的憧憬顺流东去，又从外面载回时兴百货世道见闻，为生活增添了几声笑语，随后一切又重归往日的平静。新中国成立，为湘西带来了新的生活。在热火朝天的社会主义建设中，刚满5岁的杨盛龙，就迫不及待地进入了学堂，每日清晨，崎岖山路上跋涉着他求学的小身影，艰辛与快乐伴随着他成长。然而生活之路，亦如坎坷的山路，好学上劲的杨盛龙，在文革的喧嚣中，在拿到一纸油印的初中毕业证书后，便戛然终止了。回到乡间的他，以14岁的瘦弱之躯，开始了每日挣三个半工分的生产队劳动。在起早贪黑抢收抢种、割草放牛、打柴挑担，劳动与困顿中，使他尽早地体会到了生活的承当。那时的他，只想通过自己的劳动，赢得大家的认可，从而在下一年度为自己增加一个分值。然而即便是拿到最高的十工分，在当时也只有两三毛钱。身体的劳累，生活的窘迫，他都可以承受。父亲对文革发了几句牢骚招致批判，家庭受到的精神歧视，使他幼小的心灵留下了深深的创伤。原本善良和睦的人们，在那个年代，竟变得如此冷漠，心里善恶的天平紊乱了。或许，从那时起，杨盛龙便在心里默默期待着，期待着通过自身的努力，改变自己及家人的境遇。

1977年，全国恢复高考，他与五个公社的1000多名考生一同走进了考场，而最终只有他一人被录取。知识改变了他的命运，升华了他的生命。大学期间，他如饥似渴地学习，在阅读了大量中外文学名著后，他开始了文学创作。最早出现在笔下的作品，当然是湘西的山水、人物。故乡作家沈从文的文学之路，笔下宁静纯美的湘西，深深地打动着他的心。他将自己的生活经历与人生感悟，写出了《山乡小桥》、《深山锣鼓声》、《蜂趣》、《渔乐》、《流动的篝火》、《酸甜记忆》等散文。文学创作为他开启了一扇心灵之窗，由此使他更清晰、真切、深刻地认识了故乡，触摸到了故乡的内心灵魂。由此他的文学创作一发而不可收，生活视野也愈加开阔。特别是他调到国家民委工作后，他的创作也随之进入到了一个新的境界。立身在雪域高原、戈壁草原，于雄浑天地间感悟沉思；深入边疆少数民族村寨，在浓郁的民族风情中，感受各民族的历史文化。使他的散文创作，特别是表现少数民族生活题材的作品日益增多，最终成为了他散文创作的主体。十几年积累下来，他写下了几十个民族。随着时间的推移，又一个“开拓”想法浮现在他的心中，并强烈地吸引激励着他，他要将中华56个民族写遍，创作一本囊括我国56个民族的散文集。这一愿望的实现，对他来说，说难也难，说易也易。在国家民委工作，每年都要下到各个民族地区，但要在工作之余，翻阅浩繁的资料，再经过深入的采访写作完成这部作品集，所要付出的辛劳，当不为常人所知。但这一切困难反而成为了动力，激发了他作为少数民族作家的责任感。经过几年辛勤的采访，韧性的笔耕，盛龙终于完成了这本《心心相依——中华56个民族散记》。

阅读《心心相依》几十篇清逸文字，首先会使你获得一种卧游祖国大好河山，领略民族风情的愉悦。循着他的笔之所向，会带你走进56个民族的历史文化、精神世界。知晓围绕大昭寺一轮一轮的修建，才形成众星朝北斗的古城拉萨，领略到蒙古族雄居塞北草原、大山般雄伟、草原般坦荡的勇武性格，听到刘三姐连情会友、风情万种的山歌，壮乡巾帼瓦氏夫人与军民发出的松涛般呐喊：还我河山，复我安宁！回望塔什库尔干通往欧洲古丝绸之路曾经的辉煌，体会“马是哈萨克人的翅膀”的内涵，并由此演变出激情雄武的赛骑术比勇敢的刁羊比赛，裕固族世代沿祁连山北坡游牧定居的历史。走进土家独特的丧歌丧舞闹人生，苗家盛情待客的“酒卡”，曲栏回廊环绕，山间风雨吊脚楼。看到鄂温克、鄂伦春猎人精骑善射，生性强悍的狩猎生活，赫哲族渔歌互答，凿冰钓鱼坐如禅定。椰林深处跳动的黎族青年，日月潭波光粼粼，槟榔树下歌声阵阵，做客布依家中，石屋中细听雨滴敲打屋顶的交响乐章，芦笙曲中，花裙飞飘，花山颔首，其乐融融的苗族歌舞……一篇篇散记，集少数民族的文化、历史、宗教、性格、风俗、风光、建筑、歌舞、工艺、饮食、民间传说无不涉及，地域、时空、风情、人物不停地转换，如同一个民族万花筒变幻着。

中华民族是一个多民族国家。在这块古老的土地上56个民族以丰富多彩的历史文化，构成了多元一体的中华文化宝库。文化是沟通不同民族心灵的桥梁，当今社会，各民族之间由于文化的隔膜，才造成了民族之间的心理距离，要消除这种距离，只有在彼此尊重的基础上，通过文化的交流，消除误解，肝胆相照，心灵相通，才能使各民族在新型的民族关系中和谐团结。当今社会，经济的飞速发展，科技带来的现代化生活，并不能使人的心灵得以安宁，灵魂得到救赎。人们在经历了无数的苦难与痛苦后意识到，人类彼此心灵的相通才是解决社会矛盾的根本。各民族间的尊重、平等、理解、沟通，通过文化构建起心灵的桥梁，才能实现社会民族的和谐。

杨盛龙的《心心相依》，无疑是他作为一个少数民族作家，以文学的形式，为民族团结、社会和谐所作出的一次文学实践。他以一个作家的视角，经过多年的思考，深入的考察，走访了56个民族，以精美的文字，感人的各民族生活，纯美的各民族心灵，为我们奉献上了一本了解我国56个民族的文学全景图。对他的这一文学努力我从心中充满着敬意！同时希望越来越多的作家，肩负起作家的责任，将自己的创作投注到时代的大背景中，为中华各民族的大团结付出我们作家的努力。

在此书即将付梓之际，我衷心地祝贺杨盛龙完成了这样一本具有特殊意义的散文集，同时希望他在今后写出更多反映少数民族生活的好作品！

2010年9月17日

目　录

第三辑　天山咏叹

第四辑　青藏漫步

第五辑　黄河远上

第六辑　长江放歌

第七辑　黔桂行吟

第八辑　天涯踏浪

第一辑

草原放眼

草原的臂膀

十六的月亮斜挂在西边天空，草原上祭敖包的酒气熏得满天星斗渐渐隐去。随着圆月西沉，草原坦荡的胸怀、驼峰般凸起的胸肌、强劲的臂膀渐渐明晰，一片蜿蜒起伏的群山升起来，升起来。

那不是连绵的山岭，那是草原那达慕大会上摔跤手们臂膀搭臂膀的众志成城。

草原的胸怀广阔坦荡，养育着草原儿女。草原的臂膀坚强刚毅，任尔狂风暴雪，巍然挺立。

在万人汇集的那达慕大会上，众多摔跤手身着袒胸露臂的“昭得格”摔跤服，挥舞着臂膀，以雄鹰展翅英姿，在悠长的呼号和浑厚的歌唱声中跳跃上阵，像猛虎下山，以排山倒海之势，踏得草原颤抖，震得地动山摇。摔跤手一个个膀阔腰圆，随着刚健的跳跃步伐，展示雄健的臂膀、健壮的体魄。摔跤，一座座大山两两壁立，力的较量，意志的角斗，技艺变化多端，臂膀的架、推、拉、压、摔，起至关重要的作用。精彩的摔跤比赛往往不是很快就把谁摔倒，而是长时间的对峙，臂膀拧着臂膀，两人都喘着粗气，四目喷射灼光，肩头凸起的肌肉随着起伏。两山对峙，在蓝天背景上树立一幅力与勇的永久雕塑，时间是永恒的。

那达慕好汉三项竞技摔跤、射箭、赛马，都是臂力的较量，意志的比拼。弯弓射箭，先得有过人的拉力，猿臂满弓，拉放自如，跑马射箭，百步穿杨。练射增强臂力，取胜全靠臂力。蒙古族精骑善射，对赛马进行精心的调教，讲究把马匹调控得“脂膏凝聚于脊，其腹小而坚，其臂大而实”。驯烈马，双手勒马，双臂强劲，最需要臂力、勇气、技术和毅力。越是烈马，越想征服它。烈马如奔腾的河水，骑手展臂飞跨，就是一桥飞架。骑马放牧，挥动套马杆，整个草原都在举手展臂之间。跨马轻骑，悠闲地漫步在草原上，昂首挺胸，晃动着肩膀，满心怀骄傲自豪都在轻松抖动的不言中。草原上奔腾的骏马是那样的矫健如飞，风驰电掣。马背上的骑手昂首挺胸，上身前倾，双肩前挺，手握缰绳，直射远方。

蒙古族雄居于塞北草原，大山般雄伟，草原般坦荡，面对暴风雪的横吹斜打，大山般的臂膀适于抵御，勇于进击，如雄鹰搏击长空，似骏马驰骋疆场。南方民族特别是山区少数民族，生活在道路崎岖的深山峡谷，世代肩挑背负，受到来自环境和生活的重压，受力的肩背如扁担般的坚韧。北方草原马背上的游牧民族，一副草原般坦荡的胸怀，山梁般强健的臂膀，张开双臂，抵挡风雪，强劲如乒乓球拍的接、抵、推、拉、扣，激烈似足球赛场的奋勇角逐。连打草也是那样地挺胸亮臂，挥舞长刀，一把一把，挥挑起边关的冷月。

蒙古族舞蹈以雄健飘举为主导风格，其中最典型的是抖肩动作。绝大多数民间舞蹈和创作作品都有甩臂、展臂、耸肩、抖肩、拉肩、揉肩、双臂的灵活扭摆等动作，显示出北方大草原的雄伟壮阔。蒙古族民歌是那样的节奏舒展，音调高亢，气势广阔，内在深沉，歌舞相配，展现骏马奔腾和雄鹰展翅般的豪迈。女子“盅碗舞”，着力表现蒙古族妇女端庄贤淑、柔中带刚的性格气质和柔美典雅的情趣，在高亢激烈的音乐节奏中，柔臂摇摆，挺胸抖肩，展示民族的胸怀和意志。男子群舞“奔腾”，音乐铿锵，动作激昂，一派万马驰骋草原的壮阔气势，以下肢大幅度圆线条动作，与上身拧身后仰、双手勒马的动势相结合，显示时代在飞腾，充分展示蒙古民族英勇顽强的拼搏精神和坚韧不拔的坚强意志。

草原壮阔博大，可以抵御一切狂风暴雪。草原马背民族的美，美在肩，在于坚强的抵挡和英勇的进击。

1999年8月12日作

《光明日报》1999年8月19日发表

沙漠踏花

我们首都作家采访团到内蒙古巴林右旗采访经济社会发展情况。旗领导说，巴彦尔灯苏木治理流动沙漠是个奇迹，很值得到实地看一看。

几个人分乘两台吉普车，从大板镇出发。跨过查干沐沦河，经过一段土路之后，车开进草地。草地上一道“约定俗成”的路，两条车辙向前延伸。我坐在后一辆车上，见前面的吉普车像在碧海上踏浪而行，路中间的青草如浪花般不断从车底盘后冒出，两边的青草、小灌木扑扫着车窗。翻过两道小山坡，路中间和两旁开紫红色小花的像草本又似灌木的植物越来越多，一蓬蓬扑扫着车窗，一棵棵从车肚子下面钻出来。这是一种什么植物呢？

两台车停在一个地势较高的坡上，领我们考察的巴彦尔灯苏木王彦飞书记从前面那辆车上跳下来，介绍说：这就是号称“八百里瀚海”的科尔沁沙地源头浩绕钦沙带，这些两米多高的植物叫踏榔，我们以栽植踏榔为主治理这片流动沙漠。

身前身后，都是叫踏榔的豆科植物，多数植株比人高，有的齐腰深，小圆叶子碧绿，开满紫红色的小花，有的已经结成小豆荚。放眼望去，一大片地方都披上了绿装，沙丘都被绿色植物固定住，不远处晚植的那一片还能看出沙漠的痕迹。王彦飞书记手指绿洲，向我们介绍几年来的治沙情况。

查干沐沦河西南岸横卧着一条沙漠带。每到冬春季，风沙飞扬，沙丘滚动起排排浊浪，掩埋牧场、良田，压塌房屋，每年向前滚动十几米，沙带已扩展为20多公里长、5公里宽。沙漠沉寂荒凉，寸草不生，很难治理。巴彦尔灯苏木先后采用多种办法治理流动沙漠，先是飞播种草，夏天牧草长成，固定住了表面流沙，冬春狂风一吹，牧草都被刮得没有了。后来又埋植黄柳沙障，由于网格宽窄不当，埋植深度不够，都没有成功。

1995年，他们试验扦插踏榔成功。方法是，采用4×4米的菱形格沙障网络，菱边正对西北风，踏榔植株深植80厘米，并与黄柳、白柠条、樟子松等混植，成活率达80%以上。初试成功，第二年展开两千人大会战。干部带头，和村民们一起带着干粮和咸菜，住在沙丘边，埋锅造饭，日夜奋战。初冬的天气寒冷，半夜里被冻醒，爬起来跑步暖和身子，天一放亮就开始干活。几十米高的沙丘，沙子流动，登攀十分困难，人们背着踏榔枝、黄柳条艰难地匍伏爬坡。六七级大风成天刮，苏木干部每天同大家一起劳动，高粱粒粗的沙粒打得人脸上脱几层皮，风吹日晒，满脸黑得像陶罐，旗领导到现场检查工作，走到跟前都没有认出来苏木干部。

踏榔繁殖能力强，一棵发一大蓬，两年就长到两米多高，种子落下地又长成新的植株，与其它树草结合栽植，很快就将沙漠大片大片覆盖。踏榔发展到一定程度后就可以采割，营养价值高，是上等饲料。5万亩的浩绕钦沙带得到治理，全苏木累计治理沙地27万亩。巴彦尔灯苏木创造的踏榔、黄柳“植物再生沙障”固沙绿化一步到位法，治理流动沙丘有重大突破和贡献，被内蒙古自治区林业厅和科委专家鉴定为自治区首创。北京林学院治沙专家高度评价他们的治沙在全国也是首创，赞扬他们创造了人间奇迹。

王彦飞书记介绍说，浩绕钦沙海大片不毛之地，多少年荒凉沉寂，在我们这一代人手上变成了绿洲，现在树林和草丛中已经有鹿、野兔和多种鸟栖息。正说着，一群沙半鸡“咕嘟嘟”从草丛中飞起，将一片生机扬撒开去。

沙漠上本来没有路，巴彦尔灯人治理流沙走出一条路。来参观考察、学习先进经验的人多了，吉普车开出两道车辙。开满紫红色踏榔花的枝叶扑扫着车窗，拂扫着车底盘。车轮碾过，踏榔豆荚种子被碾落在地上再生，小花瓣沾在车轮上，像血。古有艺术名画佳作：踏花归来马蹄香。今有实景画面为证：踏花归来马蹄血。这血，是劳动者治理沙漠的血汗，是大自然回敬的喜报。

1999年8月11日作

《中国经济导报》2000年3月31日发表

草原觅红

七月的草原，是花的原野。从克什克腾旗赛罕达坝沿西拉沐沦河顺流而下，再溯查干沐沦河北上，到巴林草原，满目碧绿，芳草青青。在草原碧绿如画的背景上，羊群像白云飘飘。正是水草肥美的季节，远看一片绿，近看遍地花，各种花朵在微风中摇曳。草原上的野花，单看一朵不怎么起眼，千千万万朵散开在大片草原上就很有气势，热烈得让人直想在草地上跑一圈，在草坪上打滚。

一群少女在原野上采金莲花。金莲花金黄耀眼，在百花中显得很突出。当地蒙古族老乡介绍说，金莲花具有清热解毒、抑菌抗病毒、增强肌体免疫力等功效，用以泡水喝，可以消炎祛火，治疗感冒、咽喉炎等症，是草原一宝，清初即为御用名贵茶饮。

草原上各色花儿繁多。金莲映日，金黄耀眼。贝日花蓝如晴空，纯净，沉稳，预示草原的兴旺发达。铃兰花白，呈钟状下垂，一株就开十几朵，展现平和幸福。还有黄色的水金凤，玫瑰色的锦带花，蓝色的桔梗，乳白色的太平花，以及许多不知名的各种各样的小花。

草原花多，不像城市的公园、庭院，精心伺弄的几棵植株，好不容易盼到花开，不忍心摘，不准采，摘一朵就少一朵，草原上的野花像河里的浪花，采一朵，掬一捧。一行人下了车，就去采花。有的人功利性地采一袋金莲花，说是回去晒干后泡水喝。有的人装饰性地编一个花环，戴在头上，踏花归来，金黄耀眼。有的人专挑野玫瑰，旁人挑剔说那花太小，不艳丽。采花人说，就在意那“小”，那“野”，那份情趣。有的人觉得久居城市灰蒙蒙的天空笼罩下太憋闷，专挑蓝天似的贝日花，预示心地纯洁，湛蓝广阔。我爱好丰富繁杂，各色花都采一点，集成一束。采了不少，发现没有红花。上了车，将鲜花束插在座位上，满车盈香，引得好多蜜蜂围着我们的车飞。车行草原，一路飘香，遗憾的是没有红色的花。坐着车，走马观花，过了几条小河，翻过几道岭，还是没有看到红颜色的花。

“红花！红花！”谁惊喜地指着车窗外叫。终于见到红花。那红色的小花是草原上有名的萨日朗（山丹花）。一位牧民告诉我，萨日朗花因稀少而珍贵，受到草原牧民的热情赞美：草原上萨日朗花最红最美。我高兴地采上几支。我采到红花啦！看我这束花的颜色多么丰富多彩！

巴林草原出产巴林石。巴林石矿地处查干沐沦河源雅玛吐山，我们慕名前往。巴林石分布在小山北侧方圆三四里的石山坡上，分布集中，而石脉复杂，刚发现时露天可以采到，正式建矿开发后凿了十几个矿井。我们戴上安全帽，进入矿区。正是炎夏七月，地面气温高，斜井内很凉爽。风钻机轰鸣，矿工们正在钻打炮眼。这个井内的矿脉大都是冻石，有时竖走有时斜走，有时粗有时细，有时呈鸟巢状有时呈豆荚状，有时收缩得没有了，或在不远处又再现，夹在石山中，开采很不易。再到一处开放式掘进的矿脉组，只见一处鸡血石矿脉十分壮观，一条矿脉斜下，鲜红的鸡血在矿石中洋洋洒洒。巴林石中的鸡血石，仅此一个矿脉组内有，多么珍贵的红色，难得的珍宝！

巴林石色彩斑斓，晶莹瑰丽，纹理奇特，温润柔和，宜于表达雕刻创作意境，是治印、雕刻的优质石材。巴林石花色品种繁多，以其质地、颜色可分为鸡血石、冻石、彩石三大类，六十多个品种。鸡血石类是极为珍贵的品种，是汞元素侵入石矿体造成的，透明的石矿体内所含的汞化物呈鲜红色，如鸡血流淌，质地温润。鸡血石以血色鲜红耀眼，鸡血分布呈条带状流动貌为佳，片状次之，散点状又次之。鸡血石最为名贵，一枚上品鸡血石印章价值上万元。巴林石与福建寿山石、浙江青田石并称中国三大彩石。经专家鉴定，巴林石的质量、色泽、形态均胜过寿山石和青田石，是雕刻家、藏石家的首选上乘石料。巴林石矿的矿床规模、品种、色泽均为全国之冠。巴林石名震国内外，特别是巴林石极品鸡血石，“血”鲜“地”净，鲜活欲滴，光彩夺目，素有“世界鸡血石看中国，中国鸡血石看巴林”之说，堪称稀世珍宝。

草原上萨日朗最红最美，巴林草原鸡血石最珍贵，红色最难得。

1999年8月11日作

《大众日报》2000年8月18日发表

由点到圈

从空中航拍大草原的草库伦，一定是壮观的，会特别激动人心。一圈圈围栏圈围，圈内碧草青青。如果将广阔的草原缩小成一张地图，那一圈圈草库伦就像地图上标示的城市，一个圈一片水草丰美、一处繁花似锦。

草库伦建设是从自由放牧向建设性牧业的转化，是由向大自然无限制地攫取到与大自然友好融洽相处的转化。

早期人类的活动是由点开始的。山顶洞人、元谋人、龙山文化、红山文化莫不如是。渔猎而生，聚集发展。从渔猎到游牧，由点延长为线。逐水草而居，蒙古包在草原上散开一个个点。点是蚕食，牧放牛羊吃败了一个地方的草，再游牧到另一个地方。南方的过山瑶等民族，历史上刀耕火种，砍倒一片森林烧掉，种两三年，地力贫瘠后，弃荒，再砍倒一片。在内蒙古草原，“文化大革命”时期滥垦草场种粮，粮食未收多少，致使草场遭到破坏，土地沙化。点的蚕食、扩大，在绿原上遗留下一片片黄沙污点。

由点到圈，是历史的进步。圈，是定居，是圈养，是根据地建设似的谋求发展。圈，是良性的开发，是保护，是建设。圈，是城市的雏形，是城市化的开始。城墙，护城河，有自我保护，才有发展的开端。

我们“首都作家采访团”到内蒙古巴林右旗，实地考察草库伦建设情况。

巴彦他拉苏木的益希拉图万亩改良草场，水泥桩柱牵着铁丝网，越过平地，蜿蜒山岭，方圆十几公里圈内牧草茂盛，绿如泼墨，景象十分壮观。这样的大草库伦，巴林右旗有多处。该旗开展大规模的以治水种树种草为主要内容的生态建设工程，相继在六个重点苏木建设了各几万亩到十几万亩的林草立体或综合治理项目工程，在畜牧业生产中发挥了巨大作用。

在都希苏木德日苏嘎查，建有家庭畜群小草库伦80处，每处10~30亩。小草库伦四周种树，圈内种草或种粮食、经济作物，打井或引渠灌溉，所种作物既可收粮食，有经济收入，又可作饲料，具有多种效益，人均增收超千元。

这里以前是一片自由放牧的草场。由于气候干旱，过度放牧，草场退化，每20亩草场平均只能载畜一两只。建成高标准小草库伦以后，每户一个20多亩的小草库伦，可收粮食两万斤，青储饲料和收获粮食后的秸秆可养牲畜50只左右，效益是相当可观的。全旗有46%的贫困户建起了这样的家庭小草库伦，共计5856处。

我们到牧民家中参观他们富裕的新生活。嘎查负责人说：旗政府要求，每个草库伦周围必须栽树，这样有利于防止风沙，加强生态环境建设。

曾听说“跑马圈地”的故事，那是占地为主，将大自然的丰厚据为己有。这里的草库伦建设是“跑栏圈地”、“跑”树圈地，是良性开发，是保护生态，是传统牧业根本性转折的建设和发展。

自古以来，蒙古族人祭敖包，膜拜大自然，祈求大自然的保护和降福，是点的祈祷。而今的草库伦建设，是圈的规划，是人与自然的互相保护、和谐相处，人与自然的友情发展。

牧区在开发建设中，大草库伦，小草库伦，庞大的自然保护区，建设性地发展畜牧业。

草原上的城市在建设中，一环一环扩展，一圈一圈扩大，蒸蒸日上，欣欣向荣。

草库伦，圈的建设，是开发，是保护，是开放，是现代牧业向前迈进的波浪圈。

乡村都市化，牧区都市化，是草原发展的崭新课题。荣获“国家级卫生城”、“全国综合治理先进单位”等四块金牌的赤峰市，不就是草原上新兴的巨大草库伦吗！

1999年8月11日作

《内蒙古日报》2000年4月20日发表

孕育作家的土地

内蒙古自治区巴林右旗，一个只有 17 万人口（其中蒙古族 8 万人）的县旗，却拥有一支近百人的作家队伍，创作了大量文学作品，其中中国作家协会会员 11 人，不少人在中国蒙古族当代文学史乃至中国当代文学史上占有一定的地位。

巴林草原文化底蕴深厚，西拉沐沦河孕育了古老的历史和灿烂的红山文化。悠久灿烂的历史文化传统，浩如烟海的民族民间文学和音乐，瑰丽多姿的民族民间舞蹈和其他艺术，丰富和发展着草原上的文化艺术，催生和培育了这块土地上的文学创作之花。居住在这里的蒙古人历来重视文化教育、科学技术。早在十六世纪，巴林就已有王室主办的学校，用蒙古、满、藏、汉等文字教学。在满文是官方文字、藏文是宗教文字的十六七世纪，巴林人长期坚持让子女学习蒙古文。本世纪初，在大板建立了“社会启蒙学校”。四十年代，建立起二十多所乡村小学。巴林历史上出了不少文化艺术名人和技术人才。新中国成立后，巴林文化教育更是以前所未有的速度迅速发展。大批蒙古族知识分子成长起来，许多蒙古族文化人善于用本民族文字表现草原生活，思考民族的历史，展望这块美丽土地的未来。

西拉沐沦河、查干沐沦河孕育成长起来的一代蒙古族作家，成为内蒙古自治区文学创作的中坚力量，而且是中国文坛的佼佼者，名扬四海。《中国当代文学史》（特·赛音巴雅尔主编）专节论述的巴林右旗籍作家有三位。巴·布林贝赫创作了抒情长诗《生命的礼花》、《命运之马》，思考民族和国家的历史、命运，歌颂蒙古民族的新生，歌唱祖国的繁荣和各民族的团结。敖德斯尔与人合著长篇小说《骑兵之歌》，塑造出义德尔、宝力高等人物形象，歌颂蒙古族人民以武装起义反对阶级压迫和剥削，争取民族解放的可歌可泣的英勇斗争，荣获首届全国少数民族文学创作奖优秀长篇小说奖。敖力玛苏荣创作的长诗《翁根山月》、《献给绿叶的歌》，构思精巧，意蕴深沉，深刻揭示了人生的意义，后一首荣获首届全国少数民族文学创作奖优秀诗歌奖。《中国少数民族当代文学史》（特·赛音巴雅尔主编）专章专节论述的巴林右旗籍作家有九位，除了以上提到的，还有：其木格道尔吉、曹都毕力格、齐·敖特根其木格、那仁高娃、色·乌力吉巴图、那·赛西雅拉图。《中国蒙古族当代文学史》专章专节评介的巴林右旗籍作家就更多了。他们都对中国少数民族当代文学的繁荣发展作出了较大的贡献。

在巴林右旗，继承前一辈作家的文学传统，发挥他们为民族为祖国的文学事业奉献的精神，大批文学创作人才在成长。不少人出版了文学作品集，经常在自治区内外报刊上发表文学作品的作家有三十多位。六十年代出生的青年作家额·乌日图那苏图已发表诗作260多首。巴林右旗经常举办文学讲座、文学作品研讨等活动，一些文学创作爱好者相聚一堂，读书学习，切磋创作技艺，交流创作经验，互相促进。巴林右旗办有文学周刊《牧民报》，草原气息浓厚，大量培养蒙古族等各民族作者队伍，发挥了积极的作用。

1999年8月11日作

中央人民广播电台1999年8月21日播出

白露草原

乡间民谚说，白露三天禾断青。白露风一吹，遍野泛黄，满目秋色。就在这白露天，我来到呼伦贝尔大草原。朋友说，看草原最好是盛夏，那个时候的草原碧绿接天，开满各种颜色的小花儿，微风轻轻吹，满天地满心怀荡起充满希望的绿波，是何等的美妙。从小向往呼伦贝尔大草原，几十年不得一见。就在白露风吹黄草原的时候，我来了，呼伦贝尔。

说盛夏草原美，主要是指草。四季草原自有它不变的特质，它的广阔坦荡，它厚实的胸肌和博大的胸怀，它那如博克健儿出场时排山倒海的气势，它的牧歌悠悠，是不会改变的。汽车奔驰在呼伦贝尔草原，显出与别处的不同。草原无边无际，柏油路一直向前，无遮无拦，阳光照耀下，远看路面上似有积水返光，近前看并没有积水，这使人联想到月亮为什么会发光，体会月光如水。汽车时速一百七八十公里，有凌空飘飞的感觉。地平线边缘开行的汽车，远看去像是不动似的，亦看不出是相向而来还是往前开去的。司机说："夜行草原，早就见一束车灯，行车老半天才相会错车。"我们的汽车风驰电掣，一路上见车就超，胜利的快慰荡漾心头。

离开柏油路干线，肌肤相亲地奔驰在草地上。草原上本来没有路，走的车多了，压出两道车辙，两道永不相交的平行线一直射向远方。司机自豪地说，呼伦贝尔大草原特别平坦，没有沟坎磕绊，随便跑。有一年，边境上一些人走私汽车，在没有月亮的漆黑夜，不开车灯以防被发现，以每小时百余公里的速度疾驰。说着，司机把车开进没有车辙的草丛中，证明到处都能随便开，看，就这样，闭着眼睛都能开。开不多远一圈，就回到车辙路上，说是压着那些草怪心疼的。

白露风中的草原，是厚实的草原，成熟的草原。天空湛蓝，牧草泛着成熟，马群、牛群、羊群在草原上悠悠然吃着草，像云朵在天空中缓缓移动。小河九十九道弯，像一条长长的飘带在草原上飘啊飘。小河是草原的血脉，连着一个个水泡子，水草丰茂，原野茫茫。白露草原，实沉沉的，地平线显出浑厚的滚瓜圆。牛肥羊壮，秋来的牛羊都上了厚实的膘。白露草原，少了些星星点点花儿，多了许多鼓胀的线条。宁静的天空像一座大产房，白露草原像一位产妇，静静地显现着产后的安祥。

白露草原，是丰收的草原。很多地方的草都被有计划地割刈下来，晒干，摞成大圆垛，这景象使人想到农区晒谷场的粮堆。粮草粮草，自古草与粮相连，兵马未动，粮草先行，草原上秋天的收获是与漫长冬季博彩的筹码，是畜牧业年产值的底气，远征的前提。拖拉机、农用车"突突"运载着牧草，一车草垛就像一幢房子般高大。

一座蒙古包月亮般地悬挂在草原上，周围密集着牛羊群星。男主人抽压着手压井，水流哗哗，多头牛不紧不忙上前饮水。女主人蹲在一头奶牛旁挤奶，那是又一眼奶流喷射的井。

远处飘袅一首悠悠牧歌。

一头小毛驴拉着车走，车上的汉子睡着了，悠悠向远方。

随着季节交替，四季草原景色各不相同，春天充满希望，夏日繁花似锦，秋天饱满成熟，冬季预兆丰年。草原的秋天很厚实，打草，晒草，堆满原野的草堆上写着草原一年的总结，写着傲冬的宣言。白露草原是春夏的总结，是蓄积的季节，跨越的季节，从草堆看四季，透过草堆可见来年。

2002 年 10 月 8 日作

《扬子晚报》2003 年 8 月 27 日

《西凉文学》2004 年第 5 ~ 6 期发表

查干湖波光

盛夏，从桑拿天的北京来到郭尔罗斯草原，气温陡然变得凉爽宜人。

前郭尔罗斯蒙古族自治县位于松花江和嫩江交汇的平原上。郭尔罗斯，蒙古语意为江南。两江环抱，中间夹着420平方公里的查干湖。查干，蒙古语意为白色。碧波千顷，铮亮如镜，日光照耀，白亮的湖水波光粼粼，跳跃在碧绿的草原上。驱车在湖畔飞驰，是怎样的令人心旷神怡啊！

我们从查干湖驱车百多公里，赶到查干花镇，参加一场那达慕大会。查干湖畔查干花镇，一般以为查干花因为临近查干湖而得名。当地牧民说，因为草原上花的颜色而得名。早先，蒙古先民骑马游牧到这里，草原上开满白色的花，碧绿的背景下，白得灿烂，白得纯洁，这地方就叫查干花吧！

在大自然的怀抱里，色彩感分明。草原上，多少以颜色命名的地名，你可以数点：乌兰——红色；呼和——青色；西拉——黄色；查干——白色……蒙古族朋友告诉我：春天来了，各种花草各有不同的花期，草原上景致不断变换，几天一种景色，早期一片葱绿，不多几天红色花开一片红，几天后白色花开满草原白花花，再过些天黄花开织成黄垫子，又过些天蓝花花开一片蓝；下一个月，色彩的大合唱循环往复，翠绿，粉红，银白，黄橙橙，红艳艳，紫蓝闪闪……

查干花，被白色装点着。湛蓝的天空，白云飘过来。碧绿的水中，白云朵朵倒映。绿茵草原，白色的羊群游动。远处，白帆点点，那是温馨的蒙古包。

盛夏之时，来到草原，最强烈的感觉是自然之美，最深切的感受是凉爽的舒适感。

草原那达慕就要开幕，人们向敖包附近汇集。小汽车、大卡车、摩托车、骑马的、骑自行车的、步行的，人流如潮。穿什么衣服的都有：随气温增减衣服的小镇人穿着两件夹衣；有的穿着T恤衫；有的穿着毛背心；骑摩托车的穿着军棉大衣；从关内来的游客在桑拿天里汗流浃背热怕了，好不容易与凉快天相逢，哪里肯加衣服，依然穿着短袖衫；更多的人穿着蒙古袍，牧人的这种服装最适合草原的气候，冬天挡寒气，夏天穿着兜风。我想到辽阔的内蒙古草原，牧民们把大量电力供应给首都，让官员们在桑拿天穿着西装系着领带庄重地接见外宾，自己大夏天的穿着蒙古袍在大草原上享受大自然空调的凉爽惬意。

牧民们庄严地祭过敖包，便开始了蒙古族三项竞技赛马、射箭和摔跤，以及文艺演出。马蹄笃笃，将大地擂得山响。跑马射箭，马跑弓跑，箭无虚发。蒙古式摔跤，摔得天旋地转。更令人叫奇的是草原乌兰牧骑文艺演出队，十来个演员，人人一专多能，既唱歌又跳舞，还操持乐器演奏，中间又来一段好来宝说唱，为牧民群众提供丰富的精神食粮。

最凉爽的当数荡舟查干湖上。查干湖碧波万顷，游艇劈波斩浪，飞驰在湖上。湖水涌动着，像泛流着白花花的牛奶。船后水波浪花卷起，不断有鱼随波跃起。苇丛中不时飞起三两只水鸟，落入不远处芦苇丛中。芦苇在水波上柔柔地飘荡，像柔顺的长发轻飘。

游船上播放着查干湖冬捕的录像片，向导给我们讲述冬季捕鱼的壮观场面。

查干湖鱼资源丰富，有鲤鱼、鲢鱼、鳙鱼、鲫鱼等68种鱼虾。年末岁初，湖面结冰厚达一两米。冰雪捕鱼开始，首先举行神秘圣洁的祭湖仪式。供桌上摆放着炒米、奶干、糖块、水果等供品，香火缭绕。长长的法号吹响，鼓乐齐鸣，喇嘛们的诵经声低沉浑厚而绵长，男青年跳起宗教舞蹈查玛舞，姑娘们双手托举洁白的哈达系绕在松柏枝上。渔把头高举起酒碗，以手指蘸酒弹指向天地，祈曰："一祭万世不老的苍天！再祭赐予我们生命的大地！"祈望神灵保佑，万物生灵永续繁衍，草原风调雨顺，百姓生活幸福安康。蒙古族自古逐水草而游牧，对水有着独特的感情，认为水为善之源头，天地为衣食之本。经验丰富的老渔民只要审视冰面颜色，就断定在什么地方下网合适。打两排冰眼，将网纲在冰下穿过，然后逐渐围拢，马拉爬犁车徐徐拉动，最后在出网口把冰下的鱼网拉到冰面上，大拉网一次可捕鱼上万斤。历史上曾有一网打出 42 万斤鱼的记录。查干湖的冬季捕鱼，从开网到收网历时一个月，近千人作业，几十辆汽车昼夜运输，每天数十万斤鲜鱼运出，规模之大堪称全国之最、世界奇观。

听着讲述，看着冬捕的壮观情景，心绪飞到热烈的冰面。我们来的不是时候吧？谁说旅游总作候鸟状，冬去海南温润，夏到东北避暑，就应该在三九严寒观松花江的冰雪，欣赏查干湖壮观的冬捕。

2005 年 11 月 1 日

草原浩特

早先知晓了呼和浩特的蒙古语意为青色的城，一直以来以为具有一定规模的城市叫浩特。这次到锡林郭勒草原才知道，一个苏木（蒙古语意为乡）包括多个嘎查（蒙古语意为行政村），一个嘎查包括十几个自然浩特，“浩特”最初的意思是居民点、村落，浩特有小有大，小到只有三五户的居民点，大到上百万人口的城市。

人类社会的发展，是从采集、渔猎到牧业，到农业社会，再到工业化、城市化社会。蒙古族历史上游牧在草原，牧人骑着马牧羊，蓝蓝的天空白云悠悠，辽阔的草原河流涌动，羊群舒缓，如夜空的星群，不停地运转，又恒定不动。牧民冬天在冬牧场，春天赶着勒勒车，驮负起蒙古包以及生产生活用具，转场到夏牧场，逐水草而居，游牧四野，居无定所。后来逐渐有牧民开始定居。行走在茫茫草原，看到三五家牧户定居在山窝里，那就是一个浩特。

悠悠历史长河，大草原过着传统的游牧生活，每过一个世纪，有多少牧户定居下来成为一个个浩特?

历史的车轮行进在20世纪的车辙，我们将城市居民疏散到农村牧区，试图让他们退回为农民牧民，化整为零，让浩特分散灵动？北京、天津知识青年下放到内蒙古草原，多年与牧民一起生活，住蒙古包，骑马游牧，接羔，挤奶，说蒙古话，成为时代的牧民。内地省份一些农民看到草原上地广人稀，迁移到草原上垦荒种植，城市居民到草原上开荒种粮。本来适宜放牧的草场，转为种植，庄稼长不好，沦为沙丘。人口膨胀，超载过牧，草原难以承载。随着全球气候变化，草原生态环境不堪重负，土地沙化严重，风吹沙尘，对京津华北地区沙尘天气影响很大。

进入新世纪，国家实施京津风沙源治理工程，草原上实行生态移民，城市化进程加快。控制牲畜数量，实行禁牧或限制放牧，让草原休养生息，恢复生态。经过十来年，原来的牧民十之八九不再直接从事牧业生产，有的转为产业工人，有的从事服务业等第三产业。从事牧业的牧民，改变传统的放牧方式，改牧放为圈养，主要养奶牛，不养或少量养羊，转为现代畜牧业。

锡林浩特，这个紧傍锡林河九曲弯的草原新兴城市，清代乾隆年间建成贝子庙，庙前汇集三五十牧户，直到 20 世纪 70 年代牧户才有所增加，80 年代初才有了商业街，才有了现代意义的交换贸易等城市活动。今天的城市周围完全是牧场，没有一块庄稼地，是真正意义的草原城市。城市广阔，坦坦荡荡。锡林大街、察哈尔大街、那达慕大街等纵横多条宽阔的街道，一眼望不到头。一座十几万人口的城市，就有贝子庙广场、蒙元文化广场、休闲广场等三个大广场，面积之和超过天安门广场。来到这草原浩特，才体会到什么叫“广阔”。

我们走进贝子庙大街斯日古楞的宝力根塔拉蒙古服饰店。她家六口人，在原居住地有草场 8000 亩。转移到锡林浩特市区后，她家聘请七个牧民工，制作各式蒙古袍、舞蹈服等十数种服饰，年收入四万元。三个孩子到深圳旅游区开设蒙古族旅游服务项目，传承蒙元文化，扩大蒙古族文化的影响。

来到正蓝旗元上都遗址，让人感慨不已。上都河缓缓流过，金莲花开遍原野，城外四周山头的烽火台依稀可见。元上都分为宫城、皇城和外城三重城垣，有 13 个城门，周长 8800 米，四周置护城河。城内有喇嘛庙以及孔庙、清真寺等寺庙 108 座，多民族多元文化交融。元上都是元朝的夏都。每到春末夏初，元朝皇帝从大都（北京）转移到上都上朝办公，元上都和元大都共同构成元朝的首都。元大都这座大浩特，是当时全球首屈一指的大城市，是当时世界经济、文化、军事、政治中心。

正蓝旗上都镇蒙元文化一条街建有41套商住房，来自五个苏木几十个浩特的40户牧户入住，从事第三产业，以经营蒙餐和奶食业为主。斯琴格日勒家的金莲川蒙餐店面积160平方米，两层楼六个包间。我们进入一个包间就餐。墙上挂着草原风光、那达慕大会、好来宝说书等图片，餐桌上摆满奶茶、奶豆腐、奶片、炒米、血肠等蒙古特色食品，热气腾腾的手把肉端上桌，我们品尝着草原的丰厚和富饶。酒过三巡，小歌队进来敬酒。小伙子拉起悠扬的马头琴，另一个小伙子和两个姑娘唱起高亢抒情的蒙古族长调。“马头琴拉响的时候/百灵鸟唱起来/亲人们欢聚的时候/诉说我们久别的情怀……”唱到高潮，双手献上哈达，捧上酒碗。我双手接过美酒，尚未饮酒，心先醉了……

锡林浩特市“牧民欣苑”，是一个为牧民进城转产创业规划的集住宅和商用于一体的园区，二十几幢楼房错落有致，有百十平方米左右不同户型的住宅近千套。往年以百万亩草场牧放牲畜的牧民搬进“牧民欣苑”，转而从事第二产业、第三产业，有的成为矿工，有的从事畜牧产品加工，有的经营餐饮业，有的从事文化产业，世代游牧的牧民转而成为城市居民。

锡林郭勒盟20万牧民，已有18万人不再直接从事牧业生产。曾经是草原遍布、牛羊遍野的内蒙古自治区，城镇化率51.7%，城市化步伐大大加快。传统的游牧民族从游牧到定居，从一个个牧民定居点增扩为具有相当规模的城市，从规模不等的小浩特迈向国际化大都市。

2009年9月30日

请把我的羊带回你的家

我乘车行进在科尔沁草原，到阿鲁科尔沁旗去访问全国民族团结进步模范个人满都拉，帮助他修改拟参加报告团到全国各地作巡回报告的演讲稿。车上播放着那首被搭载入月球轨道的《歌声与微笑》：“请把我的歌带回你的家，/请把你的微笑留下……/明天明天这歌声，/飞遍海角天涯，/飞遍海角天涯。/明天明天这微笑，/将是遍野春花，/将是遍野春花。”在阿鲁科尔沁旗，同满都拉唠嗑，访问牧户，听干部群众交口赞赏，深受感动。返回的路上，我在那首欢乐的歌曲旋律里填上我回想满都拉事迹的词：请把我的羊带回你的家……

改革开放的春风吹到科尔沁草原，巴彦包勒格苏木（乡）吉布图嘎查（村）蒙古族牧民满都拉开始经商，将草原的牛羊以及土特产品贩运到黑龙江、吉林等地销售，将那里的大米和轻工百货运回到草原上出售。他在东北地区打开了销路，在本地镇上开办小商店、小旅店、收购站、粮食加工点，生意做得活泛。一个年过五旬的土里土气的牧民，在家人的协助下，苦心经营十几年，赚了一些钱，成了远近闻名的富裕户。他捐款资助苏木、嘎查办公益事业，捐助学校，资助贫困学生，做了很多好事。他接纳穷困的汉族残疾人宋广文全家三口人在家生活，帮他们搭建生产门路，花钱买缝纫机让宋广文缝制衣服获得收入，在宋广文病逝后，将他的两个年幼的儿女抚养成人，直到帮助他们成家。满都拉成为内蒙古自治区的典型人物，记者采访，电视台、电台播发他的事迹，他被推选到自治区出席表彰会，到北京开会、参观，成了草原上很有名气的人物。

世纪之交的三年，科尔沁草原连续遭受严重的水灾、旱灾、雪灾，那些在牧业上刚刚有些起色的牧户遭受重大打击，不少牧户陷于贫困。政府给贫困牧民发放救济钱粮，发动机关单位职工以及农牧民富裕户捐款捐物，但是，所捐钱物吃用完也就完了，没能从根本上解决贫困问题。有的牧民心灰意冷，有的东游西逛，有的因为受疾病折磨而伸不起腰。

满都拉搭帮国家的改革开放富民政策，科学养畜，经商做买卖，搞畜牧产品加工，先富裕起来。他想，一人富了不算富，大家都富裕起来才是社会进步，还应该帮助处于贫困状态的牧民脱贫，大家共同富裕，草原共同兴旺。自己以前也曾捐了不少钱物，但是没能从根本上改变他们的贫困状况。那些扶贫资金，有的人用来还了欠债，有的吃喝掉了。2001 年春，满都拉经过慎重考虑，萌生出一个想法，把自己的 30 万元积蓄全部拿出来，进行开发式扶贫，扶持贫困户发展生产，使他们从根本上脱贫致富。他是这样想的，用 30 万元钱买 1000 只羊，给全嘎查 20 户贫困牧民每户借贷 50 只羊，让他们以这些羊为基础，发展牧业生产，借鸡下蛋，以羊产羊，三年后将会发展成为 150 只羊，新增羊只归牧户所有，归还原本 50 只羊。这等于向这些户提供一笔无息生产贷款，扶持他们脱贫致富。

满都拉将这个想法与妻子并儿女们商量。他们家刚刚驶上实业发展的快车道，正在发展势头上，对于这样倾全力扶贫，家人们想不通。

“这些钱是咱们起早贪黑，一分一分积攒起来的血汗钱啊!”妻子不理解，“把钱换成羊借贷给那些贫困户，一旦遇上天灾人祸，或者有的好吃懒做，咱们这些钱不是都打了水漂?”

“贫困户们主要是缺乏生产基础。羊是借贷给他们的，调动他们的生产积极性，新增的羊只归牧户，借贷出的羊原数还给咱们。”满都拉解释着自己的设想。

儿子说：“咱家以这30万元投资办实业或者做买卖，三年时间不得变成两个30万元啊！”

“咱们可不能光想着自己啊！要不是搭上国家的改革开放富民政策，咱们哪能这么快富裕起来！”满都拉深情地说。

满都拉耐心给家人解释，说起邻里互助的往事。1968年，满都拉的母亲去世，父亲被打成“走资派”、“内人党”，被管制劳动改造，全家兄弟姊妹8个，最小的妹妹不到半岁，生活的重担压在18岁的老大满都拉肩上。全家人一个月缺十几天口粮，本不宽裕的邻居们冒着风险给他们送莜米面等。要不是好心的汉族大姐帮助悉心照料，年幼的妹妹很可能活不下来。就从还人情上讲，也应该帮助乡亲们啊。

一直说到半夜，满都拉做通了妻室儿女的工作。

社会上有人不理解，有人说三道四，有人持怀疑态度，有的人说，满都拉一个买卖人这么出钱扶贫，没准儿里头下什么套儿呢！

满都拉不管这些，犟着劲儿实施他的扶贫计划。他用自己的30万元购买了1000只羊，贷给20户蒙古族汉族牧户养殖，每户50只，三年后归还50只羊的本钱，繁殖的羊只归牧户。满都拉还将自己承包的400亩地分给20户牧民种植口粮和饲料；承包一片荒地，分给每户栽植5000棵杨树；帮助每户建一个万斤青贮窖；组织各户养猪养鸡。满都拉与20户牧民签订了合同，内容为10条协议，包括，借贷到的牲畜不得顶债、杀吃、送礼，搞好牲畜疫病防治，植树种草，保证饲料，“发包人”不得无故撤走扶贫投入，等等。

开春啦！满都拉买回一卡车羊，在村口分羊。满都拉从卡车上放下羊来。请把我的羊带回你的家……

领羊喽！领羊喽！又一贫困户高兴地赶一群羊回家，脸上洋溢着欢笑，往家里赶回春天，赶回希望。

满都拉又帮一些人家筹划，帮助他们安排生活，计划生产，种地，栽树，养猪，养鸡，积肥。

初春的草原坦坦荡荡，河水泛泛闪动波光，牧草刚刚开始发芽，风已经和缓了许多，阳光照在身上明显柔和了。蓝天白云下的草原显得更辽阔。

满都拉骑一匹枣红马“笃笃笃笃”走在坡头。春天来了，万物生机勃发，正是备耕和准备春牧的关键时候。满都拉挨个巡看他扶持的20户贫困户，看他们的各项准备工作做得怎么样。

满都拉高兴地看到，他扶持的各家情况大都不错，萌生着希望。大家积了很多粪肥，一俟春暖花开，就可下种，种玉米青贮饲料。

满都拉刚刚帮一户人家接下一只羊羔。小羊羔毛乎乎的，全身湿漉漉，站在地上颤颤微微，在母羊低沉的呼唤中去寻奶吃。他们全家人很高兴，每增加一只羊就意味着他们家多一份财产。看到自己的投入增值，满都拉更高兴了。他想，满三年归回他50只羊的时候，每户应该能有100只以上新增加的羊留下。想到这里，他的眼前大片大片的羊群，白云般地在绿草海上飘啊飘。

三年里，满都拉春天帮助贫困户接春羔、备耕及种粮食和饲料，夏天帮着护理羊群，秋天储藏过冬饲料，冬天帮助贫困户定计划、积肥，四季忙碌，充满希望。

三年来，满都拉以自己的所有积蓄为贫困牧户提供的羊群以及其他生产资料，鸡生蛋，羊产羊，草原繁茂，牧业兴旺。

三年期满，20户蒙古族汉族牧户全部脱贫，每户平均增加羊98只，价值3万元，解决了口粮和牲畜饲料问题，每户平均植树5000棵。家家羊成群，树成林，人也精神了，走起路来腰板挺得倍儿直，有的成为富裕户。汉族兄弟郭廷林，早先两个孩子停学，实施脱贫计划后，羊群发展到155只，种植杨树5200棵，在满都拉的扶贫计划资助下，全家脱了贫，两个孩子复学。汉族兄弟赵得友是“倒插门”女婿，得到扶持帮助后，全家年收入3万多元，10亩树林价值不薄，盖了三间大瓦房，日子过得红红火火。满都拉的贷羊扶贫效益显著，吉布图嘎查实现了脱贫计划。

满都拉受到内蒙古自治区表彰，多家媒体报道他的事迹，中央电视台“东方时空”节目专题播出他的风采，国家有关方面授予他“世纪风采人物”。他加入了中国共产党，后来当选为嘎查支部书记。他被评为全国民族团结进步模范个人，到北京出席全国民族团结进步模范集体模范个人表彰大会，接受国务院表彰。还被挑选参加全国民族团结进步模范事迹报告团，到全国多个地区演讲先进事迹。

在苏木政府为吉布图嘎查举行的扶贫攻坚总结会后的庆功宴席上，乡亲们高举起酒碗，高唱起悠远抒情的长调，歌声回荡在草原……

我的心飞驰在科尔沁草原。我的耳畔响彻着《歌声与微笑》的欢乐旋律：“……明天明天这歌声，/飞遍海角天涯，/飞遍海角天涯。/明天明天这微笑，/将是遍野春花，/将是遍野春花。”草原上，羊群像白云飘飘，幸福的歌声荡漾，牧民的微笑春花开遍原野……

2010年1月9日作

《文艺报》2010年2月3日发表

回到草原

草原的8月，是牛肥羊壮的季节。内蒙古自治区阿拉善盟持续干旱三个多月，有些地方草场没能转青。国家民族事务委员会实施“兴边富民行动”，派遣中央民族歌舞团“西部之行”演出团到阿拉善盟慰问演出。

远处飘来优美深情的歌声：“老哈河水长又长，/岸边的骏马拖着缰。/美丽的姑娘诺恩吉亚，/出嫁到遥远的地方。”一首蒙古族传统民歌《诺恩吉亚》，使人从那位远嫁的姑娘想到国家民委、中央民族歌舞团与少数民族地区的关系。民委以维护民族团结，促进少数民族地区发展繁荣为己任，少数民族地区是民委的娘家。中央民族歌舞团的根在少数民族地区，生活和创作的源泉在那里，民族歌舞艺术的基地在那里，其宗旨是为少数民族人民服务。边疆少数民族地区是我们的家，草原是我们的家，我们思念家乡。

草原，我们回到您的怀抱。妈妈，您的儿女回来看望您。

巴彦浩特的节日

阿拉善盟首府、阿拉善左旗政府所在地巴彦浩特，是一座五万多人口的小城。巴彦浩特，蒙古语意为富饶的城市。这里是腾格里沙漠中的绿洲，曾有过富饶和辉煌，因为全球气候变暖，生态环境的恶化，受着风雪、干旱和沙尘暴的威胁。阿拉善盟所管辖的地盘相当于两个半江苏省的面积，总人口20万，境内巴丹吉林沙漠是我国第二大沙漠，头年冬天遭受大雪灾，当年又遭受百年未遇的大旱。牧场和牲畜是牧民的生产生活基础，眼看如此景象，一些牧民忧心如焚，情绪不免低落。鉴于此，国家民委组派慰问团前往慰问演出，为各民族干部群众鼓劲。

听说国家民委慰问演出团将到阿拉善慰问演出，许多人按捺不住内心的激动，早几天就打听购票事宜。盟里有关部门同志说，慰问团是无偿演出，不收一分钱。

不要钱？一个拥有多位全国一流艺术明星的中央级艺术团，长途跋涉到边远大漠免费演出，真是难得，现在一些大腕明星一出场就开价多少万哩。草原上的人们，还未看演出内心先就感动了。

羊群在草原上像蓝天上的白云漫开，白天鹅在沙漠绿洲中的湖畔翩翩起舞。一些干部群众从阿拉善右旗乘汽车几百公里往巴彦浩特赶，一些年轻人从大老远的牧场骑着摩托车往城里集中，去赶那达慕大会似的，欢聚一个盛大的节日。

巴彦浩特各主要街道整齐光亮，干净利落，花团锦簇，披着节日的盛装。街上的居民特别是一些青少年，早早就吃了晚饭去广场。城市里人口陡增，客人多了，往日比较清淡的出租车生意一时趋旺。商店的东西销得多了，但是有的商店却早早地关闭店门，要去看国家民委慰问团的精彩演出。

从下午三点多钟开始，就见巴彦浩特大街上人们带着小凳、马扎，拿着小红旗、小气球，从四面八方向广场汇集，零散而又有序。几条大街上，人越来越多，如潮水奔涌。十字路口，警察将机动车、非机动车疏散开，通往广场的街道成了步行街，满街道都是行人，像专门组织的群众大游行。

晚会舞台前方的邮政大楼上，挂着大幅会标：

崛起的阿拉善——国家民委赴阿拉善盟慰问团专场文艺晚会

从大楼顶上垂挂下四条大幅标语，广场上飘着八条大红气球拉起的字幅，洋溢着热烈欢快的节日气氛。广场上人山人海，群情激动。

慰问团演出的节目赢得一阵阵热烈的掌声和欢呼声。几万人的广场，秩序井然，气氛热烈，欢乐，祥和，盛况空前。观众说，中央民族歌舞团这么高水平的演出，给了我们战胜干旱的信心和勇气，足可以让我们高兴大半年。

有意思的是，演出完几个小时后普降甘霖。老百姓高兴得落泪，上天感动得下雨。

唱不尽的家乡美

慰问演出团回到草原，从拉苏荣开台高唱“蓝蓝的天上白云飘，白云下面马儿跑”，到腾格尔的压轴演唱《天堂》、《家园》，整台晚会洋溢着对家乡对人民对祖国的咏叹、赞颂。

著名蒙古族女中音歌唱家德德玛是阿拉善人，她的演唱受到特别的欢迎。

“美丽的草原我的家，/风吹绿草遍地花。/彩蝶纷飞百鸟唱，/一弯碧水映晚霞。/骏马好似彩云朵，/牛羊好似珍珠撒。/啊啊哈嗬咿，/牧羊姑娘放声唱，/愉快的歌声满天涯。”

观众随着这首《美丽的草原我的家》优美旋律的节拍，一左一右挥动着手中的小旗、花环、气球，荡起一片翻腾的海浪。人们的感情融进歌的深情中，许多人情不自禁地流下热泪。

一曲唱下来，掌声如潮。观众中随着掌声打出七八条横幅，写着“欢迎草原的女儿回到家乡”、“德德玛，祝你身体健康”等心里话。

“家乡的父老乡亲们，亲爱的观众朋友们，大家好！”德德玛泪流满面地说，“我想念你们！今天我又回到草原来，我爱我的家乡，我的心永远与草原一起跳动！”

德德玛热爱她的家乡，依恋她的观众、她的舞台，用她那无与伦比的女中音倾诉着。1998 年 2 月，德德玛在东京纪念中日邦交二十周年暨周恩来总理诞辰一百周年大型文艺晚会上，正唱着草原家乡的时候，因劳累过度突患脑溢血，晕倒在舞台上。经过当地医生的抢救，又经过中国人民解放军 301 医院医务人员长时间的精心治疗，德德玛终于在共和国成立五十周年大庆时重返舞台，歌唱祖国，欢唱她的艺术生命之花重新开放。之后的两年春节，她都回到草原青城呼和浩特参加春节电视晚会演出，向家乡献上牧民女儿对草原母亲的深深祝福。

德德玛用她圆润的歌喉，把她的美丽草原唱到北京，把内蒙古草原独特的美带给全国各族朋友，唱遍世界五大洲。她在全国各地歌唱对家乡的思念，对祖国的热爱。德德玛以歌声打动了人们的精神世界，用歌声鼓舞着人们生活的信心，多次被评为先进工作者。

“马头琴拉响的时候/百灵鸟唱起来/亲人们欢聚的时候/诉说我们久别的情怀。”这首《我从草原来》牵动千万人的思绪。我从草原来，我从草原来，无论我漂泊在何方，草原永远与我同在……

几十位观众一齐跑上舞台，向德德玛敬献哈达、鲜花，她被簇拥在花丛中……

腾格尔的演唱是另外一种风格，有一种风雪大漠的壮阔美和苍凉感。他演唱的《天堂》，雷鸣般的呼喊，刺破夜空，叱咤风云，表达了他对家乡对祖国强烈的感情。牧人的生活，追着太阳，踏着山川，世代挥鞭驰骋在茫茫草原。我爱你，我的家，我的草原，我的天堂。草原美丽，大漠雄浑，有风雪的袭击，沙尘暴肆虐，正是在抗击自然灾害中，方显出英雄本色。草原遭遇大雪灾、大旱灾，只要我们鼓起劲，团结协作，就一定能够战胜困难，把家乡建设得更加美好。

民族兄弟骨肉情

中央民族歌舞团是个多民族大家庭，是个很有特色的多民族歌舞艺术荟萃之窗。以这个团演职员组成的国家民委“西部之行”慰问演出团，带给草原多民族的音乐舞蹈艺术，有回族歌唱家方明、朝鲜族青年歌唱家蓝剑的演唱，有藏、蒙古、哈萨克、基诺等多民族舞蹈。

象脚鼓舞敲响，西双版纳的金孔雀来到塞北草原上翩翩起舞，祥云缭绕，场面宏大，带给草原吉祥的祝福。彝族三人舞《小河淌水》舒柔中有刚劲，柔情似水，刚毅如山，月亮、山冈、小河和主人公交融在一起，缱绻执著。苗族的踩鼓洒脱利落，是力与美的结合，踢蹬，踩得大地震颤；甩手，舞得斗换星移。纳西族的“窝惹惹”，男女手挽手，男子穿林跨涧，呼唤同伴；女子身穿披星戴月装，颤音应答，男女相携，热情奔放，轻盈悠扬。维吾尔族女子集体舞顶碗舞轻盈流畅，婀娜多姿的群舞带来绿洲的柔情，引人无限的遐想。蒙古族男子集体舞《草原茫茫》，骏马奔腾，雄鹰展翅，在风雪呼啸中进发，舞得山摇地动，表现出搏击长天的壮美。

演出圆满成功，多民族聚会庆贺。蒙古包式的餐厅，家庭式的聚会。姑娘小伙子手捧哈达，轻托银碗，唱着《祝酒歌》，向客人献上蒙古族特有的敬酒风俗和热情。“金杯里斟满醇香的奶酒，/赛诺外洞赛，/朋友们欢聚一堂共同干一杯，/赛诺外洞赛……/丰盛的宴席上全羊肉最美，/赛诺外洞赛，/朋友们欢聚一堂共同干一杯，/赛诺外洞赛。”每唱一首歌，献一条哈达，敬一杯酒。主人唱，客人唱，大家一起合唱，欢声笑语，高潮迭起。

2001 年 7 月作

《中国民族》2001 年第 9 期发表

我在北京有个“会”

当年，我们湘西几个少数民族文学青年在一起谈理想谈人生，说是要勤奋写作几年加入省作家协会，再奋斗几年加入中国作家协会，争取拿到省级的国家级的作家协会小本本儿（会员证书）。几年后我加入北京作家协会，有了个省级的小本本儿；再后来又有了个“中国”字头的小本本儿。加入文学团体组织，我在北京有了个“会”。

首都北京最早有全国五十六个民族兄弟一起生活，民族成分全，但在社会生活中，在一个单位或团体中，少数民族人员人数是很少的。因为少，就显得有那么点“稀奇珍贵”。我在北京作家协会会员中因为是少数民族，因为我的族别，协会领导和工作人员很快就认识了我。每次在会员聚会上，他们一见到我，总是目光格外闪亮，叫着我的名字：“嗨！少数民族!”让我给讲讲土家族有些什么风俗习惯，说说有关少数民族的事儿。

北京作家协会经常组织作家开展一些诸如参观、采风、创作、研讨等活动，选派作家参加中国作家协会的活动和会议。因为多种原因，每次活动只能是少数会员参加，全体会员参加的活动只有每年正月的新春聚会。我参加过一些活动，其中有几次很值得记述。

2000 年，中国作家协会组织作家到北戴河“中国作家协会创作之家”休创作假。7 月份的一批是华北八省市 16 位作家。北京作家协会选派两位：赵大年和我。我感到很高兴，每个省市自治区才两个名额啊。可以带家属，会聚不少人。我携妻女一同前往，在北戴河沐浴了十几天海风海浪。作家们一般每天上午在房间里创作或加工作品，下午到海里游泳。每天晚饭后，大家聚在小院中一棵核桃树下聊天。话题很广泛，有时说到少数民族。北京作家协会副主席赵大年笑着对我说，我们北京的两位都是少数民族啊。他是满族，我是湘西的土家族。说到湘西，赵大年充满感情，50 年前他曾在湘西工作过几年，他的作品中有不少是反映湘西生活的。内蒙古两位作家是蒙古族，其他省市的都是汉族老大哥了。柳萌说他与少数民族有关，夫人是中央民族大学教师，领着那儿的退休工资。王蒙更是与少数民族有关了，在新疆生活了十几年，能说一口流利的维吾尔语。说到维吾尔语的语感美，王蒙眉飞色舞，津津乐道。又有人说："青岛诗人栾纪曾也与少数民族有关了啊，杨盛龙你女儿游到海中间去了，风浪骤起，还不是海滨诗人把你女儿领回来的。"我们在北戴河的半个月生活，就像一个大家庭。

我再一次受北京作家协会选派，是参加中国作家协会召开的全国第三届少数民族文学创作会议。每个省市自治区一两位代表，北京派了两位，作家协会机关的王庆泉和我。我在讨论会上作了题为《少数民族的都市化进程与民族作家的历史责任》的发言，发言中说，少数民族世代生活在草原牧区、边远山区，改革开放以来，进城学习、工作和生活的少数民族人员增多，少数民族地区都市化进程加快，要重视都市少数民族作家和都市少数民族题材文学创作，各民族作家负有重要的历史责任。会后，我和王庆泉向北京作家协会写出书面报告，汇报会议情况，建议北京作家协会组建少数民族文学创作委员会，加强少数民族文学创作。

北京作家协会重视我们的建议，关怀少数民族文学创作，经过酝酿和策划，于 2004 年春组建成立了少数民族文学创作委员会。北京作家协会已有小说、诗歌、散文和报告文学、理论、影视等几个专门委员会，又有了专门的少数民族文学创作委员会。首都的少数民族作家有了一个自己的委员会，我们在北京有了个“会”。协会重视少数民族文学创作，令少数民族作家深受鼓舞。

当然，不管哪个民族的作家，最终表现在作品上，关键是要多出作品，要有无愧于时代的精品。中国新文学史上少数民族作家有沈从文和老舍，往前数更有曹雪芹并《红楼梦》，他们代表的不仅是少数民族，而且是中华民族的文学高峰。想到沈从文只身从湘西到北京轰动中国文坛，想到老舍对祖国对北京对人民的无限热爱，他们那些作品的强烈持久的艺术感染力，我们感到责任重大，我们应该无愧于时代。

2005 年 4 月 23 日作

《民族报》2005 年 8 月 15 日

《民族》2005 年第 10 期发表

传统体育撷英

中国少数民族传统体育源远流长，多姿多彩，植根于古老传统，适合现代强身健体需求，富有独到的审美价值取向，有利于少数民族经济社会发展，丰富精神文化生活。少数民族传统体育有诸多竞技项目，还有许多集歌舞乐技于一体的表演项目，具有鲜明的民族特色。少数民族传统体育是不尽的长河，随手掬几朵浪花，映现的是一个多彩的世界。

活动球篮

一般的球类运动比如篮球、足球运动，球篮、球门是固定的，球在球场上运传，投篮，射门，进球得分。少数民族传统体育竞赛项目珍珠球比赛不同于一般，球在场上向着球篮运传，球篮是活动的。

珍珠球比赛最早在满族群众中流行，由模仿采珍珠人的劳动演变而来。男女队分别比赛，每队上场七名队员，四人运传球，二人持球拍拦网，一人手持抄网捞接球。运动员在与篮球场面积相当的被称作“水区”的球场运球传球，将球投向在得分区内的一名手持抄网的本方队员，进球得分。得分区宽0.8米，长度相当于球场的宽度。接球运动员手持抄网在得分区内活动，对方两名队员各手持两个蛤蚌壳形状球拍，在持抄网队员的前面封锁拦球。持网队员如同球篮，这球篮是活动的，珍珠球投来，队员对着球跑，或直跳或斜跳，跃起接捞球，动作优美，极富观赏性。

长方形的“水区”内，“波浪”涌动。运球队员是波浪，也是孕育珍珠的蚌壳。蓝方红方，一方运球，把“珍珠”传向本方持网队员；另一方运动员一个紧盯一个，阻卡拦截，争抢反攻，力争夺回球。越靠近得分区争夺越激烈，一方欲投球得分，一方尽力阻拦。投球，阻方两名队员起跳高举起四只球拍拦网，一名队员双拍夹住珍珠球，成功地阻止住一轮进攻，把球反传过来。蛤蚌壳球拍夹球，一个漂亮的蚌壳珍珠造型。令人想到游艺场上的蚌壳灯，姑娘在两扇大蚌壳内，一张一合，欲开还闭，羞答答，娇滴滴，蚌壳内珠光宝气闪射，姑娘的眼波闪闪。采珠人围着蚌壳绕着姑娘戏逗，或说或唱，做一些插勾掏捞动作，引得观众会心地笑。珍珠球赛源于采珍珠，发展为球赛，多了些对抗，充满竞技性，仍不失水波的柔性，采珠的灵动。

珍珠球呈珍珠色，这夸张的排球般大小的珍珠，不再是在水中被动地被采，而是主动地“自投罗网”。传说珍珠为姑娘，演变为球类运动后很具进攻性，是不是已经男性化了？那么类似球篮的抄网手是女性的了，然而抄网者并不是蹲在那儿干等，而是主动地捞，跑跳翻越接球，真是“多捞多得”呀！篮球的球篮固定着等人投篮，足球的球门等人射门，生殖崇拜的石洞是等着石子往里投的，惟独珍珠球赛的“门洞”大方地主动地冲向球捞球。由于持网队员的主动，在较宽的得分区内跑跳接捞球，珍珠球投篮的命中率很高，远距离投球也能进球，必须步步设防，严防严卡，争夺激烈异常。观众情绪激昂，喝彩声四起，掌声不断。

圆柱体木球

球吗，一般都是圆体，运传之，有规则地滚动。木球怪异，

9 厘米长，中间为圆柱体，两端呈半球体，就是一截短木棒。双方队员用击球板在球场上将圆柱体木球击来赶去，你攻我挡，你抢我夺，要将球赶向对方球门。球体不圆，运行不规则，眼看即将进入球门，在地上一弹后突然改变方向，拐向别处，进球艰难，令人扼腕太息。

木球源于宁夏回族的“打毛球”，最早以羊毛毛线缠绕而成，后来改以短木棒代球。放羊娃们在荒滩野地挥鞭杆争相击打，赶球入土坑，对抗激烈。宁夏回族木球队在第二届、第三届全国少数民族传统体育运动会上作了精彩激烈的表演。1991 年国家民委和国家体委将木球比赛列为第四届全国少数民族传统体育运动会比赛项目，使木球进入现代竞技运动。1994 年制定了木球竞赛规则，规定，木球场地长 40 米，宽 20 米，球门宽 1.2 米，高 0.8 米，对球的长度、形状、重量和击球板的长度、厚度以及比赛时间等都作了规定。

木球不是圆球体，在赶击中不是呈直线运动，一头栽地旋即改变方向，变幻莫测。出板赶球，要传给本方队员，打出去的球却拐向对方队员。那么，要传给甲的球，对着乙击打过去正好击球射门，眼看要进的球，却拐向一边去了。攻入一球得一分，要进一球得一分是何等的艰难！越是艰难，竞争越是激烈。运动员跑过来钻过去，击球板撞击声声响，木球比赛令人目不遐接。

晃荡地球

栽插两根垂直于地面的高高的钢管柱，一根粗绳两头系在两柱顶端的横杆上，我就可以晃荡地球！这是少数民族传统体育竞赛项目荡秋千女子激动人心的宣言。

不是吗？女子站在秋千脚踏板上，双手扶绳，半蹲，试荡预摆，……四次、五次、六次……荡上高空，快要触着系铃架杆上的铃铛了！啊！还差一点距离，再回荡一次；就差一点点，再来；只差那么一点儿，差之毫厘，荡之百米，再荡……看台上的数百观众，所有人端着肩随着秋千向高架杆上的铃铛晃，头和脖子随之往斜上伸，不约而同地替运动员使劲，要把那一点点几厘米伸成零距离，撞碰着铃铛在云空中惊心动魄地脆响。

领队随着秋千的晃荡而身子晃悠，头往铃铛那边伸，心随之提上去。教练随之晃悠，本队同伴随之晃悠，拉拉队随之晃悠，观众看台架随之晃悠，草坪随之晃悠，树梢随之晃悠，房顶随之晃悠，云彩随之晃悠，地球随之晃荡，都往铃铛那边斜伸上去，荡上去，荡上去，去触碰高挂在月亮弯勾上的那一串铃铛。

荡秋千是朝鲜族妇女喜爱的传统体育活动，如今在许多少数民族妇女中广泛开展。秋千比赛为女子项目，荡如飞燕，展示妇女的轻捷健美和勇于吃苦耐劳、敢于胜利的风采。荡秋千必须极富韧性，坚忍不拔，顽强拼搏。运动员一脚踏上起荡台，一声哨响，另一脚离开起荡台，起荡，就如发射宇宙飞船升空。一荡，二荡，越荡越高。回荡时，下蹲，全身尽量下垂后坠，拉绳升高，恨不得把秋千绳荡成水平。进击时，双脚用力蹬，全身力量都通过腰腿灌注到脚上，对着系铃架，如鲤鱼跃龙门，射向那高高的目标。

荡秋千女子坚韧刚强，双手把定秋千绳。我自岿然不动，使得两根钢管柱，撬动地心，晃荡地球。

采月亮

月儿高高挂在天上，洒下一片清辉。三根高高的杉木杆立于地，搭接天。苗族小伙子们吹着芦笙，边吹边做各种舞蹈动作；姑娘们随着乐曲踏着舞步，摇摆着多姿的身段；悠扬的笙曲和欢快的舞步中荡出苗族飞歌，在高高的苗岭上与天地对话。

是上古时绕杆对月吹笙跳舞，集结起众人的意志；是金秋时节的欢庆丰收，“庄稼黄，芦笙狂”；是男女青年花前月下的幽会传情，且奏且歌且舞，“唱歌要唱一双双”。采月亮经过从集结族人、振奋民心、到喜庆丰收、谈情说爱的演变，成为集芦笙音乐、舞蹈、杂技和民族风情于一体的民间传统体育项目。

三根高高的花杆搭起接天的舞台。男青年吹着芦笙，姑娘们在乐曲声中跳着优美的舞蹈。吹笙的小伙子们边吹边做着各种高难动作。矮子步一路旋风，双腿屈蹲，一边吹芦笙一边交替弹出。拿大顶更绝，头脚着地，肚腹向天，像一座拱桥，转如圆规，以头为圆心，吹着笙以脚划圆。三个小伙子表演上花杆，且吹且上，以身子斜伸为花杆作一斜挎腰刀，倒挂金钩，一脚扶杆另一脚和双手伸开造型，一直表演到杆顶，在顶上倒立，吹芦笙，转圈，迂回，凌空表演几十个惊险而又优美的动作，钩着那弯弯的月亮。然后吹着笙滑下杆，和姑娘们一起，在平地上围成一圈跳舞，舞姿轻盈，双手双肩飘飘的，一拍又一拍轻轻下按；舞步柔柔的，像是踩在漂荡在水面的弯弯月亮似的船尖上。

是采月亮，还是踩月亮？他们吹着芦笙在高高的花杆顶上分明采着了月亮，还在围花杆跳着舞，舞步轻柔地踩月亮。

基诺山的太阳

竹篾簸箕是基诺族人民群众生产生活中的日常用具，簸谷豆粮食，空壳的瘪的簸出去，实沉的饱满的留下来，簸啊簸，一套寓示竞争的流程。喜庆丰收人欢乐，摆开簸箕赛起来。基诺山人开展赛簸箕比赛，从日常生活中发掘出娱乐、竞技和健身功能，体现出热爱艺术、力争上游、追求超越的美好愿望。

每张簸箕上绘着红橙黄绿青蓝紫七色光，就是一轮轮辉煌的太阳。比赛分两组进行，每组六人，十二张簸箕，竞赛经过六道大关，看哪一组配合得好，完成动作快。

激越的打击乐声中，比赛依次进行。簸箕叠加，人跃簸箕上，每跳起一次加一张簸箕，叠跳完成后再接着做下一轮动作。每组六人依次蹲在簸箕里跳簸箕，跳进前一张簸箕，将后一张簸箕移前，六人快跳快移，令人眼花缭乱。二女，站在第一、第二张簸箕上，互抱腰，头一个从第二个人的头肩上翻过去立于第三张簸箕上，互抱互翻，交替进行，翻滚前进，直到簸箕队的那头。男女交替，从一排簸箕上双跳双翻，抱腰翻，头手翻，双飞燕，转翻，人翻成簸箕状。从队头到队尾，飞簸箕，接簸箕，一轮轮飞碟互传，一轮轮太阳在空中飞舞。最后所有簸箕组成一大圆圈，自转，公转，旋出云天的浩瀚。基诺山的太阳，从远古飞入现代时空，带着一个民族崛起。

与运动竞技

内蒙古自治区马术队的精彩表演，激起万众沸腾，群情振奋。

马术队出场，十八骑英俊健儿亮相，像一条绵亘草原的山岭移动。马蹄笃笃，马鬃闪闪，马术队员的肩膀随着马步有节奏地抖动，像海浪一峰一峰涌起。

各种马术技巧表演，每六骑为一组，轮番出场，一人一马，两人一马，一人两马，三人双马，六人三马，多人多马。骏马飞奔，人在马背上做多种动作，展多种姿势：正骑，倒骑，坐，蹲，站立，倒立，斜挂，旁伸。双脚连续腾越马背，左右点地，180 度、360 度转体，翻越马背绕“8”字，上下左右大翻转，像体操鞍马动作，比之高难多了，因为马在飞奔着。单手俯撑马背，几近乎于悬浮造型。单腿站立，另腿高举，与身体呈人字形，倒立，翻滚。跑马射箭，又稳又准。跑马拾花篮，人悬马侧，飞速狂奔，捡拾起一路花篮，令人击掌叫绝。双人马上表演，并肩展翅，双燕齐飞；或一坐一站，飞叠罗汉。最后是六人叠乘三马高擎红旗腾飞，似向着茫茫天宇飚升。

观看马术表演，使人激动万千，感慨不已。马术技巧比杂技的叠椅子等高难度动作高难多了。杂技讲究稳，稳定压倒一切，一切为了稳定。杂技是在无生命的稳定体上动作，平衡则稳。而马术表演是驾驭一个或多个生命体，骑手既要驾马，又要不断做高难动作。人骑马上，多个头脑指挥，多个心脏跳动，多个发动机运转，多条腿飞奔，必得眼观六路，耳听八方，协调一致，真是难上难。

马术表演是马背民族驰骋草原的缩影。牧民孩子四五岁就开始学习骑射，七八岁成为娴熟的骑手。青年骑手向来以制服烈马为自豪，为草原上所仰慕。烈马性暴，骑手跃身跨上马背，烈马狂怒暴烈，腾，甩，跃，翻，极尽所能，欲把骑手掀下来。骑手紧紧拉住嚼子，双腿紧夹马身，任它怎样暴烈，都如泰山压顶般地镇住它，任怎么扑腾都在我手心里，使它威风扫地，只有顺从地走。

御马奔驰，与运动竞技。越过艰难险阻，踏平惊涛骇浪，世界在我脚下，天地任我往还，还有什么不能战胜！

倒爬楼梯

后退行走，手脚并用走兽步，踩梅花桩，仰卧起坐，徒步上楼梯，引体向上，这些运动都是很好的健身项目。苗族传统体育表演项目“倒爬楼梯”将这些健身项目综合在一起，而且大大超过其活动强度，需要高难度的技巧、坚韧的毅力、快捷的竞争力、顽强的拼搏精神。

两架 4 米高的木梯并搭在一起，木梯顶上悬挂一面锣、一条大红绶带。两架木梯两端平地上各摆放一组梅花桩。倒爬楼梯比赛为两组对抗接力赛，每组六男六女共十二个队员，男女交替接力。每个队员双脚并跳遍踩六个梅花桩，倒爬楼梯登顶，倒吊着迅速起身，敲响锣后下来，返回队伍交棒，下一个接力。全部队员走完，以最后一名队员响锣夺得绶带的组为胜。比赛紧张激烈，扣人心弦。

一声哨响，双方各一名女队员同时起跳。姑娘吹着芦笙，双脚并跳，轻快地点跳每一个梅花桩，冲过去，背对楼梯，倒退着踩上楼梯，登顶，敲响锣后，飞身跳下，跑回队伍。接着，各一名男队员踩梅花桩，冲到楼梯下，一个跟头倒贴住梯子，以脚勾梯，以脚引体向上，手脚并用，看似轻快实则艰难，快速倒爬到顶，从下往上160度仰卧起坐，重槌击锣，然后迅速下撤，退三四个梯级，迫不及待地后滚翻跳下梯。男女队员交替倒爬楼梯，两组速度不相上下，领先者也就领先零点零几秒，有时双方队员几乎同时登顶击锣。又是两位竞速。快啊！快！急啊！飞一样地点跳梅花桩，射箭般地冲到楼梯前，马不停蹄，急急地上，这种上和前进，是倒着上，大踏步后退，看谁退得快，能争取百分之一秒也是好的。着急啊，做什么都没有倒爬楼梯这样的急，手脚并用，手忙脚忙，到顶敲锣，当！当！几乎同时响起。快啊，快！本组前三位队员好不容易赢得的领先零点几秒，被这一位队员反拉后零点零几秒。再一位，快啊，赶上去，把失掉的时间夺回来！赶，超，赢回一点宝贵的时间。好啊！快些！再快些！快！快！已完成接力的队员和等待接力的队员比行进着的队员还着急，攥拳，跺脚，身子骨紧着往上蹦。更着急的是观众，比观看什么比赛都揪心，心提到嗓子眼，心里一阵阵发紧，腿肚子紧缩，全身心抽搐，如同乘飞机突然掉下几百米的那种感觉，脉搏肯定急剧加快。

心脏有问题的人不能看倒爬楼梯比赛。心脏功能正常的人看过倒爬楼梯之后得去医院做心电图检查。

头帕功夫

许多少数民族群众喜爱戴头帕，有的地方男女都戴，有的地方妇女更爱戴。头帕保暖，又是很好的装饰，还可作为生活用具，表现在体育健身方面更是别有一番情趣。

头帕又长又宽。布依族妇女的头帕宽达两尺，长达一丈七八。在一条瀑布下，大姑娘对着水面大镜梳理如云的长发，挽好发髻，站在岸边戴头帕，垂下又一道瀑布。一圈一圈地挽、戴，头上挽得宽宽大大，挽得像一条小船两头翘。有一个表现布依族姑娘戴头帕的题为“饰韵”的舞蹈，多少年一直清晰地映在我的脑海。

苗族妇女的头帕挽得高高，如厨师的白帽子高耸，一圈一圈，挽人字路，绕锅罗圈，戴厚厚一大卷，像个筐。赶场天，买的护肤膏、手绢、针头线脑什么的小物品随手放头上，置于头帕里，外地人觉得稀奇古怪。何止于此，人家在山上采摘野果，不期而遇的收获多之又多，砍几根棍子沿背篓边插一圈，展开头帕围、绕，装得像宝塔般的高耸，背回来一架山。年轻妈妈解下头帕，将头帕两头从孩子腰背腋窝兜过来，往自己肩上缆过，在胸前交叉，再从腰胯处往后，兜住小孩的屁股兼作坐椅，背着小孩，腾出双手做这做那。

土家族汉子解下头帕拦腰一捆，光着膀子，臂膀上的肌肉凸暴，劲鼓鼓，牙巴骨咬得咯咯响，双拳紧攥，站一个顶天立地。两人摔跤，互拿住腰间的头帕腰带，肩抵肩，搭成一弯拱桥，对峙，对峙，推，拉，更像一弯弓，拉满，箭在弦上，瞅机会进击，铲“蹁把”，扫堂腿，拷腿，“蚌蚌”（大山蛙）箍蛇，蛤蟆上树，反扳腿，拧腰，掰肩，铆足劲，多种技巧，就要将对方摔倒。那一场激战啊！排山倒海，天崩地裂。土家族地区有一种“帕子功夫”，一土家汉子赤手空拳面对众多来敌，揭下头帕，飞出九节鞭似的头帕杀手锏，一下缠住对方三人同时刺来的三杆梭标，将其甩得远远的，以寡敌众，制服险恶。

藏族的押加，又称大象拔河。两人将一条长帕的两头从胯下经胸前各套在颈部，两人背对背，双手着地，状如大象，朝自己前方用力拉，角力，比韧劲。这项运动逐渐发展到在各地区各民族中广泛开展，是激烈的竞技比赛，又一项帕子功。

瑶族男女青年打凤梆比赛，凤梆棍比高尔夫球板宽，凤梆球类似网球又像绣球。男青年挥起凤梆棍打出凤梆，女青年头戴凤帕在一定距离外接凤梆，另一方男女青年干扰，拦球，本方女青年在干扰中接球，下蹲，挺腰，昂头，直竖头帕圈接球，功夫就在头帕上。如姿势或角度不对，就接不着，即使接着球还是从头帕中弹出，痛失珠宝。姑娘每接得凤梆球，就喜孜孜地挂在记分榜上展示，看哪一方接着的球多。筑巢引凤，引凤筑巢，良好的环境吸引投资，吉祥鸟翩翩飞，你要引得来，留得住，打凤梆寓意少数民族地区的招商引资。这打凤梆是简便易行的平民高尔夫球赛，他挥动球板，你是活动的球坑戴着头帕跑接球。凤梆棍起处，小伙子抛出一个绣球。你得快跑到适当位置，掌握好角度，摆好你的头帕球篮，接得恰到好处。就看你的头帕功夫。

达瓦孜绝技

维吾尔族达瓦孜即高空走绳，架绳于几十米高的空中，走绳表演各种绝妙技巧。早期用麻绳、丝绳，后来换成铜绳、钢丝绳，难度增大。表演者头戴一顶花帽，身穿绣有维吾尔族传统花边图案的圆领衫、灯笼裤，手持 8 米长的平衡杆，不带保险装置，稳健地走在钢丝绳上，具有超人的技艺，超凡的胆略，超群的心理素质。

男女表演者沿着一定坡度的斜绳上行，在高空绳上时而前进，时而后退，盘腿坐绳，叉腿骑绳，表演蒙眼走、前滚翻、后滚翻、顶碗探海、绳上跳跃、足踏铜盘走绳、踩高跷走绳等各种高难度惊险动作。有时故意单脚或双脚踩空，像是摔下来，旋即双腿夹绳，安然无恙。还有吊环和吊杠表演，有悬腰后闪、脚勾倒悬、单手进环旋转、双腿进环身体后闪等高难度动作，往往出人意料，令人惊诧不已。在唢呐、手鼓伴奏下，在十二木卡姆音乐声中，踏着音乐节奏舞蹈，气氛热烈喜庆。

观看达瓦孜表演，让人时而紧张时而激动，担忧之际，一阵惊喜，爆发热烈的欢呼。

被誉为“高空勇士”的新疆达瓦孜世家传人阿迪力·吾守尔，从1983年开始达瓦孜表演，1985年14岁时，在首届新疆维吾尔自治区少数民族传统体育运动会上表演了绳上劈岔、睡绳、骑单车、双手倒立、二人头顶头倒立等高难度动作，表演成功，崭露头角。1986年，他与两位队友一起参加第三届全国少数民族传统体育运动会表演达瓦孜，获得表演一等奖。在以后的历届全国少数民族传统体育运动会上，阿迪力多次表演头顶倒立、双脚踏空坐绳、盘腿坐绳、睡绳、蒙眼走、骑独轮车等绳技绝活，连连获此殊荣。1997年6月22日，阿迪力在三峡夔门以13分48秒走过640米钢丝绳，刷新世界高空走钢丝吉尼斯纪录，为祖国争得荣誉。2000年10月6日，阿迪力以52分13秒跨过南岳衡山祝融峰与芙蓉峰之间长1399米高266米的钢丝，又创下一项吉尼斯世界纪录。2001年，阿迪力在衡山凤凰峰以5分36秒跨过坡度31度长度260米的钢丝，创造一项最大斜度的高空走钢丝吉尼斯世界纪录。2002年在北京平谷区金海湖，阿迪力以坚韧不拔的毅力和独步天下的技艺，不畏艰险，超越自我，创造了在高空钢丝绳上连续生存25天、行走123小时48分钟，单日行走钢丝绳8小时12分钟等两项吉尼斯世界纪录。阿迪力共获五项吉尼斯纪录，多次在全国一些大中城市以及风景名胜区表演达瓦孜，挑战极限，获得极大成功。

2003年9月在银川举行的第七届全国少数民族传统体育运动会上，达瓦孜表演仍然是一个亮点，一项十分吸引人的项目。阿迪力在钢丝上前走，倒行，双脚连续前蹦几次，继而表演金鸡独立，突然，他双腿分开，身体急剧下落，观众以为失手，失声惊叫。他猛的坐在钢丝上，震得钢丝颤颤悠悠。起身之后，他抖抖肩膀，在高空绳上跳起维吾尔舞蹈，随心所欲，洒脱不羁。观众情不自禁地暴发出经久不息的喝彩声、掌声。

飞花传情

早期人类的物质生产和精神生活孕育了民族传统体育，体育锻炼了人的体魄，进而促进物质文明和精神文明的发展。毽球比赛的起源和发展也同其他的民族传统体育活动一样，充分说明了民族传统体育的内涵和特性。

毽球比赛是由侗、苗、土家、水等民族模仿插秧生产抛接秧苗以及生活中的踢毽子、“射界鸡”等娱乐活动演变而来的。

侗族的哆毽，以手拍毽，以拍得高远且落地最少为优胜。哆毽是社交性娱乐活动，男女青年总是约请情侣在山坡上拍毽子，毽子拍得来回翻飞，被称为“飞花传情”。

土家族的“射界鸡”，称用苞谷棒子壳叶扎的如花似球状物为“鸡”，场地中间划线或拦绳为界，男女混合对赛。一方以“鸡”射击对方队员，如“鸡”被对方抓住则交换发球权，如击中就得分，让对方给“供鸡”，即抛“鸡”给胜方踢着玩，胜方故意逗惹，歪踢怪踹，让对方抓不着，直到踢空或供方抓接住才停“供”，负方发球。大伙儿既防着被击中身子，又争抢球以夺得射击机会。男女青年往往对着意中人射，类似抛绣球“探爱”，看那位在得到机会后是否也对着自己射，来探访是否对自己有意思。双方如有意，在互相“供鸡”中彼此逗惹戏耍，感情不断升温。姑娘小伙子们约莫知晓谁和谁有那么一点意思，那姑娘羞羞答答，躲躲闪闪，不好意思挺身而出让“鸡”击中，就把她推上前，让丘比特爱神之箭射中，大家笑闹一团，诙谐逗乐，妙趣横生。

南方北方许多少数民族和汉族踢毽子很普遍，花样多，表演性强。后来依照一定规则，发展成对抗赛。毽球比赛多源，发展前景看好。

毽球比赛用的是羽毛球场地、排球规则、足球技术，比赛精彩，观赏性强。双方各三名选手隔网相对，可用除手、臂之外的身体任何部位将球击过网，主要用脚扣球，以球是否落地或出线判分。接球传球中，脚法敏捷，运用踢毽子的前伸后拐、勾舀捞取等多种花样，身段优美如凤凰展翅，旋风般溜跑似冰上芭蕾。救球，抢险，猛虎下山，跨溪越涧，狡兔出穴，海底捞月，一次次救起险球。一传，二传，扣球手高跳凌空，鹞子翻身，翻转脚板“急转直下”，迅猛扣球。毽球似羽毛球，球网高高，用排球打法，手、臂不能触球，以脚当手，脚就是羽毛球拍，运动员脚掌朝下朝上翻转自如，可直可横，似拍似刀，能举能砍，如手掌般灵活，优美的接传球扣球姿势别具一格。观众如潮，啦啦队呐喊助威，为救得险球鼓掌，为精彩的扣球喝彩，热闹非凡。

毽球比赛亦如诸多少数民族传统体育比赛项目和表演项目，争夺名次、夺取好成绩、刷新纪录是一个方面，更重要更富有意义的是各民族间交流感情，传达情意，互相学习，互相促进，是民族团结的盛会。许多少数民族传统体育活动历史上一般都囿于一定地域，局限在本民族中自娱自乐，很少与外界交流。改革开放以来，每四年举行一次全国少数民族传统体育运动会，各省区地州市县定期或不定期举行少数民族传统体育运动会，还陆续举办各种全国性或地区性的单项赛、邀请赛以及培训、演练等活动，山乡村寨随时举行。过去某单一民族或两三个民族内部进行的这种那种传统体育活动项目，如满族的珍珠球、壮族侗族的花炮、回族的木球、朝鲜族的秋千、藏族的押加等等，现在都在全国各地区各民族中广泛开展。少数民族传统体育运动之花如同体育圣火传递，通过各种全国性以及地区性的体育比赛和表演活动，五十六个民族兄弟姐妹欢聚一堂，广泛流传，传达民族间的深厚情谊，民族团结增强，各民族健康水平显著提高，少数民族地区经济社会持续发展。

2003 年 11 月 1 日作

《中国民族》2007 年第 1 期发表

第二辑
彩云南现

阿佤三题

佤山云雾

汽车翻过山梁，穿过一道写着“西盟佤族自治县人民欢迎您”的拱门，我们进入阿佤山。浓雾笼罩着山头，树林、石峰、山岭若隐若现。车窗玻璃上的雨滴由小而大凝结着，路面湿津津的，树叶上滴嗒着水珠，飘进车窗的雾气都是湿漉漉的。并没有下雨，高山的雾气就是这样湿重，无雨一身湿。

转过几道山湾，下了几个“之”字拐，路面渐干，视野逐渐开阔。看清了云雾空隙间的山地、溪流、树林，看出了雾的整体运动。雾幕飘飘，时而飘拂过我们面前，把阿佤山的精彩布景若隐若现地透露出来。山景越来越真切。远处，云天相接，原始森林莽莽苍苍，云遮雾罩，黑郁郁的，幽深神秘。山腰，林间坡地大片大片草绿，那是旱稻扬穗散籽的点染。山脚，香蕉林间的稻浪金黄。大自然分层次装扮着立体气候的阿佤山，山头浓雾飘雨，山腰多云间阴，山下放晴。

汽车下到河谷地带，老天睁开厚重的眼皮，道道金光从云缝里射向山涧，格外的明丽耀眼。

过了小河，又开始爬山。穿行在密林中，看林木忽密忽疏，有的高高地突伸，有的蹲伏着得几人合抱，有的树上爬满古藤，有的虬枝倒挂，千姿百态。身旁的近景不断变化，山外的远景随时变化。最是变幻无穷的还是山间的云雾。那雾，一会儿聚拢，包抄、掩盖住一个山头；一会儿散开，或露出远处更低处一片白茫茫雾海，或展示又一片多姿多彩的林莽、田地。这边河谷雾深似海，一个个山头像浮荡在海上的小岛。那边雾薄如翼，山的曲线隐隐透出。这一条像瀑布，高高地跌下悬崖。那一片如漂白的汗巾，擦洗过后的山林更清秀更洁净了。一步一景，天外有天。穿行在阿佤山，如飘荡在仙境。

西盟镇散落在一片山坡上，海拔 1950 米，雨季的几个月里多数日子都被笼罩在云雾中，是一个雾中边镇。

早晨，打开窗，静候已久的雾气一涌而入。梳一手雾的发，披一身雾的衣，扯一把雾洗脸。拨开雾的门帘，在雾气绕膝溜肩的蒙蒙中，走在空寂的坡子街。过气象局、农贸市场、防疫站，转过电视台，走近民族小学，到一个山石嘴，出跳在雾的跳板上，踏试阿佤山的弹性和轻柔。看这山城，一半掩隐在雾中，一半显露在雾外。

雾的大幕缓缓拉动，一会儿掩隐住一栋房子，一会儿扯出一角屋檐。远处，高高低低的山峦，有的隐在雾中，有的半遮半露。高山的雾略带夜的朦胧，山下的雾海铺陈一片白色的背景衬底。

通天木鼓

我们来到西盟新县城勐梭，参加在原始森林环抱的龙潭湖畔举行的木鼓节。

万人欢腾，击鼓歌舞。两尊象征性的火车头般特大木鼓横架在会场中央，显示出阿佤山昂扬的气势。宏伟壮阔的木鼓舞开始了。几十尊大木鼓咚咚擂响，随着猎猎战旗的引领出阵，如千船进发。每尊木鼓近两米长，双人合抱粗。每两人推行一架木鼓，四条汉子直握八柄鼓槌敲击，鼓声咚咚。几百人边行进边敲击，鼓声阵阵，深沉浑厚，雷鸣电闪，排山倒海。女舞队踩着鼓点，一个个赤臂少女微曲身段，侧头，甩发，左右摆肩，像乒乓球世界冠军拿下决胜局最后一分时的激奋昂扬，劲鼓鼓曲着肘，紧攥双拳，向下擂动大地；双把双把向上撒开，飞击长天。男人黑衣青裤，鼓队苍郁，如丛林莽莽。女队短裙褐红，黑发披散，似藤蔓簇拥。鼓声急促，擂击着大地。舞步劲踏，地动山摇。鼓点激越，声震佤山。姑娘们变换着舞姿，弹开紧握的双拳，将顺着血脉搏击的豪情，将满把满把的兴奋，一左一右撒向天空。鼓声击天，舞步踏歌，鼓是山冈，天是舞场。

佤族人最崇拜木鼓。传说远古之时，洪水滔天，人类遭受灭顶之灾，被一只木槽拯救。依木槽变化而凿成的木鼓，受到佤族人世代崇拜。每建村寨，必到山中选取一根粗壮的红毛树，截成近两米长的两段，全村寨人在寨老的带领下，谦恭地祭祀，赤诚地迎请。山路崎岖，山道弯弯，厚实的臂膀紧绷长长的拉索，坚实的脚步在石坎上留下千古印迹，哎嗨！哎嗨！嗨唑唑！嗨唑！拉木鼓啊拉木鼓，神圣庄严。将木鼓（树段坯）从山中拉回山寨后，寨人仿照女神胴体，将鼓筒开槽，凿空，做成母木鼓。再凿成一尊公木鼓。然后，众人一起祭祀，踏歌，欢舞。每个村寨修建专门的木鼓房，供奉一公一母两尊木鼓。十多天的拉木鼓、制做木鼓、祭木鼓的过程，是佤族人最狂放最快乐最幸福的时光。每逢节日或重大活动，木鼓声声，浑厚深沉，载歌载舞，通宵达旦。木鼓是拯救人类的木槽，木鼓是强壮母体的化身，木鼓是木依吉神的处所，木鼓是使万物获得强大发展能力的通天神器。

木鼓节，再现拉木鼓的恢宏气势。一场宏大壮阔的拉木鼓，将古老的传说、久远的木鼓文化，拉运到文艺与经济贸易和旅游相结合的现代商海竞技场，融进时代精神的旋律中。长索拉鼓，纤绳悠悠，大鼓如太阳，肩背似山冈，移动着力与美的雕塑，运载着阿佤山的希望。拉鼓，击鼓，声震长天。人们缓缓拉动着敲响着巍巍阿佤山。姑娘们甩撒长发，为拉木鼓加油，似熊熊烈焰推动着火车头前进。把千万人推进梦中，推行在佤山的雾海上，荡漾在力和勇、壮与美的浪谷波峰。

敲木鼓给人以激烈的听觉震撼，佤族姑娘们强劲的甩发舞给人以强烈的视觉闪射，给人以牵扯肺腑的心灵震慑。姑娘们从不束发扎辫，黝黑的长发披撒肩背，额上的发箍在阳光下银亮闪烁，牵手晃肩，颈上银项圈，腰间银腰箍，手臂手腕上银制圆环闪亮，黑发瀑布在光洁的肩臂上激荡，在凹曲的腰背上轰鸣，手臂双桨在发浪中划荡，油黑发雾扬扬洒洒。低头轻摆，黑发瀑布飞泻。昂首甩发，一丛丛黑色的烈焰升腾，直冲云天。转身甩肩，耸胯扭腰，一阵阵长发黑雾铺天盖地，淹没了世间的一切。

佤族崇拜天地自然。姑娘们的典型服饰无袖无领短衣和超短裙红黑相间，红是那种红黑相融的褐红，黑是发融霞光映照下的水波荡漾。红为天，黑为地，褐红便是顶天立地的阿佤人。

透过木鼓舞场甩发舞叠影，我看见河面上的广角镜画面，几个佤族姑娘在水波间嬉戏，长发拂水，摆动，荡悠，猛一抬头甩发，蘸水发笔泼墨向天，那一曲彩虹般的弧圈写下来啊……木鼓舞场，姑娘们左右交替甩发，上下翻飞甩发，柔中寓刚，刚劲豪迈，以发作笔，捋蘸江水写云天。

翱翔在木鼓舞的旋律中，耳朵里满是咚咚鼓声，眼前满是弥天黑发。佤族人崇拜火。佤族人喜爱暗红色，红而带褐，红中发黑，那便是火的颜色，火至烈则黑。昂首甩发，烈焰腾腾，黑发点燃太阳。

激情司岗里

龙潭湖东侧小山冈上，十来栋佤族民居错落林间，这是西盟佤族民俗村司岗里。“司岗”，佤语，意思是山洞；“里”，意为出来。佤族神话描述，木依吉神创造的人是从山洞中走出来的，葫芦形的山洞寓示孕育生命的女性母体。佤族人世代讲述着司岗里神话，世世代代从始祖的发祥汲取力量。西盟佤族人将他们精心打造的佤族民俗村命名为司岗里，可见对佤族传统文化的一往情深。

木鼓节举行之际，司岗里开寨典礼。场院里，鼓声咚咚。人们手拉手，牵围一大圈，且歌且舞。开寨揭幕后，岩采县长带我们进舞场，打开舞圈，拉起我的右手放在一位佤族姑娘手里，另一位姑娘拉起我的左手，我成了佤族朋友们柔腕劲臂链条中的一环。岩采以及其他几位也都分别加入隔位的环节上。我举手投足，摹仿着舞起来。舞步并不复杂，踩着鼓点，右跨一步，左踮一步，手拉手往后一甩，再往前上方甩举起，逆时针转圈。我看前看后，仿照姑娘们的动作，机械地模仿。刚刚觉得合上节拍，就换了动作，又得一招一式地学。两手抛种似的，往右撒一把，往左撒一把。人越来越多，舞圈越拉越大。越来越拥挤，摩肩接踵，踢不开脚，甩不开手了，一手搭在前面人肩上，一手舞动。随鼓点踩着步子，跳得满身汗。

踏上木楼，只见木板壁上挂着射弩以及一些小兽角、野鸡毛等物品。佤山已经禁枪停猎，居室还是按传统样式布置的那样，表示猎获物之多，显示主人的勤劳和富有。火塘里劈柴火正旺，高过头顶的炕架上熏着新宰取的牛腰子和鸡，炭火堆铁架上烤着牛肉、牛肝。十多人在不很宽敞的楼板上纵情地跳着舞。热情的女主人踏着步舞动着双手，邀请我加入舞蹈行列。我应邀加入。跳了几圈后，女主人斟上一小竹筒杯酒，一手拿酒，一手摊开，对我说：“啊！”我从前两天的经历中懂得，这是佤族人的敬酒习惯，是敬请的意思，接喝就是答应交朋友。她“啊”过后自己仰头喝下半杯，续满。我接过酒，这就正式成了她的朋友。我依照她的做法，点请下一位朋友，“啊”声结交，我喝，你再“啊”、喝，连环朋友一环扣一环结交下去。边喝酒边跳舞，人多拥挤，手拉手，外一圈，内一圈，弯弯绕绕，如螺蛳旋顶。

竹筒酒转不多久，又“啊”到我面前，再喝一筒。佤族特酿红米酒度数不很高，但是喝的量多，脸颊发烧，头有点晕，舞步踏云踩雾。酒劲上来，人们跳得更欢，边跳边唱：“江桑木罗，江桑木罗，勐，勐，勐——勐！”手拉手，高举起，划弧，往低，再高举起，欢呼雀跃，激情燃烧，气氛热烈，好像整座木楼都飘升起来，荡漾在传说中滔天洪水的波峰浪尖……

围着火塘，吃喷香的烤肉，吃佤族独有的鸡肉焖饭。走下木楼，已是满天繁星。一个个小场院里篝火正旺，人们围着火堆拉起舞圈，伴随着咚咚鼓声，跳舞，歌唱。岩采县长从正在敲鼓的小伙子手里拿过两柄鼓槌，让我擂鼓。鼓槌一尺多长，竖握直击。我和三个小伙子擂着木鼓，姑娘小伙子们手拉手牵起大圈，围着我们跳舞。击鼓强劲，跳得欢畅。

已经是凌晨一点。再到另一个舞圈，加入进去跳舞。脚下踩着鼓点，两手忽前忽后地舞动，臂膀和身子随着手扬的方向斜过来，摆过去。转了几圈，变换成手拉手，右腿往右斜前上一步，同时曲肘甩手至斜上方，上身后仰，再双手甩至身后斜下方，身子前倾，随着动作唱合。进一步，斜过来，迂回，转身，跃步，弯腰，水中捞月似的，捋起，上扬。跳啊跳，是那样的痴迷，那样的忘情。

发表于《人民日报》1993年11月13日的《阿佤木鼓》，《民族团结》1999年第6期的《佤乡走马》，《中国绿色时报》1999年11月18日的《阿佤山云雾》，《中国民族报》2004年7月30日的《激情阿佤山》稍作修改，合辑于此。

哈尼梯田接云天

彩云之南哈尼族聚居的哀牢山区，山山岭岭梯田散布在云雾山间。数百级乃至上千级梯田层层叠叠，从河谷水边到云雾深处，突破时空，作古与今的连接，人间天上的沟通。

美丽壮观的哈尼梯田，是哈尼族人认识自然，利用自然，寻求与自然合而为一的和谐生存空间的伟大创造，是哈尼族民族精神的象征。哈尼梯田历经千年垦殖，是人类发展生态农业的伟大创举，是世界农耕文化史上的奇迹。

山岭雕塑

春日的早晨，我们行进在连绵起伏的哀牢山区。这山望那山，哈尼梯田鳞次栉比，从山脚往上，层层叠叠，一级级叠垒到云雾之上。山山梯田，直挂云天。

田山高挂，呈不规则形状。乍一看，像大树横断面的年轮，反映着历史的风云变幻。梯田弯弯曲曲，顺山势蜿蜒，山突田凸，山弯田凹，山坡陡处坎高田窄，山势平缓处坎低田宽。那么多梯田弯弯，田埂曲曲扭动，像是多少仙女持一把把彩练凌空舞动。其广阔浩瀚，宏大气魄，如大海波涛，汹涌澎湃。

这是一个雨后的早晨。白雾填满了沟壑，满山湾雾海汹涌。白雾茫茫，将河湾里的村寨、田畴连带溪水淙淙都掩隐在雾海里。初生的朝阳照在雾海上，五彩缤纷，一派云蒸霞蔚。远近一座座山，青黛的山林，成了雾中小岛，飘飘摇摇。

云蒸雾漫，或一片片一团团薄絮丝丝拉拉向上轻飘，漫上山坡，穿过村寨，略过树梢，云天相接；或大规模涌动，一会儿遮住一片山岭，过不多久又露出一方景致，雾海中的梯田和村落时隐时现，宛如人间仙境。

太阳升高，云雾渐渐散去。山岭头的绿树丛抖落片片薄雾，梯田闪现在云天，大片错落的田畴如镜，奇形异状，蔚为壮观，远近山色迷蒙，梯田在村旁田边棕榈树、凤尾竹的衬托下，犹如一幅幅秀美壮丽、神奇迷离的画图，构成哈尼山乡特有的风光。哈尼族人经过十几个世纪数十代人的不息奋斗，造就了绵延几百公里遍布山间的山岭群雕，哈尼梯田是惊妙绝伦的大地雕塑。哈尼族人是富有朴实的劳动创造，富于精神和艺术想象力的山岭雕塑大师。

哈尼人是极富浪漫气质的艺术大师，偌大的山坡就像把玩在手中的奇石异木，镂龙刻凤，雕花出彩，创作出一件件雕刻极品，长留天地间。

艳阳高照，梯田波光粼粼，闪闪耀眼，遍山水色，熠熠生辉。一弯弯梯田，是大地的诗行，是创造的旋律。像作在旗帜上的五线谱猎猎飞飘，任阳光雨流从古到今永久演奏。

往这边山湾俯瞰，弯弯的梯田，弯弯的田埂，这里那里农夫们驾着犁御着牛，犁着闪闪波光。田天相融，一幅忙碌的农耕图。

下到河谷，往那一片山仰望。一级级梯田都整好了，静静地叠放着，一道道溢口田水流溢，一挂挂小瀑布，如万千织女一齐操纵万千织机，云是棉，雾牵纱，水是布帛飘动。

水土交响

哈尼族村民从山涧引来溪水，把坡地改成梯田，水与土合唱，铸成满山坡的水汪汪、亮闪闪，遍天地的诗行韵律。

种田养田，土地养人。要吃来年饭，隔年做一半。头一年就得做充分的准备。梯田里壁高，头年两次中耕，将里壁的杂草割下，埋进田里，增强土壤肥力。哈尼人认为，“谷倒田翻身”。收割稻谷之后，尽早翻耕稻田，就地铲刈杂草，结合翻耕，埋入泥中，沤烂肥田。蓄水养息近半年，称为冬水田或冬泡田。

从收割之后到来年春上，每过一段时间翻耕一次，精心的三犁三耙。梯田弯弯，从山湾里犁到岭头，再犁进那边山湾里，同一丘田劳作，只听吆喝声声，田水哗哗，而互不相见。

阳春三月，杜鹃花开，满山岭红艳艳，布谷声声报春。哈尼族男女老少第一次听到布谷鸟叫，都要报以一声“我听见了”，表示迎接春天的喜悦和欢呼之情。这应答，预示五谷丰登，阖家吉祥安康。

哈尼族一般居住在海拔较高的山坡上，他们与居住在平坝地区的傣族人打“牛亲家”，组织互助协作。一个哈尼族家庭与一个傣族家庭合养一头耕牛，傣家平坝田忙完春耕，再忙哈尼人家山坡上的，充分利用畜力。

为了稻田更好地蓄水，得搭糊田埂。用四齿钉耙将水田里的稀泥抓掏起搭糊在田埂上，每搭糊一段，以脚浇水，用梳子样的钉耙梳、溜。搭田埂啊搭田埂，梳稀泥，理田埂，梳出来的田埂弯弯扭扭，像给姑娘梳理粗长的大辫子，农夫偏过头来偏过头去，左看右看，高看低瞄，眉眼弯弯，心里流蜜。搭糊田埂，从山湾搭到山岭，从岭头搭进那边山湾，溜过的田埂长长弯弯、弯弯长长。

梯田依山势蜿蜒，梯田弯弯，田埂弯弯，犁路弯弯，秧行弯弯，种田洋溢着诗画美、韵律美、流动美。

从山坡上打来杂草树叶，铺在水田面上，翻耕时，将其翻压在泥中，是很好的绿肥。再施以厩肥、圈粪、草木灰等农家肥作底肥，沤得田水发黑，一踩一窝泡，叽叽咕咕响。

布谷鸟催春，时令撩人。育在苗床的秧苗，抻一个早晨的露水又长高一截，秧叶尖上挂着露水铃铛，催得人心里阵阵发紧。

人们相约一个吉祥日子，用黄饭树花汁水浸泡糯米，蒸出金黄色糯米饭，染红熟鸡蛋若干，敬献布谷鸟，男女青年吹奏栽秧号，欢度黄饭节。

换工帮工的人们陆续到来。男人耙田，耙得平整，柔软。一些男人拔秧、运送秧苗，妇女和小伙子们插秧。

家庭主妇手拿秧苗，绕田一周，插在田里，旋即奔跑，意即“开秧门”。秧门开，众人顺着弯弯田丘插秧，溜溜风快。插秧必须现耙田现插，趁热打铁，不栽过夜“冷水田”，所以众趋一家集中力量打歼灭战。层层梯田，下丘翻耕，中丘打融、耙平，上丘紧跟着插秧，喊着“摸牛腿杆啊”，排山倒海，层层紧逼。插秧阵中，后面追得紧，行行紧扣，前面跑得快，忙如鸡啄米，你追我赶，寸步不让。

哈尼族史诗《哈尼族古歌·湘窝本（开田种谷)》中唱道：“秧小娃长成秧姑娘，/秧姑娘要出嫁了，/赶快打扮好新娘啊，/赶快准备迎亲。”将秧苗出秧床移栽比作姑娘出嫁，把庄稼当做儿女，情深意切。

古歌中又唱道：“……莪竹玛（插秧女）多多地来了，/大田里像赶街一样热闹。/栽秧的三天是不怕羞的三天，/一坝的姑娘像对歌一样亲热。”插秧的人多，十分热闹，秧歌情歌此起彼伏，是哈尼族男女青年交往相恋的好机会。

下丘几个小伙子犁田，泥坯翻得又匀又密，一边犁田一边向插秧的姑娘们甩过来歌句。姑娘们即兴抢唱对歌，越抢越热烈。最忙的是两个耙田的小伙子，插秧的人们追赶得急，顾不得唱歌也顾不得听热闹。挑秧苗的小伙子挑着满担秧苗，在窄窄的田埂上走钢丝样的，边走边抛秧边唱，以风趣的唱词逗引插秧的姑娘。姑娘低着头抢插，满脸红晕，心里像吃了蜜，嘴上不说话。小伙子故意将一个秧把对着姑娘抛打过去，溅得姑娘一身泥水。姑娘不甘示弱，奋起浇水还击。姑娘帮姑娘，大后生明劝架实激将，笑闹扑打，有的浇泥水，有的用泥巴坨打，有的扔稀泥巴，一个个都成了大花脸。跑得风快，玩得欢快，闹得开心，把个梯田山闹拱起来。

水土结合，成了交融一体的稀泥。女人是水，男人是土，男女协力有了满山梯田，有了水与土的合唱。你是水，我是土，水土交响，泥巴仗打得满身稀泥。泥水笑闹里，云蒸霞蔚中，秧行插到南天门。

哈尼族人的审美观与梯田文化有密切的关系。哈尼族俗话说，梯田是小伙子的脸。姑娘们心目中的小伙子英俊与否，就看他的聪明才智，看他的做田功夫怎么样，小伙子铲堤打埂、犁田耙田、运秧打谷样样精当，就会受到大众的赞扬，赢得姑娘们的爱慕。

姑娘们长期在没膝的田水中劳动，她们头戴洁白的头巾，身着短袖衣短裤，光洁的大腿在哀牢山和煦阳光的照抚下，显得强劲有力，红润健美，大腿的健美是女性美的标志。昆明东风广场的各民族艺术节大游行队伍中，哈尼族姑娘不像其他民族那样长裙婆娑、长袖袅娜，而是短衣短袖，手舞棕扇，短裤赤脚，刚劲利落，裸露着大腿，像是刚刚从稻田里拔腿出泥，匆匆抹洗一把稀泥，随手折一柄棕叶，就这样欢跳着舞来，一直欢跳到多民族大家庭艺术广场。

心灵快慰

哈尼族人选择向阳、土质好的斜坡地，先种植几年旱地作物，然后开渠引水，筑堤搭埂，坡地改梯田，旱作改水田稻作。

《哈尼族古歌》唱道：勤劳的哈尼啊，叉开手手脚脚，如牛滚塘一样挖地，“最好玩的是开出平平的大田”。看着自己精心雕刻的山坡艺术，大笔刷写的大地诗行，心里有说不出的快慰。

哈尼人说，“土帮土成墙，人帮人成王。”男人们用大土饼层层垒叠，层层夯实，筑出一丘丘梯田。坡度稍大处，用粘土掺合，或土石相拌，层层垒砌，填筑，捶打，夯压，砌筑出的内壁坎外田埂，坚固牢实，整齐美观。坡度在30度以下的斜坡是开筑梯田的理想之地，坡度大的陡坡开梯田壁高田窄，费时费力且利用率小。上丘下丘间高低差大的两三米，低坎一米左右。开出的梯田，小田像浴盆像猪食槽，一件蓑衣可以盖住，下不了犁耙，只有人力挖田。大田十数亩，把个足球场抻得扁长。哈尼族聚居区遍布山坡，平坝少，好不容易有一块坡度小的宽敞的地方，开出一丘大田，开田人内心喜悦，所以才那样充满深情地唱，“最好玩的是开出平平的大田”。

哈尼族人修筑层层梯田，像螺蛳旋顶，像修筑大高楼的层层阳台。将坡地开凿成一级级台阶，坡改梯，旱改水，改成稳产高产农田。哈尼族人付出艰辛努力，把一座座山都变成梯田，打造一山山“世外梯田”。那是生命和血汗的堆积，是英雄的民族镌刻在大地上的不朽诗篇。一座雕刻成梯田的山是一座顶天立地的丰碑，无数座变成梯田的群山是一片显现顽强崛起与高耸的生命力的群雕。

山高水长，坡远田壅。将山溪水引来灌溉，台阶的山坡龙飞凤舞。哈尼人“刻木定水”，合理分配用水，确保稻苗成长。夏季，层层梯田青葱一片，青翠欲滴，蕴含着生机与希望。秋天，十里飘香，金黄的稻浪层层，映衬得天更蓝，云更白。

哈尼族人的创造，气魄宏伟，惊天地，泣鬼神。他们创造哈尼梯田的心智水平，并不亚于建造长城、金字塔所需的智慧和力量，堪称人间奇迹。长城、金字塔早已丧失原初的社会功能，成为静止的古迹，其价值仅限于文化心理上的象征意义，而哈尼梯田是动感的，活泛着，成长着，是哈尼人民的物质和精神载体，发挥着积极的现实作用和永远的引申意义。

天作之合

哈尼族人一般居于海拔千米左右的中半山地带，寨后山头森林茂密，寨前缓坡层层梯田。他们十分重视保护森林，注重维护生存环境。山头保持茂密的森林，涵养水分，形成森林——水源——村寨——梯田的良性生态循环。哈尼人崇尚自然本位、天人合一的古朴哲学观念，认为人是自然之子，人与自然应该是相互依存、同济共兴的关系，崇尚自然、保护自然是哈尼人的习惯行为。

哈尼族崇尚万物有灵，每年举行数十次祭典、十几个传统节日，大都与尊崇自然有关。早春黄饭节祭布谷鸟开秧门，栽秧完毕过浪漫的姑娘节，然后祭田坝，五月末祭水沟头，六月“苦扎扎”节讲述解决人类垦荒与动物矛盾的事，七月尝新节，九月“车施扎”（吃新谷），秋天喊谷魂，祈盼农作丰产。他们敬奉山岳，敬奉灵魂，敬奉树林，敬奉动物。哈尼人敬畏自然，人与自然和谐相处，以求得天时地利人和，维持人与生态环境的协调。万物有灵观念对于哈尼族形成保护动植物，维持生态平衡的自觉性起到了巨大的作用。

哈尼族人将自然和人类都当做是天神意志的外化物，认定自然万物和人类不能彼此越位，如果人类违反天神的意志，超越应有的范围，强取豪夺，就会遭到天神的惩罚，即大自然的报复。原始森林被视为圣地，特别是村寨上方护寨神“昂玛”所在的神树林，护佑村落的风景林、水源林，认为这些树可以阻挡恶魔和灾难进寨，保佑寨人平安顺遂，不得随便进入，不敢乱动草木，定期杀牲祭祀，倍加尊崇。这样，有效地保护了民族生存发展的环境。

人和动植物和睦相处，是哈尼族民间文学的一个基本内容，表现了哈尼族的自然生态观。哈尼族民间文学创造的童话世界和乐美好，人不是万物之灵、世界主宰，而只是动植物中的一员，人和动物各有其所，高度和谐，其乐融融。哈尼族民间文学表达了动植物拯救人类的思想，人要是没有动物的帮助早就绝种了，应该懂得感激和保护动植物，只有和动植物和谐相处，才能获得幸福。

哈尼族人居住的滇南哀牢山、无量山，承接着南来的暖湿气流，江河水网密布的河谷地区终年高温酷热，大量蒸发的水分在热空气带动下升腾入空，在高山区形成密云浓雾，遇冷空气而成雨，丰富的降雨滋润着莽莽林海，林间涵养水分。这里，山有多高，水有多高，山泉遍布，汇成小溪、河流，水流潺潺，再蒸发，成云雾，降雨，从森林植被中发育出涓涓细流，成为天然的“高山水库”，组成良性循环系统。

哈尼人在较为寒冷的高山保留森林，在气候宜人的中半山建设村落，在更为温和的下半山建造梯田，形成高山森林、中山村寨、低山梯田三位一体的生存空间和农业生态格局。哈尼人将坡地改为梯田，遏制了坡地水土流失，改良水土，维护生态平衡，是人类发展生态农业的创举。哈尼族梯田，一户几丘，一村一片，人尽其能，地尽其力，人地吻合，自然和谐。哈尼族人充分利用自然地貌、气候的立体性分布特征，巧妙地适于自然，利用自然，建构与自然生态相适应的人的生存空间和农业文化生态系统。

哈尼梯田遍布河谷山梁，从山脚向上层层延伸到云天深处，高达数百级乃至上千级，蜿蜒山岭，展开数百公里，其规模之宏大，气势之磅礴，使人惊叹不已。哈尼族梯田农耕文化，充分保护、利用哀牢山和无量山区的地理气候、森林植被和水利资源，创造出一整套与当地自然地理环境相适应的具有可持续发展良性循环的山区稻作农耕生态系统，创造出人与自然和谐发展的农耕文化壮丽景观，被民族学家称赞为“山地农业文化的最高典范”。

哈尼族地区人与自然和谐相处、人地吻合，是天作之合。人尊重上天即自然规律，自然规律就成全人与环境的和谐美好。

纵观哈尼族梯田耕作，有值得反省之处。近几十年间，人口急剧增长，过度开垦，森林覆盖率降低。大跃进期间毁林大炼钢铁，人民公社一大二公，体制多变，乱砍滥伐，破坏山林。一些地方盲目学大寨，搞“人造平原”，片面强调“以粮为纲”，高山上照搬平坝地区经验推广双季稻，违反自然规律，破坏生态平衡，得不偿失。人们对这些行为进行反省，认识到，自然规律违反不得，山精水灵不能触犯，树神谷魂得罪不起，人与自然讲和，重修前好，重新确定和谐关系，将坡度大的山地退耕还林，植树造林，保护森林，维持生态平衡。

随着旅游的发展，对外宣传的扩大，哈尼梯田越来越吸引世人的目光。美丽壮观的哈尼梯田，是哈尼人认识自然、利用自然、寻求与自然和谐相处的伟大创举。哈尼人认为，利用自然必须善待自然，保护自然。只有这样，一个民族才能在严峻的自然环境中不断延续发展。这是哈尼族人千百年来世代传承的文化共识。哈尼人开创了梯田文化，梯田锻铸了哈尼人艰苦创业、坚强不屈的性格。长期的稻作农耕活动培植了哈尼人对滋生万物的土地的依恋，他们世居其土，世勤其畴，春耕夏锄，秋收冬藏，依赖土地，安居乐业。他们注重实际，脚踏实地，自力更生，百折不挠，对脚下的土地执著专一。梯田是哈尼人民族精神的象征，是哈尼人通达精神圣殿的天梯。哈尼梯田是民族文化遗产，是世界文化遗产。不断有人到哈尼族山区旅游观光、摄影、写生，惊叹哈尼人的非凡创造。哈尼人的稻作文化自有其内在美、内在精神，具有重大的文化价值，具有丰富深邃的现实意义和美学意义。

2003年1月18日作

《民族大家庭》2004年第4期发表

生命之树

哀牢山绿树掩映的哈尼族山寨，又一个新生命诞生了，全家喜气洋洋。新生儿的父亲即到寨外栽下三棵“窝别哈烧盏”树，将婴儿的胎盘埋在树下，以此向天地通报新生命的诞生。婴儿和小树一天天长大，绿色的生命之树青翠。云雾缭绕的千层梯田，唱响一支生机勃勃的绿色生命赞歌。

生孩子的人家为婴儿举行隆重的父子连名仪式，象征性地教刚刚出生三天的婴儿劳动。从同宗亲属中请出一个小男孩，举锄在地上挖三锄，表示希望婴儿长大后成为耕田种地的能手。接着宴请宾客，众乡邻祝愿吉祥顺遂。

哈尼族人热爱生命，热爱劳动，喜欢青绿颜色，崇尚绿色的生命之树。

翠绿葱茏的森林是水之源泉，是生命的原色。满山碧翠，林木万古常青。人生代代，生命之树常青，人与自然和谐共存。

哈尼族村寨依傍茂密葱绿的森林。哈尼族人搬家到哪里，建房的同时随即栽树。认定一棵“昂玛阿波”为“圣树”，以这种常绿阔叶乔木为万物之母。绿色是生命的象征，倍加保护。还要举行“昂玛吐扎”（祭献树神）活动，礼赞生命，歌颂大自然。

哈尼人崇尚黑色、蓝色以及与之相近的青色、墨绿色。相传哈尼族祖先在一次洪水滔天的灾难中遇险，仅有兄妹二人藏在一个葫芦里得以逃生。他俩钻出葫芦一看，家园房舍被毁，诸多什物荡然无存，唯有几棵树发绿长枝，几只小鸟在枝头啼叫。他们惊叹，神圣的绿树啊，人类的保护神！吉祥的鸟雀，人类的朋友！

生命之树常青，树神保护人们平安吉祥。哈尼族人修房建寨，总要选择好一棵“昂玛阿波”，保卫圣树及其周围的树木以及整座山林。水深才有龙，林茂显神灵。正因为这样对森林的加倍保护和尊崇，即使在乱砍滥伐的大跃进疯狂年代，哈尼山寨森林还是得以免受损害，减少了水土流失，保持着青山绿水、生态平衡。

热爱生命，喜爱绿色，崇尚劳动，是哈尼族生活的三原色。青蓝相间，朴素自然，冷静深沉，给人以庄重平静的田园山林之美感。哈尼族的《木雀舞》、《扇子舞》等，展现生机勃勃的大自然的和谐、丰富和优美。哈尼族姑娘手执绿棕叶扇，身着紧身深绿上衣和黑色短裤，像是刚刚栽插完一山湾梯田的秧苗，洗两把腿上的泥，顺手折一枝青翠棕叶，携一路碧绿鲜嫩，充满青春活力，潇洒灵巧地飘舞而来。白鹇鸟美丽吉祥，白羽毛中泛出棕叶的翠绿光，舞队扇动鸟翅，林中嬉戏，溪边饮水，象征这个民族的智慧、善良和兴旺发达。即便是长达百米的举寨聚餐会，乍看来似乎过于丰盛的长街宴，更深层的内涵是劳动成果的展示，对勤劳与否的检阅。

既然我们共同生活在这块土地上，让我们一起祝福翠绿的生命之树常青，歌唱人与自然的和谐美满，热爱劳动，礼赞生命。

1992年3月24日作

《文友》1994年第10期发表

同心怒江

进入怒江峡谷，傈僳族村寨盛情迎宾，拦门敬酒。表示诚挚感情的最高礼节是宾客共饮同心酒。傈僳族姑娘拿上一大竹筒酒，邀我同饮。姑娘手搭我肩，我搂着姑娘的腰，两人同把盏，肩并肩，脸腮相贴，仰面同饮一碗酒。互相谦让，嘴贴得不紧，两人嘴角脖颈间酒泉流泻。

醉红着脸颊，乜斜着双眼，从山肩头往峡谷深处望去，只见，高黎贡山终年积雪，碧罗雪山高耸在云雾里，怒江之水从两山间云海峰谷深处如蛟龙腾空而来，不就是两山紧靠共饮一杯同心酒溢出的一道酒的激流？

青藏高原坦荡荡，草原上的怒江，河面宽阔，缓缓流动，显出几分悠闲。进入云南境内，高黎贡山、碧罗雪山紧靠，怒江在两山间左突右奔。两山紧逼，危崖嶙峋，江水在夹缝中挤撞，没有泥沙堆积，没有一处小岛，只有切割，亿万年来不断往地层深处切割。江面仄逼，江流湍急，似万匹野马奔腾咆哮。

站在江水边看江面，怒江不是水平面，而是一道道波峰，横看成岭侧成峰。落差大，乱石错落，急流奔腾，水往上冲，翻卷起一道道波峰浪谷。波岭绵延，一峰高过一峰。水石相撞，激起一丈多高的水花，扬扬洒洒。水流打着旋涡，往上游回转。怒江日夜长流，哗啦啦唱响、呐喊、呼号。

怒江水量大，流速急，惊涛拍岸，气势宏伟。两岸山势陡峭，沟深林密。居住在怒江两岸陡坡上的傈僳族、怒族人，世代伴着波浪劳作，听着涛声入梦。怒江落差大，水深流急，不能涉渡，无法行船。20 世纪末，美国一支征服过科罗拉多河的漂流队乘橡皮筏子首漂怒江，八天才漂出四十多公里，留下遗憾，无功而返。

溜索的创造无疑是古代怒江人震惊世界的发明。溜索可算是原始的独特的吊桥，却有别于一切桥梁。通常意义上的桥，人走桥上过，水从桥下流。溜索的过河办法是，人从桥下溜过。几股竹篾绞拧的溜索高悬在激流之上，人从半空飞溜而过。溜索分平溜和陡溜两种。平溜很费劲，一根百多米长的溜索如跳绳两头高中间低，人用溜梆将身体套在溜索上，仰面溜滑到江心，溜索即呈“V”形，手脚并用奋力攀爬到对岸；陡溜用一来一往两根溜索，分别斜拉向对岸。人在有一定倾斜度的溜索上惯性滑动，越滑越快，飞身到对岸，必须巧妙地掌握好减速和抵岸的时机，否则重撞在岩石上会有生命危险。过溜索有一定的危险性，如遇竹篾溜索折断，或溜梆滑脱，人跌落到雪水冷冽、乱石冲撞的江中，没有生还的可能。改架铁溜索、钢溜索后，安全性能好多了。

江流上已经有了数十座通行汽车、马帮或行人的钢索桥，但不是每个过江路口都有，过江溜索仍然发挥着作用。单溜、双人溜、携幼童溜、驮物溜、载牲畜溜，各式溜滑往来于怒江两岸。姑娘单溜，长裙携一缕白云，彩珠划过蓝天，如轻燕剪开激流。赶街天，一对对傈僳族、怒族男女青年过溜索，热恋的姑娘小伙子合用一个溜梆，举手投足，比翼双飞，溜姿变换，追逐，嬉戏，欢声笑语，竞技蓝天，空中芭蕾式的同心溜是多么的优美多情！

汽车沿着怒江岸上行，不时见到有人滑过溜索。同行的怒族作家向我们讲述他的江畔生活。年少的他，由妈妈护送，上山小半天，翻过高高的碧罗雪山，下山小半天，溜索过怒江，到丙中洛上学。妈妈看着他滑过溜索，跃过怒江。他沿着江西岸往上走，妈妈沿着江东岸往上走，妈妈一直望着他，很远，很远……我说，你和母亲同心相系一根溜索，那动人的情景，可以借余光中的《乡愁》增写一段：小时候，乡愁是一根细细的溜索，我在这头，母亲在那头……

2002年8月2日作

《中国民族报》2002年8月16日发表

怒江一条路

沿着怒江河谷上行，天地狭窄，长天一线。峡谷两侧，危岩耸立，峭壁千仞；峡谷中间，白浪滔滔，激流汹涌。狭长的天空，太阳出山晚，照不多久就搁在西山口。谷底一条怒江，天上一条银河，两旁峭壁倾斜，思绪也被挤得狭长。

用石块镶嵌的弹石路，雨天防滑防碾烂路面，晴天少有尘土，这种路优于土路而不及黑色路面，太颠簸，着一“弹”字，使人想到钢琴，充满诗情乐感。走了几十公里，弹石路没有了，是雨天一身泥、晴天一身土的沙土路。公路旁一溜高大的木棉树，如果是开花季节，树树火红，会像一支高举火把沿江开拔的队伍。

回想起十几年前从保山去潞西横跨怒江大峡谷，汽车从东边山头绕行十几道“之”字拐，下到谷底，越过跨江大桥，再盘山绕上西边山坳，这山走那山，用了四个多小时。回看谷底，怒江像一条丝带弯弯。从来没有经过这么高深狭长的大峡谷。

那次是横跨怒江，这次是沿江纵行。怒江峡谷八百里沿江公路，知子罗碧福大桥以下路段在江西，大桥以上路段在江东，到了贡山，再过桥沿江西岸走。沿江多数地方是悬岩峭壁，陡峭的山腰、高峻的山肩零星分布着一些房屋、村寨，有些许几块斜坡地，看到比较多点的几栋房屋，就是乡政府所在地；稍微开阔一点的地方，便是县政府所在地。县、乡政府都在河谷地带，上世纪七十年代初修通到福贡、贡山县城的一条沿江公路，也就实现了乡乡通公路。

汽车颠簸着一路弯弯扭扭沿江上行，顺着地势，大多数时候在离江面两丈多高的岸边。看着湍急的江流，很是担心，稍有闪失，汽车就会掉进激流。有时候绕行爬上高高的山崖，有时候拐进山湾里，有时候从一挂瀑布下免费洗车而过。坡陡崖峻，切内填外铺成路，有些地方从悬岩山凿开一条老虎嘴巴似的通道，车从虎口里开过。路面很窄，多数地方不能措车，见到对面有车来，老远就找个稍宽处停下让路。路边的牌子上写着限时速 20 公里的警示，不太远的距离得走很长时间。

这天早晨从六库出发，计划晚上抵达贡山。在福贡县匹河怒族乡开了一个座谈会，吃过午饭，继续进发。走到离贡山两小时路程时，前面突然塌方，垮下的山石将路面完全盖住，只有掉头，疾行三个小时，返回到福贡吃住，这半天白走了。塌方处连夜抢修，第二天得以通过，到了离贡山 50 分钟车程的地方，一辆卡车陷在路旁排水沟挡住去路，从 13 点等到 15 点，贡山县政府派的车来接，我们换车前行。要是在别的地区，“条条大路通罗马”，可以从其它路绕过去，而怒江峡谷只有一条盲肠路，没有办法绕行。在县上吃“午饭”时已是 17 点，饭后沿着怒江上行。到怒江第一湾，怒江在这里画一道深深的“U”形。又是塌方，垮了半边山，再没法往前行。拐过山崖的前方，是滇藏交界处颇有名气的丙中洛，藏、怒、傈僳族杂居，很多人会三四种语言，分别信仰藏传佛教、天主教、基督教、原始宗教等，多元文化交汇。很想去走访，已不可能。跨过怒江上的斜拉吊桥，走访茶拉村。参观天主教堂，感受村民们的信仰。一条小溪从山上流下来，连路五座水磨坊，水冲鼓轮转，旋转着历史的天空，带动着清新自然的生活。

怒江西高黎贡山脊那边独龙族聚居的独龙江乡，是一个独特的地理单元，与世隔绝的孤岛。交通部投资 1.4 亿元，1999 年修通了从怒江旁贡山县城至独龙江乡的 96 公里翻山公路，每年

12 月至 7 月大雪封山半年多，开山后多处被泥石流冲毁，每年得花六七百万元重修。省民委一位干部告诉我，去年他们四人过高黎贡山，车被大雪困住，进退两难，雪深得踩不到底，看不到路，五小时才爬行五公里，爬到过山隧道逃生，幸有手机联络上县政府，捡得几条性命。

千里怒江一条路，一有梗阻，不能前行。已经开始这条路的扩宽改建油路工程。州上领导说，已与西藏林芝地区签订协议，拟共同修筑从怒江到察隅的公路。接通后，可改变怒江公路断头路的历史。怒江经济社会发展，交通是个大问题。州里已上报修筑机场的请示，但愿怒江峡谷的交通状况很快有大的改善。

2002 年 8 月 2 日作

《中国经济导报》2003 年 7 月 5 日发表

峡江万年旗

高黎贡山、碧罗雪山海拔四五千米，与怒江峡谷谷底垂直高差两三千米。汹涌怒江兜底，一条狭长的天空盖顶，两旁壁立千仞，一个倒梯形怒江河谷，两边七八十度的山坡上散落着左一爿右一挂房子，散布着零零星星大小地块，那是傈僳族、怒族人在千里怒江峡谷飘扬万年的旗帜。

怒江峡谷，两山夹一江，山高谷深，一山分四季，隔里不同天。从山脊到河谷，气候复杂，山顶白雪皑皑，山腰林木葱茏，河谷亚热带气候带生长着甘蔗、香蕉、木棉。大峡谷处于印度洋暖流与北方寒流的交汇部，雨量充沛，动植物种类繁多。

山高坡陡，房屋依山悬建，内面搭在石坎上，外面以柱支撑。云雾生处，悬崖头陡坡上房屋若隐若现，与这里那里零零星星的陡坡地交相辉映，构成怒江峡谷特有的自然景观和人文景观。怒族人各氏族以虎、蜂、熊、鹿等十数种动物作各自的图腾。他们世代开垦的土地，经营的作物，营造的房屋，像他们的图腾，他们挥动旗帜向世界宣告他们的勤劳、顽强，那艰苦卓绝的生生不息，奋斗不止。

怒江傈僳族自治州行政区域，除了兰坪白族普米族自治县和另外两三个乡，基本上就是两山夹一沟的怒江峡谷。最典型的是福贡县，两边以高黎贡山、碧罗雪山山脊为界，东西直线距离20公里，沿江峡谷长140多公里。我笑对县上的同志说，你们县长乘车沿江走一路，就检阅了所管辖的所有村寨和土地。县上的同志说，差不多吧。

由于特殊的地理环境，怒江峡谷的傈僳族、怒族人还保留着较为原始粗放的刀耕火种耕作方式。砍倒一片柴草，放火烧荒，撒上种子，不怎么中耕施肥，秋后收获。种植两三年后丢荒，任其荒芜五六年，待草木繁茂后再砍烧撒种，轮歇游耕。他们使用铁锄、犁铧的同时还使用着木锄。因为坡陡，无需且不能深挖大锄，使用木锄不至于使土质滑动，木锄的存在有其合理性。

怒江峡谷，山高坡陡，地块小，大都是挂在山崖上的偏坡地，能用牛耕的地特别少，绝大多数地徒手挖。人们在那些手绢似的地块上种植玉米、小麦、荞子、高粱等农作物，像飘扬着各种图腾的旗帜，那是他们世代奋进的宣言。

在靠近河谷的缓坡地带，有少量梯田。那些梯田依山势而开垦，大都坎高田丘小，少数可用牛耕，大多数只能用锄挖。有些地方，一大片偏坡地，梯田全都是沙发那么大一丘一丘的摞在山崖上。窄小的田块只能栽两行秧苗，有的一丘田只有一条洗脸毛巾那么大的面。怒江峡谷真是寸土寸金啊！要是有一个和尚坐在那里闭目打坐，平放胸前的手掌上是不是也会被峡谷人筑成一丘田？

怒江峡谷的现实，就是一条翻滚的江流，两面如墙似的陡坡。别的地方提机械化，在这里没有现实意义。在进入电子化、信息化的今天，怒江人还在攀岩溜坡为了温饱搞饭吃。全州25度以上坡度的土地占总耕地面积的90%以上。现在国家采取措施保护生态环境，实行退耕还林，要求25度以上坡度的土地退耕还林还草。还是得从各地的实际出发。西北、华北草原不到25度的风沙干旱地也有必要退耕退牧，还林蓄草，有些地方土地一裸露就会起尘土，出现沙尘暴，沙漠化。怒江峡谷雨量充沛，植被好，有些沙石地继续种着对水土保持不会有太大的危害，如果25度以上的土地都退耕，就没有什么地了，那么多人口还得生活。当然，怒江峡谷还是应该摒弃刀耕火种的原始耕作方式，保护好植被，将建设生态与发展旅游结合起来，多门路发展经济，多产业并举，不能捆在一味地刨沙地扣粮食的单溜索上。

2002 年 8 月 15 日

峡谷飞渡

巍峨的高黎贡山和碧罗雪山挟持滚滚怒江由北向南。两面山顶终年积雪，峭壁千仞，危崖嶙峋。被称为世界第二大峡谷的怒江大峡谷，怒江汹涌奔腾，水流湍急。世代居住在怒江峡谷的怒族人，在峡谷间架起溜索，临江荡悠，空中飞人，越过激流。

峡谷两岸林木葱郁。两条钢绳呈剪刀状斜拉向对岸。这种陡溜索有一定的倾斜度，借助惯性下滑，过来过去，顺溜省力。溜索上套有滑轮、溜板。过河人紧扶溜板，系牢身子，往大树或石墩上用力一蹬，便顺势向对岸溜去。这边刚射出一个人去，江那边又“呼”的飞过一人来，像空降兵轻松地降落地面，解下装束。还可以双人双板齐溜，如冰上芭蕾，双燕轻轻剪开薄雾。你来我往，互致问候，笑语飘荡江面，真个是滑翔溜溜，天地悠悠。

传说溜索是阿茸姑娘发明的。阿茸姑娘当窗织，看到小小蜘蛛从这棵树荡悠到那棵树上，拉线结网，从而受到启发，在江面上架起溜索桥。早先的溜索是用竹篾绞制的。怒族每年农历三月十五的鲜花节，就是纪念阿茸的。男女老少彻夜歌舞，欢呼征服天堑。夜色迷蒙，江岸的参天古树枝把一长条天缝的星星都扫落到山脚臂弯的长潭里，狂暴的怒江也变得温顺轻盈了。

激激江水把一轮太阳吼出了山。从山脚江边仰头看去，那一位怒族汉子身背弩弓，肩搭猎物，“哧溜溜”从天外飞来。听说他是嫁到江这边女方家来的哩。

怒族的家庭基本上是小家庭制。子女们结婚后便分居出去建立小家庭。小孩降生后，亲戚朋友、左邻右舍都带着礼物前去祝贺。怒族男子一生中有三次命名。降生后的第一次命名为“正名”。长到十四五岁后参加社交活动，同辈青年之间互相起名，这第二次叫的“青年名”，只能在年轻伙伴之间用，在家里在老辈人面前不能用。小伙子结婚成家时，其父将父名的最后一字加在他的名字后面，这第三次命名表示他成了一个真正的男子汉。

男女到了一定年龄，开始自由恋爱。青年男女在生产生活中交往，有了意中人，便相约在山坡上溪水旁幽会，吹起口弦，对唱情歌，倾吐爱慕之情。唱那《饮水》，男子自喻羚羊，女子比作清泉，羚羊翻过九座高山，穿遍九片密林，来到姑娘住的密林里，清泉水甜味美，羚羊一头扎下，喝个痛快，饮个酣醉……

怒族人的自由恋爱在历史上也曾受到包办婚姻、买卖婚姻的强烈冲击。流传在怒江两岸怒族人中的《谷楚玛与吴地布》，道出一个爱情悲剧故事。男女青年谷楚玛、吴地布在放牧中相爱，却被不合理的婚姻制度迫害致死。埋葬他俩的坟墓上长出两棵大树，紧紧相缠在一起。大树被残忍地砍倒，从中飞出一对小鸟，长时间反复啼叫：“谷楚玛！”“吴地布！”提醒人们追求自由美满的婚姻生活。

在现实社交生活中，青年男子看中了谁家姑娘，就请媒人前往求婚。女子看中了谁家小伙子，也托媒人去男家求婚。可以女到男家，也可以男子出嫁到女家。

那怒族汉子从江对岸嫁到这边寨子上女方家来。新郎倌“哧溜溜”荡溜索飞过江面，父母给的一些家具、农具、牲畜等陪嫁物也随溜索荡过来。一曲长达3500多行的《婚礼歌》，从“创世”章天地万物的由来，唱到“迎亲”章喜庆高潮，从傍晚唱到黎明，歌唱峡谷天堑悠悠溜索牵姻缘。

新中国成立以后，怒江河谷开通了沿江公路，公路桥跨江而过，人或货物通过汽车运送过江，不少地方还是以溜索过江。溜索桥是山民方便的过渡捷径，也是旅游探险的独特景观。

外乡人，你敢吗！你跃跃欲试，心里却又害怕。“怒家女人都能过溜，你还……”你经不住激，大不了……心一横，对面山倒下来，滔滔江水涌上来，脑子一阵眩晕，死死地闭上眼睛，滑，溜，我不下地狱，谁……到被导游小姐抱住身子，回到人间，反顾，天哪，那溜索悬在天上！

1996 年 3 月 8 日作

《中国人口报》1997 年 1 月 3 日发表

独龙族古风

独龙族世居云南西北部贡山独龙族怒族自治县独龙江流域的河谷地带。高伟险峻的碧罗雪山和高黎贡山阻挡了独龙族世代与外界的交往。由于自然地理和社会历史的种种原因，独龙族直到20世纪50年代初还保留着原始公社制，民风古朴，自然纯真。

独龙族大都分散居住在河谷山坡台地，各村寨相距很远。住房多为竹木结构的矮楼房。房内设火塘。子女结婚后，紧挨着老房子盖新房，新增火塘，但不分家。一个大家庭一长排大房子，包含五六个到十几个小家庭。大家庭内保留着由主妇掌管谷仓，各个火塘轮流做饭，主妇平均分食的古老遗风。在原始共产制的大家庭中，保留着原始的平等、民主气氛，任何东西都按人口平均分配，事无巨细都由全体成员共同商量。

独龙族人始终保持着“夜不闭户，路不拾遗”的古老而淳朴的社会风尚。各家的苞谷，秋收后就在山上建“苞谷楼”存放，其他人谁也不会随便拿。粮仓建在房后山坡上，主妇管仓，从不上锁，就用几根树枝交叉别在仓门上，就万事大吉了。全家离家出门，就在门上别几根树枝，不用担心。人们出远门，每走一天就在路旁树枝上挂一袋食物，返回时沿途取下食用，绝无丢失。谁在河滩上捡拾到一根随水漂流的木头，只要在木头上压一块石头，过多少天再去取，不会被别人扛走。独龙族人奉行“物各有主”，从来不随便拿有主之物。

独龙族没有文字，凡传达通知、约会、邀请，都以“木刻”行使。在一块特制的二尺长的两边平、顶端尖的木片上，刻上不同形状和数量的缺口、方格，表达一定的意思，通知对方，传达信息。旧时官府传达命令，派人发送一块三尺长的宝剑般的“文书木刻”，木板上诸多形状和数量的刻画，表示官员的品级、随员和背夫的多少，以何等“规格”迎接等事项。各村寨根据木刻内容遵命执行。

阿妹送我木刻牌，传达无限情意。独龙族上世纪 50 年代初没有一所学校，到如今已有了本民族的大学生和科技人员。文化教育有了相当程度的发展，木刻牌还是作为民俗的信物，有其民间传统的特殊含义。朋友相约，或登门拜访，或何时去何地打猎，木刻牌是特制的约会信物。小木板两侧刻有对应的缺口，一劈两半，各执阴阳。静静地等啊，切切地盼。“独龙江畔顶耿村哟，\ 村里有我常思念的人哟，\ 索木里哟索木里，\ 我俩相爱心连着心哟。”一日三秋，时时企盼的日子终于来到了，两人同去那个相约好的“老地方”，木刻对接，两颗心合在一起“怦怦”跳动……

独龙族在与险恶的高山冰雪、峡谷激流的抗争中，世代少有闲暇聚会节庆，一年中只有唯一的节日即年节卡秋哇。卡秋哇年节没有固定日期，一般选在农闲的冬、腊月间。一个家族择定了吉日，即采用传统的木刻相约的办法。专门的小木板两侧刻上格子，每一格代表一天，离择定的日期还有多少天就刻多少格。这特制的“请柬”“刻印”多份，发给被邀请的每一位客人，副本留底。宾主每天各削去木刻板上的一格，每削去一格，心头的高兴就增加一分。“到卡秋哇节还有 × 天”，数着格子，热切地向往着，古老的倒计时，盼年节，迎佳期。

约定的日子到了。客人应约而到，主人迎出寨门。男女老少身穿五色独龙毡约多，洒脱飘逸。妇女们打扮得更漂亮，头扎鲜艳头巾，袒露左肩右臂，腰系染色细篾圈，缀以小小篾箩。宾主共饮一筒水酒，一同跳起锅庄舞，跳到各家各户，祝贺年节吉庆、五谷丰登。男女青年敲着芒锣，挥刀舞箭，纵情歌舞。然后，大家欢聚共饮，品尝美味佳肴，叙情谊，话丰年。还要举行射猎庆典。青年猎手们射中一个个动物模型，引起一阵阵热烈喝彩。

节日的高潮是剽牛祭天。这是一项人神相通，祈求天神护佑的祭祈与欢乐的活动。独龙族传说中的婚礼场上，珍禽异兽翩翩起舞，人神相交，结为夫妇。剽牛表示猎获到野兽，献给天神，祈求天神降福于人，保佑人畜平安、粮食丰收。勇敢的猎人手持长竹矛，在锣鼓声中举杯豪饮，边舞边唱。猎手刺倒牛，人们齐声高吼，如在山中驱赶野兽。猎手割下牛头祭天神，人们绕场歌舞。随后，大家围着火堆煮食牛肉，品尝互相馈赠的食物，饮酒，歌唱，尽情欢乐。

1996年2月25日作

《中国人口报》1996年12月6日发表

独龙江野牧

独龙族聚居的独龙江流域是一块独特的地理单元，独龙江上游源自西藏，下游是缅甸的恩梅开江，与县城隔着半年积雪封山的高黎贡山，几乎与世隔绝。独龙族人世代分散居住在独龙江河谷陡峭的山坡上，村寨之间相距很远，每个村寨一般只有几户人家，有的单家独户分散居住。刀耕火种、渔猎和采集野生动植物加工，是其传统的生产方式，现今依旧占一定比重。独龙族人开始饲养家畜较晚。独龙牛是独龙江的特产，主要作为食用，为半驯化半野生的牛类，绝少圈养，平时散放在高山草地及林缘地带，需要食用时进山将其找回来，介乎于野生与家养之间。

独龙牛个头较小，额宽大，两性的角均为直的椎状角，双角向两边横伸，全身主要为黑褐色，头、额面部、下颚并肚皮为白色，四脚至膝部白色，一副生活在高黎贡山雪地的踏冰卧雪状。独龙牛肚小、精干、肥壮，而与其生活在一起的黄牛却瘦弱不堪，什么原因？当地林间草地旱蚂蝗多，独龙牛好动，蚂蝗闻声而到时，独龙牛已经到别处去了，而黄牛呆在原地挨叮，吃着草，被抽着血。独龙牛野性十足，灵巧如山羊，在陡峭的山岩上如履平地。不要以为独龙牛狂野不羁，难于接近，在“一夫当关，万夫莫开”的山崖独路上，独龙牛拦住路人，不知道的以为它要攻击人，其实它是向人讨要盐巴吃。它体内缺乏盐分了，手里拿点盐就能哄住半驯化半野生的独龙牛。

独龙江流域雨水多，植被好，阔叶林广阔，水草丰茂。独龙江上游的西藏境内，情况大不一样，牧草低矮，植被不太好。那里杂居着藏、傈僳、独龙、怒族人，分别信仰原始宗教、藏传佛教、基督教、天主教等多种宗教，村寨里人大多通藏语、傈僳语、怒语、独龙语、汉语等几种语言，多种文化交汇。那里的独龙江西好几个村落，养黄牛较多，而江东没有村落。冬天，江西坡地上的牧草吃光了，每天早晨，人们用粗麻绳将黄牛一头头捆起来，吊上溜索，放到江东去吃草，傍晚再过溜索回到江西。每放一头牛过江，总是一人在前，黄牛居中，一人在后，控制着溜梆，护着牛，滑行向对岸。这儿的牛都愿意被捆一捆，被捆上，溜到对岸，就有丰足的草可吃。这种独特的放牧，是绝无仅有的。

2002 年 8 月 5 日作

《合肥晚报》2002 年 8 月 24 日发表

吉祥水

到水乡傣寨旅行，没有被泼一身水浇个湿透，不是白去一趟！

傣家人沿澜沧江流域大小河流居住，与水为伴，世代依恋绿水翠竹。傣乡的流水纯洁温情，绕村傍寨日夜流。水的勤劳、温柔、机智、坚韧，与傣家人的秉性相通，清清流水映照出傣民族的美好形象。智者乐水。流水给傣家人以聪慧敏捷、温柔细腻，傣家人视水为吉祥圣洁。

清晨，傣族姑娘轻挽发髻，肩挑竹担，柔和的腰肢扭动着长长曳地紧身统裙，步履轻盈地从清清的水波中飘过，袅袅婷婷，宛如从云天飘来。傍晚，傣家女迎着火红彩霞，走进粼粼波光，轻曼舒柔地缓缓融进水里，打开发卷，长发飘逸，飘荡在水波上。轻轻地梳，悠悠地理，少女的情丝倾一江墨绿。手指间流溢清波，流溢着金灿灿的阳光……

我们从这样一幅风景画中，走进傣家竹楼。绿树轻拂楼台，楼角挑进树丛。楼台上简朴洁净，放置着水罐、农具。主人热情地把我们让进屋，我们就着小竹凳子而坐，顿感清爽宜人。远道而来，带着几分童稚的眼光，满屋子好奇地探寻。内室一挂挂幔帐，各自成一方小天地，组合成一幅和谐的民俗图。

我们品尝着傣家独具风味的晚餐。破开竹筒，特烹的竹筒糯米饭热气腾腾，糯米饭香味中透着新竹特有的清香。香菜沾辣酱，既清凉又热辣辣，小捆的干炸肉条，特制的烹鱼，阵阵醇香。

踏着凤尾竹梢的黎明，泼水节向我们倾盆而来。“水花放，傣家狂”。平时轻盈柔情，凤尾竹下步履细脆的傣家女，一时变得活跃无比，豪放机灵。人们互相追逐，嬉笑泼水。一盆盆水，泼向你，泼向我，不分男女老少，不论近邻远客，泼得浑身长流，淋漓尽致地表达欢迎、友好、爱慕之情。朵朵水花，串串笑声，一片欢乐的海洋。傣乡水花飞舞，普天地吉祥幸福。

泼水节是傣族新年。相传，很久以前，一个恶魔滥施淫威，给人间带来灾难。姑娘们使巧计，拔下恶魔的发丝勒掉他的头。魔头落地起火，一位姑娘抱起魔头，六位姑娘泼水，扑灭邪火，冲洗污秽。姑娘们轮流抱着魔头，泼水轮下去，传下来，年年岁岁涤除陈旧，迎来崭新的祝福。

傣家人用婉约的旋律、狂放的气氛、明丽的画面，为水创造出清新优美的意境。傣家人的水，从美丽的传说，到盛大的节日，更加吉祥圣洁。水的颂歌无数，水的舞蹈明丽飘逸，艺术的大舞台宛若一江长流水，波光粼粼。傣家少女临江而舞，身披霞光，汲水，濯发，戏游，柔曼的手臂，轻盈的腰肢，轻柔灵巧，婀娜多姿，如行云流水。清爽的水流注入心上，满场观众心地明净。

在艺术剧院的雅致殿堂，泼水从狂放的浇泼转为文静轻柔。迎亲队伍从观众席间穿插而过，舞台与千百观众融为一体。姑娘们以孔雀羽毛用枝叶鲜花蘸着香水，点点扬洒观众。满堂香气四溢，沁人肺腑，满城欢声笑语，吉瑞喜气。水的祝福和艺术的希望交融。

1992 年 4 月 6 日作

《农民日报》1992 年 9 月 3 日发表

竹楼情话

龙川江畔葱茏苍翠的小山冈上，粗壮挺拔的龙竹掩映着一幢幢别致的小竹楼。月光下的竹林小路，显得幽静、迷蒙。德昂族小伙子踏着皎洁的月色，吹起委婉柔美的葫芦丝，漫步走向他心中的姑娘家竹楼前。

竹楼门轻轻地“吱呀”一声开了，随着小伙子的身影入内，把淡淡的月光关在了门外。不太明亮的电灯光，把房梁上装着谷物的小竹篓影子投下一大片。火塘里的火光，映照着姑娘、小伙子红红的脸盘。小伙子的大耳坠、银项圈因黑白包头、黑蓝上衣的映衬悄然闪亮着。姑娘的紧身衣服下摆缀着的红、黄、绿色小绒球，在竹篾腰箍下与多色宽彩条的筒裙交织着色彩。一杯浓茶温润了吹奏葫芦丝的歌喉，想了一路的满嗓眼话儿，似不知从哪儿说起。姑娘用火钳轻轻拨拉着火炭，低头看着火光的幻化。赞美赞美葫芦丝悠悠柔声？表白几句听到琴声时的心情？好像开门、请茶时彼此的目光中都已传送了。还是就讲唱咱们民族那朴实纯真的“讲话”吧。两人你一言我一语，你一首我一段，滔滔不绝地轻轻讲唱开了。讲唱两个人一起玩的情景，青梅竹马，两小无猜。“我们两个好啊，像山箐里的流水，一年四季不会干枯；我们两个讲话啊，手握手，脸对脸，就在面前……”

讲啊讲啊，回忆年少的欢乐，从热热闹闹的集体自由社交，到神秘温情的“串姑娘”，甜蜜的初恋。从月明中天，讲到月亮缀挂在龙竹叶梢，还在缠缠绵绵地讲啊讲。

两个人小时候围着一张桌子追逐，花丛中捉迷藏，到了一定年龄，反倒不好意思在一起了，人前害羞，背后也隔着一定距离。各村寨的男青年们有自己的组织，选举有自己的头头“叟包脑”。女青年们也有自己的组织和自己的头头“叟包别”。节日的夜晚，男青年头头带领全村的小伙子去“串”一群姑娘，伴着琴声，集体对歌，把不好意思的一双双笑闹得大胆了，把不相识的一个个唱得熟悉了。

风不吹，树不摇，月夜静悄悄。“串姑娘”的“团体赛”换成了“单打”，小伙子一个个单独去“串姑娘”。这夜晚，又有几管葫芦丝吹开了竹楼的门闩，又有几番情话叩开了姑娘的心扉？

经过几次交往，心中有了意思，小伙子赠送一包茶叶作为定情礼物。姑娘羞于言表，将礼物挂在竹墙上显示给家里人。父母见到，知晓女儿心里有了人，便设法了解男方的品行。男方家请介绍人前往女方家说亲。收下礼物，婚事就算初步确定。一包茶叶，礼也重情也重。德昂族人自古以来善于种茶，爱喝浓茶。探亲访友，茶叶是见面礼。男婚女嫁，茶叶是头号彩礼，不兴送更多的钱财礼物。德昂族古歌《达古达楞格莱标》中记述，他们的祖先是由天界一棵茶树的叶子飘落大地后演变而来的。

德昂族恋爱自由，婚姻自主，父母一般不干涉。德昂族地区流传着一首《芦笙哀歌》，老年人、青年人都会吹。哀怨的曲调连着一个故事。传说很久以前，一位当父亲的阻止女儿自由恋爱，酿成爱情悲剧。一曲悲歌世代流传，告诫人们不要干涉男女青年的自由婚姻。

竹楼里，那一夜情话，讲团体赛歌的热闹，讲竹楼幽会的温情，也讲古老的传说吗？互倾爱慕，相好百年，爱情之花鲜艳。

那一天早晨，姑娘背着一个新竹背篓到河边背水，往水中映照自己身着新红漆腰箍、银项圈的身段，这还用问是谁送给她的吗！小伙子呢，忍不住满怀高兴，兴奋地向人展示姑娘用心血编织的筒帕，以及缀饰在筒帕上搭满肩头的色彩鲜艳的小绒球。

1996年3月1日作

《中国人口报》1996年7月19日发表

大理三月

云南大理，苍山云飞雾绕，终年积雪；洱海湛蓝碧透，闪耀在莽莽苍苍中。苍山脚下蝴蝶泉，泉水清澈，绿树掩映。无数黄、灰、黑、白色或多色相间的花蝴蝶在林间溪边飞舞，还有许多彩蝶首尾相衔，在树枝上吊连成一条条彩带，倒影水中。

上关花，下关风，苍山雪，洱海月，大理风光惹人醉。唐朝时期南诏都城太和城遗址、崇圣寺三塔等人文古迹与自然景观一起，相得益彰，引人入胜。更吸引中外游人的，是苍山脚下一年一度的盛大传统集会三月街。

三月街是大理白族人民的传统节日，也是滇西北各族人民的物资交流集市。每年农历三月十五起举行，会期五至七天。届时，当地十几个县的白族人赶街，滇西北各县的汉、彝、纳西、藏、傈僳、回等族人汇集，还有蜀、赣、粤、浙四方商贾，数万人大规模物资交流，更有多种民族传统文艺体育表演。

蝴蝶泉不远处的平地斜坡上搭起一排排货棚，货棚上彩旗迎风招展，用松枝和绢花扎成的彩色牌坊、布标十分醒目，身着鲜艳服装的白族群众以及其他各族群众，熙熙攘攘，人声鼎沸。一处处货摊，摆满各种土特产品、日用百货，有苍山的竹器，洱海的鲜鱼，剑川的木器，永胜的细陶；有云南著名的三七、白药、天麻，也有中甸的藏红花、麝香等名贵药材；还有各类轻工产品。在牲畜市场，有大量当地牲畜，还有从青藏高原贩运来的马、牛、羊。转过一道弯，服装市场生意兴隆，江浙来的时装很抢手，大理制作的白族“金花衫”和“阿鹏坎肩”备受外地游客青睐。闻名遐迩的大理石制品，有精致的桌面、花盆，小巧的杯碟、笔筒、砚台，石面上呈现美丽的山水图案，引人驻足欣赏。白族姑娘精心绣制的头帕、挂包、围腰，图案别致，惹人喜爱。

街市的另一边，是异彩纷呈的文艺体育活动。穿着美丽鲜艳民族服装的白族姑娘小伙子跳起欢乐明快的霸王鞭舞，每人手持一根一米长的内装四五组铜钱的竹管，随着锣鼓和唢呐声，一边跳一边以竹管有节奏地碰击自己的肩、胸、胯、腿、肘、膝、掌、踝等部位，响声整齐清脆，节奏明快，流畅优美，健身功能独到，很有观赏性。

山脚下，赛马会热烈火爆，青年骑手跃马飞奔，马蹄笃笃，烟尘滚滚，充满英武气概。

溪边树丛中，人们里三层外三层地围听三弦伴奏的“大本曲”演唱，唱到精彩处，一阵喝彩。各种民歌演唱、器乐演奏、歌舞表演以及茶话茶道，一直持续到深夜。

三月街的起源与佛教传入大理有关，最初为庙会，已有千余年历史。随着经济社会的发展，逐渐演变成具有浓郁民族特色的传统节日和贸易集市。到明代，三月街已相当繁荣热闹。明清代有关大理风情的游记和志书中，对三月街盛况有不少记载。明代著名地理学家、旅行家徐霞客，经过长途跋涉到大理，游览了三月街，在《徐霞客游记》中对三月街盛况作了精彩的描述。

终于有了一次实地领略的机会，真切地感受到，大理三月好风光，大理浓郁的民俗风情迷人。

1995 年 2 月作

载《神州风情》，吉林教育出版社 1995 年 10 月出版

金江佩带

玉龙雪山辉映着丽江坝子，黑龙潭玉泉波光粼粼，好似纳西族神话中的理想世界“玉龙第三国”。万里长江在纳西族生活的地方拐一个大弯，在大雪山胸前斜挎一条飘逸的佩带。

来到丽江纳西族自治县政府招待所，大堂一幅东巴艺术挂毯，给人以强烈的印象。画面上图案是一个夸张变形的蹉舞正酣的纳西族妇女，旁边四句东巴象形文字名言：

雪山做枕头
金江为佩带
白鹿当耕牛
老虎是坐骑

四句名言体现了纳西族人勤劳智慧、进取向上的精神。纳西族人如伟岸的玉龙雪山，以金沙江为佩带，挺立在滇西高原云雾之上。

纳西族妇女服饰显得大方洁雅，素净得体。纳西族妇女身着宽腰大袖的过膝黑蓝长褂，外加坎肩，腰系白色百褶围腰，背披羊皮披肩，缀有七个精致图案和七对垂穗，称为“披星戴月”，色彩素雅，厚重而又潇洒，呈现一种朴素自然美，象征勤劳贤慧，使人联想到艰苦创业精神。

纳西族评价女性美时，不用美丽的鲜花形容，而是称赞说：“生着麂子样手脚的女子啊!”赞美挺秀的身材、利索的举止和俊逸飞动的神采，崇尚云雪高洁、生动朴素的内在美，这就是纳西族人的审美观。

玉龙雪山与哈巴雪峰两山夹峙间的虎跳峡，狂涛怒卷，雷霆轰鸣，惊心动魄。从山峰到谷底三千多米深的峡谷，双峰欲合，长天一线，石乱水激，声震山谷。绝壁上，一幅纳西族妇女形象画面隐现，似在策马驰骋，挥刀呐喊。当地人称之为“阿昌本地米”，传说她奔驰山间，为民除害。这便是纳西族人心目中的妇女形象，没有花前月下的纤柔，而是顶天立地，叱咤风云。

纳西族妇女在家庭中地位高，一般由妇女主持家政，有些家庭还保留着主妇分食的习俗。纳西族妇女贤慧豁达，料理各种家务，计划生产，安排生活。主妇临终前，将象征家庭权力的钥匙交给下一辈年轻妇女掌管。

历史上，由于封建统治的压迫，纳西族男女青年的自由恋爱受到旧势力阻挠，有情人难成眷属，有的以逃婚形式反抗，有的双双殉情，奔向理想的神话世界“玉龙第三国”，追寻人类情感世界幸福美好的爱的“天国”。

纳西族善于吸取其他民族文化的优点，以发展本民族文化。著名的丽江壁画就是由汉、藏、白、纳西等民族的画师们共同创作完成的，是民族文化交流的结晶。纳西族的生活充满高雅的审美情趣，古城公园，雅致庭院，吟诗作画，古乐声声。纳西人爱花，但不用于装饰和佩戴，而在于其生命力，寄情于花的那种与人的精神气质相通的个性美。纳西妇女的衣裙不绣花朵，头上不插戴花朵，而是精心培植高洁雅致的花卉，显示自己的培植技艺和审美能力。花开之时，邀约亲朋好友，品茶赏花，赋诗作画，清新高雅。玉龙雪山山腰两棵茶花依偎合一，撒开二丈见方，万朵茶花竞相开放，热烈红火，在雪山胸前别一枚特大英雄花。

我走进大研镇四方街一幢土木结构“三房一照壁”纳西族家庭，深深为纳西族人的审美情趣所感动。居室门窗雕以花鸟装饰，庭院内种植着各种奇花异木，摆放着一件件精美的盆景，墙壁上挂着名人字画，描绘美好生活的对联古朴典雅。纳西人崇尚文化，把读书习字当作生活的一大需要。家庭的荣耀不在富足与否，纳西族妇女一辈子任劳任怨，其光彩全在丈夫或儿子是否读书成器，成就事业。

1992 年 2 月 28 日作

《中国西部发展报》1992 年 6 月 5 日发表

翻过澜沧江

阳春三月，我去参加澜沧拉祜族自治县成立五十周年庆祝活动。车出思茅往西，一路上行，翻山越岭，从虎跳石过大桥，越过澜沧江，翻过一道山梁，下坡，到勐朗坝，便是县城。

崇山峻岭中的澜沧江，就是这样展示在世人面前，不管是东来还是西往，想过江，先得上坡，翻山越岭，越过澜沧江。生活中的不少事就是这样，欲跳先蹲，欲射箭先拉弓。要过澜沧江，就得爬坡翻山。到江边上看吧，也是这样，江流滚滚，波峰浪谷像一道道山岭，渡船过江，昂首上行，翻越波峰，到达彼岸。

庆祝会后第二天，县上安排我们去景迈，参观那里的千年万亩古茶园，参加农林产品交易会。

汽车在澜沧江边的山岭上疾驰，两旁不时拉过一片片古榕树、香蕉、橡胶林。原始森林里古藤倒挂，小溪流水淙淙。一路上都想着古茶园，先见识了新茶园奇观。新茶勃发，整个山梁都是低矮的茶树，层层绿波，绿得实实的。雾海茫茫，笼罩着山谷。往下看，铺满山谷的茶园深不可测。

到景迈，在山冈林间下车。农林产品交易会设在山间平缓的坡地。周围山坡上，苍翠的古茶树错杂在古林木间。蔬菜、茶叶、西瓜、芭蕉等各种农林产品，服装、鞋帽、百货以及旅游纪念品等沿着弯弯的山路摆得满满的。还有各种小吃，喷香的烧烤。人流如织，拉祜族姑娘银饰细脆，小花伞下傣族姑娘的长统裙柔和轻盈，布朗族小伙子包着头帕显得精神抖擞。

我们一行人等穿过人群和货摊，朝热烈的锣鼓声走过去。那边林间草地上，几个舞圈热闹非凡。傣族的象脚鼓舞节奏明快，男女青年们脚跟后踢着，手臂三道弯，屈曲上扬，多情地弧向左，划向右。佤族男女青年手拉手，甩手踏步，刚劲狂放。彝族人跳打歌，和着三弦的步调跺脚，像他们那民歌唱的，“跳起黄灰做得药”。哈尼族的“白鹇舞”跳得轻盈欢快，表现出人与自然的和谐。

拉祜族的舞圈更大，跳的是芦笙舞。二十多位男性围成内圈，有青年人，也有中年人、老年人，一边吹芦笙一边跳舞，乐声悠扬，舞步劲踏，弯着腰往内进，扬着膀子向外退，忽而向左，忽而向右。数十位姑娘手拉手围成外圈，手划着圈，脚一会儿向左踢，一会儿向右扬。男性舞蹈动作变为右脚独立，随着乐曲单跳，左脚悬空，微曲，前伸，右手前舀，左手往后伸，全身跃动着；跳十来个节拍，换成左脚着地，右脚和双手变换，仿佛雄鹰盘旋。拉祜族芦笙舞共有百余套动作，有礼仪舞、生活舞、摹拟各种生产劳动的舞蹈，还有摹拟动物的舞蹈。

我想到头天晚上自治县民族歌舞团表演的一个题为“猴子掏蜂蜜”的创作舞蹈，两个男舞者随着芦笙舞节拍，叠罗汉，倒立，翻滚，做上树状，掏蜂蜜，被蜜蜂蜇，疼得丝丝拉拉、抓耳挠腮，掏到蜂蜜后，迫不及待地吃，透心的甜蜜蜜，乐不可支的高兴劲，表现得淋漓尽致。我进而想到拉祜族婚姻习俗诗《追蜂记》记述的，拉祜族先民在七山七水汇合处生活时，男女青年恋爱订终身后，为寻找婚礼上用的燃点吉祥幸福的蜂蜡灯的岩蜂蜡，趟过湍急河流，穿越艰难险阻，用藤索拴身吊在悬崖上，取得蜂蜜蜂蜡，做成蜂蜡灯，惊心动魄，感人至深。拉祜族史诗以及舞蹈说明，生活是甜蜜的，更是艰辛的，要爱护艰苦劳动换来的幸福果实。

象脚鼓咚咚，芒锣特有的声响在古林间回荡，歌浓舞酣，人声鼎沸。我离开人群，漫步在古茶林间。这些茶树，树干合抱粗双卡粗不等，不怎么高大，几把就可攀上去，树干灰白，苍老，虬劲，树枝短粗，茶叶新发，张开雀口，翠绿清新。摘下一支茶尖，嚼在嘴里，先是微苦带涩，转而甜酥酥，口中凉凉的，说不尽的清爽。这一带雨量充沛，云雾缭绕，最适合种茶。景迈万亩古茶园已有一千三百多年历史，是世界最早最大的人工栽培茶园。澜沧江流域是世界闻名的普洱茶原产地，千年茶马古道将这里的名茶运往世界各地。沿着澜沧江两岸的山山岭岭，一道葱茏的茶文化历史遗产长城高高耸立。我扶着一棵古茶树，想到古诗句“江畔何人初见月，江月何年初照人”，浮想联翩，这古茶树是何人所种？多少代多少人曾攀缘此树采茶？新发的茶叶雀口初开，枝叶间玉指留香，人生代代无穷已，沏一杯千年古树新发茶茸，品尝带露的清新，喝出怀古的幽思。我想，人生在世，更应该讲求奉献社会，就像这千年古茶树。

2003 年 11 月 1 日作

《陕西民族宗教》2003 年 12 月号发表

“目瑙” 寓情

景颇族山寨一个不小的广场上，聚集了数千人。正在举行一场热烈欢腾的“目瑙”盛会。“目瑙”是景颇语音译，又叫“目瑙纵歌”，意思是“大家来跳舞”。

广场中央，竖立着四块高约二十米的木牌，就是“目瑙柱”。木牌上刻有各种颜色的三角形、螺旋形舞蹈线谱，画有山脉、星辰、孔雀、蕨菜等图案，象征团结一致、勇往直前。木牌中间交叉架着两把大刀，寓意骁勇强悍、坚强刚毅。

随着一阵雷鸣般的礼炮，笙管、鞭炮、锣鼓齐鸣。一队身着盛装的景颇族妇女首先入场。她们举着礼物，敬献米酒，祝贺节日，祈求吉祥幸福。紧接着，两个老年长者头插美丽的孔雀翎，手持熠熠闪光的长刀，伴着乐曲，翩翩起舞。他俩的身后，是长长的舞蹈队伍。人们围绕“目瑙柱”，跳起集体舞。小伙子们白衣黑裤，英姿焕发，白色头巾上的红、黄、蓝、绿多色绒球搭在肩头，手持长刀有节奏地晃动。姑娘们头戴花冠，红色筒裙袅娜，黑丝绒对襟短衣，肩上披挂的大银珠和银坠子闪闪发光，随着手中彩色折扇的舞动，丁铃铃细脆作响。时而锣声鼓点激越，小伙子们手持长刀忽左忽右，冲杀突刺，开山辟路，舞出英勇无畏的进取精神。时而乐曲舒缓，姑娘们折扇舞翩翩，表现开荒种地、攀援藤蔓、摘取豆角等姿态和柔情。人们一边跳舞一边唱歌，从舞队到观众人海，几千人的多声部大合唱，歌声震荡山谷。一阵枪声对空鸣响，舞众随之呼喊，密锣紧鼓，高潮迭起。不断有人加入到舞蹈队伍中来，长龙舞队越来越壮观，从数百人增加到上千人，或绕大圈，或迂回曲折，表现了景颇族的万众一心、团结一致和强劲的集体主义精神。

“目瑙”内容丰富，有关祭祀的，歌唱征战的，欢庆胜利的，反映生产劳动的，每一种都可以跳上小半天。这会儿的舞蹈表演盖房子、平整房基、抬柱子、架房梁、装竹墙等等，表现了景颇族人依靠集体的力量互助协作的情景。

景颇族村寨谁家建房，都是全寨出动，大家帮忙，这是祖上流传下来的古老习俗。建房日如同节庆，各家男女老少都来，有的送来木料、竹子，有的送上粮食、米酒，给以帮助，表示祝贺。新房落成，敲锣打鼓，载歌载舞欢庆。歌舞中有建房的内容，建房时伴以歌舞，团结互助奏凯歌。

林木葱茏的山岭上，又增加一幢新竹楼。竹林掩映中的一幢幢竹楼，总是里面接地外面悬空，一排十几间并连。上了竹楼，扶栏而立，望葱郁山涧炊烟袅袅，心潮起伏。

村寨里建有供青年男女集体谈情说爱的公房。景颇人把相约到公房去玩叫“干脱总”。众多姑娘小伙子到公房游艺、唱情歌，比在自家的“干脱火塘”更方便更自由。

青年男女在节庆会上，在“目瑙”场上或其他社交场合相识，有了初步的感情基础，就寄送一节树根表示思念，或寄去一张树叶寓意有好多话要说，相约到公房去“干脱总”。

夜已经很深了。男女青年们恋情正浓，或傍竹而立，情歌轻唱；或相拥楼檐，口弦拨动几多情；或依偎在火塘边，情语绵绵。唱一阵“干脱总”活动传统的“公房歌”吧，有历史传说，有风土人情，更多的是男女之间倾诉衷肠即兴对唱。唱到感情浓烈时，男女双方互赠礼品。送一把长刀，就唱长刀的来源，追溯历史，考问知识。唱到情深意浓，小伙子数说“格鲜草串着格喇草”，“秋千树缠着大青树”，借物喻情。姑娘似乎更加大胆追求，“你若是那银项圈，我天天把你戴在脖子上”。两情浓烈，情深意长，难分难舍。

1993年1月15日作

《中国人口报》1997年5月9日发表

欢快之跳

似乎可以说，全国乃至国际上认识彝族始于其热烈欢快的“跳”。舞蹈“阿细跳月”在世界青年联欢节上引起轰动，被列为世界名曲。舞蹈“快乐的罗苏”，那欢快的小跑步、大字步、快节奏欢跳，享誉艺坛。彝族舞蹈节奏明快，热情奔放，其情绪之欢快，气氛之热烈，给人留下难忘的印象。

彝族分布广，歌舞种类多得不可胜数，仅以“跳”为名的就有好多种，诸如：跳乐、跳脚、打跳、跳菜、跳鼓舞、跳宫节、跳鼓调、跳哑巴、跳三步弦等等。

这些“跳”，有登步、纵步、跳跃、跺脚、击掌、旋转、钉子步、脚勾脚等动作，粗犷豪迈，激越明快，歌唱劳动，贴近生活，受到彝族男女老少的热切喜爱，歌浓舞酣，沉浸在歌舞中，“从早跳到黄昏落，只见黄灰不见脚”。火把节之夜，更是围着篝火，彻夜打跳，万众欢腾，“打歌打到太阳出”。

跳，总是与火相连。相传，古时候天上有个叫斯热阿比的凶神，奉天神之命，时常到人间敲诈勒索。勇士阿提八拉受众人推选，迎战凶神，经过九天九夜激战，将其打败。天神闻讯大怒，放下大量害虫糟蹋庄稼。阿提八拉组织男女老少燃起火把烧“天虫”，战胜祸害。流传下来，形成火把节。每到农历六月二十四，家家点燃火把，男女老少随着火光载歌载舞，通宵达旦。

彝族支系阿细、撒尼的“阿细跳月”，场面宏大，气势恢宏，也与火有关。往日彝族人刀耕火种，放火烧荒时不等炭灰冷却就趁热挖窝播种，因地面滚烫，不时跳起换脚，逐渐演变成舞蹈动作。以后每逢节日集会或喜庆之日，人们盛装聚集，围着篝火欢跳。男青年胸前大三弦，边弹奏边跳；女青年合着节拍击掌跳脚，与之对舞。数百上千人弹琴击掌欢跳，大三弦琴声轰响山谷，火把似长龙蜿蜒山间，突破时空限制，山山岭岭欢腾。

路南石林，各民族联欢会。阿细跳月，大三弦轰响，千万人跳起来舞起来。过山号雄浑厚重，震动山谷。大三弦铮铮，拨动人心弦。一群彝族汉子齐声呼唤："阿诗玛——"成千上万人伴着彝族姑娘齐声应答："哎——"群山呼应，传感久远。小伙子边弹边舞，姑娘们拍手、旋转、跳跃。一曲《远方的客人请你留下来》，情真意切，唱得人心融融。

好一个天然跳乐场！千峰石林奇观为背景，"阿诗玛"石柱风姿绰约。主会场如一个天然火炭盆，盆底篝火熊熊，歌舞酣然，摔跤，斗牛，炉火正旺，四周山间人山人海，欢呼雀跃，热烈滚烫。

歌舞和着劳动起兴，经贸随着文化艺术发展。场外山肩担头与跳乐大会相适应，热闹起一个商贸食品街。过桥米线，滇南小吃，风味烤肉，鲜汤涮木耳，服装，百货，摆一大片山坡。绣有"阿诗玛"字样的红坎肩，令人赏心悦目。

"阿细跳月"，一步一抬脚，一步二拍手，跳向左，跳向右，欢快热烈。"左脚舞"蹬蹬扎地，刚健雄壮。"三跺脚"跺得脚掌翻，跳得黄泥成尘。彝族人说，"听歌不跳弦，白活几十年。""打歌要打三跺脚，跺起黄灰做得药。"

1992 年 3 月 10 日作

《文化参考报》1992 年 8 月 17 日发表

火海刀山刀杆节

农历二月初八，怒江峡谷傈僳族人迎来一年一度的刀杆节。

场院中央，几堆劈柴火正旺，火光熊熊，火星四迸。四位剽悍的汉子光膀赤脚，跳跃在火堆间，赴汤蹈火，激起闪耀的火星。他们捧起通红的火球，拧毛巾般地搓揉，摊开火光洗脸。飞身越过火海，双脚踏过火浪，腾驾火光。观众心惊肉跳，抽手缩脖，脚心发烫，如贴着火。待四条汉子腾空翻跃到跟前，精神抖擞地叉脚张臂挺立，人群仿佛才突然醒悟过来，“哗”的掀起欢呼的热浪。

火海旁边，树立着两根十多米高的粗树干，树杆上下横绑着三十多把明晃晃的长刀，刀刃向上，寒光逼人，谓之“刀杆”。先前的四位蹈火者依然赤着双脚，身穿红袍，头缠红布包头，围着刀杆挥拳运气，唱歌跳舞。每人一碗酒，仰头喝干，碗一扔，飞身上刀杆，双手握住刀口，脚踩利刃，一级一级向上，真是刀山敢上！人们屏住呼吸，捏一把汗，心随着刀刃一级一级往上提，仰面，伸颈，随着上刀杆的汉子上扬，抬升，直上云霄。四挂红袍像旗帜一样飘扬在杆头，一人一挂鞭炮炸开，串串火花瀑布挂下来，激起阵阵欢呼的浪潮，一碗碗酒泼向冲天的刀杆。

刀杆节相传已有数百年历史。明代，外敌入侵云南边疆，兵部尚书王骥率兵迎战，依靠当地傈僳族人民，军民团结战斗，取得了胜利。王骥班师回朝途中，二月初八那天竟被奸臣所害。傈僳族人民以这一天作为刀杆节，纪念反侵略的英烈，以上刀杆表示反对侵略、保卫祖国的决心。

刀杆节是一个火光熊熊的节日，一个刀光闪闪的节日。傈僳族人将血与火的刚烈踩在刀丛中，淬在火光里。

1994年2月24日作

《北京日报》1994年3月20日发表

在户撒刀的故乡

从西南边城瑞丽乘车北上，经过陇川县城，跨过南畹河，翻越几道山梁，一路上，山间林木葱茏，大青树独木成林，凤尾竹袅娜多姿，平坝稻浪翻滚，满目勃勃生机。一块绿宝石般的山间平坝呈现在面前，这就是阿昌族聚居的户腊撒坝子。这狭长的户腊撒坝子，坝头为户撒，坝尾叫腊撒，人们习惯于将户撒、腊撒连在一起叫。户腊撒阿昌族人善于种植水稻、烟草，擅长金属镌刻，最使人惊叹的是他们的打铁手艺。阿昌族的著名手工冶铁工艺品户撒刀远近闻名，不仅云南本省，而且西藏、青海、新疆、黑龙江等省区的兄弟民族都远道来向阿昌族订制购买。

户腊撒坝子每个村寨都有祖传的具有独到工艺的刀产品，一个村寨至少擅长打制一种类型的户撒刀，各村寨的名牌产品都有各自的独特标志，在刀把刀背镌刻上各种龙凤花鸟或诸如“猛虎长啸”、“飞燕迎春”等精美图案。户撒刀锋利精巧且形状美观，形式和用途多种多样，有藏刀、景颇刀、阿昌族和傣族人喜欢的尖头刀、傈僳族人乐于使用的平头刀，有黑长刀、花钢刀、腰刀、背刀、小尖刀，有生产用刀、生活用刀、狩猎用的长刀、宰牲用的匕首，等等。一些工艺精当者能把刀打制得极薄而又很有韧性，可以任意弯曲，甚至可以将一把长刀像腰带一样缠在腰间，到时解下就用，锋利无比，真是刚柔兼备，难怪史书赞美户撒刀“精巧美观，柔可绕指，剁铁如泥，锐不可当”。

阿昌族擅长打刀，也非常爱刀。每家至少有一把长刀。英俊勇敢的阿昌族男子最爱他们亲手打制的户撒刀，不论在家或外出，总是身背长刀，显得英姿勃勃。爱刀尚武，是阿昌族人勇敢、豪放性格的集中体现，是他们对美的追求。

清明过后，泼水节来临。全村寨的姑娘小伙子们汇集在一起，舞着户撒刀，敲起象脚鼓、硭锣和镲，跳起象脚舞，踏着明快的节拍，到山上去踏青。他们在林间歌唱、采集鲜花，把花插在姑娘头上，别在小伙子胸前。回村的刀阵和象脚鼓舞阵中，更多了些鲜艳和妩媚。寨子里，男子们舞起五色彩旗，姑娘们轻盈地鱼贯而行，端来清水泼浴花塔、花轿。人们将一束束鲜花供献在佛像前，用清水浴佛、浇花。

小伙子们三个一群、五个一伙，端着水盆，从这个寨子跑到那个寨子，寻找姑娘们泼水。寨子里的姑娘们早已汇集到一个隐蔽的处所，严阵以待。就在小伙子们轻手轻脚张望寻找的时候，十几盆水出其不意地从高处飞泼下来，浇得小伙子们浑身透湿。小伙子们快捷地以桶分水，以盆猛泼，猛烈出击。一时，跑的跑，追的追，叫闹声沸腾，正欲浇别人的却被从后脖颈倾注了一大盆，弯腰舀水的反被水浇了头。小伙子们勇敢，姑娘们顽强，在泼水中冶炼圣洁，承受祝福。场院里、大路上一汪汪积水，将太阳光反射到砖墙上。

想赶热闹的外乡人，轻踏着喧闹后的宁静，只听得一支多情的恋歌从山坡上飞出："郎是细雨从天降，/妹是清风就地生。/结交要像长流水，/莫学露珠一早晨。"

晚上，弯弯的月亮挂在凤尾竹梢。一阵悠扬的葫芦箫声飘进姑娘家的窗口。那个在泼水戏耍中被姑娘看中的小伙子踏着月光来了。姑娘的父母、哥嫂热情地请茶递烟，往火塘里加柴，映得姑娘羞赧的脸盘更加红润。知晓内情的家人们一个个都回避开去，留在火塘边的姑娘小伙子喃喃细语，轻轻哼唱着只有两个人听得见的动情的歌儿。小伙子从怀里掏出一根银簪，那是他亲手雕刻的，上面拴有两朵串有闪闪发亮的彩珠的蚂蚱花。这是阿昌族青年男女恋爱中“腊撒”活动（意为换手艺）的交友结情信物，表示真心爱上了姑娘。姑娘回赠一段自己亲手纺织的阿昌布，便意味着结成了终身伴侣。这“腊撒”馈赠，用阿昌人的话说，“不是换手艺，而是在换心”。身背长刀、英武勇敢的阿昌人，在交友结情中充满柔情蜜意。

成婚大喜之日的早晨，朝阳从树枝间洒下缕缕光带。新郎家的堂屋门外的台阶上，树立着一架用几棵带叶金竹做的“金竹拱门”。身挎户撒刀的新郎英俊威武，满脸喜气地迎候在大门口。新娘由伴娘陪伴，在阵阵鞭炮声中走进场院。当新娘上了几级台阶过“金竹拱门”时，新郎把事先藏在身后的一只小公鸡往场院里一抛，引得人们笑闹，新郎“嗖”地抽出长刀，“砍”在“金竹拱门”上。这颇似惊险的一砍，是象征性的比划，意思是为新娘开辟新路。在户撒刀的故乡，人们不但爱刀惜刀，身不离刀，甚至婚礼上也舞剑弄刀，表现出阿昌人的骁勇刚强，在生活中的不屈不挠和充满信心。

1996 年 12 月 15 日作

《中国人口报》1997 年 8 月 15 日发表

布朗山日出

在西双版纳勐海县政府招待所起了个大早，驱车前往布朗山。在版纳的水乡坝子上转悠了两天，领略了傣族的风土人情，山区的布朗族村寨是一番什么样的情景呢？车上的几个人都怀着急不可待的心情……

汽车在通往中缅边境口岸打洛的小山冈上拐向一条岔道，驶上布朗山。越过几道山坳，盘山拐行几道“之”字弯，上到高处，放眼望去，景致雄浑壮阔。东边的允景洪坝子笼罩在一片茫茫云海中，一座座小山峦如海岛漂浮，艳阳照耀下更加白净的云雾缓缓飘移，河流、树丛、竹篷和房舍时隐时现。我想，要是赶在日出时在山梁上眺望，景观一定会更加壮丽。

绿树丛中显露出一排排竹楼，布朗山寨到了。我们在一座凉亭式竹楼前停下来。同我们一起上山的布朗族小伙子岩英教说，这叫“沙拉房”，是布朗山寨专门为旅人歇宿而建的房子，房内备有长凳、竹床和炊具等，供人休息和使用。建房的人工和竹木材料等，都是人们自愿捐助的。布朗族人世代都有一种乐于为人排忧解难的社会美德，在山道路口普建这种与人方便的沙拉房。

岩英教边招呼客人边介绍，客人们叫着“小岩”问这问那。小伙子说，我可不是姓岩，我们布朗族人男的都叫岩什么什么，女的都叫玉某某，名字的第一个字表示性别，第二个字摘取母亲名字的一个字，这叫母子连名。弄清这个情况后，大家改口直呼其名。

火塘里火苗呼呼。一位身着紧身无领短衣和红色花筒裙、饰以彩穗银质耳环的布朗姑娘忙着招待客人，她放一把茶叶在锅里稍炒了炒后，放进竹筒里烘烤，然后倾倒出来，为每人冲一杯清香四溢的“竹筒烤茶”。

品茶间，客人们接着打听布朗人助人为乐、团结互助的民风。在布朗族古老的民间传说中，把傣、拉祜、哈尼、佤、彝、汉等兄弟民族都看作是从葫芦里出来的同胞兄弟。西双版纳傣家竹楼的火塘边，要留一边缺口不架柴火，是专门留给布朗兄弟烤火的。傣族村寨修房子盖缅寺，布朗族人帮工帮料。傣家人都愿意自己的孩子认布朗族老人作干爹、干妈。布朗族人民内部更是互助互爱，热心公益事业。铺路搭桥、建沙拉房、盖缅寺等等，成年男女都积极参加，男子砍运树木，妇女编织草排，大家齐心协力，共同完成。谁家修新房，大家带去谷米和烟酒茶等物品馈赠，一起出力，共同完成。在生产中，各家互相帮忙，不计报酬，对孤寡老弱更是协力相助。

说话间，岩英教的竹筒饭烧好了。烤得焦黄的竹筒节码放起一摞，小伙子麻利地用长刀先削去竹筒外壳，再剖开内层，白花花的香糯米饭状如香肠，冒着热气，吃起来有一股别致的清香味。

用过晚餐后，天渐渐黑下来。宾主间谈兴愈浓。客人们请岩英教说点有趣的事，小伙子笑了笑说，那就讲讲谈情说爱吧。

布朗族青年男女长到十五六岁，要举行一种叫做“节”的成年礼，大家把牙齿染黑，这就意味着成年了，可以谈恋爱了。夜色中，小伙子们三五成群，到一个姑娘家的竹楼上“邀贯”。姑娘纺着线，小伙子拨弄三弦和琴。姑娘对谁中意，就抛出一首歌问话。小伙子弹着琴对答：“翁格班（阿妹）哟，翁格班，/琴声欢乐是因为遇上了知音，/歌儿动听是因为福气降临。/爱的泉水浇开我脸上的花朵，/阿妹的热情点亮我眼前的明灯。”其他的小伙子搭不上腔，便悄然离去，到别的竹楼上去“邀贯”。这两个情投意合，娓娓叙衷肠……

夜深人静，竹楼也静下来颔首凝听紫藤紧拥大青树的绵绵低语。

沙拉房虽然简易，想到布朗族人的热情好客、乐于为他人的美德，睡得格外的香。

天还没亮，就听到路上人声鼎沸。我们随着岩英教，前往参加“宋坎节”。

“宋坎节”是布朗族迎接太阳的节日。村寨东头，火把光中的彩棚显得庄严神圣。男人们高擎五彩旗幡，小伙子敲着磋锣，姑娘们翩翩起舞。老人们庄重地将满竹篮的糯米饭、紫米粑粑、瓜果鱼肉等食品摆在案台上。东方天边渐渐泛白，几缕淡淡的云丝由暗变红，缓缓飘散开，银白的晴空逐渐泛金。长老念起吉祥的颂词，表达对太阳的崇拜和爱戴。那边坡地上“轰”、“轰”、“轰”放一排高升，人们一齐唱起歌，跳起舞，纵情欢呼，祈愿光明和兴旺。一轮红日喷薄而出，光芒万丈。布朗山沐浴着灿烂的金光，像一艘巨大的航船奔驰在澜沧江坝子滔滔的雾海云天里。“宋坎节”，布朗族人祈望五谷丰登的节日，万众春耕誓师和文娱体育的盛会。布朗山的新生活如一轮朝阳，万道霞光般灿烂美好。

1996 年 1 月 1 日作

《民族》1999 年第 12 期发表

大年节喜庆

腊月，普米族人迎来一年一度最隆重的大年节。各家房顶上、院内外遍插青松翠叶，象征四季常青、兴旺发达。满村寨一片喜庆，沉浸在浓郁的节日气氛中。

节日之夜，场院里燃起一堆堆篝火。十几人、几十人围成一圈圈，跳起热烈欢快的甲蹉舞。一人吹着笛子在前面领舞，众人随着悠扬婉转的笛声款款起步。人们三步一顿，跺脚，拍掌，摆手，扭腰，且舞且呼号，表演洗麻、纺麻、织麻等生产劳动，步法轻盈、刚健。特别是女子的曳地百褶长裙，扎在大头帕脑后的大把丝线发辫，随着摆动的身子左右摇摆，飘飘荡荡，愈见优美。笛声由慢而快，舞步逐渐加快，一圈圈舞队摆动、摇曳，如泸沽湖的波涛拍岸。

过年了，岁月更替，孩子们又长了一岁。谁家的女孩男孩长到 13 岁，该举行“成丁礼”啦，就要成人了！

那家，13 岁的女孩走到火塘右前方的女柱旁，双脚分别踩在猪膘和粮袋上，右手拿耳环、手镯等饰品，左手拿麻纱、麻布等用品，象征有物质享受的权利和承担家庭劳动的义务。主持仪式的母亲将姑娘的麻布长衫脱下，给换上麻布短衣和百褶长裙，系上一条长绣花腰带。

另外一家，13 岁的男孩走到火塘左前方的男柱旁，双脚踩在琵琶肉和粮袋上，右手握刀，左手拿银元，意味着勇敢和富足。由舅父为其脱下麻布长衫，换上麻布长裤，扎上腰带。

这家设席，那家敬酒。亲友们向“成年”的孩子赠送礼品，表示祝贺。接受“成丁礼”的孩子向亲友们叩首致谢。举行过仪式，女孩、男孩就算长大成人，开始参加社交等活动。这就是普米族人庄重的13岁宣言。

大年初一早晨，家家户户备好丰盛的饭菜，等候贵客光临。各家专门派出人，手提普米山乡特制的黄酒，等候在村寨路口。每有行人路过，不管是熟人还是陌生人，大家都要抢先为其敬上一碗溢满盛情的黄酒，接着就往家里请。你说是你家的客人，我说是我家的客人，人们互不相让，相持不下。普米人把大年初一有客人来到，当作能给家中带来吉祥和兴旺的象征，沿袭成俗。

就在人们争抢客人正热闹时，眼见得河湾那边拐弯处出来好几个人，有的人便朝那边跑去抢客人。河湾里拐出的人越来越多，原来是一支送亲迎亲的队伍，那边也在争抢。男方家簇拥着新娘走，女方家的亲友左右阻拦不让前行，舍不得姑娘嫁出去。男方家唱歌力争，女方家对歌应答，双方对唱，难分胜负。新娘子是迎请来的，更是唱来的。从头天晚上到旭日东升，从女方家的松柏彩门到送亲路上，一路唱得青山团团转。新娘出门时唱“出嫁歌”，亲友们高唱“梳妆调”，男女双方歌手对唱“认亲调”、“开门调”。送亲路上唱得难分难解，哪方唱输了就被泼水。去抢客人的人，是要去帮着哪方唱呢，还是想挨一身浇？

新娘就是迎接到这个寨子上来的。这样好的日子！这么多的客人！双喜临门，满村寨皆大欢喜。

婚礼场上，男女老少喝喜酒，唱祝词，祝贺新婚夫妇和睦幸福。之后，人们喜气洋洋地涌向野外，举行象征丰收的活动。

老年人和青壮年劳力赶着披红挂彩的牛群，到旷野上进行驾牛祈丰活动。各家都准备好丰盛的酒饭。一位德高望重的老人走出人群，从每家的饭菜中取出一点，从每家的酒壶中倒出少许酒，以“百家饭”、“百家酒”敬献给牛群，以感谢耕牛帮助生产。小伙子忙前忙后，给一头头牛喂饭。老人驾起一头精壮的耕牛，在鞭炮、火炮的轰鸣声中开耕犁地一圈。人群中爆发出一阵阵欢呼声，喜迎新春的开端，祝颂丰收的年成。

姑娘小伙子们聚会在山上，将炒熟的麦粒、小米和大米花、玉米花放在一个大簸箕里。大家围坐在簸箕旁，说说笑笑，边聊边吃米花。按照先辈传下来的习俗，吃一粒米花象征消灭一条害虫，完全吃掉表示消灭掉全部害虫，以此消灾祈丰。姑娘小伙子们吃啊、抢啊、笑啊、闹啊，继而摔跤、赛马、打秋千、玩游戏，在游玩中抒怀传情，交朋结友。

1996年12月19日作

《中国人口报》1997年3月12日发表

大家庭奇观

从西双版纳允景洪乘汽车往北行驶不远，进入山峦起伏的基诺山。这里古木参天，绿荫蔽日，远近一片片翠绿的茶园。经营这些茶园的便是世代居住在这里的基诺族人。

小山冈上，原始森林掩映下，一幢幢竹木结构的“大房子”。这种大房子宽十来米，长二三十米，有的长达四五十米。基诺族家庭为父系家长制。一个大房子内，居住着同一父系大家庭二三十个小家庭的好几代人，人数多的有一百多人。进了屋，见到一个总火塘，这是举行家庭会议和待客仪式的地方。往里边，等距离依次排列着若干个小火塘，一个小火塘就是一个小家庭。各个小火塘两侧是各小家庭的等面积卧室。各小家庭都有自己的家庭经济，以小家庭为单位的独立消费。被称为“卓勒”的家长负责管理生产生活。一个大家庭由一个年老的男子监督和总管政治、经济、宗教活动。

大家庭里，一个孩子降生，可有两个属相，一个是生年属相；孩子出生后父亲第一次出猎击中之鸟为孩子的第二个属相。实行父子连名制，父名的最后一个音节为孩子名的第一个音节。孩子长到一定年龄，举行“成年礼”。

一个十五六岁的小青年兴冲冲地走在回家的小路上。森林里突然冲出五六个手持棍棒的剽悍大汉，一声大喊：“不许动!”前后围定。小青年毫无防备，惊恐，疑惑，想反抗么却寡不敌众，只有束手就擒，被押解到寨子里。大房子旁挤满了人，说说笑笑。派员抓人去的同时，寨上剽牛祭祖，隆重而又热烈。“卓巴”（寨父）带领大家唱史诗，郑重地祝福小伙子，向他进行传统教育和婚姻、家庭教育，将一套绣有月亮纹饰的成年人衣服和绣有月亮花徽的筒帕给他穿戴上，还送给他两包新鲜牛肉。这就是神秘而又庄严的成年礼仪式。基诺族人以奇袭抓捕的方式行成年礼，就是要使小伙子产生惊恐和神秘感，给他一生中留下深刻的印象。

女孩子受成年礼可以不这样奇袭抓捕，同样接受父母的赠礼，更换成年衣饰。

男女青年举行成年礼仪式之后，便有了一定的权利，承担一定的义务。男女青年分别参加村寨里的社会组织“饶考”和“米考”，选举领导人，参加公共劳动、文娱、体育等活动，受到多方面锻炼。穿了成年人衣服，就可以谈恋爱了。

男女青年谈恋爱以花为媒。女孩子七八岁就两耳穿孔，孔内塞竹管，随着年龄的增长，耳孔和竹管逐渐扩大。姑娘到十五六岁成年之后，换上美丽的成年衣，在大耳孔里插上鲜花，表示在寻觅情人。有了意中人，男青年不能直接向姑娘提出求爱，而是由姑娘向小伙子提出。姑娘准备一朵美丽的鲜花，托一个小姑娘转交给意中人。小伙子也有意思，就收下鲜花，和姑娘约会，谈恋爱。

沉浸在爱河里的恋人，在村寨岔路口放置有象征意义的树叶信，示意约会的时间、地点等。树林里，小伙子弹着三弦等着。小溪旁，姑娘唱着歌儿来了，唱的是她多少天的思念：“我俩相爱在心上，\ 我时刻把你盼望。\ 劳动时各在一座山，\ 为看阿哥我九次爬上最高的山梁。\ 休息时我背上竹筒来到笕槽旁，\ 想到阿哥喝不到我背的水，\ 竹筒里水还未接满，\ 泪水已盈满我的眼眶。”

爱情的果实成熟，一对恋人就要成婚，一个大家庭的大房子又要扩大，又要增加一个火塘了。这是一个父系大家庭的大事，也是全村寨相聚热闹的日子，洋溢着节日般的喜庆。左邻右舍、远方的亲戚朋友都来了，大家欢歌一堂。

年节到来，“卓巴”连敲三响大木鼓，带头跳起舞。男女老少人人头戴鲜花，挥动花束，欢呼雀跃。男子抬着大木鼓，妇女敲鼓，一路欢歌笑语，簇拥到场院里。大家围着木鼓，踩着鼓点，尽情歌舞。又有三四个男子合作敲击起名为“七柯”的七节竹筒组合乐器，伴以热情豪放的歌唱。妇女们跳起优美的竹筒舞。一排竹筒隐隐约约发出“滴多”、“滴多”的轻击声，渐渐的声音越来越高，忽而骤雨密集，时而泉水丁冬，起伏疏密各不同。舞队翩翩，如雨中芭蕉叶翻卷，又似垂柳柔枝拂荡清波。

1996 年 3 月 20 日作

《中国人口报》1997 年 7 月 25 日发表

束河问渠

丽江古城西去四公里，有古镇名束河。束河为纳西族聚居区，是茶马古道由云南较低海拔地区进入藏区的最后一座古城，地理位置重要。往昔众多客商赶着骡马到这里歇脚休整，然后跨过金沙江，北上高原。

我到束河古城的那天，阴雨绵绵。撑着伞，踩踏着被岁月沧桑打磨得光溜凹陷的石板路，沿着从古城中流出的名叫青龙河的水渠缓缓而行。让人最感到惊奇的是，这宽不过两米的水渠，从城中流出来，居然还是如此的清澈！

女人是水做的骨肉。这水渠如同一个姑娘。想起一位作家说女人，她进去时是一个姑娘，出来时便是一个妇人了。我见过不少进入城市的水渠，进城时清澈明亮，出城时就不成个样子了。西北有的城市干旱缺水，白杨树长在水渠里，日夜灌溉着，才得以活命。只有在这束河古城，水渠姑娘她进城时是一个姑娘，出城时还是一个姑娘，还是那样少女般的清纯妩媚。

水渠两岸，沿街道满是小商店、饭馆、茶坊等。街道为青石板铺就，被岁月的脚步踩踏得光溜溜的，或凹进去，或鼓起来，面团似的。各种各样的店铺悠闲地分布在街道两旁，商品琳琅满目。手工编织的藏式披肩，做工精细，花色多样。姑娘一边编织，一边展示销售。银匠丁丁当当地敲打着，现做现卖，货真价实。水渠临窗而过，过渠的桥板黯然。渠水是饭馆的天然冰箱，一箱箱啤酒放在水中自然冷镇着。渠道边的茶坊蛮有情趣。临渠而坐，品着茶，数着渠水里的鱼儿，听着对座弹奏琵琶，如清爽的水波在心里荡漾。

我在一片满是碧绿水草的渠边停下来，痴迷地看那水草，找不到合适的词语形容那绿。一缕缕长长的碧绿水草，像睡美人的长发，随着渠水的流动弯弯扭扭，永不止息地舞蹈。

站在青龙桥，北望渠头，近看一大块展板上的古镇地图。被称作九鼎河、青龙河、疏河的三条水渠并肩北向而来，往大里说，似有点像三江并流；往小里比喻，如同被束缚在一起的禾抱。从这儿以下，九鼎河、青龙河往南流，疏河折拐向东，分成十多条小渠，分散开去，恰似一束稻把，这里的渠河是论“束”的。

沿九鼎河上行。渠水源头，有半亩见方的水池，名九鼎龙潭。站在潭边，只见水平如镜，近树、远山静静地倒映在水中。鱼翔水中云天，翱翔在树梢，亲吻着玉龙雪山的峰巅和白云。

想到朱熹的《观书有感》：“半亩方塘一鉴开，天光云影共徘徊。问渠哪得清如许？为有源头活水来。”读书观景，观景读书，二者是相通的。束河的渠水清澈，在于龙泉活水。

问渠哪得清如许，流过一座古城之后的渠水仍然还是那么清澈，是因为纳西族人尊崇自然，敬畏自然，与自然和谐共处的清醒认识，他们高远的思想境界。

出了束河古城，驱车向北上行。行驶在一条标名为“裸美乐”的山谷。同行的纳西族朋友告诉我，这三个字是纳西语音译，意译为“神秘的峡谷”。裸美乐，若按汉语字面意思，乃是：裸露着是美丽的快乐的。以这个意思解释金沙江拉纤的纤夫合适，按纳西族对人与自然辩证关系的认识来解释地理环境，是违背纳西族人意愿的，地表裸露哪里会是美丽的快乐的啊。

神秘峡谷中建了一处名为“东巴谷”的生态园。园中有东巴神院，有匠人街，纳西、藏、傈僳、普米等民族村寨的情歌对唱和民俗演示很吸引人，饶有意味的是森林浴道中专设的祭署台。

纳西族人信奉东巴教，崇尚万物有灵、灵魂不灭，认为天、地、日、月、山、水、雷、电等自然物和自然现象均有神灵，可赐福，可降祸。由此，纳西族聚居区总有频繁的祭祀天神、地神、山神、水神等神灵的活动。有专门的“祭署”活动，每年农历二月，全村寨人集体到水源处祭祀。署，纳西语音译，即掌管自然界的神灵。相传，署神首领与人类祖先为同父异母兄弟。人如乱砍滥伐树木，污染水源，触犯自然，署神就施放疾病和自然灾害惩罚。人必须善待森林和水源，定期祭祀署神，祈求免灾赐福。这体现了纳西族人对人与自然辩证关系的朴素认识，客观上起到制约人们破坏自然和谐的行为。

束河问渠，这才问到精神意识的源头。我终于明白，一条流经古城的水渠，何以还是那样的清澈而富有灵气。

2007 年 10 月 6 日作

第三辑

天山咏叹

夏日牧场

正做着梦，好像是坐在雪山下的温泉旁，双脚伸在热水里，暖融融的，暖意贯通全身，浑身清爽。醒来，望见圆圆的毡房顶，这才意识到已经在卡西牧场过了一夜，天大亮了。

圆圆的毡房，穹庐似天，笼盖着一个浑圆的世界。我们和哈萨克毡房主人一起，九个人头朝四周脚朝中间躺卧，可不就睡梦中脚底暖融融的。

出了门，拂开树枝，穿行小径，去河边刷牙洗脸，回味昨晚进入毡房时的情景。

我参加中国作家协会主办的一个会议，会议组织与会者到卡西牧场。毡房内，电灯光昏黄。大家团团盘腿而坐。哈萨克男主人提来一大包馕饼，打开，铺床单般的铺开，掰开一个个脸盆般的大饼，热情地送到各位客人手里。哈萨克姑娘彬彬有礼地给每人斟上一碗马奶子酒，亮起歌喉，掌声、笑语喧哗。一大碗马奶子酒喝下，似有几分醉了。几个人出门，加入到人群中，围着篝火跳舞唱歌，唱落了满天繁星，一河湾里银光闪闪。回到毡房，盘腿坐一圈，轮流讲故事，都是惊心动魄的。乌热尔图讲：有一个人独自与二十几只狼对峙，惊恐中，几乎绝望，声嘶力竭地叫喊，吓跑了狼群。唐达成说的是：好一个英勇猎人，迎着猛虎持枪挺立，老虎怒吼着腾空扑来，猎人机智地一缩头，虎肚子迎着刺刀穿肠而破。壮观，刚烈，一毡房雄心豪胆。

朝阳洒下金辉，水波里银白的金色的各种石子儿粒粒可数。不忍把刷牙的白泡沫掉在水里，别玷污了清澈的水源头。

深山的夏牧场，山顶白雪皑皑，山肩牧草茵茵，草甸以下是葱茏苍翠的黑松林。牛羊在斜坡林间草地上静静地吃草。老妇人蹲在牛身旁，捋起袖子，一把一把地挤奶。奶丝儿“哧哧”射向桶内。她身后，一个两三岁的小娃儿手拿杯子等着，从奶桶里收回眼光，怔怔地看着远方的来客。

眼前的静态水彩画，是由初夏时牧民迁居夏牧场的热闹流彩凝结的。哈萨克牧民们骑着马赶着车，驮起简要充实的家当，赶着牛羊，涌向水草繁茂的夏牧场。只要烙够一定数量的大饼，吃穿用的羊奶羊毛都出在羊身上。哈萨克牧民的大车，左边一轮太阳，右边一轮大饼，“吱吱呀呀”地在原野上划两道永不相交的平行线。

吃过早饭后，我们去山坡上赶一场热闹的骑赛聚会。林间的小路曲曲弯弯，飘逸着北方少有的湿润清爽。只听说哈萨克小伙子是骑在马背上长大的，今儿见到一处处小树骑着老枯树长大的景观。原始森林葱茏繁茂，新树种在倒地的枯树干上长成小树，骑在老树上作动态的造型。

四方的骑手都来了。高手云集，摩拳擦掌，等着一试身手。有的座骑雄骏，骑手气宇昂扬。有的表面沉静外静内动，蕴藏着很大的潜力。有的行为蹊跷，大老远的竟然牵着马步行而来。原来，他是为了他的马蓄积力量，心疼他的牲口竟到吝啬的程度。你走进毡房，主人尽情地让你喝牛奶吃羊肉，他相信越多拿出来待客牧场上会产出越多。但是，临赛前你若是想借骑他的马儿遛一圈，却很难得到应允。这不是吝啬，人家几十里山路都是牵马步行来的没舍得骑，对不起，养兵千日用兵一时啊。

激烈的刁羊就要开始了。这是一场既赛骑术又比骁勇的马上运动。用两岁左右的小山羊，割去头和蹄，扎紧食道，参赛者分队群体冲抢刁夺，追赶，阻拦，掩护驮遁，既得有个人娴熟的技巧，又需要集体的密切配合，争夺如篮球赛，激烈似在暴风雪中与恶劣天气、凶禽猛兽搏斗。

一声令下，十几个哈萨克小伙子骑马冲向场地中央，顿时马匹簇拥，人头攒动，你争我夺，激烈壮观。一个骑铁青马的骑手夺得羔羊，冲出重围，队友们前拉后推，左右护卫，眼看就要胜利了，想不到在一道斜坡前被对手们追上拦住，重围紧裹，纠缠在一起。经过一阵拉锯争夺，另一个骑枣红马的壮汉夺得羔羊，夹在腋下，扬鞭跃马，四蹄腾空，"呼"的射出，把羊掷在指定的地方。赢队队员们欢呼雀跃，赛场上一片欢腾。

在刁羊中夺魁的骑手受到全场的喝彩，更受到姑娘们的赞赏。接下来的姑娘追活动更富有情趣。那小伙子随同一位姑娘，并辔而行，悠悠然，朝前走，时而附耳交谈，时而低头而笑，远了，远了，一对人影越来越小。到了预定地点，小伙子策马回头就跑，姑娘挥鞭追赶。越来越近，追上了，姑娘那马鞭得意地晃动、抽打。细心的人会发现，她并没有真打，而是在小伙子头顶上方虚晃，有时候鞭子打在小伙子的马身上，马跑得更快了，后面的紧追，一顿好跑。观众席上笑开了。有的人猜度，那姑娘莫不是爱上刁羊优胜的小伙子了？

我们同行中的这位哈萨克小伙子心痒痒了，骑上一匹马，和一个姑娘并肩而行，娓娓而谈。说回乡的感受？讲山外的精彩？还是儿时的旧情？转回程，小伙子一溜飞跑，姑娘策马紧追。追上后，一鞭鞭真抽在小伙子的头上、背上。小伙子抱头鼠窜，落荒而逃，几多狼狈。谁知道他在去的路上对姑娘说了些什么！

1992年3月7日作

《中国老区报》1996年4月12日

《杭州日报》1996年4月21日发表

走近玛纳斯

夏末8月，我们乘车出伊宁市，沿特克斯河往西南方向上行半天，到达载入吉尼斯世界纪录大全的八卦城特克斯县城。出县城，只见稻谷大片金黄，玉米棵茂密，向日葵叶绿花黄。由农区转牧区，景色迥然不同，特克斯草原碧绿如茵，蓝蓝的天上朵朵白云和我们一起前行。两个多小时后，到达阔克铁热克柯尔克孜民族乡。

一条小河，水流哗哗欢唱。雪山上融化下来的流水清澈透凉。林间的白色毡房顶尖而高，如同皑皑雪山。袅袅炊烟，显示出居家的温馨。主人热情地把我们迎进毡房。毡房内清爽宜人，靠里码放着高摞折叠整齐的花被，房壁上贴挂着图案别致的挂毯。客人们盘腿围坐一圈。有的客人不太习惯盘腿坐，主人给上个布垫子，当小凳子坐着。主人端上奶茶，给每人倒上一杯，醇醇的马奶飘香。

毡房外不远处是灶房。男女主人忙前忙后，男主人现宰一只黑山羊，盛情款待远方来客。

不多一会儿，热气腾腾的手抓羊肉就端进毡房，摆在我们面前。主人将熟羊头摆在我这位来得最远的客人面前，递给我小刀，让我开切。我按照现学的方法，切出一小块羊肉给年龄最小者，大家并展双掌，默念几句，开始分享。

烹饪很丰盛，一道道端上来。一种以牛肉丝炒洋葱拌奶酪和白皮面条的名叫“纳仁”的食品，色香味俱佳。拌以多种禽肉和牛羊肉、黄油、胡麻油，并加入胡萝卜、葡萄干、香肠等多种原料的手抓米饭，味道鲜美。

酒过三巡，开始唱歌。一位柯尔克孜姑娘深情地唱了一首“迎客歌”：“远方来的客人啊！/我把被褥叠得高高的，/因为你来到我们这里，/我要编几句歌儿欢迎你。”青年牧马汉子的歌句赞颂金灿灿的成熟季节：“我们爱唱舍日勒当，/夜里愿意睡在马群旁。/为了保护场上的粮，/才来演唱舍日勒当。”

接着，又陆续端上烤石板炉包子、托阔奇（馕），烤得黄灿灿的，香气四溢。我们品尝着这些牧民游牧携带的可以存放多日的食品，体味着草原上辛勤而又自在、幽远的游牧生活。

自治州民委刘主任兴致盎然，接连唱了一首柯尔克孜民歌、一首哈萨克民歌、一首维吾尔民歌。大家连声叫好，更为感动的是柯尔克孜牧民全家。一位内地来的汉族干部，会娴熟地说几种少数民族语言，唱几种语言的民歌，功夫到家，感情投入深。

接下来，便是玛纳斯奇（玛纳斯演唱家）演唱英雄史诗《玛纳斯》。玛纳斯奇表情凝重，深沉的演唱这样开头：

> 奔流的河水，/有多少已经枯干；/绿色的河滩，/有多少已经成为戈壁滩；/多少人迹罕至的荒野，/又变成了湖泊水滩；/平坦的大地冲成了深涧，/高耸的山头变低塌陷。/大地经历了多少变迁，/戈壁上留下石头，/石滩又变成林海，/绿的原野变成河滩，/山涧的岩石已经移迁。/一切都发生了巨大的变化，/惟有祖先留下的史诗，/仍在一代代流传……

演唱把听众带向幽远古老的原野，带进如火如荼的战争岁月。

玛纳斯奇以他特有的神态，说唱玛纳斯立马横刀、驰骋疆场的英雄形象，歌颂玛纳斯冲锋陷阵、风卷残云的勃勃英姿，展现溃敌千里、万众欢腾的热烈场面，一幅幅英雄玛纳斯征战南北、抗击侵略军的壮丽画卷。玛纳斯奇通过轻重缓急各不相同的语调，通过神态、手势，展现战争场面，刻画英雄人物。他眉蹙如剑，切齿如刀，双眼射如箭簇，手劈似快刀破竹，使听众如身临其境，领略战争场面，受到英雄气概的感染。玛纳斯奇自己简直就是一位指挥千军万马的将军，左突右击，指挥若定，势如破竹，长驱直入。只见他，滔滔不绝，谈吐不凡，把战争的来龙去脉，敌我双方的军事布局，侦察到的详情奥秘，各个人物的微妙心理，叙述得淋漓尽致，奥妙无穷。他起伏迭宕的音调，时而如万马奔腾，风起云涌；时而如雪花飘落，轻柔舒缓；时而雷鸣电闪，山洪倾泻；时而高山流水，松鸣空谷。听众的感情随之如快艇冲浪，跃上波峰，冲入深谷，似鹰击长天，穿云破雾，在风云中激荡。

柯尔克孜族的《玛纳斯》与藏族的《格萨尔王传》、蒙古族的《江格尔》并称我国民间三大英雄史诗，在世界文化宝库中都是屈指可数的。《玛纳斯》全诗八部，以英雄玛纳斯作为全诗的总称，并作为第一部标题。第一部是全诗的主要部分、精华所在。其他各部以玛纳斯各代子孙的名字命题。《玛纳斯》规模宏伟，色彩瑰丽，全诗歌颂柯尔克孜英雄汗王玛纳斯家族八代人为统一分散的柯尔克孜部落团结奋战，反抗异族奴役的英雄业绩，通过描述玛纳斯及其后代子孙们以及亲人、战友团结一致，反抗压迫，惩处残害人民的恶魔，扶弱济贫，反映了柯尔克孜族人民为争取自由，前赴后继，英勇斗争的历史和不屈精神，歌颂了壮士们不畏强暴、维护正义的勇敢精神，揭示了柯尔克孜族人民的社会生活和精神风貌。《玛纳斯》语言流畅，戏剧性强，具有很高的艺术价值，是研究柯尔克孜族历史和经济社会生活的百科全书。

英雄史诗《玛纳斯》在柯尔克孜族人民中世代口头传诵，

千古流传。没有唱本，没有专门的学习传授，玛纳斯奇是怎样将卷帙浩繁的巨制烂熟于心，流畅地演唱出来的呢？带着这样的问题访问玛纳斯奇，他们总会说，哪年哪月做了一个什么样的梦，梦中见到英雄玛纳斯，好像就在千军万马中冲锋陷阵，得英雄真传，醒来后便会演唱《玛纳斯》了。

诗歌具有魔力，演唱源于神授，这在英雄玛纳斯故乡是一大神奇。据民间文学工作者的调查研究，很多玛纳斯奇都这样说，熟睡中大梦一场，或者大病一场，梦醒病愈之后就无师自通地唱起《玛纳斯》。经过调查得到的事实表明，很多玛纳斯奇一般都是得益于家传，本人才思敏捷，具有深厚的民间文学功底，其父兄或其他亲人长期演唱《玛纳斯》，本人从小生活在玛纳斯艺术氛围中，耳濡目染，潜移默化，长期积累的结果，一朝喷发，口若悬河。有的还是拜师学艺，各有师承。他们不是逐句逐行背诵，而是把握住史诗重大事件的框架，人物的身世及相互间的关系、大的场面，至于一般情节和细节，则在演唱中即兴创作，随编随唱，水到渠成，滔滔不绝地唱遍草原。玛纳斯奇本人一般都有意不讲出自己学唱《玛纳斯》的因缘，这与柯尔克孜族灵魂崇拜有关，表达了对英雄玛纳斯的深深敬仰和怀念之情。

在特克斯草原，不论是几个人的家庭聚会，还是婚丧嫁娶、节假日游戏，数千人的大型集会，玛纳斯奇都会演唱《玛纳斯》，深受人们的喜爱。

这一场玛纳斯演唱，唱得月亮落山，草原和山岭更加寂静，雪山上来的河流更加畅远。我们一行远方来客，就这样盘腿坐在柯尔克孜毡房舒适的被褥上，听着玛纳斯奇深情的演唱，感受柯尔克孜族深邃的历史、丰富的生活，领略柯尔克孜族英勇顽强的斗争精神，沉浸在深深的感动中。

2005 年 11 月 3 日作

《民族论坛》2006 年第 1 期发表

塔什库尔干写意

追根溯源

汽车出了喀什城，在竹林似的钻天杨走廊向西南方向疾驰。一座座雪山映现在天边，那就是帕米尔高原。

公路外是一条河，河床宽阔，满河滩大大小小鹅卵石，河滩中间水流滔滔。喀什地区的同行说，这河叫盖孜河，沿着这条河走到头，便进入塔什库尔干塔吉克自治县。

我们追着盖孜河，曲曲弯弯进山。

盖孜边防检查站两边山峰把蓝天挤成狭长一条。下车，掏出身份证和边境通行证，以备接受检查。从几辆大客车小越野车上下来一些旅客，戴黑绒圆高统吐马克帽的塔吉克青年，披纱巾的维吾尔姑娘，戴白色毡帽的柯尔克孜汉子，更多的是内地汉族人。

排队等候检查，活动着腿脚，望峡谷，满眼新奇。盖孜河汹涌湍急，切下百十米高的河槽，高坎上层层叠叠鹅卵石。高坎紧贴的崖头露出墙头瓦角，小商店的姑娘说那是柯尔克孜山寨。山寨背后，是耸入天际的雪峰。仰望，山峰溜尖，直插蓝天，峰顶上厚厚的积雪。几只雄鹰在笔峰似的峻崖飞翔，看上去，多么高峻，多么雄壮，不知是鹰在飞还是山在倾。

汽车贴着石壁沿河谷进入山的纵深，右边岩壁刀切，左边悬岩突伸，盖孜河凹进我们的车轮下方激荡。沟陡流急，河流一路冲激，水流呈灰色，似水泥浆。

两面雪山，右边阳坡的雪稀少，左边阴山积雪丰厚。

不断有支流加入进来。每条支流都冲泻出宽宽的河床，大片大片山坡都是河滩卵石，这说明夏季雪山融化时水猛流宽。司机说，盛夏的每天下午，受到太阳烘烤的雪山化雪，流水暴涨，晚间流水缩小。

跃上山梁，天地开阔了许多。盖孜河上游是一大片水波不兴的湖泊，再往前行，一些地段是大片或深或浅忽干忽湿的沼泽地。

高原的10月，牧草泛黄。平缓的河段，似流非流，远处几只水鸟漫游，四周是或聚或散高高低低的雪山。

公路跨过一道石桥，顺着雪山脚走。这边的山势陡峭，山高雪厚。在似河似湖的水边划了几道弧线，又过一座桥，来到岔路口，见一块路牌，上写“布伦口”。司机把方向盘打向左，告诉我们，这里是克孜勒苏柯尔克孜自治州阿克陶县的一个乡。盖孜河汊道那边水面宽阔，我们沿着这边的支流走。

转过山湾，水面忽又开阔，大约近千亩，这便是卡拉库力湖。湖边，牛羊悠闲地吃着草。风平浪静，湖面倒映着雪山，水中亦真亦幻的景象晶莹剔透，神秘诱人。

卡拉库力湖右上方，小溪汩汩流淌。汽车顺着小溪跑到头，转两道“之”字形拐，跃上山梁，翻越苏巴什达坂。这是个维吾尔语地名，达坂，意为山梁；苏巴什，分水岭。我们把盖孜河走到了头，从这里翻山下坡，顺着另一条小溪下行。

停车小憩。公路里边的土坎上，山坳背阴处，一处处残雪。近前是缓坡，前面的雪山是著名的慕士塔格峰。似乎不怎么高，因为缓坡和雪山造成视线错觉，实际上高得很。

我贴近慕士塔格峰的脉搏，倾听她内心浑厚的勃发，激动得心跳加快。雪峰近在眼前，似乎伸手可及。仰望雪峰，环顾四周，山岭绵延，雪山座座，仿佛置身于梦幻世界。慕士塔格峰顶白雪皑皑，在金色的阳光下闪烁耀眼。慕士塔格峰海拔 7560 米。冰川雪原润泽着大片土地，是南疆地区动植物自然生态环境的守护神，是赐福于人类的神山，塔吉克人将其尊崇为神苑天堂。每送亲友上征途，人们总是祝福："愿你与慕士塔格同在！"

站在慕士塔格峰前，往北眺望，不远处是海拔 7719 米的公格尔峰，海拔 7595 米的公格尔九别峰，其北侧就是我们刚刚经过的滔滔盖孜河。几十条冰川巨大的冰层，是盖孜河汹涌激越的力量所在。公格尔峰、慕士塔格峰与其它冰川雪岭一起，阻挡来自北冰洋、大西洋的水气，形成雨雪，成为南疆地区的天然水库。

越过苏巴什达坂，汽车顺着一条小溪下行，轻快如小鹿。塔合曼草原密实敦厚，满载牛羊，向水草之源高峻的雪峰展示着它的丰腴。小溪欢跳着，每过一个山坳，便增粗几分。它挥挥手汇入塔什库尔干河，我们也该进入县城歇息了。

第二天早上北京时间 9 点，耀眼的太阳从东山升起，照着塔什库尔干县城背后的新关山雪峰。我们国家地域辽阔，祖国最西部日出时间比北京晚 3 个多小时。

早饭后，我们顺着塔什库尔干河逆流而上。

领着我们前行的塔吉克朋友毛兰库力，一路给我们讲述塔吉克族的源流，塔什库尔干塔吉克自治县的现实情况和远景规划。

塔吉克人是中亚古代居民，属于欧洲人种印度地中海类型。塔吉克人主要分布在塔吉克斯坦，阿富汗的塔吉克人占该国总人口的 40%，中亚各国、我国新疆地区、小亚细亚和南亚次大陆各国也有分布，总人口 1000 万，在世界上是人数较多民族。我国有塔吉克族 4 万人。塔什库尔干塔吉克自治县是塔吉克族主要聚居区，有塔吉克族人 2.6 万，占全县总人口的 80%。

毛兰库力介绍说，塔什库尔干地势高峻，平均海拔高度

4000 米以上，气候干旱寒冷，长冬无夏，高山河谷地带散布着成片宜牧草场，全县以牧为主，零散播种一些青稞、豌豆等农作物。县里正在采取措施，实施牛羊品种改良，保护草场，使之合理载畜，计划改造和建设一批稳产农田，兴修水电站，加强基础设施建设。

从车窗放眼望去，塔什库尔干河两岸一马平川。高原的冬天来得早，河水清清，牧草枯黄，羊群像云朵悠悠飘忽在草场，这边几头黑牦牛，那边几头黑白相间的花牦牛，间或一匹马跑过。

汽车沿着塔什库尔干河上行，平川两边雪岭绵延。毛兰库力说，塔什库尔干有独特的自然风光和民族风情，有深厚的历史文化积淀。塔吉克族早先曾经信仰佛教，后来改信伊斯兰教，其衣食住行、婚育和礼节等风俗习惯以及歌舞乐都独具特色。塔什库尔干一脚踏四国，与塔吉克斯坦、阿富汗、巴基斯坦交界，边境口岸、边防界碑在旅游方面别具吸引力。境内沟壑纵横，山川起伏，雪岭连绵，冰峰耸立，有海拔 8611 米的世界第二高峰乔戈里峰。

后排座一位同伴随即问，望得见乔戈里峰吗？毛兰库力指着山上说，到雪线那儿能望见。

那雪山，大片圆溜溜的缓坡，像是一口气就能跑上去似的。我说，在那儿开办一个夏季滑雪场，是很富有吸引力的。

毛兰库力又说，缓坡上面那座峰叫塔吉克峰，是一座没人登顶的处女峰，山背后就是阿富汗。

汽车驾驶台上的海拔仪指针在不断上扬，汽车每前进十几公里所指刻度扬升 200 米。

沿路不断有溪流汇入塔什库尔干河。主河道被我们追得越来越瘦小，这会儿是一道可以跃步跨过的小溪。毛兰库力说，现在秋冬枯水季节河水很小，七八月份雪水融化时河水可大啦。前年夏天，几个牧民在河边放牧，眼看着滚滚暴涨的洪水将他们所在的草场包围成一座孤岛，幸得武警战士赶到救援，不多久那孤岛就被激流淹没。

汽车再上了一些坡度，拐进一个山湾，便处在四周都是雪山的包围之中。这上游的小河段叫塔格敦巴什河，发源于红其拉甫草原。红其拉甫，塔吉克语意为“有小房子的山沟”。两幢小房子坐落在山根阳坡上，注释着地名。

汽车拐了几道“之”字拐，停在红其拉甫边防站，我们下车步行。

山坳口是庄严的国境线，一座两米高的界碑耸立，上面刻着“中国”两个红色大字和中华人民共和国国徽，在雪山的映衬下格外鲜明。界碑南面是巴基斯坦，界碑两边分别用两国文字记载着口岸建立和开放的有关内容。我们一个个到界碑前留影。边防战士告诉我们，这 7 号界碑矗立之处海拔 5100 米。界碑旁有一石碑路标，指示到达几个城市的里程：

塔什库尔干　125

喀什　415

乌鲁木齐　1500

北京　6490

从巴基斯坦开过来的一辆大客车停住，从车上走下来两位巴基斯坦边防人员。问他们，得知到伊斯坦布尔 580 公里，比到喀什稍远。

一群巴基斯坦牦牛在界碑旁低头吃草，或踱步、戏耍，显出边界的宁静、安详。

离雪线只有二三十米之遥，伸手就可以够着。真想搂着圣洁的雪山，抚摸那凝脂般的肌肤。

中巴边境 7 号界碑所在的红其拉甫分水岭，是塔什库尔干河的源头，只有手腕粗的泉流轻轻。缓坡下头，水两边结着冰。上方，冰封住泉流，水在冰下面流动，高透明度地展示出流动貌，在正午的阳光照耀下闪着银光，白亮白亮的。我斜依在溪流旁，请朋友以另一岔源头的雪山为背景，给我拍摄一张留影。

石头川，石头城

塔什库尔干河谷二百多公里，从河滩到山腰，从下游到源头，满山遍野石头，一川碎石铺天盖地。不少地方，洪水冲开的几米几十米断面，都是层层叠叠的鹅卵石、沙石。石头如雪峰的雪粒那么多，比天上的星星还密集。

雪峰大多如笔峰，尖尖峭立，是因为长期冰冻加上风化使然。石山被冰雪覆盖，冬季雪上加雪，夏天积雪融化，石山因为温度的变化以及风化作用而迸裂，石块剥离山体，滚落山下，年年月月，石块垒积。在科库母力克乡，山高谷深，十座高高的山峰耸立如十指尖尖，冬日偏南的太阳在十根手指峰间穿行，半小时出现半小时隐没山峰，峡谷中一天里见九次日出九次日落，自然景观奇特。

帕米尔高原早早进入冬季，池水开始结冰，山上不再化雪，河枯水瘦，水量接近最低。河滩上满是鹅卵石，大的如锅盔如篮球，小的似拳头似鸡蛋，与粗细不等的河沙混合着组成卵石的浩茫广宇。河两岸，有的地段是草场，或是沼泽地，大部分地段是河滩、沙石地，从河滩到山坡满是大大小小的鹅卵石。

车行一路，东西两边都是雪山。我想象着雪山和河谷的四季变化。山头终年积雪，冬季积雪加厚，雪线下降；夏季气温升高，冰雪融化，雪线上升。高山雪崩，飞雪如走石。低山“雪落石出”，被冻裂开的石头纷纷滚落山下，层层堆积。随着气温升高，高山积雪大量融化，雪水满山流淌，遍山走水，冲石荡沙。年复一年，将满山石头冲激成浑圆的鹅卵石。气温越高雪山上融化的雪水越多，满山水流，山洪暴发，塔什库尔干河水暴涨，河面骤然增宽，有些地方从这边山根到那边山脚都成了河。

雪峰山，石头山，雪线下，石头川，塔什库尔干这个地方石头特别多，这地名就是石头城的意思，源于古石头城遗址。古城坐落在离今县城不远处塔什库尔干河畔的一个山丘上。石头城外城方圆十里，城墙和炮台遗迹展示着它昔日的宽阔和繁华，民宅及其他建筑只残留下遍地碎石、瓦砾。内城依山而建，呈椭圆形，下宽上窄，城墙高耸，城堡的威严和辉煌依稀可见，上有垛口、衙门、宫府、军政官邸、街市、佛庙、民宅。我徜徉于旧街市颓墙下的遗石间，似见这个商业中心往日的繁华。此时，夕阳搁在西边雪山口，将黄光束从残墙上斜射下来，让人觉得仿佛是13个世纪前朅盘陀国都城窗口透出的历史的灯光。

塔什库尔干古石头城远在玉门关2000多公里之外，曾经是东西方交流往来的必经之地，古丝绸之路的南道、北道穿越塔里木盆地到帕米尔高原会合，在塔什库尔干石头城交汇，再分两条路向西延伸，越过喀喇楚库尔达板和红其拉甫达板，通往南亚次大陆、中亚、小亚细亚以及欧洲各国。塔什库尔干石头城是丝绸之路东来的区间站，西去的中转站。古代东来西去的旅人总都在塔什库尔干小住几天，然后再继续行程。东方的法显、玄奘等高僧，西方的马可波罗、斯坦因等探险家都曾历经这里。中原文化、古希腊文化、印度文化、阿拉伯文化在这里交会。

塔什库尔干处于中原通往西亚、中亚、欧洲的古丝绸之路干道上，是出中国国门的一道重要关口和驿站，曾有过辉煌和热闹。海上丝绸之路开通以后，远离中原的塔什库尔干成为幽静的历史后院。新时期以来，塔什库尔干对外开放，向世人凸显出她的独特魅力。八十年代中期，开通了红其拉甫口岸，塔什库尔干成为全疆乃至内地通往巴基斯坦、印度的陆路便捷通道。随着改革开放的深入，西部大开发的实施，塔什库尔干必将更快地发展繁荣起来。

雪原霓裳

在塔什库尔干河谷，一路所见，雪峰映衬下塔吉克姑娘的粉红衣裳是最亮丽的一景。

我站在山坳口眺望。塔什库尔干河谷东西两面一座座雪峰相连，山坡下卵石滩呈土灰色，秋后的草原相约一起枯黄，三五个塔吉克姑娘在河边走动，个个粉红霓裳，万山丛中一点红，显得是那样的突出，给人以充满希望的亮丽色彩。

这使人想到下雪的日子，雪峰与河谷连成白茫茫一片，漫天皆白，两个身着红色连衣裙的塔吉克少女远远走来，雪中霓裳粉嘟嘟，款款细步雪原，带给人怎样的视觉震撼和内心激动！

草原翠绿的季节，一个姑娘走来，万绿丛中一点红。三个姑娘从小桥上走过，粉红色霓虹彩裳映水中，映照得雪河激动泛波。一群塔吉克姑娘小伙子在如茵草原上奔跑，彩裙飞飘，霓裳流动，牵引得云也红了，霞也淡了。

塔什库尔干长冬无夏，春秋相连，大半年时间内，除了山顶的雪峰，四下里山野灰黄，色彩相对比较单调。塔吉克人热爱色彩，要在高原的单调色彩中穿出亮丽，在土灰色的环境中显出色彩的响亮。姑娘们的霓裳照耀长冬，迎来春光。

人们小心地保护和利用草场，使经济可持续发展，充满生机的翠绿养育得牛肥羊壮。高海拔地带，树不容易长好，塔吉克人每栽一棵树，垒一圈石头墙保护；每植一片树，专门修一圈房子似的围墙，挡住狂风，防止牛羊啃噬。在塔什库尔干河谷行驶一路，到处可见这种树棵密集的石围子、墙围的树丛。走了全国许多地方，总见伐木建房，而到塔什库尔干，惟独见塔吉克人建房护树，给树以精心呵护，像打扮女儿似的为雪原装扮对比色。那一丛丛茂盛的柳树，象征高原人旺盛生命力的旗帜高高飘扬。深秋初冬，雪山晶莹，四野土灰色，一丛丛柳树叶杏黄似金，霓裳在黄树丛中笑闹出一片片火红，是强烈生命力的恣意张扬。

塔吉克人世代居住在帕米尔高原独特的自然环境中，四季与雪山相伴。塔吉克人喜爱红色和白色。白色是雪山永恒，是持久的润泽大地。红色鲜艳，借以突出自我，旗帜鲜明，象征亮丽人生，青春火样红。

把酒话日月

我们的越野车驶离干道，顺着一条水渠，在草坪路上摇晃不多一截子，停在达布达尔乡第一村村民委员会主任瓦孜尔汗家门前。

主人与来客一个个握手。塔吉克人之间，男子互吻握着的对方手背，女子互吻面颊，长辈吻幼辈前额，幼辈吻长辈手心，见面礼节内容丰富。

主妇提来一壶水，给我们一个个淋水洗手。

进门以后，拐过小厢房，就是正房起居室。塔吉克人家的居室，屋顶中央有一个较大的六角形天窗，太阳从天窗照进屋内。墙壁四周挂满色彩艳丽的壁毯，遮挡住全部墙壁。拐角大铺炕占整个房间十之六七面积，铺着厚实的花毡，可供二三十人坐卧。靠北墙整齐地叠放着三四十床被子以及褥子、枕头等，码放两米来高。我问何以这么多被子，主人说，塔吉克人不管游牧还是定居，彼此的住宅相距较远，大老远的来访，人困马乏，没有随即回去的道理，都得住下来，所以塔吉克人家里总是备有许多被子。又说，有客人来会带来吉祥好运，客人来得越多主人越高兴。

十来位客人，一个个在大炕毡子上盘腿而坐。主人在客人面前铺开两块大布单子，给每人端上一碗滚热的奶茶，呈上几块锅盖大的青稞馕饼，几个类似萝卜的恰玛古，又端上三大盘热气腾腾的大块手把肉。主人热情地招呼大家："听说你们要来，刚刚宰了羊，这血肠是新灌的，来，请吧，不要客气。"

毛兰库力从腰间取出小刀，熟练地切割着羊肉，一块块送给我们。一位内地来的客人说，有点高原反应，昨晚睡得不踏实，醒来三四次。毛兰库力切下羊腰子递给他。有人开玩笑说，吃下羊腰子，今晚会醒来六次的。说得大家哈哈大笑。

主人给我续上一些热奶茶。毛兰库力招呼我多喝，说是多喝点奶茶可以缓解高原反应。我说，没有高原反应啊，多喝了，会一下子跑上雪山顶，就像电梯冲顶。

有不少羊肉在胃里垫了底，开始喝酒。是当地生产的青稞酒，以反映帕米尔高原生活的故事片名谓之"冰山来客"，48度。主人给一个个客人敬酒，说一些吉祥祝福语。

太阳照在炕沿边。主人家的小男孩说，太阳光照到这儿，该是几点钟了。我从他那话想到，以前乡下笑话有的人手腕上戴着个走时不准的手表摆阔，别人问他时间，他抬头看看天上太阳回答说几点钟。现在想，可不得看天上的太阳说几点，地球不同时区的时间就是按照太阳在当地的位置确定的。这会儿，我手腕上戴的手表显示的北京时间是下午3时，此时的乌鲁木齐时间是1点，喀什为12点，塔什库尔干的太阳还不到12点的位置。我们喝着酒，喝着奶茶，说着几个地区不同的太阳，共话祖国的辽阔。

塔什库尔干塔吉克自治县处于祖国的最西部，与塔吉克斯坦、阿富汗、巴基斯坦交界。昨天下午我们从东北面沿着盖孜河进入塔什库尔干县境，汽车开行在慕士塔格峰下时，司机指着西边对我们说，往那条岔道过去，走13公里就是与塔吉克斯坦交界的卡拉苏边境口岸。在县城，县上人告诉我们，县城背后山那边就是阿富汗。今天上午，双脚踏在与巴基斯坦交界的0公里处，二十几个小时就从四国边境线近旁经过，心中禁不住生发许多感慨。

塔吉克人世世代代守卫着祖国西部边疆，建设着巩固的边防。他们有着强烈的爱国热忱和忠诚的守土意识。新中国成立以来，塔什库尔干牧民群众抓获非法入境的外国间谍和走私犯百多人，通报敌情百多次。他们对祖国赤胆忠心，坚决反对民族分裂主义。塔吉克人瞪大双眼，高度警惕地守卫着祖国边防，麻雀也飞不过他们的视线。这一段近千公里国境线上，没有一起外逃事件遂愿。美国“9.11”事件以后，美国武力打击阿富汗战事爆发以来，边境各族人民更是提高警惕，同人民解放军一起维护着边防的安全。

塔什库尔干塔吉克自治县地广人稀，境内山峦横亘，雪峰连绵。县上领导从县城到达布达尔乡一个最边远的村检查工作，平时从乡上骑马翻山过去需要三天，雪封山后，人马过不去，乘汽车从莎车、叶城绕道到那个村，往返十来天。

就着手把肉，掰吃着馕，喝着奶茶、“冰山来客”，拉呱着白话，从主人家的牛羊，到青稞麦的收成；从国际局势，到与周边国家的睦邻友好关系。

从天窗照进来的阳光偏斜过去不少，我们起身辞别。我从屋顶望出去那一块六角形蓝天揣想，这儿海拔高，离天最近，与日月最亲近。太阳很不情愿地偏西而去，月亮再从天窗照进来，照着塔吉克人温馨的家。

鹰笛鹰舞

我们到提孜拉甫乡一个村庄，正赶上一户塔吉克人家举行婚礼。

在女方家举行的婚礼，是全村寨的节日。远亲近邻都来贺喜，房间里、门前、场院里聚满了宾客，沉浸在欢乐中。

塔吉克姑娘小伙子站在房檐下，一位小伙子吹奏鹰笛，一位姑娘双手举着手鼓拍打。姑娘小伙子相向而舞，小伙子身子往后仰，碧眼乜斜，对着雪岭翘吹鹰笛，姑娘略往斜后仰，男女比肩斜靠，敲打手鼓忽高忽低划圆。鹰笛声声悠扬，音域不很宽，略显幽咽，让人想到越过高高的雪峰盘旋蓝天的雄鹰。手鼓声强劲，如同拍击在湛蓝天空映衬的雪坡上，鼓舞出热烈、欢快。几个十六七岁的小姑娘小伙子随着鹰笛声和手鼓节奏翩翩起舞，小姑娘粉红色的连衣裙在阳光下跳荡着鲜艳，绰约动人。一些姑娘、小伙子、少年、儿童、老年人聚集在旁边观看，不时有人将红丝巾、金黄纱巾献搭在舞者肩上。传统的鹰笛鹰舞场上，多情的姑娘羞怯地将自己的红头巾搭在跳舞的小伙子肩上以示爱慕，别的已婚少妇也纷纷将红头巾搭在小伙子肩上以嬉戏，渐渐演变成不分男女纷纷向舞者献丝巾，如同歌舞场上献花表示祝贺，增添热烈气氛。

新郎新娘相携出门，比肩迎着阳光而站，光彩照人。新娘头戴绣花小帽，帽前垂挂一排“斯勒斯拉”小银饰，四根长辫上系着大红丝穗，身穿红色长裙，外套大红袷袢，佩戴鲜艳的头饰、项链和胸饰，加上红皮短靴，一身红润。新郎头戴黑绒高统吐马克圆帽，上身外罩深色袷袢，系绣花腰带。拜德尔汗（证婚人）端上一碗盐水并肉、馕，让新郎新娘各吃一点，表示从此生活在一起。新郎新娘互换系有红白布条的戒指。一位年长妇女向新郎新娘肩上撒着白面粉，又欣喜地抛撒糖果。孩子们蜂涌抢拾，嬉笑欢乐。

鹰笛声声，伴随着手鼓“冬嗒冬嗒”的节拍，姑娘小伙子们跳得更欢。一对对男女青年加入到舞场，令我们外来宾客看得入迷。塔吉克朋友阿布力给我们介绍。鹰笛伴鹰舞，男子一臂在前略微高举，一臂在身后稍稍低垂，双肩微微上下弹动，显示激动的心情和豪迈的性格，步法矫健，展翅，旋转，如雄鹰翱翔高空。女子双手高举，随着鼓声先向里后向外旋转，动作舒展柔和，如风摆柳，舞步轻缓，协同男子。男女双双随着乐曲的节奏而变化，缓慢时，双臂微微颤动，平展翅是那样的轻盈、优美；急剧时，鹰击长空，腾天发射，插翅悬崖，俯冲山谷，是那样的刚劲有力。舞如海涛，高潮迭起，人们击掌，打唿哨，气氛越来越热烈、欢腾。雄鹰盘旋在雪山之巅，人们的心随之翱翔蓝天，激动不已。

随着手鼓节拍和他们的舞蹈动作，我情不自禁地颤动着臂膀。阿布力邀我同舞，我和他面对面，双肩弹动，双臂舞动，双手划圆，忽上忽下；转圈，背对背，双臂一上一下，两人扭侧身，肩挨肩，互相对应，作双鹰插翅而舞。

又一曲，一位塔吉克姑娘来请，我应邀加入。男女相对，翩翩进退，面对面跳，轻扬臂，碎踩步，雄鹰展翅直插雪山之巅；背对背舞，半鹰翅臂，脚向后勾甩，两只手臂一高一低，如雄鹰盘旋，矫健，洒脱。我边看边学边舞，动作略显生硬，心与心交融，全身心如蓝天般空旷广阔。

塔吉克人爱吹鹰笛，鹰笛伴鹰舞。关于鹰笛和鹰舞，流传着一个动人的传说。很久以前，一对塔吉克男女青年深情相恋，但却被狠心的财主强行拆散，小伙子被逼到远远的高山上放牧。姑娘仰望高山，想念心上人。她看到山鹰在天空中自由自在地飞翔，心想，自己如果是一只山鹰，就能飞到小伙子身边，和心爱的人相伴。她举手投足，模仿山鹰展翅、扇羽、旋转，跳起鹰舞，跳着跳着就变成了山鹰。财主狠心将山鹰射杀。姑娘在梦中告诉恋人，用被射杀的山鹰翅骨做成鹰笛，吹起鹰笛鼓舞牧民与压迫者抗争，用笛声寻求自由和幸福。小伙子按照姑娘的嘱咐，吹起鹰笛，笛声如泣如诉……鹰笛鹰舞是爱情的化身。塔吉克人崇敬和歌颂雄鹰，将鹰作为忠诚、善良、勇敢、正义的象征，将鹰笛视为神圣之物，以鹰笛鹰舞表达对自由、幸福的热切向往和追求。

这边笛声悠扬，舞步矫健。那边有激烈的刁羊，人们吆喝，给骑士们鼓劲加油，让人目不暇接。新郎和小伙子们在牧场上扬鞭跃马，你追我赶，急驰劲夺“屯巴克”羊。最终刁到羊的勇士，将“屯巴克”夹在腋下，骑马绕场一周，献在心爱的姑娘面前。在众人的笑闹声中，姑娘羞答答的，把一方绣花手帕系到小伙子的马头上。新的爱情在激烈的夺标中孕育成熟。

新娘家以奶茶、抓饭、点心等食品热情款待客人。我们一行虽然刚刚在达布达尔乡吃过，但是盛情难却，还是坐下吃喝起来。

婚礼告一段落，鹰笛没有停歇。新娘新郎吻别双亲，跨上枣红马。新郎在前握缰，新娘紧倚新郎宽厚的腰背而坐，大红头巾披挂在大红长裙上，满身通红。迎亲的人们敲着手鼓，吹着鹰笛，弹着热瓦甫，一路欢歌，热热闹闹。

矫健的雄鹰展翅蓝天，迎着冰川飞翔。雄鹰是塔吉克人心目中勇敢、智慧的象征，人们以鹰笛鹰舞和歌颂山鹰的乐曲、诗歌赞美英雄。迎亲的人马行进在雪山下，簇拥着一对新人，一路红艳艳，在雪峰冰川的映衬下，格外耀眼夺目。

2002年12月16日作

《中国民族》2005年第4期发表

古稀单骑万里行

在参加首都国庆五十周年庆典游园活动的全国少数民族观礼团，有一位编外团员随团参加参观活动，他就是独自骑自行车从新疆到北京的70岁维吾尔族老人斯力塔尼·马木提，是经过有关部门专门研究安排随国庆观礼团参加在首都的参观活动的。

斯力塔尼老人是新疆维吾尔自治区喀什地区伽师县巴孜乡农民，全家三人，大儿子有病由其姐姐抚养，小儿子外出打工，他自己因在南建公司打工受伤不能干重活，他家的三亩地承租给别人，以租费和南建公司每月补贴的60元生活。前几年伽师多次发生地震，斯力塔尼的家庭财产遭受损失，生活困难，政府给予救济资助，使他家度过难关，他非常感谢政府。

斯力塔力老汉爱好体育活动，1998年夏天曾独自骑自行车游历新疆各县，锻炼了身体，看到伽师等地在政府的关怀和帮助下震后重建安排很好，各族人民安居乐业；还看到新疆各地改革开放以来的经济社会发展变化，新疆各族人民团结和睦、友好相处。

斯力塔尼萌生出骑自行车到内地看看的念头，想看看祖国内地的发展变化，看看各族人民的新生活。1999年适逢中华人民共和国成立五十周年大庆。斯力塔尼老汉想骑车到北京晋见中央领导同志，表达边疆少数民族人民对祖国的热爱、谢忱之情。村里有人对他说，外面社会治安不好，你独自从边疆去的维吾尔族人，别遇到个什么歹人把你的东西抢了，或者怎么怎么的。斯力塔尼从报纸上广播里看到听到祖国各地民族团结、社会安定的报道，也在新疆各地亲眼看到汉族与各少数民族和睦相处，不相信有的人那种捕风捉影或者别有用心的话，决定亲身去游历，亲自去感受。

5月20日，老汉带上自筹的1000元钱，在自行车把上挂上一个军用水壶，装着凉开水；在自行车后架上夹一个大提包，里面装着一床单被，一个打气筒，以及一些生活用品，从家里出发。没有什么仪式，没有隆重热烈的欢送，女儿带着孩子和几个邻居在村口送行。邻居竖起大拇指，赞扬他的勇气和决心。毕竟是年届古稀的老人独自外出，女儿不放心，依依不舍，嘱咐父亲多多保重。老人拍拍胸脯，很自信地说："去年我独自一人骑车走遍全疆，不是好好地回来了吗!"老人骑上自行车，车把上插着一面小红旗，上书三行正楷大黄字：

祝贺祖国成立50周年
骑上自行车到北京
新疆伽师县

老人的心就像车头的红旗，拂拂飘扬。公路两旁的白杨树摇动着枝叶，像是在为他鼓掌、送行。汽车司机看到他的旗帜，向他投去赞赏的目光。

沿着塔克拉玛干沙漠边缘，经过阿克苏、拜城到库尔勒，斯力塔力老汉每天骑行50公里左右，吃了很多苦。有一天，他的自行车带漏了气，荒郊野外没有修车的，他只得推着车步行，走了二十多公里，到一个小镇上，在修车铺把车带补好。白天，沙漠气温高，蒸发量大，嗓子干得冒烟。晚上，气温低，他的单被不能御寒，他只有到老乡家借宿。在一个维吾尔族农民家里，主人听说他独自骑自行车去北京，马上宰了一只羊，犒劳老汉。他吃着热乎乎的拉条子面和手把肉，心里暖乎乎的。

大暑时节，斯力塔尼骑行在吉木萨尔、奇台一带。天气炎热，老汉穿着一件白底细格子衬衫，热汗淋淋地骑着自行车。那一带干热，在太阳下炙烤着可够受的。衬衫被汗水湿透，他停车到树下，脱下衬衫和花帽挂在树枝上晾着，坐在树荫下乘凉，晾干了穿戴上再走。

在一处山岭，公路呈“之”字形爬坡，老汉顺着弯拐路推着自行车步行上坡。他看到径直走小路爬坡的行人比汽车绕道上坡慢不了多少，就推着车从小路走，在一个坡坎处，一着急，扛起自行车上。心想，自行车啊，我骑了你几千里，你也骑我一段路吧，为了我们俩都快些翻过这山岭。

过了哈密市，再走四天，进入甘肃境内。到柳园，斯力塔尼老汉折向南，参观了敦煌石窟；再向东，领略了玉门关的春风。在嘉峪关，他看到长城的雄伟壮丽。老汉信心十足，心想，人们常说，不到长城非好汉，我虽然已经是 70 岁的老汉，要从长城的这一头骑行到长城的东头去，到北京，做好汉。

千里河西走廊，古丝绸之路，一路驼铃留下历史的回音，给人以久远的思考。老汉骑着自行车，像一叶扁舟漂流在历史的长河，走出新时代的英勇无畏精神。

8 月 15 日，兰州，滔滔黄河东流，像是为老人鼓劲。老人站在黄河岸边，心潮激荡。几个年轻人看到他自行车上的旗帜，为他从新疆独自骑车远行的精神所感动，以黄河为背景为他留下了值得纪念的镜头，一个个分别挽着他的手臂同他合影留念。

八百里秦川，斯力塔尼单骑劲驰。在西安，大雁塔旁留下他强健的身影。秦始皇陵兵马俑给他留下了深刻的印象，他受着祖国五千年文明的熏陶。

8 月 21 日的情景，令斯力塔尼永生难忘。在华县第一小学，师生们把他迎进校园。一个少先队员小姑娘踮起脚尖，庄重地给他戴上红领巾，然后，手掌高高举过头顶，给他行少先队礼。师生们排着队，为他捐款。特别是那些稚气的学生，有的手里拿着一元、二元的钞票，有的拿的是一角、二角的毛票，一双双小手把钱币郑重地放在一个纸盒里。可能是家长给的买冰棍的零花钱，也可能是买练习本时找回的零钱，代表一颗颗可贵的童心。斯力塔尼捧着那些带着少先队员体温的钞票，眼里闪着激动的泪花，连声说："谢谢！谢谢！"他与同学们语言不通，但是大家的心融在一起。学校的体育老师带着同学们，把他送了一程又一程，直到老汉坚决推辞，跨上自行车，骑下一个小坡，师生们远远地向他招手、告别。

过了华阴市，再骑行十几公里，他又见到滔滔的黄河。是黄河迎来了他，还是他迎来了黄河，风陵渡把一个维吾尔族古稀老人单骑飞车的身影叠映在黄河的波峰上。

进入山西境，连路可见运煤的大卡车。开车的司机见一个古稀老汉骑着自行车，而且是从新疆远道而来，都尽量放慢速度，惟恐扬起带煤灰的尘土迷了老汉的眼。8 月 25 日，在侯马市，一个汉族退休老工人将他带到家中，热情款待，留他住宿。老人操维吾尔语，只通几句常用的汉语，语言不通，与退休老工人全家人以手势交流，一个微笑，轻轻一点头，不同民族的心交融在一起。

在曲沃的岔路口，他仍然向东骑行。一个从东边来的大嫂看到他旗帜上的字，大声招呼，打手势示意，热情地给他指路，叫他拐向北。

8 月 15 日，斯力塔尼到了石家庄，找到河北省体育运动委员会。办公室的同志热情接待他，还找了一个维吾尔族翻译，通过翻译，听斯力塔尼谈一路观感，从新疆骑车途径几个省区的一路艰辛。体委领导同志请他吃午饭。应老人的要求，工作人员在老人的笔记本上写下热情洋溢的话语，签上"河北省体育运动委员会"，并盖上公章。工作人员将老汉的笔记本往前翻，见到已经有新疆维吾尔自治区体育运动协会、甘肃省体育运动委员会、陕西省老年人体育运动协会以及三十多个市县有关部门的签章。老人说，一路上，多家部门和一些家庭热情接待他，帮助他解决困难，使他深深感受到各民族大家庭的温暖。

过了满城、徐水，老人于 9 月 11 日到达北京城。看到北京的高楼大厦，看到北京城宽阔的街道，穿流不息的车流，老人激动不已。到了，终于到了北京。首都啊，居住在祖国最西端的维吾尔族农民，骑自行车 5000 多公里，今天来到您的怀抱，和着您的心脏一起跳动。

屈指算来，斯力塔尼一路走走停停，骑行了 115 天。骑得快时一天骑百十来公里，有时参观、休息或因事停留一两天，或骑行二三十公里，平均每天骑 50 公里。老人以坚强的毅力，穿越戈壁、沙漠，跋山涉水，克服种种困难，沿途受到各民族兄弟的热情帮助，为首都北京为祖国国庆五十周年庆典献上一份爱心。

斯力塔尼老人在北京期间，瞻仰了向往已久的雄伟壮丽的天安门广场，看到北京的建设成就，各族人民友好相处，团结和睦；见到国庆期间在首都举行国务院第三次全国民族团结进步表彰大会和第六届全国少数民族传统体育运动会等盛会，领会到党和国家对民族工作的重视，对中华各民族团结进步事业的关心，对各少数民族人民的关怀。

斯力塔尼老人单骑万里到北京，国家民委等有关部门很重视，经过研究，安排老人随全国少数民族国庆观礼团参加国庆参观活动，参加国庆游园，与各族人民一起分享祖国母亲生日庆典的快乐和喜庆。

在接受新闻记者采访时，老人拍拍他的自行车，说，一路上修理了几十次，换了几次内带、外带。老人夹在自行车后座上的大提包磨穿了一个洞，军用水壶多处油漆脱落，车闸也坏了。记者感动不已，问：怎么刹车啊？老人用脚比划着回答说：用脚蹬住。

国务委员司马义·艾买提接见了斯力塔尼·马木提老人，对老人克服艰辛投身体育运动的精神和对祖国的热爱之忱表示赞赏，希望他在北京多走走、多看看，开阔眼界，增长见识，把所见到的祖国各地的发展变化，国家对各族人民的关怀，传达给家乡人民，并同家乡人民一起，为促进民族团结进步作出更大贡献。

1999 年 11 月 29 日作

《民族大家庭》2000 年第 2 期发表

娘家婚与四十份水礼

塔塔尔族的婚礼在女方家举行，叫“娘家婚”。

结婚这天傍晚，新郎由七八个伴郎陪同，坐上轻捷的马车，拉着手风琴、小提琴，弹着曼陀林、七弦琴，一路欢唱着前往女方家。到了院子门口，只见院门紧闭，门外四个小孩牵一道彩绳拦住不让进。几个人只有重新上车，驾着马车围着院墙绕一圈，再来到大门口，给孩子们一些手帕、头巾、香皂之类的小礼物，才“剪”开这一道彩绳。过了这一关，还得绕一圈，第三次来到大门口，捧上新婚的谢礼，千呼万唤，“幸福的大门”才为之开放。

新郎和伴郎们被迎进屋。房内宽敞明亮，墙上挂有素雅的壁毯，窗户上雕刻有精美的图案，各种欧式家具古朴而又雅致。塔塔尔先民来自欧洲，居室陈设和生活习俗明显带有欧化特点。

婚宴开始，热闹异常。小伙子们身穿绣花白衬衣，外加黑色坎肩，头戴绣花小帽，脚穿长统皮靴。妇女们穿着多褶彩裙，外套西服上装，戴着有层层叠叠彩色珍珠的花帽，罩以粉色纱巾。席上摆着各种欧式糕点，还有用大米加奶酪和杏干做成的“古拜底埃”饼等传统食品，喝的是“克里斯曼”饮料。

席间，人们跳起舞，唱起歌，祝福新婚夫妇。手风琴伴奏，“科比斯”琴声悠扬，轻松活泼。男女老少翩翩起舞。男子蹲、踢、跳跃，腿部动作刚劲明快。女子扭腰舒臂，臂腕柔曲轻荡如波，生动优美。老年人坐在一起唱着婚礼歌：“阿合买提的羊羔结成群，/像白云片片绕青山。/青年人的婚礼多隆重，/祝你们万事如意，幸福美满。”

婚礼后的第三天，新郎回门，男方家摆酒席宴请亲戚朋友，举行各种文娱活动。新郎当天晚上还是回到女方家。

新婚夫妇一起在娘家生活，欢度蜜月。按照传统习惯，结婚以后要在新娘家住一个时期，时间短的两三个月，长的一年多。

这期间，小夫妻俩“你挑水来我浇园”，恩爱日月长亦短。两口子还和村寨里的兄弟姐妹们一起劳动、学习、歌舞娱乐。原野上阳光明媚，春风徐徐。恰逢传统节日萨邦节。草地上铺的方巾上面摆放着各种传统食品。人们唱起悦耳的歌曲，随着琴声跳起奔放的舞蹈，纪念塔塔尔人历史上发明萨邦（犁头）提高生产力的壮举。

新婚的一对儿还在新娘家，就算婚礼还没结束，闹洞房还继续着。借助节日的喜庆，人们举行“赛跳跑”，又乐开了。新娘子口衔一匙，匙内放一枚鸡蛋。一声哨响，跑啊，速度要快，还得稳，只注意鼻尖下的匙和蛋，没想到与跑回程的丈夫撞了个满怀，掀翻满草坡的笑声、叫闹声……

白杨树叶哗哗笑齐了新枝，又飘落片片笑靥。小两口在女方家度蜜月度成了“蜜年”，直到有喜，在新娘家有了孩子。

孩子出生，喜上加喜，举行隆重的“摇篮礼”。外婆给孩子赠送摇篮、衣物和食品等。亲友们前往送礼贺喜。家长按传习惯给孩子命名，孩子本名后面加上父亲的名字，再缀以部落名，这样组成全名。

孩子出生后第四十天，举行别具一格的“四十份水礼”。全家老少出动，你挑着担，我端起盆，高高兴兴，忙忙碌碌，到四面八方去取水。用四十个地方的水给新生儿洗澡，称之为“四十份水礼”，意为沐浴四方之水，祝愿孩子健康成长。

这以后，夫妇俩才带着孩子返回男家。当初，亲友伴郎们赶着马车陪着新郎去娶亲，丢了新郎空回车，惦念了一年多，这才娶回来，回来的是三个人，全家自然高兴异常，和亲友们再次欢聚一堂，热烈庆贺，长达一年多的婚礼才画上句号。

1996年3月20日作

《民族大家庭》2000年第1期发表

太阳西行

太阳照耀着乌孙山下的伊犁河谷，伊犁河泛泛西流，与之平行向西的察布查尔大渠泛着金色波光。渠河之间方圆几百平方公里土地，岸柳成行，稻浪千重，成片的水稻、玉米、高粱、棉花在灿烂阳光中趋于秋熟。这里是察布查尔锡伯自治县行政区域。勤劳勇敢的锡伯族人民从遥远的东北迁居到这里屯垦戍边，繁衍了十几代人。

锡伯族人民世代铭记着四月十八这个日子。二百四十年前的1764年，清政府下令征调英勇善战的锡伯官兵前往新疆伊犁戍守边防。农历四月十八，锡伯人在盛京（今沈阳）锡伯家庙太平寺集会，祭祀祖先，聚餐话别，祈安践行。大家饱含热泪，想到同根同族从此再也不能同桌共餐，见面只能在梦里，“骨肉同胞顿足牵衣无言啜泣”，忍痛别离。

四月十九，太阳从东方黯然升起。这是个非同寻常的太阳。锡伯官兵连同家眷近5000人，与家乡与亲友生离死别，如江淹《别赋》所书，“行子肠断，百感凄恻。风萧萧而异响，云漫漫而奇色。舟凝滞于水滨，车逶迟于山侧；棹容与而讵前，马寒鸣而不息。”此一别，时序变幻，征程万里，黯然销魂，“春草碧色，春水绿波，送君南浦，伤如之何！”将士们身背弓箭，腰挎佩刀，骑着马，赶着牛车，有的徒步，扶老携幼，呼儿唤女，带着帐篷、粮食、衣被、种子，最后看一眼故土的房屋、树木，离开世代生息繁衍的热土，十步九回头，浩浩荡荡而又零落涕息，向西行进。前方，是十分遥远而荒凉且非同寻常的征程，太阳也得走四个小时，锡伯族队伍与太阳一起西行。

他们出彰武台，进科尔沁草原，沿西拉木伦河而上，进入蒙古车臣汗部，经荒无人烟的无垠大漠，顶着狂风，迎着飞沙走石，在沙漠深处凿井饮水，冒着沙漠中特大温差的酷热和严寒前进。他们克服重重困难，走出浩瀚戈壁，走到克鲁伦河的尽头。

锡伯军民经过乌兰巴托，远征四个月，行程过半。八月底行抵乌里雅苏台，一场突如其来的暴风雪使他们只有扎下营寨。漠北冬早，寒气袭人，牧草紧缺，所带五千牛马，经长途跋涉，疲惫瘦弱，加之又染瘟疫，倒毙大半。经向朝廷呈报得准，从乌里雅苏台借得马匹骆驼千匹。休整六个半月后，待到三月春暖，再向西进发。

这支队伍艰难地行至科布多，时值阿尔泰山积雪融化，河水陡涨，水深流急，被困多日，畜力倒毙甚多。畜力短缺，粮草断绝，锡伯人采野菜充饥，婴儿缺奶只能挤野菜汁喂养，很多人积劳成疾，有些人长眠于征途。他们架设浮桥渡过额尔齐斯河，趟过多条激流，战胜许多难以想象的艰难困苦。

翌年七月二十二，这一群横跨半个亚洲大陆的男女老少，终于抵达目的地伊犁。他们衣衫褴褛，面黄饥瘦，疲惫不堪，却是铁骨铮铮，精神不减。锡伯军民餐风饮露，忍饥受冻，历时一年三个月，行程一万余里，跋涉千山万水，胜利完成西行壮举，写下辉煌的一页。

从此，太阳不再西沉，永远照耀着伊犁河谷。

天下河水向东流，特克斯河流到锡伯人屯居处改称伊犁河，被锡伯族人的西征壮举感动得掉头向西。

锡伯军民被编为锡伯营，分设八个牛录，军政合一建制，居于乌孙山与伊犁河之间的冲击平原上。各牛录皆有校场，官兵跑马射箭，逐级阅兵，表彰优秀，增强战斗力。他们屯兵练武，垦荒生产，经年累月驻守在边防。他们多次打退侵犯伊犁的沙俄侵略军，粉碎民族分裂主义势力的分裂图谋，付出重大牺牲。仅

1867年就有7000人在抗击封建主麦格木扎提为首的“苏丹汗国”的征战中献身，导致当时伊犁锡伯族人口锐减1/3。锡伯族官兵19世纪20年代出兵南疆，平息了在英国殖民主义者支持下的张格尔叛乱；20世纪30年代先后出兵喀什、哈密、乌鲁木齐，沉重打击叛军，粉碎了英、日帝国主义侵略者的图谋；40年代参加“三区革命”，与其他民族兄弟并肩战斗，抗击国民党部队，取得重大胜利。历代锡伯族人精骑善射，察布查尔为射箭之乡，锡伯人家家备有弓箭，锡伯人从小拉弓射箭，在历史上保卫边防中功勋卓著，在新中国成立后作为民族传统体育项目再立新功，多次夺得全国射箭冠军、国际射箭冠军。

从驻防伊犁的第一春，锡伯人就一手持枪守边卡、抗击侵略军，一手挥镐拓荒地、引水灌屯田，保卫边防，自给自养，既是战斗队，又是生产模范。伊犁河沉寂的荒地，被西行的太阳点燃。

从1802年起，400劳力在总管图伯特的带领下，春秋奋战，开凿大渠，边挖渠边开垦新田耕种，经过六年奋战，开凿出一条宽深各两丈、长200余里的察布查尔大渠，开垦近8万亩农田。后来经过扩建和增修支渠，总灌溉面积增扩到50多万亩。中国的无坝引水，南有都江堰，北有察布查尔大渠。新疆的水稻种植，从锡伯人始。就那么些人口很少的民族成员，开渠垦田，其艰难程度，艰苦创业精神，与千千万万人开凿京杭大运河相比，一点也不逊色。

英雄的锡伯族人民屯居伊犁，二百多年来守卫边防，为保卫祖国、开发建设边疆立下不可磨灭的功勋。

中国的边防戍守史、边疆建设史铭记着屯垦在伊犁河谷的锡伯族人震古铄今的功劳。地球的星河运行图定格，今天照耀着西北边陲中俄边境的那一轮耀眼的太阳，是从东北亚白山黑水间浩然升起来的。

2005年4月22日

月亮船

第七届全国少数民族传统体育运动会在宁夏回族自治区银川市隆重举行，全国各民族运动员和教练员、裁判员以及工作人员汇聚塞上。赛事接近尾声，这天下午安排部分人员休息，难得半日闲，我们游览沙湖。

我们缓缓地划着小船，驶向芦苇荡。谁起了个头，几个人轻轻哼唱起来："让我们荡起双桨，小船儿推开波浪……小船儿轻轻漂荡在水中，迎面吹来了凉爽的风。"

天下黄河富宁夏。沙湖的富饶和美丽很有代表性，兼具塞外大漠的雄浑和江南水乡的秀丽，有一种旷远而又悠久且略带些苍凉意味的美。贺兰山高高的屏障挡住西北面腾格里沙漠的寒流燥风，怀里搂着九曲黄河的暖湿气流。湖西不远处就是黄沙，沙丘起伏。湖中间一丛丛芦苇，绿波荡漾，端庄得如同舞台上的塑料布景。港汊连环，不时飞起几只水鸟，鱼跃声声，沙湖更显得宁静雅致。

我们的小船上共五人，话题和目光集中在两位姑娘，来自新疆伊宁的乌孜别克族姑娘玛丽和黑龙江同江的赫哲族姑娘小尤。两个民族人口都很少，乌孜别克族万多人，赫哲族几千人。两人分别坐在小船两头尖尖上。湖光山色最能激起人的想象，有人说："你俩这一坐，一个在东头，一个在西头，正好像我们国家的北部边境版图，两头尖尖，中间圆圆。"是啊，我们的小船就是弯弯的月亮，我们在弯弯的船中坐。从太空看我们地球是不是也有朔有望的啊？

“东头的赫哲族姑娘同西头的乌孜别克姑娘对歌吧!”有人提议。

“交个朋友吧。”赫哲族姑娘小尤对乌孜别克姑娘说，“我们在祖国版图的鸡冠尖上，夏天，北京时间两点多太阳就出来了。我吃过早饭后给你打电话，你正在睡梦中哩。”

“那你就常打电话啊。”玛丽深情地说，“一接到你的电话，就会想到我们这一段难忘的日子。”

可不是嘛，五个小时的时差啊!

在我们几个人的请求下，玛丽给我们介绍乌孜别克族风情。她说，乌孜别克族大多居住在伊宁、塔城等城市，擅长经商，文化程度较高，有不少知识分子。乌孜别克族注重礼节，幼者尊重长者，步行或骑马都让老人在前面。平辈妇女相见，手放胸前鞠躬，然后拥抱；男子见面，手放胸前鞠躬，再握手。通婚范围一般在本民族内部，也有少部分人与维吾尔、塔塔尔等民族通婚的。基本上是自由恋爱，有的由父母包办。订婚后，每逢节日，男女双方互相送礼，男方送的礼品总是多些，包括布料、衣物及各种装饰品等。结婚仪式一般在女方家中举行，双方父母出面招待，由宗教人士主持婚礼。第二天，新娘举办联欢会，邀请女友及其他好友光临。大家喜气洋洋，歌舞娱乐。之后，双方父母分别举行宴会，答谢亲友。在婚礼过程中，还要举行“搬新娘”活动，就是新娘的家人将新娘接回家，等新郎带着礼物前去请求，才将新娘“放回”。

小船在玛丽的娓娓叙说中缓缓前行，靠到岸边。

轮到赫哲族姑娘小尤介绍他们民族的情况。小尤说，我们赫哲族历史上以渔猎为主，特别是在漫长的冬季，冰上打鱼别有情趣。我用形体动作给你们展现吧。于是在沙滩上给我们表演了一个题为《冬钓》的独舞。凿冰、下钩，判断冰下鱼的走向，千里冰封北国的寒风掩饰不住内心激情似火，守候钓口的期待之情，情绪的翻腾如冰下的江水，发现鱼上钩的喜悦，一不小心让大黄鱼脱却金钩去的懊恼，被重量级大鱼拖得钓竿弯弯的兴奋，绷得钓线紧紧，着急，用力，冰滑，鱼劲，收获沉甸甸的冰雪冬钓，小尤表演得惟妙惟肖。

大家报以热烈鼓掌，和小尤一起欢欣鼓舞，好像从这富饶的沙湖里收获到不尽的喜悦。

2005年11月3日作

《贵州民族宗教》2005年第6期发表

奔放的求爱

俄罗斯族是清代以后从西伯利亚、中亚一带迁徙而来，成为我国多民族大家庭成员的。现有13000多人，主要居住在新疆伊犁、塔城、阿勒泰等地。俄罗斯族人热情奔放，十分喜爱唱歌跳舞。他们的恋爱、婚姻、家庭生活与其民族性格和生活习俗相联系。

春天来了。原野上葱绿一片，杨树、白桦树在春风中摇曳出一簇簇嫩绿，伊犁河畔这儿那儿点缀着一枝枝花簇。正是俄罗斯族人春游踏青的好时光。林间草坪上，随着手风琴声的伴奏，一群俄罗斯族男女青年唱着传统歌曲，跳着欢快的踢踏舞。树林里鸟儿啾啾，姑娘小伙子们追逐，笑闹，打秋千。跑跳够了，坐下来，野餐，讲故事，说说笑笑，尽情欢乐。

节假日里富有诗意的社交活动中，一位小伙子对某姑娘产生了爱慕之情。怎样表达这份感情，怎么试探到姑娘的心呢?

夜幕降临，小伙子来到姑娘窗下，弹起吉他，唱一首歌轻轻拍打在窗口上，像投个小石子在水面上试探深浅。只要灯亮着，光苗就跳动着希望。那就接着弹，继续唱。一曲曲悠扬的曲调，一首首动情的歌子，或缠缠绵绵，叙叨内心的深情；或凄楚悲凉，诉说苦苦的思念；或热情似火，要用歌声浇开那窗户那门扉。

窗子里面，姑娘受着感情的煎熬。可能早就有那意思，却还要等一等，考验考验小伙子的真诚程度。抑或是一座冰清玉洁的雪雕，被小伙子的隆隆烈火烧化开，门扉和心扉一起向夜幕中的真情打开。

虽然是自由恋爱，按民族习惯一般还是得经过媒人说亲和订婚仪式。小伙子向父母介绍自己看中某位姑娘，让父母请媒人去姑娘家说亲。媒人带上大面包到姑娘家，夸奖姑娘美丽贤淑，称赞小伙子聪明能干，建议两家结成姻缘。女方父母乐意，姑娘满意，就把带来的面包切开大家分尝。过些日子之后，小伙子把姑娘及其父母请去家中，举行订婚仪式。未婚夫妇交换订婚信物，宴请亲戚朋友。大家饮酒、歌唱，祝贺这一对青年的美满姻缘。

俄罗斯族婚礼异常隆重。伴郎们赶着马车载着新郎新娘，小铃铛丁铃细脆一路摇响。教堂门前铺着地毯，撒满鲜花。新婚夫妇手挽着手，踏着鲜花，在人们的祝福声中步入教堂。新娘身着白色薄纱拖地长裙，头上披戴饰有白色花冠的轻纱，手捧一束鲜花。新郎身穿深色礼服，手持一支蜡烛。神甫主持婚礼，神情庄严地问新郎："你愿意同她结为夫妻吗?"新郎回答："愿意。"转而又问新娘，得到肯定的答复之后，为他们祷告。新郎新娘各把刻有双方姓名和结婚日期的戒指相互给对方戴在手指上。

晚上，举行隆重的新婚庆祝晚会。乐队奏起古老庄严的舞曲。宾客们热烈鼓掌，高呼"甜甜蜜蜜"、"和和美美"，向新人抛撒五颜六色的鲜花瓣儿、纸屑和金色的麦粒，祝福他们生活富足美满。酒宴十分丰富，桌上摆满大圆面包、鱼肉馅饼、奶油、果酱等俄罗斯风味食品。客人们端起酒杯，喝了一口，高喊："苦啊!""苦啊!"意思是酒太苦了，要新郎新娘接吻才能变甜。新人相拥接吻，亲密热烈。人们欢歌畅饮，热情祝贺，一片喜气洋洋。

1996年3月1日作

《中国人口报》1996年7月5日发表

甜蜜新疆

夏秋时节，烈日炎炎。驱车在新疆大地行走，但见公路沿线到处是堆积如山、香甜四溢的西瓜、哈密瓜，维吾尔语音味儿的叫卖之声不绝于耳。在新疆旅行可以不带饮料，沿路的甜瓜随时可买，解了暑热，一路香甜。做客农家，甜瓜堆满屋子。主人盛情，以瓜代茶。城市居民亦然，谁家都是甜瓜成堆。内地人买瓜论个，还有买半个的。新疆人买瓜是一麻袋一麻袋的买，家家瓜成山。

新疆是我国著名的瓜果之乡，瓜果种类繁多，品质极佳，誉满中外。新疆的瓜分甜瓜和西瓜两大类，一百多个品种。甜瓜即驰名中外的哈密瓜，在新疆已有一千多年的栽培历史，因新疆封建主将其作为贡品敬献清王室而得名“哈密瓜”。我国古籍中对其有大量记载。哈密瓜香甜异常，营养成分十分丰富，含糖量高，铁含量比等量牛奶高 17 倍，维生素含量比西瓜高 4 ~ 7 倍。哈密瓜品种很多，有圆球、卵圆、圆筒形等多种形状，皮色分白、黄、绿、褐诸种，肉色白、绿、橘红各异。尤其受欢迎的品种主要有：肉质细嫩、红香脆爽的红心脆哈密瓜，瓜肉嫩白、瓜面布满网纹的网纹香哈密瓜。新疆十三个地区和自治州都有哈密瓜种植，其中名产区有哈密、伽师以及吐鲁番、鄯善、托克逊等地区。

西瓜是西方传入的。新疆早在汉代就已有种植，以后传入内地。新疆地处欧亚大陆腹地，日照长，气温高，温差大，气候干燥，种植西瓜有得天独厚的地理条件，所产西瓜大个多糖、多汁爽口。新疆西瓜分夏瓜、冬瓜。夏瓜皮薄，沙瓤，甜脆，多汁。冬瓜皮厚，耐储藏。冬天晴朗日子多，温差大，“早穿皮袍午穿纱，围着火炉吃西瓜”，就是那里别有情趣的生动写照。

库尔勒香梨与吐鲁番葡萄、哈密的瓜、阿图什的无花果、叶城的核桃，并称新疆五宝。库尔勒香梨皮薄肉嫩，细甜酥脆，在1985年全国水果评比会上被认为是品质极上、无可匹敌的优良梨种而名列前茅，在港澳赢得“蜜梨”之称，畅销全国乃至海外。无花果的花隐于花托内，外观只见果而不见花，果子甜蜜芳香，有很高的营养价值，还有开胃、止痢等药用价值，被称为“大补之果”，阿图什的无花果一年结果三次，十分罕见。叶城核桃的优良品种很多，略举几种就让人惊讶不已：有手捏即破、可取出整仁的纸皮核桃，核桃仁饱满外露的露仁核桃，多果成串的穗状核桃。

车行戈壁绿洲，连路买瓜吃瓜，满心怀甜蜜蜜。一路上听着新疆瓜果介绍，心思早飞到吐鲁番葡萄沟。吐鲁番海拔低于海平面，夏季气温特别高，被称为“火洲”。盆地东部的火焰山，在阳光的照射下反射着热浪。吐鲁番城的街道上种着葡萄，虽然气温高，葡萄架下阴凉爽快，一串串葡萄挂在上方，赏心悦目，真是一座葡萄城。出了吐鲁番城，向东北走不多远，两山中一条十几公里长的山沟，就是驰名中外的葡萄沟。满山沟都是葡萄架，藤叶苍翠，葱茏连天，据称有20万亩。走在葡萄架下，绿叶遮天，流水淙淙，清风送爽，暑热顿消。抬头望，串串葡萄挂满架，各种不同品种一展风采。几个维吾尔族小伙子弹起独他尔，打起手鼓，维吾尔族姑娘跳起欢快的赛乃姆，长裙飞舞，长发辫飘逸。此情此景，如同那首著名的歌曲唱的，“吐鲁番的葡萄熟了，阿娜尔罕的心儿醉了”。

载《神州风情》，吉林教育出版社1995年10月出版

草原的翅膀

大草原坦坦荡荡，水草碧绿如海涛滚滚。辽远的天际，一溜驮队像船帆飘摇。逐水草而居的游牧民族以他们的木轮大车、马、牛为舟，以骏马为翅膀，遨游在云天莽原。

北方草原上的古代民族很早就使用“勒勒车”。这种“车轮高大，幅数至多”的大车，古时被称作“高车”，套牛或套马运行。勒勒车车轮直径一人高，便于在深草地里、沼泽泥泞中、深厚的积雪中行走。车轮、车轴、车辕和车棚用木料制成。游牧生产倒场搬迁，平时运送各种货物，走亲戚，婚嫁丧葬，都使用勒勒车。牧场上，三座两座蒙古包旁，勒勒车停放一片，自成别致的胜境。一个牧户七八辆车，几户结伴倒场搬迁，几十辆勒勒车将一个个蒙古包化整为零，拆装于车，用毡子覆盖。老人儿童乘车，青壮年牧民骑马，车铃叮当，在草原上缓缓而行。勒勒车是辽阔草原海疆的帆船。车队徐行，牧民仰望雄鹰在天上飞，赞叹雄鹰矫健的翅膀。大轱辘车就是牧民的翅膀。

被称为“高原之舟”的牦牛，是藏、塔吉克、柯尔克孜族自古以来的交通工具。牦牛耐寒、温顺，适合在高原上生活，在冰山雪原上驮运重物，披冰挂雪，跋涉数日，依旧泰然自若，锐气不减。高原牧民常以牦牛驮运，或当坐骑踏冰走险。农区藏民用牦牛耕地，驮运粮食及杂货。牦牛看起来步履缓缓，少数民族传统体育运动会上的赛牦牛昂首奋蹄，千米冲刺，丝毫不让。

千里大漠，茫茫瀚海，何处是绿洲？享有“沙漠之舟”美称的骆驼不负众望。骆驼忍耐饥渴的能力特别强，可以连续十几天不饮水，一个月不吃东西，照常负重数百斤货物在沙漠里长途跋涉，如海上行舟。只要跟随骆驼，迷途的旅人可在沙漠里找到绿洲。骆驼是古代丝绸之路的主力，驼铃声声从遥远的历史记忆深处一直摇响到眼前。内蒙古、新疆、甘肃等地区的蒙古族及其他一些民族，在戈壁大漠中仍然以骆驼为重要交通工具。

蒙古、哈萨克等草原游牧民族素有“马背民族”之称。蒙古族精骑善射，射箭比赛中的骑射，讲究“一马三箭”，骑马在奔跑中射箭，姿势优美，射靶准确。藏族的跑马射箭、马上射击，竞争激烈，动人心弦。藏族骑手飞马捡哈达，柯尔克孜族骑手飞马拾钱币，体现出灵活骁勇的高超骑术。哈萨克族谚语和民歌中对马的赞美和比喻占很大比重，蒙古族关于马的歌曲俯拾即是，牧民心目中的马同勇猛、矫健、昂扬、奋发等审美意象紧密相连，马是美的化身。骏马为游牧民族插上双翅，驰骋原野。

哈萨克族谚语说，“马是哈萨克人的翅膀。”据《汉书》记载，西域乌孙、大宛出产名贵的“西极马”、“天马”。乌孙是哈萨克族先民，饲养名马的历史久远。哈萨克族与马须臾不可离开。马是他们的交通工具和生产工具，是生活的伴侣，又是重要的体育文娱载体。草原上每人都有一匹马，外出活动无不与马相伴。哈萨克族小孩四五岁就开始学习骑马，十来岁便成为骑术高超的骑手。每逢盛大节日，赛马是一项引人注目的民族传统体育运动项目，优胜的骑手受到奖赏，夺冠的骏马留下美名。马上比赛项目刁羊，十几个骁勇汉子策马争夺一只去掉头和内脏的羊，马上竞技，你追我赶，夺过去，抢过来，争夺的是苍茫大地上的一方草原，还是浩瀚晴空中的一片云彩？骁骑搏击，鹿死谁手，对抗性强，争夺激烈。柔中寓刚、刚中寓情的姑娘追，是天山深处一个美丽的传说。姑娘小伙子并辔悠悠而行，走向远方，一路絮语像星星点点的小花开满在走过的草丛。返回路上，姑娘策马猛追小伙子。那一对，姑娘看不上那小伙子，或被去程路上他那些过火的玩笑话所激恼，挥鞭将小伙子一顿痛打，小伙子抱头鼠窜，姑娘穷追猛打，好一场追赶啊！另一场，姑娘被小伙子那些让人脸红耳热的情话打动，远去，远去。怎么还不见他俩返回啊？天边儿上两个影点慢悠悠地晃，马儿啊你慢些走啊慢些走啊。回程追小伙子，二马驰骋，皮鞭高高举起，不断轻轻打在小伙子身上……

万里草原交通大发展。世代缓行勒勒车的牧场，驰骋着汽车、火车、飞机等现代交通工具。被牧民们称为“草原列车”的长龙在飞驰，从北京开往欧洲的国际列车经过内蒙古草原，飘着奶茶香。内蒙古自治区有七个机场，航班可达国内很多城市。太阳也要“走”两个小时的内蒙古，过去坐勒勒车的牧民如今乘飞机两个多小时从海拉尔到呼和浩特。第二欧亚大陆桥从连云港途径新疆连接西亚和欧洲大陆。新疆维吾尔自治区内航线连接11个地州市，国内航线连接北京及一些主要城市，还有飞往中亚、非洲、欧洲的国际航班。过去从拉萨到北京，骑牦牛转乘车，旅途一个多月，后来乘飞机三个多小时即到达。草原深处，“突突”作响的摩托车快捷方便，各种越野汽车往来于城乡之间。高头大马、大漠驼铃、悠悠勒勒车仍然还在农牧民生产生活民俗事象中发挥着作用。

载《神州风情》，吉林教育出版社1995年10月出版

第四辑

青藏漫步

吉祥拉萨

拉萨是世界上离太阳最近的城市，天空明净，日光充足。天蓝得发空，蓝得高远，清晨刚出山的太阳就是那样的灼灼耀眼。高原人的两颧总是带着深深的紫红，那是日光大方的赐予。

拉萨坐落在八瓣莲花山中，祥瑞之气飘摇。大昭寺居于古城中心，老城围绕大昭寺一轮一轮修建，内三层外三层，八卦阵似的八廓街古城建筑形成久远的众星朝北斗。远古的高原本是特提斯海，布达拉宫高高桅杆似的从古海中缓缓升起。布达拉宫周围，大多是五十年代以后的建筑，新城不断扩展。藏传佛教格鲁派（黄教）著名的三大寺甘丹寺、哲蚌寺、色拉寺雄居拉萨河谷周围，佛光吉瑞，普照古城。一座座寺庙，一尊尊佛像在忽明忽暗的酥油灯光中闪烁着睿智的目光。有人估算，拉萨十几万人每人平均有一个佛像，众佛保佑，拉萨人吉祥平安。

山口、桥头、寺庙门前，挂了许多经幡，黄、白、蓝、绿、红各色经幡相间，随风飘动，上下翻飞，成一道亮丽的景观。佛教徒认为，印满经文的经幡经风吹着就是反复地诵经。街上的行人不多，虔诚的藏族人一边走一边手摇转经筒。朝佛人沿街磕着等身长头，手掌包着牛皮，双手合掌，高高举起，在额前胸前略停片刻静默，然后倾下身，双手滑向前，长长地匍匐于地，站起身，迈两步到刚才额头着地处，再合掌比划，倾身磕下一个，如此反复，丈量着朝佛的路程。

河滩上的小树林里，是远道而来的信教群众朝佛暂住的一个个帐篷。我和一位藏族朋友走进一个帐篷，经询问，得知他们一家是从甘南磕长头到拉萨来朝佛的。女主人手摇转经筒，十分感慨地说："这辈子能够到拉萨圣地，朝见神佛，了却多年的心愿，来世……"

磕长头的人，从西藏各地农牧区来，从遥远的青海、四川、甘肃、云南步行一个多月而来，围着布达拉宫和大昭寺，丈量拉萨城区的周长。他们认为，朝佛能消灾祛病，能够到圣地拉萨朝佛，是一生中最大的幸福。藏族人信仰藏传佛教，心地善良、谦躬、平和。因为地理封闭等原因，藏族人很少攀比心理，不少人生活虽然不怎么好，但心里感到满足、充实，为人处事不怎么容易情绪冲动，很少有人患心理障碍疾患。

在拉萨，每天凌晨两点多钟就有人开始转经了。四五点钟，转经的人流如潮。有的围着大昭寺、八廓街古城内环转；有的围着布达拉宫转；有的围着外环路转。

听藏医院的医生说，住院的病人中不少人每天很早就起床去转经。天没亮，街上就满是转经、跑步的人，形式各异，目的相同，都是为了吉祥平安，身体健康。生命在于运动，效果相近。藏医信佛，很多藏医药成果都是在寺庙里研制出来的。佛教徒身患疾病，既求神拜佛，也到医院看病吃药。有道是，病在药治，更在心养，平心静气，意在丹田，以信念战胜病魔，道理就在这里。

科学发现客观规律，与宗教是两个对立的思想体系。著名物理学家牛顿发现万有引力定律，创立经典力学，由于他所处的时代、环境，他信仰基督教。伽俐略发现太阳黑子、木星的卫星和月球上的山脉，正是对上帝创造世界说的有力批判，但他却说感谢上帝让他发现了这样伟大的奇迹。这个"上帝"，实际上是世界秩序之上帝，是自然、宇宙、客观规律的同义语，就是自然本身。为了保证安定的生活环境和必要的科研条件，一些科学家往往做出信教的选择。从科学与宗教既对立又有一定的联系，可以看出宗教的复杂性。

十世班禅大师为信教群众摸顶，上万藏民从拉萨大桥到宇拓路排起长长的队伍，沿路有警察维持秩序，疏导交通。很多人半夜就去排队。队伍缓缓移动，走到大师跟前的藏民，脱下帽子，接受到活佛的一摸，眉开眼笑，浑身清爽，心里那个畅快，真是难以形容！其中有的人特别是年轻人并不一定信教，之所以排队接受摸顶，就是要去请本民族的领袖人物摸一下头顶，从心理感情上体察体察，舒服舒服，得到心灵上的满足。他以这样的行动表白：我是藏族的一员！参加了本民族的一项活动，我感到自豪。民族政策好，宗教信仰自由，我心情舒畅。这实际上是一种民族心理。所以说，民族问题往往与宗教问题紧密相连。民族心理是在长期的历史发展中形成的，是一个民族的传统文化在心理上的综合反映。

宗教是长期的复杂的，特别是在西藏这样的特殊地区更具有广泛的群众性。“文化大革命”期间搞极“左”的那一套，拆毁寺庙，砸神像，想迅速消灭宗教。行政干预只能摧毁宗教信仰上物质的东西，精神上的东西不但没有毁灭，而且还更强了。信教群众在领袖像背后贴上释迦牟尼佛像，借早请示晚汇报念经祈祷。实践证明，靠行政手段消灭宗教是行不通的。菩萨是人树的，要想搬掉，得靠他自己搬掉，在他没有认识过来时，你强行拆毁，他心里还是树着。

1986 年 2 月 17 日（藏历火虎年正月初八），拉萨祈祷大法会在大昭寺隆重举行。早晨，古城拉萨热闹非凡，吉祥的松烟缭绕，金灿灿的阳光照得大昭寺金顶格外金黄耀眼。寺内佛灯明亮，供品丰盛，诵经声朗朗。十余万来自西藏各地以及青海、甘肃、四川、云南等地区的藏族群众云集拉萨，朝拜这一传统宗教节日。班禅大师特意从北京赶到，与自治区领导同志一起到大昭寺观看大法会盛况。班禅大师登上大昭寺顶，向广场上的信教群众招手致意。广场上万众欢呼，纷纷将哈达、帽子抛向空中，一片欢腾的海洋。

祈祷大法会也称传召，藏语叫“默朗钦波”。1409 年藏历正月，藏传佛教格鲁派（黄教）创始人宗喀巴为了纪念释迦牟尼，在拉萨大昭寺组织讲论佛经、发愿祈祷的宗教法会。后来，成了一年一度举行的群众性宗教大法会节日。民主改革后，祈祷大法会受到人民政府的保护，每年照例举行，废除了过去法会期间的封建特权和剥削。十年动乱期间，废除了这一宗教节日。为了满足宗教界人士和广大信教群众的要求，西藏自治区人民政府作出决定，从 1986 年起在拉萨恢复举行祈祷大法会。藏族群众说：恢复祈祷大法会，证明是在实实在在地贯彻执行宗教信仰自由政策，诚心诚意地尊重群众的宗教信仰。

1986 年 8 月，在拉萨恢复举行藏族人民的传统戏剧艺术节雪顿节。14 世纪，唐东杰布组织人才学习戏艺，募捐集资修桥，发展藏戏。从五世达赖起，指令从各地选藏戏班子支差戏。以后每年都请藏戏团到罗布林卡或寺庙演出藏戏，逐渐发展成为全民族的戏剧艺术雪顿节。新时期恢复举行雪顿节，除了表演传统藏戏，还有音乐、舞蹈、话剧演出；不但有西藏各地的艺术团体，还邀请了青海、四川、甘肃等地区和内地省的文艺团体，大规模地展示和弘扬民族传统文化。

雪顿节期间，使我大饱欣赏藏族戏剧、歌舞艺术的眼福，上午参加在罗布林卡举行的雪顿节开幕式，看各地的藏戏精粹；下午上山，到哲蚌寺看藏戏；晚上，到劳动人民文化宫观看歌舞艺术表演。睡梦中，还沉浸在锣鼓和乐曲声中。

夏日黄金季节，我去了一趟藏北那曲。那曲镇海拔 4500 米，是随着修筑青藏公路而兴起的一座草原重镇。一条街，多数是铁皮房子，在阳光下远看，亮闪闪的。从拉萨到那曲，地势高了不少，明显感到不适，消化不好，睡不踏实，有高原反应。那曲见不到一棵树，寒冬时间长，寒风嘶叫，气候恶劣，没有夏天，白菜叶子只能长到手指甲大一点。

那曲条件艰苦，但对于文部人来说，已经是天堂了。文部只有几栋房子，是茫茫藏北无人区的心的归宿，在他们心中是天堂。拉萨在内地人心里遥远蛮荒，在那曲牧民心目中是天堂。这说明一个道理，所谓“好”，都是相对的，比上不足，比下有余，不与上比，就是天堂。比如说生活条件、住房、收入等等，不要过多地往上攀比。有句俗话说，货比货扔，人比人死。但是，往下比，就是宝贝，就是人上人。天堂在心里，在于心境。自己觉得快乐，就是最幸福的人。从那曲回到拉萨，更加热爱生活，用全身心的热情满腔热忱地拥抱现实。

在拉萨生活了三年，是这一辈子难得的生活经历。即将离别的时候，托人说好一辆东风牌卡车，搭乘车西去日喀则、定日，翻过珠穆朗玛峰的肩头，经聂拉木，到中尼边境的樟木住了两天。那一路，天天连夜赶路，有时候睡在车上，有时候住在脏乱的破旅店。到定日，珠穆朗玛峰就在眼前。眼望珠峰旗云，想到醉心捧读的一个随登山队采访的记者写的《一个冒牌登山队员的日记》。其中写道，登山人登上海拔5000多米以上的地方，美丽的风光与严重的高山反应交织，恨不得多生几个鼻孔。小动物的奔跑表明这里并不是月球，高音喇叭显示山腰上世界最高的乡村的存在，生的希望迅速战胜死的沉寂。星光和月光都显得低垂，多带一把钥匙都觉得是负担……登山有压抑、困顿和疲乏，更有兴奋、追求和快乐，使人向往。

离别拉萨前，再次登临布达拉宫。低头转悠迷宫，登高俯瞰全城。别了，我的拉萨。

拉萨人热情好客，情深谊长，每迎送客人，口不离“扎西德勒”（藏语，意为吉祥如意），必献哈达，敬青稞酒，一片至诚，满怀深情。拉萨归来，满心怀的吉祥，思拉萨，恋拉萨。拉萨扎西德勒！拉萨好运！

1997 年 7 月 2 日作

《佛教文化》1999 年第 4 期发表

沿着雅鲁藏布江

激流滚滚的雅鲁藏布江接纳了拉萨河以后，更加壮大，更加汹涌澎湃。

泽当河谷平坦宽阔，从贡嘎开始，雅鲁藏布江河道跑马放羊，信马由缰，羊儿满山坡，撒开腿随意跑。数不清江水分成多少条，弄不清哪一条是主流，一会儿分，一会儿合，分分合合，左突右奔，千百条水道，千百座沙洲。从这里跨江的贡嘎雅鲁藏布江大桥足有三公里。乘飞机从空中看，这儿的雅鲁藏布江河网密布，像一片巨大的树叶，无数条水道是密密麻麻的脉网。

如果说西向的拉萨河带给雅鲁藏布江一川王气霸气，那么似可说南来的雅砻河捎给雅江无尽的仙气灵气。雅砻河谷是藏族祖先繁衍之地，是藏族古代文明的发祥地。这里有西藏的十五六个第一，诸如，第一块庄稼地，第一个村庄，第一座宫殿雍布拉康，第一座佛殿昌珠寺，第一座庄园朗赛林，第一个宗（县）乃东宗。公元前 237 年，聂赤赞普被公推为吐蕃部落第一位领袖。吐蕃部落从原始社会到私有制社会，在雅砻河谷延续了三十二代。第三十三代赞普松赞干布将吐蕃的政治中心迁到逻些（拉萨），统一各部落，建立了统一的奴隶主政权吐蕃王朝，雄踞青藏高原。站在雍布拉康山冈马鞍形山腰，仰望高耸的宫殿金光闪闪的镀金红铜屋顶，使人顿生许多感慨。山下，雅砻河谷绿树葱茏，阡陌纵横，成片的青稞麦碧绿，连片的油菜花金灿灿，叙说着辉煌的历史，开放着古老的新鲜。

沿着雅鲁藏布江往东而下。又一条南向的支流加入雅鲁藏布大合唱。支流上游不远处，是曲松县城。拉加里王宫高高耸立在山冈上，犹如小布达拉宫。曾百余年雄据河西走廊丝绸之路，一度威震长安的吐蕃王朝，到9世纪中下叶已经是穷途末路。赞普朗达玛灭佛，继而王室内讧，平民起义，连年征战。世纪末叶，末代赞普之子贝考赞被擒诛，吐蕃王朝崩溃。贝考赞长子吉德尼玛衮西去阿里，建立了古格王朝。次子扎西孜巴贝流落仲巴，他的一位后代在12世纪被原吐蕃贵族迎请到山南，再迁曲松，建立了拉加里王国。拉加里王统治曲松、桑日、加查、隆子四宗，约三万平方公里面积，2000余户农奴，万余属民，在西藏地方政府的统治下，享有制定法律、判决案件、设立监狱等特权，一直延续到20世纪中叶。拉加里王宫在历史的风雨中破败了，宫殿的断壁残垣在烈日下透出昔日的辉煌。

汽车一出曲松县城就爬山，九曲十八弯，上到山口，但见挂满经幡的两山间，一块标示牌上书：布丹拉山口，海拔4910米。另一块牌子上写着说明文字：布丹拉山，藏语意为散落的经书。相传，连花生大师把一卷经书托付给乌鸦往北送，乌鸦叼着经书飞到此山顶休息时，不慎经书散落。忽然间天旋地转，山形变成一卷散落的经书。我站在山口，向北眺望，山岭层层叠叠，草木苍翠，蜿蜒的公路像一条彩带飘拂在山间。下山的路全是泥浆路，看来这条山岭雨水不少，路的排水沟不畅，车辆行驶缓慢，翻越这座山用了五个多小时，天黑才到达加查县城。

第二天上午，出加查县城，公路一直沿着雅鲁藏布江，在离江面十来米的石壁上走。右岸喜马拉雅山，左岸念青唐古拉山。两岸山势陡峭，山岭绵绵长长，走了好一阵，没见山岭缺口，不见有支流加入进来。河谷江流滚滚，两山干旱缺水，石山光秃秃的。看山湾远处的公路，像是用粗粉笔在峭壁上画的一条线。怪石嶙峋，龇牙咧嘴，行走在从石壁上硬凿出的窄逼的道口，像走在老虎嘴里。沿着这条沙石线走，一辆辆车腾起滚滚尘土烟雾，跟前面的车近了，根本看不见路，只有拉开距离。

夜宿朗县，住在一条小河加入雅鲁藏布江的交汇处。听着河水哗哗，想着江水滔滔，在水的臂弯里入梦。这是这次到西藏的第六个晚上，一是高原反应已经过去，渐渐适应了；二是朗县比拉萨海拔低了不少，睡得踏实香甜。

朗县城外两山上，松树这里一棵、那里一棵，长得喜人，绿得让人心花怒放。从朗县往下游是柏油路，跑起来畅快。更畅快的是大饱眼福。雅鲁藏布江两岸的树逐渐增多，从三两棵，到十棵八棵，从星星点点，到山上山下成片生长。

这里的雅鲁藏布江会种树哩！河对岸离江面四五米处沙石上，沿江长着长长的一行与江面平行的松树。猛一看，树身两三米高，像是人工栽植的。细看，才看出，河床窄处树行离江面高，河床宽处树行离江面低。这才弄清，那树行生长处就是涨水时江波到达处。原来，沿江的树行是江水种植的。涨水时，江波将飘落在水面的树种推到江边；江水消退时，树种遗留在岸边，发芽，生根，长成树。多么奇特的现象！

随着海拔高度的降低，雅鲁藏布江两岸以及山上的树越来越多，高大茂盛。树的品种逐渐增多，从灌木、乔木杂然相处，到渐渐以乔木占优势。主要有松、杉、柏、樟、栎、青冈等种类。再往下走，汽车开行在树丛中，树冠几乎封住公路，树枝轻抚着车顶车窗。江两岸山上都是原始森林，树木茂密，黑郁郁的。不时有老树枯死在林中，更显出森林的苍翠。

山湾里囤积起一片沙丘，掩埋住一些小树。看起来还有扩张的趋势。当地人在沙丘上插了许多经幡，迎着风呼啦啦地飘，像古战场上军队行进。我想，要是在沙丘上栽上树，不就把那些流沙镇住了？

中午，在米林县厦门大酒店午餐。县委书记热情招呼我们：喝汤！喝汤！真是一顿福建饭，多数是从厦门等地运来的海鲜，除了“佛跳墙”等名菜，先后上好几道汤。县委书记说，福建菜肴中就是汤多，这符合营养学的讲究。

沿着雅鲁藏布江走这一路，吃到好几个省的餐饮风味。按照中央部署，除了国家对西藏支援，每两三个省市或中央骨干企业对口支援西藏一个地区，支援方出干部，担任县委书记及其他官职，每期工作三年，还随带资金、物资。这一届已经是第五批。西藏哪个县由什么地方人担任县委书记，那个县的宾馆或招待所就是什么地方的饮食风味，那个县被援建的街道以及建筑物也起的是援建方的地名。我们在错那，合肥温泉宾馆外面是淮南道，吃的是安徽菜；在隆子，走过洞庭道，吃的是湖南菜；在加查，过武昌路，吃湖北菜；在朗县，走的是泉州路，住的是朗泉宾馆。拿出林芝市区图一看，援建方的街道名以及建筑名就更多了：广东路、广州路、深圳大道、厦门路、珠海路、香港路、福建公园、福建大酒店等等。印象最深的是隆子县那一顿湖南菜，辣得大家紧锁口，大吸气，脑门冒汗，一把鼻涕一把泪，惊叹道：湖南人出门带一把辣椒以防不辣，真是怕不辣！

林芝地区素来被赞誉为“西藏的江南”，林茂水丰，山高水长。右岸喜马拉雅山，左岸念青唐古拉山，两岸不断有支流加入进来。我和车上一位朋友数着，比着，你是左岸，我是右岸；你加入一条支流，我加入一条支流；你又加入一条，我再加入一条。满山全是树，森林覆盖率高，森林涵养水分，大雨滂沱水不浑，天旱经月水不减，支流水都是清澈的。从植被相对较差的日喀则、拉萨干旱地带流出的雅鲁藏布江水是浑浊的，到了加查、朗县以下，植被越来越好，水流越来越清。每加入一条清亮的支流，就等于把江水稀释一些。支流不断加入，雅鲁藏布江越来越清澈。

在米林县羌纳乡，尼洋河汇入雅鲁藏布江。尼洋河是雅江下游最大的支流，浩浩荡荡，清澈碧蓝，江面宽阔，汇入雅鲁藏布江时，形成江水倒流奇观。有尼洋河这一大支流的汇入，雅江更清澈，气魄更雄伟，气势更宏大，以排山倒海之势，冲向喜马拉雅山与念青唐古拉山的板块交接，冲出雅鲁藏布大拐弯大峡谷。

林芝的夜，尼洋河静静流淌，四周群山密林更加幽深。闽芝湖夜灯闪烁中，福建公园的江南建筑小楼独特，武夷霞辉映双塔。上千群众会聚在公园，锅庄跳了一曲又一曲，跳得长街沉醉。

从林芝出发，沿尼洋河上行。河水泛泛，在平坦的河谷撒野，一会儿合成宽阔的河面，一会儿分成几条、十几条乃至几十条。两岸密林，绿树葱茏。河岸边，山根下，一会儿晃过一片藏式新楼。一个个村寨，每一大片建筑的屋顶呈一个主色调，红橙黄绿青蓝紫，比七色还要多几色，在绿树丛中显得格外显眼。遍布西藏自治区各地市的“安居工程”，为每一户农牧民建筑一幢两层两百平方米左右的藏式新楼，国家支持大部分资金，村民自己筹资一小部分，建成别墅式的小楼。全部石头建筑，门框、窗框、屋檐等都是藏式的绘画或雕塑，整齐，新颖，大方，气派。同行中有人说，这种新式楼房，两年前来西藏看到这里两三栋，那里五六栋，零零星星的；现在是一大片一大片的，整村推进，尼洋河两岸全都是这种建筑。

顺着尼洋河上行，巍巍青山两岸走。过了工布江达县，海拔不断升高，离雅鲁藏布大峡谷越来越远，水汽渐少，植被不断变化。高大的乔木渐渐稀少，以至为灌木丛所替代。一些路段的两山，全是一种灌木。我认识那种树，我们家乡湘西将其叫“久跛扈”。可见其厉害。树干弯弯拐拐，木质特别硬，不到一寸长的花生壳形叶片为锯齿状，树冠如特意打造的盆景。在我们湘西，久跛扈长在高山悬岩，作柴火，质地相当好，只是很不容易砍得到，经常是腰拴粗麻绳，人悬吊在刀切悬岩上，舍身亡命地砍柴。所以有那样的说法，青冈久跛扈，不如河里水麻株。意思是，就在河边随便砍点劣质的柴，不要舍生忘死去取好柴。这里海拔高，从山顶到河岸，满山都是久跋扈。这让我一路感慨。

一路追着尼洋河跑，把尼洋河追得化作一条条小支流逃进深山。把那么宽的波涛滚滚的尼洋河追得越来越瘦小，追得只有两三米宽。把两岸灌木追得成了草原，把河流追得只有一米宽，跨步就可跳过去。

追到邦杰塘草原，顺着尼洋河谷上行的暖湿气流越来越少。把尼洋河追得只有手腕粗，追成涓涓细流。海拔 5020 米的米拉山是一道分水岭。米拉山口两边的景色迥然不同，东边尼洋河谷两岸青山，西边是干旱的秃岭。西边的小溪是拉萨河水系。顺小溪下行，明显感到空气干燥了许多。

为什么尼洋河河谷地带降水丰富，空气湿润，森林密布？因为雅鲁藏布江在喜马拉雅山与念青唐古拉山的会合处切开了一道大峡谷，印度洋的暖湿气流顺着大峡谷上行，温润了河谷地带几个县域。中国雅鲁藏布大峡谷科学考察队经过考察，测量出，雅鲁藏布大峡谷全长 505 公里、极值深度 6009 米，远远超过美国科罗拉多大峡谷全长 370 公里、极值深度 2133 米，证明雅鲁藏布大峡谷为世界第一大峡谷。

为什么青藏高原大部地区乃至我国西北地区干旱少雨？因为高高长长且厚实的喜拉雅山崇山峻岭挡住了南来的暖湿气流。有人说，要是将喜马拉雅山炸开一道大缺口，暖湿气流就可以过来，干旱的气候环境就能得到改善。

我遥想宏伟的喜马拉雅山雅鲁藏布大峡谷口，惊叹大自然的无比神力。经过印度板块与亚欧板块的激烈冲撞，经过雅鲁藏布江亿万年的冲刷切割，喜马拉雅山被切开这么深一道峡口。人工能够以多大力量用多长时间将喜马拉雅山切开多深多长的峡口？

2009 年 8 月 3 日作

《民族大家庭》2010 年第 3 期发表

锅庄舞缱绻

仲夏七月，我们来到藏北那曲。正是一年中难得的黄金季节，草原坦坦荡荡，碧绿连天，羊群像云朵映衬在绿茵上。

一位藏族妇女倾着身，斜着肩，一把一把抽打着酥油茶。整个草原都流着油，天上的云彩都飘着香。

白天赛马，把憋闷了一个冬春的激情喷发个够。夜幕降临，大家相邀去舞场跳锅庄看热巴表演。

锅庄舞圈一个个拉开，每个人都是草原星空的一颗星球，一道舞圈是一个运行轨道。自转，公转，永不停歇，无始无终。

热巴表演处吸引了众多牧民和游客。铃鼓舞慢步绕场，男领舞说一段快板词，再以铃声指挥群舞变换动作和队形。男群舞者手执铜铃，抖肩起步，舞姿潇洒豪迈。女群舞者左手执手鼓，右手执弯长杆鼓槌敲着鼓，绕圈起舞。舞蹈由慢而快，动作强烈。舞到高潮，女子击鼓翻转，甩鼓平转；男子单腿跨转，“躺身蹦子”，蹲跳，呼喊，使人眼花缭乱；歌舞者好像都长上了翅膀，与天地一起飞翔旋转。

热巴是表演性节目，锅庄是自娱自乐的文娱活动。观看了一阵热巴表演，我们几个人加入到锅庄圈，跟着跳起来。

地区群众艺术馆的几个文艺专干领着我们跳，锅庄圈每隔一个当地人夹进一个新手。师傅领进门，示范加鼓励：跳吧跳吧，不会跳不要紧，这跳锅庄动作不是很复杂，跟着举手投足，动作协调，很快就跟上趟了。

笨拙地跟着跳了几圈，撤出舞圈观看，听文艺专干介绍锅庄。

在藏族农牧区，每逢节假日，总可以见到男女青年、老人、小孩扬臂舞袖，踢踏歌舞跳锅庄。锅庄是藏语音译，或译作“果卓”，是流行于西藏、四川、云南藏族地区的一种古老的集体舞蹈。锅庄起源于狩猎时代，本意是围圆圈而舞。跳锅庄人数不限，不要伴奏，可以围着火塘，或在院子里、草场上、广场拉起圆圈而舞。大家手拉手，跟着领舞的人，围成圆圈，且歌且舞。或一人领唱众人合；或两队一问一答，互相呼应。舞蹈有弓腰、踢腿、扬臂、转身等多种动作。藏区俗话说，牦牛身上有多少毛，锅庄就有多少舞姿；山上有多少树，锅庄就有多少歌词。跳锅庄重在参与，有广泛的群众性。参加聚会者都必须进入舞圈，即使从未跳过，也得加入锅庄行列，跳错了不要紧，但如果旁观而不跳就会被人取笑。不会唱可以只跳不唱，开了口别说唱错，就是唱重复了，就等于宣布一方的失败。人们边唱边舞，互问互答，向纵深发展。

锅庄有祭祀、婚礼、庆贺、迎客、比赛等多种，其中以比赛锅庄最常见最精彩。逢年过节，或劳动之余，人们都要跳锅庄。或在牧场上，或汇聚林卡，或在夜色浓郁中围着篝火，拉成圆圈，男一段女一段对唱。七月望果节，丰收在望。为了祈祷丰收和好运，跳锅庄更为盛行。男女青年一个个身穿节日盛装，成群结队，到别的的村寨去赛锅庄。

跳锅庄通常分开头、中间、结尾三个部分。开头为序曲，互致欢迎，道祝贺，合好歌声，调齐步伐。主要部分在中间的“问答锅庄”，内容丰富，有歌唱劳动、赞美家乡、抒发感情的，有传说英雄故事、传唱劳动技能的，天文地理，海阔天空，从古到今，无所不包。传统锅庄以三为单位，每三句为一组，必得一组一组地唱，唱天空必唱太阳、月亮、星星三句，唱地方必唱拉萨、北京、家乡三句。通常以六物作比，每比三句，共十八句，称为“十八列”。双方歌词不重复，不停地对抗竞赛。初始阶段歌唱音调低沉，舞步速度缓慢，随着情绪上扬，速度随之加快，音调越来越高亢激烈。特别是青年人，跳得明快利落、活泼清新，舞姿优美，歌声激越。夜越深，情越浓，且歌且舞，通宵达旦。

我们几个就这样，参加跳一会儿、歇一会儿，不明白就问，想把锅庄的来龙去脉、内容、形式都打探个清楚。

渐渐的学会了基本步伐，往左两步，踢腿，扬臂举手；转身，往右两步，斜伸腿，慢甩手；弯腰，仰头，双手画圆。步子能跟上了，不会唱词，跟着旋律哼着调，与同伴调侃："唱啊！我们唱着词你跳现成的啊？"

从拉萨来到那曲，海拔升高不多，还是有高原反映，多跳几圈就感到有点心慌气喘。当地人说，这是正常反应，心脏有个适应过程，过两天就适应了。看那曲的藏民，跳得那样的轻松，那样的投入，那样的迷恋。那曲海拔高，气候寒冷，一年当中七、八、九几个月是草原的黄金段。没有树，不能生长玉米、小麦，连白菜叶子都只能长到指甲大一点儿。再高一些的地方，就是生命禁区。藏民们世代固守着祖国的疆土，乐观地生活在这世界第三极，就像眼前的景象，他们那么乐观豁达，那么欢畅，把个动作不很复杂的锅庄跳得如同星球运转般的无始无终、连绵不断。

忘情在锅庄的舞圈里，迷恋在欢乐的漩涡中，越跳兴致越高，柔情缱绻。跳到深夜，跳得难分难舍。"分别只是暂时的，等到格桑花吐艳竞放，我们又欢聚在舞场。"悠扬的曲调，粗犷豪放的激情，涌动在血管里，激荡在草原上。

载《神州风情》，吉林教育出版社 1995 年 10 月出版

空降勒布沟

我们的越野车如同一架空中客车，在喜马拉雅山腹地穿行。把向北的河流追溯得只有手腕粗，翻过山梁，转而顺着一条向南的小溪前行。公路两旁，牧草越来越好，我们渐渐从干旱地带走入湿润地带。

路上汽车稀少，车速较快。行进在读牌时代。每见到一个路牌，赶紧瞪大眼睛，集中注意力，辨读标示。每个山口的标示牌都标明着地名和海拔高度，我们由此知道飞跃在距海平面多少千米的高度。

此行要去错那。各岔路口标牌一一注明哪边是错那。车上的几个人不时读着："错那！错那！"接着又戏谑道："错啦！错啦！"司机说："没错！没错！往这边就是错那！"

错那，藏语，意为湖的前面。这一带湖多，大的，小的，宽阔的，窄小的。乘飞机从空中看，一定是星罗棋布。将又一个较大的湖泊甩开，前面一大片耀眼的房子，就是错那县城了。

只有一条街道的县城，南边新铺了街面，装了电线杆和路灯，正在修建"二环路"哩！错那县城海拔 4400 米。明显感到心跳加快了许多，呼吸拉长。吃过午饭，走出饭店就是油菜地。县城周围满是油菜花，黄灿灿的，贴着地面，像地毯。近看，油菜只有五六寸高。我问县上干部，这油菜亩产菜籽多少。他们说，也就五六十斤吧。真不容易！如果在藏北高纬度地区，这样的高海拔地区是长不了油菜的，错那借了印度洋暖湿气流的光。

出了错那县城，跃上一道山梁，经过一个湖边，公路开始下降。高海拔的山冈上满是乱石，寸草不生。稍低一些地方的石块缝中，长出零零星星的花草。一种种不知名的花草贴着地面，几乎没有叶子，开着小巧的花，为了减少水分蒸发，叶片退化了，只有红花没有绿叶相配，小花像豆粒儿，像挖耳勺，像女人的精巧耳坠、鼻饰，虽然不大，却在尽情展示美丽芬芳，作一回花，就得美向世界。

随着海拔高度降低，山坡上出现大片杜鹃花。植株只有四五寸高，叶子圆而细小，只有玉米粒大。满山遍野都是贴着地面的紫红色杜鹃花，形成一定阵势。

汽车在云层之上，上空金色太阳照耀，下面茫茫云海，真有些乘飞机的感觉。

汽车进入云层，云雾丝丝拉拉从车窗旁飘过。杜鹃花植株越来越高，一尺多，一米多；叶子越来越大，越来越长。随着海拔高度的降低，各种灌木越来越高。

往下，出了云层，还在云层。喜马拉雅山南麓再不是典型的高原风光，山也不是雅鲁藏布江河谷那种山，而是像我们南方山区那种山。山石潮乎乎的，每飘过一团白云，就像给城市里高高的玻璃幕墙擦洗了一遍，越擦越亮。高高的喜马拉雅山岭挡住印度洋的暖湿气流，使喜马拉雅山南麓阴雨连绵，雨量十分充沛。飘来一团云雾，下起小雨。不多久，云散雨停。一会儿，又扬扬洒洒下起来。石山上长着树，石缝里长着树，石头上满是青苔，似乎从来没有干过。林木葱茏，苍山黛绿。树林子好水就好，水流越来越粗壮，落差很大，大到成跳跃式、跌闪式。这里那里，一匹匹瀑布从山崖上晾挂下来。沟沟岔岔，山重水复，过不多久又有一条溪流加入主河道的大合唱。满山沟雾气，凝成一团云雾，升上来，升上来。眼前的山石树丛全被遮没，看不出多远。过了一会儿，云雾飘散开，景色重现。

公路继续转着“之”字拐蜿蜒而下。不断有支流参加进入，河流越来越大，湍急迅猛了许多。经过一道写着“门巴第一乡欢迎您”的牌楼，我们进入勒布沟门巴族山乡。下车，路边小憩。同行的藏族干部告诉我们，这条河叫娘姆河。勒布，门巴语意为美丽的地方。勒布沟有吉巴、贡日、麻玛、勒四个门巴族乡，分布在海拔2800米到2400米的大山沟里。

再往下，河流的气势更加雄伟，波急浪高，如万马奔腾。两山都是高大乔木。松树、云杉粗壮，大都是三四人合抱的树身。不太陡或陡峭的山上，原始森林密布，百年老枯树这里几棵、那里几棵，倒在树丛中。翠绿的森林里，高高的枯树这里一根、那里一根，像是从高空投掷下的一柄柄巨大标杆扎戳在林间，更显出满山苍翠，森林的原始黝黛。

我们来到麻玛门巴族乡。一位门巴族姑娘端着一个装满青稞粒、面粉，插满青稞穗的叫“切玛”的五谷斗，一位姑娘端着青稞酒，小伙子提着酒壶，门巴族乡长白丹措姆给我们每人献上一条哈达。我捏了点面粉挥弹，然后接饮青稞酒。

白丹措姆乡长告诉我们，这里常年在云遮雾罩之中，经常是阴雨连绵，林木丰茂。通过兴边富民行动和扶持人口较少民族经济社会发展工程的实施，将国家的支持与村民的自力更生相结合，麻玛乡的水、电、路等基础设施得到显著改善，门巴族农民全都搬进宽敞的新房。依靠山林竹木资源丰富，村民们以传统的竹木手工制作增加收入。麻玛乡人口146人，其中30人从事竹器编织，主要编织竹筐、背篓、手提篮、水果篮等。一个人一天可以编织两个竹筐，一个可卖50元。麻玛乡的木碗在西藏很有名。藏族牧民把小巧精致的木碗揣在怀里，放牧到哪里，随时可取出来捏糌粑、喝酥油茶。一个木碗几百元。制作木碗的过程不简单，先用斧头砍成木坯，固定在转轴上，随着旋转，分别用锋利的凿子、削刀、刮刀等工具挖、抠、铲、削、刮，然后修刮磨制，烤干，油漆，制作出成品。一个木匠制作木碗一年可收入两万多元。去年，依靠种植、养殖和加工等多种经营，麻玛乡农民人均收入 3700 元，群众生活水平逐步提高。

在勒乡次吉卓玛姑娘家里，我好奇地环顾他们家的居室。房中摆放着四个铺着毛垫子的类似沙发的长座椅，中间摆放两个雕花漆画小桌柜，一个烧劈柴的炉子，靠墙三组台柜，摆放着电视机、电话机。一侧墙上贴着布达拉宫画；另一侧墙上是一张保险业宣传画，画面上四个影视明星的半身像。次吉卓玛姑娘说，刚刚参加完高考，现在等待录取通知。父母和哥哥都到茶园劳动去了，自己正准备上山去帮他们侍弄茶园。她家五亩茶地，一年卖茶叶可收入 8000 多元。这里常年云雾缭绕，雨水不断，气候温和湿润，很适合茶叶生长。乡上种茶叶的农户不少。乡政府请县上援藏干部从安徽聘请来技术员指导茶叶生产。随着技术含量的提高，收入会大大增加。

在贡日乡，我们走进一个边防连。战士们在草坡上用白石块镶嵌了一幅中华人民共和国地图，显示保卫祖国边疆，捍卫国家主权的坚强决心。连长引领我们到一个沙盘前，给我们讲述边境情况。1914 年英帝国主义代表背着中国中央政府代表，以秘密换文的方式泡制“麦克马洪线”，把历来属于中国的 9 万平方公里领土划给当时英国统治的印度。中国历届中央政府从未批准或承认该线，并就英国对该线以南的中国领土地区的逐步入侵，多次向英国并以后的印度政府提出抗议。后来，特别是近年来，印方向该地区大规模移民，增扩兵力和军事设施。粗铅笔在地图上划一条线，粗线经过的地方本身就包括很大面积的土地，而且，那些地方山高谷深，人烟稀少，没有经过勘察，印方不断向我方蚕食。居住在边境的藏、门巴、珞巴族人民，以放牧、耕作等劳作方式守卫着祖国的领土。这使人油然而生敬意，由衷地钦佩他们的辛勤劳动，感谢他们守土戍边！应该给边境地区的少数民族人民以进一步的支持，使其经济社会更好更快发展，使我们的边境地区更加繁荣兴旺，使国家的边防更加巩固。

2009 年 8 月 1 日

隐秘的莲花

在喜马拉雅山东段，海拔 7700 多米的南迦巴瓦峰南坡的阳台上，有一个被称为“西藏的西双版纳”的墨脱县。高耸的喜马拉雅山天然屏障挡住南来的暖风和湿润气流，这里呈现一派浓郁的热带风光。墨脱，是藏语“花朵”的意思。墨脱县境内，群山层层叠叠，状似莲花，所以又称“博隅白马岗”，意思是“隐秘的莲花”。它在佛教徒心目中的地位特别神圣，被誉为“佛之净土白马岗”，藏文佛经里说它是雪山下原始森林中的“莲花仙境”。

这里地理环境独特，历来与外界交往很少，只有在夏秋季节待山口封冻的冰雪化开了才能进入。墨脱县境内，阔叶林成片，风光如画，散布着一个个门巴族村落。

晃晃悠悠的藤网桥上，门巴族姑娘手把藤条望林莽，深情的心曲飞出怀：“托请流水捎书，/我爱是否收读？/心灵信使已往，/我爱可曾梦会？”

“从那东方山顶，/升起皎洁月亮。/美丽姑娘面容，/显现在我心上。”微风掀开香蕉阔叶，一曲浑厚的男中音飘然而出。

一片爱的世界，一声声爱的呼唤，一丛丛盛开的鲜花。男女青年在劳动中或其他社交活动中结识，相约在林间溪边幽会，产生爱慕之情。

门巴族的恋爱婚姻比较自主。男女青年有了感情之后，多由男子先征得父母同意，再请媒人带上礼物前去提亲。女方以女儿的意见为主，父母帮助择定。

传统习惯禁止父系血缘亲属之间、姨表兄弟姐妹之间婚配，认为姑表舅表婚配是理想的结合，舅舅的儿子可以优先娶姑家的女儿。

门巴族的婚礼热闹而又饶有风趣，陪送外甥女到男方家成亲的舅舅是婚礼宴席上最受尊敬的贵宾。新郎首先向舅舅敬献哈达，鸡爪谷美酒送给舅舅第一个品尝。在舅舅面前摆上各种食物，特别是猪牛羊的头、尾、内脏和四肢等各部位，表示献的是全牲。舅舅还是异常气愤，大发脾气：为什么肉块切得不匀？是我家女儿长得不端正吗？为什么酒味是苦的？是我做舅舅的有什么不对？新郎家赶紧换了酒肉食品，再次敬献礼物，赔礼道歉。舅舅又质问：食物怎么摆得不齐？难道我家女儿配不上你家儿子？并且以掌击桌，一副气得了不得的模样。新郎家又赔上许多客气话：新娘百般皆好，舅舅说得都对，只怪我们做得不好，万望舅舅原谅。尽管男方全家处处在意，舅舅仍然神气十足地挑剔，百般刁难，或叫茶太凉，或斥酒不热，充分显示舅舅的尊严和权威。

这种风俗延续到现在，只不过是一种形式，实际上是舅舅戏剧性地挑剔。那些肉块酒菜也都是原样端下端上，走走形式而已。舅舅表演得认真而诙谐，给婚礼增添了不少乐趣。客人们看到新娘的舅舅那发怒的神态，新郎家恭敬而又忙碌的样子，乐不可支。也许，舅舅对于外甥女未嫁舅家竟与外人成婚还真有点不满，趁此发泄一通。重舅权，是母系氏族社会舅权的残余。父权制确立以前，子女们与母亲、舅舅住在一起，亲舅父甚于亲生父。舅舅代表母系氏族的利益与他人抗争，舅舅的形象崇高、威严而可敬。门巴族今天的婚俗中仍能看到这古老的遗风。

男方家曲意奉承，百般讨好，解释，道歉，敬酒献礼。直到舅舅转怒为喜，坐下喝酒。舅舅闹够了，大家乐够了，过了戏剧性的“舅舅闹婚”这一关，再进行婚礼的其他议程。宾主敬酒对歌，翩翩起舞，祝福新婚夫妻吉祥幸福。酒酣歌浓，歌迷舞醉。

《婚姻与家庭》1987年第3期发表

才召村的变迁

南伊河哗哗向北流向雅鲁藏布江。青黛的山岭云遮雾罩，黑郁郁的原始森林环抱中的米林县南伊珞巴民族乡才召村，绛红色屋顶的新房在山间集中连片，如同童话世界中的梦幻幽居。

我们几辆越野车停在村口。南伊珞巴民族乡乡长晓红和才召村主任达瓦以及几个珞巴族姑娘热情地向我们献上哈达。

担任着全国人大代表的晓红乡长指着眼前一幢幢具有珞巴民族风格的新房，介绍说，西藏自治区近三年来实施农牧民安居工程建设，珞巴族和门巴族、藏族等少数民族农牧民群众得到实惠，生活条件大为改善。南伊是全国惟一的珞巴民族乡，辖三个村，共有 101 户 476 人，农民人均年收入 5174 元。全乡已有 95 户完成民房改造，住上整洁宽敞的新居。

村主任达瓦身穿珞巴民族服装，头戴熊皮压制的圆盔，上身穿羊毛织的黑色套头长坎肩，背上披的野牛皮披肩用皮带系在肩膀上，腰间横挎腰刀，还佩带着传统用具兼作装饰的火镰。

我们走进达瓦家中。厨房兼餐厅宽敞明亮，中间是新式火炉，靠墙摆着电冰箱、打酥油的木桶，用的是自来水、沼气。客厅里摆放着电视机、电话座机，卡垫上铺着兽皮，墙上挂着弓箭、长刀和一些兽头骨、兽脚。达瓦将村民的传统与现实生产生活向我们作介绍。

这些陈设，是珞巴族对传统狩猎生活的历史文化记忆，都是以前的用品和猎获物。由于生活环境使然，靠山吃山，狩猎是珞巴族传统的重要的经济活动。每个珞巴男子，从小就练习射猎，成年后，随身携带弓箭和腰刀，经常集体或个人到森林里狩猎。西藏民主改革前，珞巴族长期生活在深山老林，被旧西藏封建领主视为“野人”，很少走出深山。那时候，珞巴族的农耕大都采用“刀耕火种”方式，农业生产工具除了少量铁制的砍刀、长刀外，大量使用木质农具，以种植旱地为主，粮食产量很低，以采集和打猎来维持最低的生活。现在为了保护生态环境，实行禁猎，村民大都从事种植业、养殖业，有的跑运输，作贸易。

改革开放之初，政府经过动员和出资帮助，将散居在南伊沟山林中的珞巴族群众搬迁到南伊河与雅鲁藏布江交汇的才召集中居住。以前住的是简陋的木房，卫生条件差。2006 年，县政府帮助才召村，将所有住房改造，为每户修建独门独院的砖混水泥结构住房，家家住上新房，人均拥有 40 平方米，还将道路硬化，全村通水、通电、通广播电视、通电话率达到 100%，村容村貌焕然一新。全村 36 户 157 人，2008 年人均纯收入 4800 元，比 2006 年翻了一番。才召村珞巴族人过上了现代化生活，人们的精神面貌也有了很大改变。

晓红乡长说，珞巴族以前囿于传统的自然经济，很少有产品交换，有的只是简单的物物交换。现在对外开放，全国各地不少人到才召民俗村旅游，珞巴族人在家门口将从深山采集的灵芝、木耳、蘑菇、虫草等，将手工制作的民间工艺品出售给全国各地游客乃至外国游人。有的珞巴族人开着大卡车，将一车车特色产品运到米林县城、林芝以及拉萨，运回村民生产生活所需要的商品到当地出售。

县政府领导谈到，国家在边境地区实施“兴边富民行动”，使陆地边境地区尽快富裕起来；国家扶持人口较少民族经济社会发展，实施水利、交通、能源等基础设施建设，在全国促进 22 个总人口不足 10 万人的民族经济社会尽快发展。珞巴族人口按实际统计数属于人口较少民族，聚居在边境地区，享受到这两项政策的扶持支持。才召村所在的南伊珞巴民族乡2000年被确定为林芝地区“兴边富民行动”试点。还从近年来全国18个省市以及一批骨干企业对口支援西藏的工作中得到支持。广东、福建两省对口支援林芝地区，福建省厦门市帮扶米林县。2006年，国家投入资金415万元，福建省以及厦门市支持245万元，实施才召村整村民房改造。2007年，国家投入加上福建省第五批援藏工作投资共计340万元，从米林农场长期租赁土地308亩，并配备水利灌溉、农机等配套设施，科学种田，精耕细作，人均粮食从前年的437斤提高到980斤。县里帮助才召村修建了观光果园，修建民俗文化展览厅、篮球场、文化活动室，开办农家书屋，举办了三届珞巴民俗文化节，进行旅游文化开发，获得较好的经济效益和社会效益。

从达瓦主任家出来，走在平整的水泥路上，看到村民们散放在外面的黑白花牛、藏香猪悠闲地走着，一派安详宁静的景象。那些猪腰身长，肚子小，嘴巴老长，据说是与野猪杂交的，看着有点像野猪。我抬头望了望云雾罩着山头的黑森森的原始森林，那么幽深茂密的黑森林，不知藏有多少秘密。我们几位同行笑着说，说不定，野猪就跑到院子里来啦。幽深的森林里的珞巴族山乡，在广袤的青藏高原展现出别具一格的景色和风采。

临别，我左手搭在达瓦主任肩上，右手握着他腰间的刀柄，同他合影，留下珍贵的纪念。

2009年8月22日

《紫光阁》2009年增刊

勇敢礼赞

喜马拉雅山南麓，密林中的珞巴族村寨，谁家新生了一个小男孩，阖家欢乐。亲友邻居前往祝贺，赠送的礼物中是必有弓箭的，祝福孩子成长为一名好猎手，希望他勇敢强悍。

男孩子长到七八岁，就开始操弓弄箭。再大一些，就随大人进入丛林打猎。成年男子几乎人人都有一身狩猎的硬功夫，个个都是技艺娴熟的好射手。弓箭和长刀是珞巴族人防身和对付敌害的必备武器。无论走到哪里，他们都身背弓箭，腰挎长刀，显得英勇威武。猎手们猎获归来，全村男女老少出村迎接。射猎功夫出众的猎手受到众人的称赞，人们向他敬献青稞酒，给他戴上特制的帽子，作为勇猛和荣耀的标记，备受崇敬。

珞巴族人的生产技艺、生活习俗包括穿着装饰，与他们的居住环境、生产方式密切相关。

东流的雅鲁藏布江切开雪山峭壁，遇到更顽强的阻挡，一个急转弯，一路奔腾呼啸，向西南猛冲而去。大拐弯以南的大片珞渝地区是珞巴族的故乡，有着典型的山地亚热带气候。峡谷纵横，冈峦起伏，原始森林遮天蔽日，林中藤蔓纠葛，各种飞禽走兽出没其中。珞巴族世代以狩猎生产为主，辅之以农业劳动，种植水稻、玉米、青稞等作物。特殊的自然环境养成了珞巴族英勇强悍的民族性格，练就了他们山一样的力量和勇敢。

珞巴族人对力量和勇敢的赞美歌颂，表现在他们的穿着打扮以及生活中的审美追求上。人们的力量、智慧和财富，都显示在他们的穿戴上。男子身穿野牛皮套装，头戴熊皮盔帽，腰插长刀，肩挎长弓和箭袋，威风凛凛。男女都喜欢佩戴各种器物装饰。腕饰多用猛兽的牙齿嵌在湿皮条上制成。项饰多用兽骨、兽牙等磨成珠状，脖项上佩戴少的三五串，多的二十余串项链，长短错落，垂至胸腹。加上手镯、耳环和腰间系挂的兽牙、小铜铃、小串珠、火镰等饰物，走起路来珠光异彩，丁当作响，英武潇洒。他们的服饰与狩猎生产密切相关，猎获越多饰物越多，体现了对力量和勇敢的炫耀，表现了对收获和幸福的向往。

一幢幢竹木结构的两层小楼散落在竹林间。那家小楼前，大芭蕉叶飘拂。铺木板的阳台上，孩子们在玩耍，妇女编织着围裙，男主人嘴衔竹烟斗，将又一个兽头骨挂在屋檐口。人们往往把各种猎获物的头骨、蹄子、皮革悬挂于门口、屋檐，将住房也用收获和力量装饰起来，以显示自己的勇敢和高超的狩猎技艺，表达对辛勤劳动和力量美的赞赏与追求。

谁的饰物多，谁家猎获得多，会受到众人的羡慕、称赞。珞巴族人有无比的力量和勇敢，更有坦诚美好的心灵，认为只有靠自己劳动所获才是光荣的。那里夜不闭户，路不拾遗。野山丛林中，随便散放的衣物、用具，多少天都不会有人触动。山林里自生的野果、鸟蛋或什么可采集的东西，有人先发现了，插一根木棍或盖一张芭蕉叶，后来的人知道已有主了，绝不会动的。

岁末，迎来珞巴族盛大的年节旭独龙节。小孩又长了一岁。大人们欢庆丰收，总结一年的辛勤劳动，祈望来年吉祥幸福。一家人用各式各样的食品精心制作了一座两米高的三层小楼，摆满了用白面捏做的各种造型，下层是马牛羊等各种动物；中层摆满各种粮食、水果、食品；上层是各种英俊、勇敢的人物造型。人们饮酒，唱歌，享用过各种精美的食品之后，邀约一起，来到场院，用粘贴满各种鸟毛的木棍呐喊，跳舞。老人吟唱着古老的曲调“加金”，叙述民族历史，讲唱英雄故事。妇女们吹起悠扬的口弦，像丹巴曲婉约的流水。男人们身背弓箭，熊皮头盔上的长毛散开着，舞起长刀，跳起豪放粗犷、刚健有力的猎舞。节日聚会更是英武强悍的展示，力量和勇敢的赞歌。

1996年4月1日作

《中国人口报》1997年9月15日发表

守望拉姆拉错

西藏加查县的拉姆拉错神湖名气很大。寻访历代达赖喇嘛和班禅等大活佛的转世灵童，都是通过观此神湖看到的景象，分析判断灵童出生的方位。到了加查，哪能不去看神湖！

汽车过了加查雅鲁藏布江大桥，顺着崔久沟一直上行。7 月的山林分外翠绿，河流格外壮硕。我们把波涛汹涌的崔久河追成小河，追得越来越瘦小，把郁郁苍苍的原始森林追成小灌木丛，追成高山草甸，追到小溪消失，追到寸草不生的石山冈，追到沙石公路的尽头，下车，穿上军大衣，徒步登山。

观湖的山岭海拔 5330 米，下车处将近 5000 米。望山岭，五彩经幡猎猎翻飞，松烟缭缭轻抚云天。先到的一些信男善女，云集在山岭上守望着。上山的路险要陡峭，石级弯弯拐拐，大约一公里半。

典型的高山气候，本来是晴天，飘来一片云彩就带来一阵雪花，一会儿出太阳，一会儿飘雪，三两分钟一换景，变幻莫测。

简易石梯路越来越陡峭。大口大口喘气，心跳明显加快，怀里像揣着一只兔子，剧烈奔突。走不多远就要停下来歇一会儿，再慢慢走。一路上见到，竖立了许多大石块，在直立的石块上再加上石块，有的垒了四五层。满山都是这种人工石块丛林，不知是多少人的感慨之作，是上山时的祈愿，还是下山途中的感动？有的人在石块上献上哈达，不少人将自己的汗衫、头巾或帽子穿戴在石块上。我想到大学授予学位仪式上，很多人将博士帽抛向空中的欣喜情景。人们在山石上寄托着祈愿上苍的永恒。

忙着观景，感受着雪花融化的沁心，鼻子忙不过来喘气，张大嘴巴帮忙，脉搏每分钟剧跳一百二三十次，心脏对胸壁的撞击让全身都感到那种有些疼痛的感觉。同伴提醒着，走慢点，登山队员也是慢慢走的。确实，我也体会到以前看过的登山队员日记中写的，登山时，多带一把钥匙都是沉重的负担。

快到山岭时见到，一个藏族壮年男子躺在石窝里昏迷着；一个年轻的藏族女子坐在石梯上，捂着胸口喘大气，满脸痛苦中掩隐着收获的如愿；一个五十来岁的藏族大娘被两个人架着，脸色刷白。先期上去的朝圣者，是一辆面包车和五六辆越野车载的人，大概三十多人，其中有三个人高原反应严重。他们都是长期生活在高原的人啊，可见高原气候的严酷！

我们这支队伍十几辆越野车四十多人。几个年轻司机先到山岭，忙着挂经幡，点撒青稞面，燃点松烟。我在这支队伍中年纪居第三，是第三个到达山岭的。观湖的山岭呈马鞍形，横对着湖面。先前到的那些人，或站或坐或半身趴靠山石，静静地虔心观望神湖。

层层叠叠的经幡，在山石上累积了很厚，说不清积淀的是多少代多少年的祈愿和期盼。我找到一个空位，面湖而坐。我的左边坐着一位七十多岁的藏族老大娘，右边坐着一位八十多岁的藏族老太太。老人静静地观望着神湖景象的变幻，满脸的虔诚，满心怀祈望。

拉姆拉错神湖在我们所在山岭东面两公里外的山窝里，湖面大约七八十亩，如同湖北湖南两省地图连起来的形状，湖四周是状如莲花的山，我们这面有一条小溪弯弯绕绕流入湖中，对面雪山有一条小溪流入湖中，湖的东南角似为水流出口。

几十人静静地坐在山岭上，守望着神湖，看云飞雾绕，看蓝天、云雾、雨雪、山岭倒映在湖中的变幻莫测。

据介绍，二世达赖喇嘛根顿嘉措确定拉姆拉错为寻访活佛转世灵童的神湖。从那以后，寻访历代达赖喇嘛和班禅等大活佛的转世灵童都来朝拜此神湖，根据神湖变换的景象，分析判断转世灵童出生地的方位，再进一步寻访而找到。神湖神奇而灵验，不但能显示转世灵童所在方位，朝拜人还可从湖中景象变幻看出自己的命运。神湖还是威严的，如果在湖畔高声说话，就会狂风大作，下起大雪冰雹。据说，不少人亲眼见过那样的景象。

所有观湖人都静静的，动作轻微，说话轻声，为了所在环境气氛的安宁，为了大家的吉祥顺遂。守望拉姆拉错，在静谧的气氛中沉思，在神秘的天地里默想。寻访活佛转世灵童，选择继承者，这种方式虽然有些神秘，但是比起奴隶制封建制的世袭来是进步的，也比由某个人指定接班人先进，毕竟有一个“选”的过程，选优秀，金瓶掣签，体现天意，顺乎民意。面对天地，守望神湖，能让人悟出点什么。

2009 年 7 月 28 日作

超级大锅饭

拉萨大昭寺有几口大锅，七八个人牵手合围的口径，洗锅时架木梯下锅里清刷，像打扫房间冲刷墙壁。灶内锅下空间有一间房子大，起火时先装三四驮柴草。往年，拉萨黄教三大寺及各地寺院万多僧人集中在大昭寺传召，炼钢炉似的炉灶炉火熊熊，大锅煮粥浪滔滔，一次可供几千人吃。广泛集中的供给制，超级大锅饭。

西藏佛教鼎盛时期，拉萨黄教三大寺住寺僧人有规定的编制：哲蚌寺七千七，色拉寺五千五，甘丹寺三千三。一个大寺院分若干个扎仓、康村，每个单位都有规模不等的食堂，口径不一的大锅，为喇嘛们供斋饭。

哲蚌寺堪称世界最大寺院。在根培乌孜山坳里，云雾缭绕，楼群层层叠叠，各种大佛殿、小经堂各具规格，僧舍一排排。每个扎仓都有自己一套完整浩繁的建筑和各种设施。一个扎仓就相当于一个小寺院，管辖着十几个到二十几个康村组织。数千住寺僧人根据各自的籍贯分别参加到各康村，有康巴、安多、后藏、青海、甘肃、辽宁，还有蒙古、印度等等。

从公元1409年藏传佛教一代宗师宗喀巴在拉萨大昭寺举行传召祈祷大法会，以后每年藏历正月在大昭寺举行传召祈祷大法会，三大寺以及各地来的僧侣一万多人集会发愿，集中进行一周时间的大佛事活动。从西藏各地，从青海、四川、甘肃、云南、内蒙古等地到拉萨朝佛祈祷的信教群众数万人，熙熙攘攘。发放的布施巨浩，十万供果堆得像小山，十万盏酥油佛灯光苗在幽暗神秘的佛殿摇曳。喇嘛们诵经，做早课。佛事的高潮是击掌辩经，进行学术讨论，口若悬河，刚劲潇洒。考格西学位是对僧人苦读深研的总结，吸引不少通达佛论、学富五明的佛学学者们参加，通过争辩论证，摘取佛冠上的明珠。

时轮佛殿有一座铜铸坛城，是佛教徒理想国中的城廓，集中崇佛信仰，惟系一方水土。超级大锅饭已经成为历史，宗教信仰自由体现在四方通往拉萨的朝佛转经路上和自由的佛事活动中。历史文化名城和遍布现代建筑的拉萨，是高原藏人千百年来的理想和雪域历史文化浇铸成的现实坛城。

1990年4月24日作

《中国青年报》1991年7月7日发表

错，错，错！

我们一行十人乘坐一辆面包车，旅行在青藏高原。多数人是第一次到高原，大家都很兴奋。一座座雪山迎面而来，公路两旁草原翠绿，小河像缎带九曲十八弯。又一片湛蓝的湖面闪过，有人惊奇地呼叫，有人用相机瞄着“咔嚓、咔嚓”忙不停，有人连声“啊”、“啊”，有人深情地说：“太美啦！”

导游早晨就说了，这一天的路上会观赏到十几个湖。藏语叫湖为“错”。

有人问：“为什么叫错呢？”

“就是以一个汉字记藏语音。”导游解释一句，马上一个折转，“要说为什么啊，刚才我们在一个岔路口走错路了，错过了那个最美丽的圣湖，就因为这个缘故吧！”

“错！”通晓藏汉双语的藏族司机说，“不是因为走错路而错过，是因为岔路那边修路过不去。明天路就抢修好了，咱们返回的时候再看那圣湖吧。”

司机一声“错”，语意双关，证明路线正确，也没解释出究竟。大家没再问所以然，心里想念着向往着那个一时未能得以谋面而又总会见到的美丽圣湖。

旅行车行驶在高原上，像行进在美丽的童话中。车窗外每飘来一团湖面，大家就一片高声惊叹：“错——！”声情并茂，激情满怀。叫得动情，听得感动。

高原的湖泊像天上的星群。高原空气纯净，能见度好，天空格外蓝，那种蓝色没有词语可描述。天空映着湖面，湖水也是格外的蓝莹莹，蓝得让人心潮激荡。

有前面导游和司机的说法，大家想念着那个圣湖，担心错过美好的景致，每到一个岔路口，都齐声高叫："错——！"半是向往，半是玩笑。

我们就这样，像一条银线，连接起一串美丽的错。

满车人一路上兴致很高，一路谈笑，一路歌唱，叽叽呱呱，嘻嘻哈哈，每见到湖，每过岔路口，连声高呼"错"、"错"、"错"。

只有小程一人坐在后排闷声不语，想着心事。连路这么漂亮的景致都没能打动他。

到了江源自然保护区，已是傍晚。接待我们的公司总经理风趣健谈，向我们介绍他的助手错娜时说：

"多好的姑娘！多么吉祥的名字，藏语意为：湖的一隅。就如同海的港湾。但是同事们平时总是故意开玩笑，从汉语字面上会意，错娜——错哪。我们的接待和安排如果做出成绩，都是我的工作方式方法得当；如果出了差错，就是错娜的错啊！"

错娜姑娘一边给我们分发资料，一边笑着说："是啊，错娜难免出错，如果照顾不周，请大家多多包涵。"大家都开心地笑。

晚餐席间，大家更是开心。

席间的谈资话题大多是围绕错娜的。错娜蓬松的长发扎在脑后，飘逸妩媚，红红的脸庞，亮汪汪的大眼睛，围着多彩的帮典，端庄的藏袍，长袖善舞，大方爽朗。我借总经理前面的话题发挥："我们这几天都交给错娜了。总经理已经制定了法规条文：第一条，错娜总会出错；第二条，错娜又做得不错，参见第一条。"

"错！错！"大家呼叫。说不清叫的是汉语的意思，还是叫错娜，抑或叫的是藏语的湖。

我接着说："第一条是将来时，哪有谁不出错的！错娜总会出错，错娜总是做得不错。”

酒过三巡，错娜按照高原的习俗给我们敬酒，两个姑娘作帮手，斟酒，帮腔。错娜端着一个盘子，盘内放着六杯酒，以青藏高原那种独有的高亢嘹亮的嗓子唱起敬酒歌：“今天是个吉祥的日子，/今天是个美好的日子。/美妙的歌声献给远方的客人，/幸福的美酒献给远方的客人。”

我们一个个按照藏族习俗，以无名指蘸少许酒，往上弹，敬天；往下弹，敬地；抹在脑门上，祝福你我，然后干杯。

错娜敬酒敬到小程面前，我们都替小程说情挡驾：“小程不胜酒力！”“小程喝酒过敏！”“小程不能喝酒！”“一路上都没喝的！”

是的，过成都那天小程实在难却盛情喝下一杯酒，看他那个痛苦啊！我们都替他难受，一路上保护着小程，替他解释。

哪知道，小程这时候喝了一杯又一杯，三杯下肚，六杯干了，七、八、九……一口气连喝了十二杯！

“小程海量！”“小程真行啊！”“小程，真有你的！”满堂欢呼。

大家一个个竖起大拇指，都惊呆了。几天来小程都是不喝酒的啊！今天小程是怎么啦？反常啊！

“十二年了！十二年啊！”小程通红着脸，感慨万千，“遗憾了十二年！想念了十二年！”

小程又满饮一杯，痛说十二年。十二年前，错娜在民族文化宫当讲解员，小程和她感情深厚。月上柳梢头，人约黄昏后。单位里，人们都啧啧称道，多好的一对啊！然而，深层次里说不清道不明的原因，使他们没能结合在一起。错娜回到故乡，从此后他俩天各一方，对月思念。多年后重逢，不能喝酒的人连喝十二杯，但愿长醉不复醒。真是：酒不醉人，人自醉啊！

第二天，小程依依不舍，告别错娜。大家坐上车，都替小程惋惜，都醉在小程和错娜情感的佳酿里。

旅行车缓缓徐行，似乎也不愿意离去。谁起了个头，大家齐声吟诵陆游的《钗头凤》：

“红酥手，黄滕酒，满城春色宫墙柳。东风恶，欢情薄，一怀愁绪，几年离索。错，错，错！……”

我们在回程途中还要看那个被错过的圣湖啊。那个美丽的错！我们在叹惋汉语的“错”，还是藏语的“错”？我们是在叹息在呼唤那个湖的名？还是一个人的名？

一怀愁绪，几年离索。错，错，错……

2006 年 7 月 3 日

在塔尔寺过灯节

塔尔寺因长期受风雨剥蚀和地震灾害影响，需要维修。受国务院办公厅委派，我们九个部委局组织的十人考察组前往考察，正逢正月十五塔尔寺灯节。

塔尔寺是藏传佛教格鲁派著名的六大寺院之一。塔尔寺灯节的酥油花艺术具有很高的工艺水平和欣赏价值，闻名遐迩。酥油花是用洁白松软的酥油配上各种颜料，塑成各种人物形象、花草树木、鸟兽鱼虫等，有生动逼真的山川图案，小巧玲珑的亭台楼阁，组成立体花塑故事系列，规模宏大，形象美观，加上金箔装饰，灯火照耀，真是绚丽多彩，光辉夺目。塔尔寺的能工巧匠们以新颖的构思和灵巧的双手，创作出巧夺天工的精湛艺术，每年都吸引青海各地以及西北、西南几省区成千上万农牧民前往观看。酥油花艺术代表作有“文成公主进藏”和“释迦牟尼生平”两大系列故事。

这个正月十五的月亮格外明丽，淡淡的寒光洒满塔尔寺殿堂建筑群落，宗喀巴诞生处的菩提树披着银辉。前来观赏酥油花灯的人群熙熙攘攘，身披袈裟的喇嘛，头戴大皮帽的藏族小伙子，梳多条发辫的藏族姑娘，以及藏区和内地来的着羽绒服、军大衣的人们，争先恐后，涌向酥油灯展处，一睹为快。

这次展出的是“文成公主进藏”。画廊长十几米，山川、人物、亭阁，内容丰富，浓缩了从长安到拉萨的漫漫唐蕃古道。画面上，松赞干布的使臣禄东赞以智慧巧穿九曲宝石，小巧玲珑的宝石上塑有小孔和丝线，众人惊奇喜悦的眼神各异。文成公主途经日月山，山川浩茫，行程漫漫，坐骑马步腾跃向前，公主眼神中似有一缕回眸长安的离情别绪。松赞干布迎亲，那盛大的场面，众多的人物，那欢乐之情，热烈喜庆，充满藏汉团结的融融气氛。这一组酥油花灯展，立体连环画故事系列，是藏汉友好的历史缩影，是历史与现实连接的巧夺天工的大型艺术画卷。

正月十五元宵夜，正是各地城乡赏灯时。塔尔寺的酥油花灯鬼斧神工，别具一格。在塔尔寺过灯节，赏心悦目，别有情趣。

1993年12月18日作

《北京日报》1994年3月6日发表

雄浑青海多元西宁

穿越柴达木盆地，登临昆仑山，张开双臂，满胸怀辽阔天宇。到了青海，切实感受到大中国的辽远壮阔。大美青海，激动人心。

青海可谓名山大川的汇聚地和发源地。“万山之祖”昆仑横空出世，茫茫苍苍，造就了江河之源，孕育了中华根母文化昆仑神话。大自然以惊世的大气魄大手笔造化出青海雄奇壮美的大山、大川、大河、大江。中华民族的两大摇篮黄河长江从青海奔腾而出，浩浩荡荡，滋润神州五千年文明。“八百里瀚海”柴达木盆地广袤无垠，给人以无限遐想。

以自然区域划分，中国可以分为三大区域：以新疆、内蒙古西部以及甘肃西北部为主的西北干旱区，东中部诸省区市所在的东部季风区，青藏高原高寒区。青海湖是这三大区域的交汇点。青海省分属于这三大区域。青海湖以东、河湟谷地、祁连山东南部为东部季风区，青海湖以西、昆仑山以北为西北干旱区，昆仑山及其以南为青藏高原高寒区。经常留意中央电视台天气预报地图的观众可以看出，横亘的喜马拉雅山挡住印度洋的暖湿气流，使青藏高原以及新疆大部并柴达木盆地干旱少雨，而青海湖以东地区以及青南高原以东黄河谷地带，是东南季风和大洋暖湿气流能够到达地区，雨水明显多一些。

由于青海地理和气候的多样性，内地人将青海当边疆，觉得是十分遥远的地方。上海人、北京人心目中的青海是发配劳改犯人的戈壁滩无人区。青南高原与西藏相连，是青藏高原的一部分。驱车行进在柴达木盆地，如同走在新疆的辽阔大地。西藏、新疆人将青海当内地。从新疆往内地，东入阳关，进玉门关，以东便是河西走廊，东南便是西宁及海东人口稠密地区，就是内地景象，祁连山下，春风和煦，春光融融，那是一种什么样的感觉！西藏自治区在青海格尔木市驻扎着拥有数万人的办事处，几十个厅局都有相应的办事联络机构，那就是他们设在内地的小政府、大社会。青藏铁路线上的格尔木及其起点西宁，对于西藏对于青藏高原具有非同寻常的意义。

青海资源的富有集中表现在柴达木盆地。这个聚宝盆蕴藏着极为丰富的资源。青海省盐类等矿产资源优势突出，盐湖资源储量特别巨大，钠盐保有储量3260亿吨，占全国保有储量的80%，钾盐占全国的97%，镁盐占全国的99%，石棉、石英岩等储量居全国首位，天然气资源列全国第四位。在察尔汗盐湖建设投产的青海钾肥百万吨工程效益良好，青海盐湖已成为国内首家大型钾肥工业基地。

河湟谷地是来自太平洋的东南季风能吹到的最西界，是中原的汉文化能够到达的西界。青海像西藏似新疆、内蒙古，青海又如同内地，历史上，中原的汉文化、西域和蒙古高原的游牧文化、青藏高原的藏文化在这里交融碰撞。文化碰撞更多的表现为兵戈相交。在中国可能没有哪一块土地经历过河湟谷地那样多的战争，古羌、汉、鲜卑、党项、吐蕃、吐谷浑、蒙古、回等一个个民族在历史的长河中走马灯似的穿场展演，诸多民族文化在这里或扎根或蒸发或遗留或传扬。藏传佛教、汉传佛教、伊斯兰教、道教等文化在这里交会。正因为如此的地理、文化交会，表明了青海的独特，表明了多元文化在青海交会的特有性。

湟水河谷是连接东西部的一条大通道，是古代连接欧亚的丝绸之路的组成部分，是内地通藏之道的主线，地理位置十分重要。

湟水是黄河上游最著名的支流。湟水谷地是黄河上游诸谷地中最为宽阔的谷地，降水量较多，灌溉便利，具有发展农业生产的良好条件。湟水流域“三百里湟川”，加上从黄河龙羊峡向东到积石峡的河谷地带，占全省总面积的4%，养育着全省三分之二的人口。从甘肃进入青海穿越湟水河谷经西宁的河湟道，是著名的丝绸之路的组成部分，因为在河西走廊之南并与之平行，被称为“丝路南道”。

从长安到拉萨的“唐蕃古道”，通过湟水河谷并西宁，向西越过日月山，走青海湖南到黄河源地区，向藏北，到拉萨。历来通藏之道虽有青藏、川藏、新藏、滇藏等几条大道，但是其他几条多经高山峡谷，总被雨雪所阻，为泥石流所断，惟有青藏线最通畅。从唐代、元代的骡马大道，到现代的青藏公路、青藏铁路，通藏之道以青藏线为主。

处于湟水河谷中心地带的西宁，是从内地进入青藏高原的门户，入藏第一城，是240万平方公里青藏高原上最大的城市。

湟水之滨的西宁，处在东西南北四条川道交汇处，是古往今来交通要冲，兵家必争之地。西宁之北西南为绵延山岭，远处是终年积雪的祁连山。一条湟水流经古城墙下，古时曾有从西宁经湟水通黄河的皮筏运输。真可谓“窗含西岭千秋雪，门泊东吴万里船”。西宁是青藏高原的人口密集之最，在青海省乃至青藏高原举足轻重。全省总人口的一半生活在西宁市，三分之二生活在西宁市和海东地区。

西宁基本上没有夏天，春秋相连。冬季较长，却不阴冷，因为海拔较高，空气稀薄，气候干燥，阳光透射好，太阳一出，暖洋洋的，从天气预报看气温不很高，却并不是很冷。隆冬季节，黄河往北穿越宁夏、内蒙古、陕西、山西的河段封冻，西宁、兰州一带的黄河段长流不封冻。西宁夏季气候宜人，暖如春，凉如秋，睡觉得盖棉被，享有“夏都”盛誉，是避暑胜地。

湟水中游盆地乃三百里湟川形胜之地，古时是古羌和西羌聚居活动的中心区域。西宁文化的源头是汉代以前的古羌和西羌文化。现今西宁地区及其不远处，考古发现距今约四千年的北川小桥地区沈那村“古羌人聚落村”遗址。乐都柳湾遗址发掘墓葬千余座，各种陶器三万余件，属于距今四千多年前的新石器时代。汉代以前的古羌和西羌，各部落的中心在今西宁一带。西汉时，西羌曾一度与匈奴联手与汉朝形成对峙。汉武帝将兵平西，开展对河西走廊和湟中地区的开发建设。公元 439 年，北凉灭亡，北魏拓拔鲜卑军兵进入河湟地区。之后，隋朝统一南北。唐代，吐谷浑被吐蕃并灭以后，唐与吐蕃争战。“安史之乱”后，吐蕃尽占河西陇右河湟等地。吐蕃王朝灭亡后，河湟地区以藏族为主体建立了青唐地方政权，都青唐城（今西宁）。过了 350 年后的北宋末年，才有中央王朝对它的统治，从那时起沿用西宁城名至今。

西宁城很边远，是汉文化向西延伸的西界。西宁文化很古老，西宁古城具有两千多年历史，是历史上丝绸之路南道和唐蕃古道上的重镇，中原进藏的门户。青海很传统，中原龙文化向西延伸，西王母国和西王母神话演变成系统庞大的昆仑神话。西宁城很小。小得像一个农家院，一个土围子，一圈城墙围着个大十字街，向东南西北四个方向延伸出东大街、南大街、西大街、北大街。如同有人戏称西北地区小城，“一个公园一只猴，一个警察看两头”。西宁城市虽小，却是越过柴达木盆地茫茫戈壁之后的热闹会所，是万里草原的大都会。西宁城很大，由西陲小城发展为青藏高原区域中心城市，是雄镇一方的桥头堡，是 240 万平方公里广袤的青藏高原的最大城市。

历经几千年岁月沧桑，经历民族迁徙，战和更替，聚散分合，碰撞融合，构成西宁的多民族文化，构成西宁文化的多样性，多样的民族文化系统。汉代以前，湟水河谷为早期羌人活动中心地带，古羌和西羌文化灿烂。两汉魏晋，汉文化西渐，羌汉文化交融。西汉朝廷推行大规模移民实边，大批汉族移民迁徙到湟水河谷。十六国南北朝时期，鲜卑族雄踞西宁地区政治舞台，西宁成为南凉国都城，伴随着胡马牧歌的鲜卑文化展示强劲风采。西宁城西区至今高耸十丈的虎台，诉说着鲜卑人昔日的辉煌。隋唐至两宋，鲜卑、吐谷浑被藏、汉及后来的土族吸纳，汉藏文化互渗互融。隋朝统一南北，之后唐朝代隋，汉文化再次涌入西宁，其中包括中原汉文化以及鲜卑化的汉文化。而后，吐蕃文化在大量吸纳西羌文化、鲜卑文化和汉文化情势下，一树长秀两百年。在吐蕃王朝强盛的统治时期，河湟、河曲诸羌部落以及汉族人逐步同化到大蕃族之中。从 1136 年起，西夏统治西宁州近百年，西夏（党项）、西域文化随之进入。西夏政权的统治阶级是党项羌人，吐谷浑后裔的“浑”人也是主体民族，羌浑杂居，土羌分治。当时西宁州城内外居民中最多的是吐蕃族。元代，蒙古诸王贵族领军镇守西宁，大量蒙古族随之迁来。随着历史变迁，有些蒙古人与“西宁土人”融合，汇入土族之中。元朝以降，西宁的藏、回、蒙古、撒拉、土多民族分布格局基本确立，以羌藏文化和蒙古文化为主流，伊斯兰文化、土族文化不断发展。明朝建立，汉族军民大批涌入，汉文化西渐波澜壮阔。明代到西宁驻守的军士主要来自南京及江淮。从明代初年起，西宁的汉族人口渐占多数。明清以降，汉文化不断兴盛发达。从历史到当今，可以看出西宁乃至青海的文化形态呈多样性，羌藏族系、鲜卑蒙古系、突厥伊斯兰系、汉族族系等四个民族文化系统在这里并行并茂。

现今青海全省八个地市州，包括五个藏族自治州、一个蒙古族藏族自治州、西宁市、海东地区。从人口统计中可以看出，藏族自治地方每个县基本上都有几千回族人居住，人口特别少的县有上千回族人；不是藏族自治地方的县，不论是回、蒙古、土、撒拉等民族自治县还是散杂居县，每个县都有多个藏族乡，每个县一般都有相当于藏族自治地方一个中等人口县的两万以上藏族人口。全省总人口570万，其中少数民族占46.3%，有藏族119万人，回族83万人。从各民族人口分布，可以看出各民族间的交流，各民族文化的交汇。

西宁地区也是多宗教文化的交会地区。藏传佛教、汉传佛教、伊斯兰教、道教文化，还有基督教、天主教文化，在这里交会共处。历史上，先秦神话与鲜卑萨满文化和羌藏本教文化相结合，产生神巫文化，以后进而发展为神佛文化。藏传佛教文化在西宁乃至整个青海地区传播广泛，影响深远。元末明初人宗喀巴诞生在西宁，修成于西藏，创立格鲁派，影响很大。现今西宁城南有金碧辉煌的塔尔寺，往东有庄严瑰丽的瞿昙寺，东北有佑宁寺，北有广惠寺。历史上，汉族使臣和商贾带入了儒释道合流的汉文化。汉传佛教文化在西宁有较大影响。汉传佛教寺庙有南禅寺、雷鸣寺、印心寺、铁佛寺等。东关清真大寺是西宁伊斯兰文化的标志性建筑。伊斯兰教文化的传入可追溯到宋元时期。内地、西域的蕃汉商贾和使臣不断到青唐（西宁），将各自的民族文化带到青唐。来自西域的胡商中有许多是穆斯林，伊斯兰教随之传入青唐。从火神庙、马祖庙、广福观、北斗宫等十余座宫观，可以看出道教文化的固守与影响。最能体现宗教文化交流的是，西宁市区湟水北岸土楼山腰的北山寺，早先为佛教寺庙，从北魏时期起开凿石窟，塑佛绘佛，后来成为道教寺庙，既供佛教神又供道教神，这种亦佛亦道寺观很奇特。

自古以来，中国青藏高原以及蒙古地区等边疆地区为游牧区，中原内地为农耕区。青海河湟谷地处于青藏高原游牧区和蒙古高原以及祁连山地游牧区的夹持当中，是游牧区与农耕区的交会地带，中原农耕文化向西向河湟地区延伸，青藏高原牧业文化在西宁海东地区繁衍，两个大文化圈在这里重叠交会。藏、羌等民族是青藏高原游牧文化的主体，蒙古等民族是蒙古草原游牧文化的主体，汉等民族是中原农耕文化的主体。回、撒拉等民族特别是回族历来擅长经商，将中原的农产品与青藏高原的牧业产品进行交换，起了重要的桥梁作用。河湟谷地的商业地理位置十分重要，很早以来就成为内地与青海边地的贸易中心。内地与青藏高原之间的茶马互市始于北宋，完备于明代。明洪武年间，设立西宁茶马司，经销巴茶、湖茶，销往青藏高原。宋元时期，特别是青唐时期，西宁成为当时东西方贸易的一个都会，蕃汉和西域商贾云集，大大推动了西宁商业文化的发展，推动了青海的经济社会发展。

占青海全省总人口三分之二的西宁及海东地区，聚居着藏、汉、回、蒙古、土、撒拉等多民族，是南北文化、中西文化的交会带。很难说清藏、羌等民族是南方民族还是北方民族，实际上是南北兼而有之。

从地理位置来说，西宁属于北方，然而西宁文化南北兼带。西宁的“本地人”说，我们本是南京人。明代朝廷大规模移民实边，当时许多南京以及江淮人充实到西宁。有专家著《红楼梦中的西宁话》、《儒林外史中的西宁话》等文章论证，今天的西宁话里有明代南京话的踪影，这两部文学著作中运用了南京的群众语言，从中可以追寻到西宁话中明代南京话的痕迹。从饮食文化看，西宁的面食多，盛行北方饮食。然而，许多西宁人爱吃甜食。西宁不出糯米，没有棕叶，却一年四季都吃粽子。这习俗就是先人从江淮带来的。西宁人来自全国各地，南北菜系在西宁都流行。西宁文化的交会有南北交会，也有东中西部文化的交流。河湟谷地是中原的汉文化能够到达的西界。西宁的开发与发展包含着东中部文化西渐，中原与西部边疆、西域边疆文化的交流。西宁人来自五湖四海，西宁文化体现东南西北。

西宁文化还体现中西文化的交会。早在汉代，河湟谷地就是丝绸之路的南道，连接着中国与中亚、西亚、欧洲的东西方物资交流和文化交流。佛教从印度经过丝绸之路及其南道传入中原内地。来自西域的突厥人、波斯人、阿拉伯人到西宁，使得东西方贸易极大繁荣。青海曾出土不少汉代中原地区制造的漆器、金银器，古罗马金币以及波斯等国货币，来自中亚和西亚的金银器，这说明吐蕃等与中原、中亚、西亚贸易的繁荣。元代，伊拉克传教士古卜都兰巴尼率信徒到西宁传教，直到去世。元代蒙古西宁王在西宁南山为其修建了规模不小的陵墓，就是高高耸立在南山的拱北。

多民族交流往来的青海，多元文化的西宁。羌藏文化古老，汉文化西渐，鲜卑、蒙古、西夏等大量塞北民族文化向这里延续，与其他文化交会。西宁地区形成以藏羌文化为底蕴，加上汉文化、西域文化和蒙古草原文化等多种因素的多元文化格局，多民族共同繁衍发展，多文化交会繁荣。

2009 年 6 月 6 日作

第五辑

黄河远上

花儿情韵

大西北地区的“花儿”广泛流行于甘肃、青海、宁夏和新疆的大片地区以及陕西、四川的一些地方，是回、汉、撒拉、东乡、保安、土、藏、裕固等众多民族群众爱唱爱听的民歌。没有哪一种民间音乐艺术流传这么广的地域，没有哪一种歌唱艺术集会受到这么多民族同胞如此深切的共同喜爱。

这是我走过西北几个省区，特别是三到甘肃临夏的深切感受。

农历六月初，我们从临夏驱车前往康乐县，去赶莲花山花儿会。行车三个小时，远远望见莲花山，其状若莲花绽放在白云中。通往山峰的路上，车水马龙，前往赶花儿会的人潮涌动。每年这个时候，周围十几个县数百平方公里各民族群众几万人云集莲花山花儿会，规模一年比一年大。聚会之日，附近村寨人们在山前道路上准备好家酿青稞酒，用马莲绳拦路，请客人唱歌。“马莲绳绳拦得严，/好似铁打的虎狼关，/你是高处过来么，/还是低处钻?”进山的歌手、客人，若是对不上歌，会受到挖苦嘲笑。如果漫花儿漫得巧，主人开绳敬酒。“马连绳绳拦得长，/敬上一杯酒来尝，/酒不醉人人自醉，/花儿寄情诉衷肠。”尚未登上莲花山，先已融入花儿浓情中。

上到莲花山顶，置身于莲花瓣中。回望山下，但见洮河环围，云雾缥缈，山间松涛飒飒，风景优美。山峰，崖口，树林间，草坡上，太阳伞、草帽涌动，来唱歌的、听歌的、旅游的、看热闹的，漫开在莲花山峰顶山腰。歌手们拿着彩扇，大多成双成对，观景对歌，你问我答。独唱的，一手贴腮帮沉吟，或捂在一只耳边挺胸高唱，对着山崖，陶醉在高亢歌声营造的独特意境中。更多的是，十几人围成一圈，一人起头，大家齐唱，形成一个又一个高潮。“漫开花儿透心甜，/十天九夜口不干。”

赶莲花山花儿会的人们来自广阔的地域，“河州花儿”、“洮岷花儿”等各流派纷呈。有的唱古典文学名著，唱传奇故事“整花”；有的唱反映社会生活内容的生活歌、爱情歌，见景生情，是即兴编词的“散花”。其中，最是充满激情，最激动人心的，要数丰富精彩的情歌。

“葡萄的叶子里一汪汪水，/风刮是水动（呀）弹哩，/毛洞洞眼睛的尕窝窝嘴，/说话是心动（呀）弹哩。”如叶子里的水珠滚动，眼睛说话，心潮起伏。

“中间的黄河（嘛）两边的崖，/峡口里有两朵云彩；/云彩（嘛）搭桥（者）你过（呀）来，/心上的花儿（哈）漫开。”花儿似云彩搭起鹊桥，难以言传的感情弥漫河谷。

“青石头青来（嘛）蓝石头蓝，/白石头跟前的牡丹；/阿哥是孔雀（者）虚空里旋，/尕妹是新开的牡丹。”语言优美委婉，“孔雀戏牡丹”具有美丽的动感。

入夜，人们在林间对歌，一对对漫花儿；在坡头燃起篝火，一蓬蓬起高潮。满山间歌声，整夜空花儿。姑娘小伙子借着歌兴寻觅意中人，真挚的爱情在歌声中萌发。

我们一行几人转山场，感受那氛围，意犹未尽，到帐篷里坐下，听县文化馆的文艺工作者介绍莲花山花儿的来历，讲述花儿艺术发展史。

相传，有一年农历六月初六，人们在莲花山相聚，忽闻天上传来歌声。三个仙女在云端里载歌载舞，每曲终了都有“花呀，莲叶儿”的尾声，将手中的莲叶长留在石峰上。从此，每年六月初一至初六，人们在莲花山聚会漫花儿，为莲花山添叶增色，花儿代代传唱。“六月莲花艳阳天，/石削山峰如荷莲；/仙女唱歌留妙音，/花呀莲叶儿传至今。”

“花儿”又称“少年”，泛指花样年华的姑娘小伙子。花季雨季，少年风流倜傥，如花吐艳，花瓣儿滴露。少年爱花儿，唱花儿，谈情说爱，相恋求偶。“花儿”最初的叫法是“阿哥的肉”、“阿哥的花儿”，可见男女青年追求之切，恋情之深。

唱花儿又叫漫花儿。一个“漫”字，可见恋情之深，流传之广。“上去（个）高山（者）望平川，平川里有（呀）一朵牡丹。”但见大西北高坡平原、山川河谷，春风漫过，花儿如满原草长，平川上开满鲜花。高坡上的放羊娃，赶骡子的脚户哥，锄地的妇女，黄河浪尖的羊皮伐子手，都在唱着花儿。花儿长期传播于高原山川之间，形成高亢、奔放、粗犷、刚健的艺术风格。

历史上，阶级压迫交织着民族矛盾，西北地区各族人民漫花儿，歌唱劳动人民的生活，揭露控诉旧制度的黑暗，具有强烈的反抗斗争精神，受到封建统治者的摧残，甚至被禁止。“花儿（嘛）本是（就）心上的话，/不唱是由不得自家；/刀子（哈）拿来（者）头割（呀）下，/不死就是这个唱法。”表现了各族人民对反动统治者不屈不挠的斗争精神，倾吐着对自由和幸福生活的深深向往、大胆追求。

花儿中的情歌最丰富最生动。青年男女唱着花儿，自由恋爱，追求幸福。封建旧时代，封建礼教严重束缚人们，摧残自由恋爱婚姻，青年男女歌唱对忠贞爱情的始终不渝。“千万年黄河的水（呀）不干，/万万年不塌的青天；/千刀（嘛）万剐的我（呀）情愿，/舍我的尕妹妹是万难。”反封建礼教，反官僚皇权，我心依旧，坚如磐石。“大山背后山靠山，/十二瓣叶叶的牡丹；/要得我俩的婚姻散，/黄河水干，积石山摇给（者）动弹。”表现了男女青年冲破封建礼教束缚，追求纯真爱情和幸福生活的不屈精神。

甘肃临夏古称河州，是“花儿”的故乡。历史上，河州回、汉、东乡、撒拉、保安等民族迁徙、屯垦、做工、经商、当兵、从政，将花儿带到陇东、河西走廊和青海、宁夏、新疆以及陕西、四川等地的八十多个县市，广泛流传。回、保安等民族人长于经商，流动性大，把中原的农产品贩运到青藏高原，把高原牧区的畜产品交换到中原，他们赶着骡马，唱着花儿，花儿顺着他们的车辙在广袤的西北大地上生根、萌发、开花。

如果说花儿是一朵叠翠流彩的牡丹，那么各民族特有的曲令就是组成这朵牡丹的一片片花瓣，散发着浓郁的民族清香，如：汉族的河州三令，回族的河州大令，还有东乡令、保安令、撒拉令、土族令等等。大西北广阔地域的花儿，多民族共同爱好的花儿，青春常在，艺术常青。

在甘肃、青海、宁夏等地区，传统的花儿会场有数十处。文化大革命十年浩劫，花儿会被取缔，一些偏僻山区人们仍然悄悄在密林深处唱花儿。改革开放新时期，传统的花儿会场恢复，一年比一年红火，莲花山花儿会每年参加者近十万人。传统的布点和场期满足不了人们的文化生活需求，又开办了一些新的花儿会场。一些地区举办以漫花儿为主要内容的文化艺术节、旅游节，弘扬民族传统文化，对外开放，招商引资，促进经济社会事业发展。文化部门专门举办花儿比赛，评选奖励优秀歌手，促进花儿艺术发展。

从康乐返回到州上，我们又前往积石山保安族东乡族撒拉族自治县，参加保安族艺术节。积石山下，群情激动，剧院里花儿比赛开台，河滩尕护林对对情侣漫花儿。开幕式上，大型团体歌舞表演，积石雄关，黄河奔腾，滔滔浪尖上，飞筏水手大显身手，漫一曲花儿，展现出一幅美丽的景致、浓郁的风情。花儿艺术在新的历史条件下绽放得更加绚丽多彩。

2002 年 9 月 9 日作

《民族大家庭》2004 年第 1 期发表

遥远的地方有多远

青少年时生活在湘西崇山峡谷中。在那封闭的年头，乡村人很少去外乡，了解外面的世界主要靠这么几条渠道：听歌唱歌，看电影，从书本中获知，听参军出过远门的人讲。《在那遥远的地方》那首歌给人印象很深，“在那遥远的地方有位好姑娘，人们走过她的帐房都要回头留恋地张望……”十三四岁年龄，对姑娘小伙子男女之事朦朦胧胧的，更感到神秘的是那“遥远”二字的深邃缥缈。那是一首流传在青海的歌。不知青海有多远，仿佛在天边。

后来多了一条了解外界的渠道，听去过北京串联的同学讲“世面”：西藏青海藏族姑娘跳舞甩着一米多长的袖子，新疆维吾尔姑娘十几条长辫子，白种人塔吉克姑娘鼻子高高眼睛碧蓝……

看电影，听故事，展望遥远。听人说，朝鲜姑娘漂亮、贤惠、温柔，女的比男的多。寨上的小伙子说，哪怕讨米都要讨到朝鲜去找个漂亮姑娘。

出生产队都得请假，就是讨米都不让出去，固守穷山沟挖蕨打葛度日，那年头的体制把人限制得紧箍箍的。我二十四岁才坐上客班车走出县，二十七八岁才走出湘西。

感谢恢复高考，搭帮改革，后来出了远门，到北方，见到不少以前在电影里看到的这个民族那个民族的人。

三十岁那年，到青海西宁出差，听一位老干部讲述他的经历，早先参加南泥湾开荒，之后在新疆生产建设兵团农垦，再后来转到青海，背着氧气袋忙碌在青海大地农牧林业第一线。

我接过话茬，不合时宜地问：在高原上见没见到那首歌唱的那样的姑娘？“她那粉红的小脸好像红太阳，她那活泼动人的眼睛好像晚上明媚的月亮。”这似乎就是我以前对遥远青海的印象。

老人家笑着说，那么多军垦将士留在边疆，部队首长为了帮助大家成家，从湖南、山东等地征调了大批女兵去遥远的边疆工作。

遥远的地方有多远？

在湘西体味的远，是一种近在眼前远在天边的远。两口子住在这边山，丈夫出门，下山，过涧，再上山，小半天工夫，想吸一袋烟，忘了带火镰岩，朝家里喊，老婆扬手一扔就扔到丈夫手上。对面喊得应，过涧爬坡小半天。

内蒙古草原，是辽阔的远。草原坦荡荡，一马平川，没有明显的参照物，辨不清方向，骑马跑了大半天，竟然又回到原地。有人想出个办法，堆放石头作标记，过路人你也放我也加，码放成一座石山包，后来叫“敖包”。人们祭敖包，祈求山神保佑平安。姑娘小伙子“敖包相会”，谈情说爱，“十五的月亮升上了天空哟，/为什么旁边没有云彩？/……只要哥哥你耐心地等待哟，/你心上的人儿就会跑过来哟嗬。”

又听到一首题为《诺恩吉娅》的蒙古族长调：“老哈河水长又长，/岸边的骏马拖着缰。/美丽的姑娘诺恩吉娅，/出嫁到遥远的地方。”又是“遥远”，几分忧伤，几分惆怅。一位从草原到北京生活的蒙古族作家把自己比作诺恩吉娅，说是出嫁到远方，总是想念他美丽的家乡。

我到呼和浩特，瞻仰昭君墓，凭吊那位和亲远嫁，为促进民族团结作出贡献的南方女子。王昭君是湖北姊归人，有人说她是土家族，有人说她是苗族，有一定依据但却难以确定。我这个土家族人把她当做老乡，湘鄂川黔接壤处那一大片山区，风俗习惯差不多，口音相近。我们那儿一个姑娘远嫁到塞外，中华各族人民世代敬仰她。

2002年夏天，我再次到青海。过日月山，瞻仰文成公主塑像。文成公主为藏汉友好、民族团结，为西藏的发展，作出了历史性的贡献，从长安到拉萨悠悠唐蕃古道，在青藏高原藏族地区，流传着多少有关文成公主的故事，世代传颂。我站在日月山口，回望东山，遥望西边茫茫草原，那遥远的地方啊！

从西宁折转兰州，再去玉门关并阿克塞哈萨克族自治县。

司机说，此去玉门关路途遥远，相当于去北京两千多公里。

奔驰在河西走廊，一路所见，与我以前所想象的差别很大。

汽车爬山，过了乌鞘岭，高等级公路平整笔直。时速190公里，快得让人担心，前面的车也快速行驶着的，万一出点什么茬，哪刹得住车！司机不在乎，悠哉悠哉地开着。看到前方远处有车，那车就像没动似的，距离太远，看不出是往前开的还是对着开来的。司机说，要是在晚上，老早就看见车灯照射，十几分钟之后才碰面会车。我们车行一路，风驰电掣，见车就超，超得痛快。一辆上海大众车被我们超过，很不服气，过不多久又赶上来欲超我们。我们让过他，放他跑出一段距离，再追，赶上并超过他。如此各领风骚，拉锯似的，好几个回合。

烈日高照，戈壁滩喷发着热浪。在强烈阳光的映照下，远处前方路面上像是积着水似的泛着光，走近前，却不见发光。这使人明白为什么月球表面没水却反光。

一路走，一路眺望着祁连山岭。山那边是青海，山这边是甘肃。皑皑白雪，千年冰川，滋润着山下牧场，滋润着长长的河西走廊。

广州人将广东以北的人统称北方人。中央电视台记者在长安街采访游人时问“你是外地人吧”，以皇城根为本，视其他地方为“外”，为“遥远”。从北京到兰州，已经够遥远的了，再西行两千公里，真够出远门的了。

没到过河西走廊以前，从地图上看，从书本上获得一知半解，以为河西走廊嘛，两面高山，中间狭长，脑子里往往映现出这样的画面：茫茫戈壁，荒山秃岭，残垣断壁，孤独的城楼角挑着一抹斜阳，几峰骆驼颓唐地走向黄沙深处……

现在身临其境，真实地体察到，河西走廊除了电影画面、图片上展示的那些古老苍凉的镜头外，还有更丰富的内容。一直望着祁连山往西行驶，有时候长时间两边山岭都望不见，河西走廊坦荡荡，古柳白杨成排，芦苇荡碧波，玉米棵密不透风，青纱帐一眼望不到边，就像华北大平原。这里是甘肃省主要粮产区，全国商品粮基地，曾创下全国最高亩产量纪录。

车入武威，古凉州城楼高耸。停车，进饭馆，喝茶点菜间歇，脑子里不经意冒出一个念头，似乎出了大都市好远好远，这里还有这么密集的住户？转念一想，不对，这里在遥远的古代就是繁华地区，没准人家把我当做蛮荒地带来的哩。

车出嘉峪关。在关城内看到的即时拍照即时办“关照”的“旅游秀”在脑子里挥之不去。行驶在关外的大地上，似有一种难以言说的异样感觉。

从小读边塞诗，从书报传媒和影视中接受了太多的边塞即残颓衰落的影响，形成一说边塞就荒凉的思维定势。“春风不度玉门关”，玉门关外是何等的苍凉！“西出阳关无故人”，一见到“阳关”二字，多少离愁别绪涌上心头。玉门关外的凄风冷雨，阳关三叠的惆怅之声，从汉代戍边将士的枪尖闪跃到现代书斋案头，多少年来浸润着甘凉肃州的山川原野。

在我们传统的思维中，有着太多的固执和畏惧。常言道，在家千般好，出门事事难。眼光为面前的山岭所阻隔，山那边有什么，有多少人敢于闯荡勇于探索？虽然也有古丝绸之路通向西方，也有玄奘西去的脚步，但我们毕竟迈出国门的脚步太小。海洋民族说，当你驾船离岸出海，回望不到海岸线了，还在勇往直前，那便是一种直面开放勇于探索的广阔胸怀。

我站在玉门关往西眺望。玉门关只是一个区间站，前面广袤的塔里木盆地并不是人们想象的那样苍凉凄切，有大漠浩瀚也有绿洲瓜果飘香、市场繁华，古丝绸之路上，逶迤的驼队像移动的沙丘，驼铃丁当，一路摇响到帕米尔高原塔什库尔干石头城驿站，再通往南亚次大陆、中亚、小亚细亚以及更远的欧洲各国。

去年的最东最西端之行使我感慨良多。8 月，我出延吉机场，会议主办方一位朝鲜族姑娘献上一束鲜花，挎着我的胳膊，站在闪光灯的闪亮中。我们站在长白山天池畔，姑娘指着山下说，要是夏初时节，满山盛开杜鹃花海，美得让人心醉。我说，你脸上的笑容就像盛开的杜鹃花。她笑得更灿烂，永远地留在合影照片上。北京时间早晨4 点钟，我伫立中朝俄三国交界的图们江畔，沐浴在祖国最东端最早的晨光里。两个月后，我到新疆塔什库尔干，高原上开始结冰，太阳从雪山露出脸盘，是北京时间上午9 点。祖国最东端与最西端相距遥远。

此刻我站在阿克塞草原，在“可爱的一朵玫瑰花”音乐声中，远望翠绿草原上哈萨克姑娘身穿深红色外套骑马走过，回想起深秋的帕米尔高原雪山映衬下枯黄原野上塔吉克姑娘粉红衣裙的光彩艳丽。我明白了她们为什么都爱穿鲜红颜色的服装，是与她们所居住的高原自然环境有关。我的眼前浮现一幅画面，青海湖畔一个身穿大红衣裙的藏族姑娘随着音乐跳着欢快多情的舞蹈。她微曲着腰，头前倾，两只长袖交替画弧，跳啊跳，身段曲线和长袖舞成一轮红太阳。

阿克塞哈萨克族自治县位于甘肃、青海、新疆三省区交界地带，一眼望去是那样的辽阔广袤。王洛宾作词作曲的《在那遥远的地方》优美的旋律在我耳旁回响，“我愿抛弃了财产跟她去放羊，每天看着那粉红的小脸和那美丽金边的衣裳。”王洛宾还在高原上同他的那位“好姑娘”一起牧羊吗？朦胧中似见那位为音乐鞠躬尽瘁的艺术家骑马走来，清癯的面庞逐渐清晰又转迷蒙。

草原上正在举行一场风趣多情的哈萨克“姑娘追”。小伙子和姑娘各骑一匹枣红马并辔而行，边走边说，一路上都说了些什么呢？走到终端，小伙子回头跑，姑娘在后面追，高举皮鞭抽打小伙子。当地人告诉我，如果去程途中小伙子说了什么不中听的话，姑娘就无情地抽打；如果姑娘爱上那小伙子，又听了他说的让人脸红心动的情话，姑娘便高高举鞭，轻轻打下。谁不愿意去挨那打啊！王洛宾是体验到藏民族动人的场景还是从哈萨克“姑娘追”风俗受到启发，口出那么优美动人的点睛之笔：

我愿做一只小羊跟在她身旁，我愿她拿着细细的皮鞭不断轻轻打在我身上。

古代庄周化蝶，现代音乐家化羊。遥远的地方不再遥远，从想当牧羊人到情愿做一只小羊紧紧相随，心心相印。

2002年12月9日作

《民族论坛》2003年第1期发表

五彩互助

盛夏 7 月，我们来到互助土族自治县。天空湛蓝，朝阳初照下的石山呈绛红色，山坡上油菜花开黄灿灿，与翠绿的麦田、清清的河流相间。

土乡正举办旅游节。穿着艳丽盛装的土族阿依姐，三三两两从我们面前走过。早听说土族姑娘擅长刺绣，她们身上的五色穿戴就是自己的得意之作。阿依姐把春光绣，银针挑开相思愁，金线引来好连手（意中人）。喜庆宴会上，跳起安昭娑罗罗，天旋地转几百年，春夏秋冬永远没个完。蓝天在闪光，青山在歌唱，阿依姐的五道彩花袖袖甩三甩，人生的幸福涌上心头，对整个世界有一种诗般的异样感觉。生活的五彩相间，红是金色的阳光照耀，黄是油菜花黄漫山遍野金灿灿，绿是满山川的麦田迎风笑，蓝是土族人心中的晴空天水相连，紫是土乡紫黑土地墨锭般流油。富有传奇色彩的土族先祖赫汗布勒，伸手从高空扯下一片蓝天，从大地攥一把油黑，从原野上牵一缕新绿，从金灿灿油菜花坡上蘸一抹金黄，缺一方太阳的鲜红怎么着色？赫汗布勒以尖刀剖开自己的胸膛，用热气腾腾的鲜血拓下红日的颜色，制成第一件五道彩花袖袖衣裳，特意送给他的爱妻。从此，花袖袖彩衣的动人故事一代代传颂，鲜血般红日的光芒永远照耀土族人前进的航程。

人间的五光十色用勤劳的双手创造，时代的丰富多彩在人们强壮的身上体现。来吧，年轻的阿依姐，舞起你宝衣盛装的五道彩花袖袖，英俊的小伙子，转起你崭新的金边白毡帽，咱们手牵手，肩并肩，随着安昭圆舞曲的旋律，跳呀跳，转呀转，融进绚丽多彩的生活旋流。

传说巧手阿姑的刺绣作品能把蝴蝶绣活。穷人家的巧手阿姑受命彩绣“百蝶祝寿”大寿幛，绣成之日，打开来，阵阵清香，蝴蝶成双成对。人们正数着寿幛上的蝴蝶数够不够百只，一阵风，寿幛飘走，老爷追，一群蝴蝶拥着寿幛飞，飞过山坡，飞过小河，凡是寿幛经过的地方，都开出一片片金灿灿的油菜花，亮闪闪，香喷喷。

蝴蝶是美的天使，吉祥的象征，土族人民喜爱蝴蝶，生活中离不开蝴蝶。母亲送子上旅途，用彩色纸剪一只蝴蝶。妻子送郎出征，在白手帕上绣一对蝴蝶送给情人。这是有来历的，相传古时一位将军征战，陷于重围，香罗帕上的玉蝴蝶翩翩飞舞，变成美丽的妙龄阿姑，告诉将军，见到哪里有黄蝴蝶飞舞，就向哪里突围。将军一声号令，带领官兵向黄蝴蝶飞行的方向奋力冲杀，终于冲开一条血路，突出重围。从此后，土族人就喜欢上蝴蝶，阿姑的辫套上扎着绣蝴蝶，阿哥的围兜上缀着彩蝶，花花枕头上也绣着一对蝴蝶，蝶舞轻轻伴着爱情的甜梦……

河滩树林间，花儿演唱会激情热烈。歌手们每十二三人围坐一摊，在草坪上围坐四五十摊，各摊竞唱，各显神通。即兴编词，从天文气象、山川地理，到国家大事、古典名著、邻里情深，无所不唱。唱到下午，进入八强的摊子上，尖子荟萃，拉开攻势。强强相对，比唱腔，比神情，比编词的敏捷新颖。听众里三层外三层，围得水泄不通。夺魁者终身荣耀，成为一方的殊荣。山坡上，又是另一番景象。姑娘小伙子唱花儿，有“好花儿”、“黄花姐”、“尕妹妹”、“梁梁上浪来”等名曲，也有即兴编唱的让人脸红心热的恋歌句，唱得心儿融融，唱得成双成对。

土族人的歌声，一山比一山响亮。土族人的舞步，一代比一代矫健。唱歌跳舞，在生活里简直可以与阳光、空气相比。没有歌舞，一切都会缺乏生命力；没有歌舞，一切就会失去诗意。土族人载歌载舞下地劳动，唱歌跳舞迎亲送行，每有婚嫁喜事，更是歌声冲宵汉，舞步震大地。唱起婚礼宴席曲，跳起安昭娑罗罗，可以驱逐魑魅魍魉，让葱茏大地充满五彩阳光。

歌舞相连，安昭娑罗罗圆圈舞与安昭曲唱和。人们举手投足，且歌且舞。顺时针方向转啊转，举起双臂，忽左忽右划弧圈划“8”字，不断地亮起他们惹人眼的五道彩花袖袖。一人领唱，众人唱和。歌声悠扬，舞步轻盈，歌舞结合，情绪热烈。圆圈舞越转越快，幻化成一架轮子秋。男女青年在秋轮上比翼双飞，转得飞快，一边转一边作各种造型，春风杨柳，并蒂莲开，倒挂金钩，海底捞月，张开双臂如雄鹰展翅，让金色阳光洒满五彩大地。

2003 年 4 月 18 日作

《中国民族报》2003 年 10 月 31 日发表

祁连守望

汽车在河西走廊奔驰千余公里，一路都望着祁连山，都看着肃南裕固族自治县的山山岭岭。祁连山北坡连绵群山差不多都是肃南自治县的地盘，一个县份地域长650公里，最东端的太阳比最西头早出山将近一个小时，这在全世界是绝无仅有的。

肃南自治县大部分地区是海拔两三千米的高原台地，草场呈带状起伏，河岸边缓坡上水草丰茂。牧业是该县的主要产业。全县3000多人，平均每平方公里1.5人，相当于青藏高原的人口密度。水能资源十分丰富。不少地区在海拔3500米以上，分布着数百平方公里近千条冰川。夏季冰雪融化，三十多条河流肥壮起来，天然冰川，固体水库化水浇灌着广阔富庶的河西走廊。

聚居在肃南的裕固族，历史悠久，可溯源到唐代的回纥。9世纪，回纥的一部分迁徙到河西走廊，史称河西回鹘、甘州回鹘。其中的一支发展成为黄头回纥，就是清代的撒里畏兀儿，即裕固族的先民。游牧在嘉峪关外的撒里畏兀儿东迁，是裕固族历史上的大事，至今还在裕固族中广泛流传。人们扶老携幼，赶着牲畜，风餐露宿，向着太阳升起的地方迁徙。年岁大的人在长途跋涉中体力不支，相继死去。很多人积劳成疾，举步维艰。几千人在浩瀚的沙漠中行进，带的水用完了，怎么办？有经验的人说，让布嘎（公牛）替我们找水吧。于是让所有的布嘎走在迁徙队伍的前面，找到了水源。人们一直迎着太阳走，终于到达祁连山下水草丰茂的地方，就在那一带游牧。

裕固族人世代沿祁连山北坡起伏的山岭间游牧或定居放牧，

绝大部分生活资料都依赖于畜产品，吃牛羊肉，喝牛奶，穿毛皮，住毛毡，马、牛、骆驼是重要的交通工具，因此十分爱护牲畜。裕固族生活中离不开马，先辈们骑着马出征打仗，古往今来骑着马探亲访友，骑马放牧搬迁，用马驮运生活用品，对马有着深厚的感情，特别是对小马驹更是爱如掌上明珠。家有小马驹长到一岁时，主人家请来亲友邻居，举行热烈的剪鬃仪式。准备好的小盘内，用面团垒一个七层小塔，上浇酥油，专备的剪刀上系着白色哈达。被推举的长者手持剪刀，一边唱“剪鬃歌”，一边给马驹剪鬃，先剪的一绺送进帐篷，郑重地收藏起来。其他客人接着依次边剪边唱祝愿词，祝福小马驹茁壮成长，沐浴灿烂的阳光飞奔。

祁连山将晶莹的冰川冷竣而又温润地对着广阔的河西走廊，对着连绵起伏的肃南草原。雪线弯弯，像引人遐想的月亮。冰川无言，山下溪流欢唱。云杉林中，小河白花花奔腾。祁连雪养育着一条条河流，滋润着草原。远山，牧羊姑娘唱着优美抒情的牧歌，随着我们汽车与之相接近而清晰起来：“……裕固族姑娘就是我，/姑娘心中歌儿多。/闪光的宝珠头上戴，/漂亮的头面我绣过……”

我们应邀去参加草原上一场别开生面的婚礼。新娘梳妆打扮好了，头戴缀以红缨穗子的喇叭形尖顶白毡帽，身穿高领偏襟袍，上罩色彩艳丽的缎夹，前胸挂着红色珍珠，后缀白色海贝，腰束彩色绸带，以纱巾遮面，如闭月羞花。临行，新娘唱谢别歌，姑娘们唱送别歌。东家给送亲的人敬献“上马盅”，一行人跨上马出发，边走边唱。新郎家委托的几位能说会道的骑手在途中摆上酒肉等候，迎上前，向长辈敬献吉祥的哈达，唱着歌敬酒。送亲队长先将一杯酒洒向天，再将一杯酒倾于地，又蘸少量酒弹向四周，表示见面的不见面的都一起喝酒，恭贺新禧。送亲队伍临到达前，派出六个小伙子快马驰向新郎家，围着帐篷转三圈，尽力使马接近帐篷，企图绊动四周的拉绳，想掀开帐篷查看其家庭情况？男方家早派有三名妇女在帐篷内敲打器皿，大声呼喊，惊吓客人的马，互相戏闹逗趣一番，将送亲队伍迎进帐篷。晚上，举行婚礼。老歌手先唱民族历史歌，再唱祝酒歌。歌浓酒酣，双方歌手对歌，夸耀郎才女貌，或互相挑剔，设问对答，逗笑打趣，祝福新郎新娘，通宵达旦。

千里河西走廊，万顷青纱帐，张掖、酒泉、武威大片绿洲的工农业生产用水，全靠祁连山冰川化水，大面积水源涵养林孕育的无数条大小河流，都出自肃南裕固族自治县。裕固族人世代守望着祁连山，在祁连山及其分支绵延山岭广阔牧场合理利用自然资源，有效保护生态环境，坚持做好祁连山水源涵养林建设，合理载畜，培育和建设草原，对整个河西走廊的经济可持续发展起着积极的作用。

2003 年 4 月 1 日作

《中国民族报》2003 年 12 月 12 日发表

东乡晨曦

清晨7点，随着高音喇叭报时的最后一响，太阳“嘟”的一声从雪山峡谷口跳出火红的一瓣。弧边越来越大，变得像一把打开的折扇，金光闪烁。火红的太阳冉冉上升，显现出浑圆的轮廓。云雾朦胧中飘然而出的高原旭日，丰盈，俏丽，别具风姿。

东乡族自治县县城，彩霞中的太阳城，蜿蜒山岭的街道，依山而建的层层叠叠楼房，在阳光中更加俊俏，英姿焕发。

太阳城小，小得像一艘江轮，在朝阳初照下万倾晨雾的波涛中航行。山顶上的清真寺如精美的船顶，电视转播台桅杆高高，彩旗飘扬，舱位排排，明窗烁烁，气象局、新华书店、影剧院、百货大楼，层层叠叠，沐浴在晨光里。

太阳城是高耸在黄河畔山冈上的一颗明珠。纵目远望，万年雪山犹在脚下。俯视平川，公路像长长的带子，房舍像游戏积木。远眺雪山，云雾蒙蒙，银辉闪闪，如海市蜃楼。

汽车在东乡山梁上疾行，像飞机航行在云雾之上，一切都在脚下飘飞。透过云雾，远眺黄河，刘家峡人工湖上烟雨莽莽。

东乡族自治县东临洮河，西对夏河，远眺雪山，北望黄河。东乡族人民在这三水环绕中的山地安居乐业，繁衍生息。一个团结、平和的大家庭围绕太阳城聚居。太阳城雄踞黄河之滨，山岭之巅。这艘巨大的江轮航行在阳光里，飞驰在激流中。厂房里，马达轰鸣，各部件紧张地工作。山岭地头，拖拉机声“突突”跑得欢。山冈上，上课铃响，一群孩童跑进教室，天宫殿堂似的校园里飘出稚气的读书声：“我——爱——我们的——祖国。”

太阳城东头是这艘大江轮的驾驶室。县政府办公会议上，东乡族一代新人运筹帷幄，规划着山乡治穷致富的远景。

辉煌的太阳城，这希望的江轮在朝阳中飞驰。太阳城身披彩霞，载起一个民族向着文明富强飞奔。

1983 年 12 月 4 日作

《民族团结》1984 年第 7 期发表

清清骆驼泉

青海循化撒拉族自治县县城西边街子的沙子坡脚下，有一潭清泉。一峰白石骆驼静卧泉头，泉水汩汩流淌，名骆驼泉。月白风轻的夜晚，明月倒映潭中，银波粼粼，清泉低声叙说着一个古老而又动人的传说。

很久以前，居住在中亚撒马尔罕的撒鲁尔人中的一部分人，因受国王的诬陷迫害，在首领尕勒莽和阿合莽的率领下，牵着一峰白骆驼，带上《古兰经》，朝着太阳升起的地方东迁。他们翻过皑皑雪山，越过茫茫戈壁，渡过黄河，来到循化街子。黑夜里，千万里相随的白骆驼走失了。众人到处寻找，通宵奔忙。黎明时分，有人突然发现一眼清泉轻轻流淌着，他们的骆驼就静卧在泉头化作一尊白石。人们觉得奇怪，而又惊喜不已，这不就是大家苦苦寻找千万里的乐土吗？于是就在这个地方定居下来，建起新的家园。骆驼石和骆驼泉成了撒拉族人的“圣迹”。骆驼是撒拉人心目中的吉祥物，是他们美好理想的象征。

骆驼泉边有人家。人们在骆驼泉周围，在街子、积石，在甘都、大河家，修房，建村寨，农耕，世世代代繁衍生息。经过700多年，撒拉族已有了九万多人口，主要聚居在积石山下黄河两岸的青海循化撒拉族自治县、甘肃积石山保安族东乡族撒拉族自治县，还有一些人散居在化隆、夏河等地。

黄河岸边，有撒拉人特制的渡河工具羊皮袋子。吹足气，扎紧袋口，骑毛驴般地骑在羊皮袋子上，划水泅渡，滔滔黄河飘然而过。上了岸，只见一处处撒拉族村庄。每家一个正方形的大院子，四周黄土围墙，独门独院，像一个个小城堡。清一色的平顶房，房顶筑得厚实平整。有人说，撒拉人的住房“房顶上能赛跑”。

大路上，一支送新娘的队伍正在行进。新娘骑在马上，身穿鲜艳大襟花衣，头戴银花，绿色面纱从头上肩上飘披下来，美丽而又清秀。两名已婚至亲妇女陪伴，几十个青年男子以及一些妇女簇拥着新娘，送去男方家。沿途经过的村庄，总有乡亲以三炮台盖碗茶、油搅团招待，热情迎送。

送亲队伍簇拥新娘到了男方家大门口，被早有准备的一群年轻小伙子挡在门前。女方送亲队伍想让新娘骑马轩昂进大门，受到阻拦。又想抱着新娘使其脚不沾地进门，男方的小伙子们非得要新娘下地步行。你挤我挡，喊声鼎沸，十分热闹。传统习惯认为，新娘是步行还是“腾空”进入婆家大门，关系到日后新娘与公婆、丈夫谁听谁的。实际上，并不是挤这一下就能争到在家中的地位，“挤门”成为一种习俗流传，人们喜好的是其娱乐性，欢声笑语阵阵，增添了许多乐趣和热闹。

新婚之夜，皓月当空。全村男女老少围坐在打麦场上，观看婚庆之家请来的民间艺人表演婚礼场上特有的“骆驼戏”。在一阵细脆悦耳的驼铃声中，一个身穿长袍的撒拉族先民牵引着由二人翻穿皮袄扮成的骆驼上场，路遇一位当地居民。问话，回答，且歌且舞，有演唱有对白，还有韵文朗诵，追述先民迁徙历史，歌吟民族文化传统。两人与人格化的骆驼连说唱带舞蹈，即兴添加对白。听到高兴处，观众情不自禁地参与剧中问答，“是啊！”“对呀！”“怎么样？”表演者与观众融为一体，热烈气氛逐浪高。

骆驼温顺可亲，任劳任怨，具有坚韧不拔的可贵精神。从骆驼泉、骆驼的传说到“骆驼戏”的演出，骆驼的形象与撒拉民族的历史命运连接起来，化普通为神奇，表现了一种高尚的道德情操和强烈的审美情趣。撒拉族人民就是这样，勤劳勇敢，坚韧不拔，顽强地追求希望和创造幸福。

夜色清幽，月光皎洁。骆驼泉轻轻流淌着一片碎银，喷洒着美好的理想，娓娓叙说着骆驼故事、骆驼精神……

1996年3月26日作

《民族论坛》1999年第6期发表

天上黄河

古人诗云：黄河之水天上来。古人今人所见之黄河，浊浪排空，气势宏伟。谁知道天上的黄河是个什么样子！

进入青藏高原天台上看黄河，这里的河段不同于黄土高原的河段，是截然不同的另外一个样子，清凌凌的河水，蓝莹莹的天。且不说一座连一座的水库将河水沉淀得清澈碧蓝，青藏高原的植被显然比黄土高原好，这里的黄河水清亮碧绿。

天上黄河九十九道弯。最壮观的莫过于围绕阿尼玛卿山的第一大拐弯。黄河始终是一条北方的河。从巴颜喀拉山发源地开始，就一直向北，一心向北流。她步出鄂陵湖，北向的脚步受到高高耸立的阿尼玛卿山的阻挡。黄河只有顺山势向东略偏向东南流，一路几次企图北冲，无赖阿尼玛卿山长长横亘抵挡，只有向东流。黄河从玛卿岗日西南山口拐向南再向东近千公里，到川甘交接处向西 800 公里，返回到玛卿岗日东北山前，绕着东西走向的长长的阿尼玛卿山，走了个又长又大的“U”形。阿尼玛卿山从西端的玛卿岗日海拔 6282 米，到东端甘肃玛曲县纳尔玛一带的海拔 3000 多米，不是阿尼玛卿山被感动得低下高昂的头颅，而是黄河从山谷向山头流去，山越来越低，河越走越高，流向天边。

天上黄河，在若尔盖西口轻轻一转身，180 度大拐弯，经甘肃玛曲，滔滔西流。黄河心系北方，终究向北流去。

就在黄河东流转向西再拐向北的大拐弯地段，我碾转迂回，九跨黄河，见证了向北向东向南向西不同流向的黄河，眼见得黄河上游不同河段迥异的大小多少、上下来去、高低深浅、宽窄胖瘦。黄河，黄河，北上南下，东来西去，不同的纤细与博大，清癯与富态，低吟与高歌，柔顺与刚强，数不清的黄河，说不尽的黄河。

李家峡水库黄河碧波映蓝天。南岸坎布拉森林公园崇山峻岭，大片原始森林，丹霞地貌奇妙灵异，一座座奇峰壁立。北岸秃岭火红，牵动着天边的白云，讲述着悠远的历史，几度夕阳苍凉。黄河静悄悄，就像躺在莽苍苍大山怀抱里的一颗巨大的绿宝石。春风和煦，水波不兴，水鸟低飞，渔舟唱晚。黄河青海段有建成的和在建的大中型水库十几座，一座连着一座，成了九曲八弯长长绵延的人工湖。李家峡水库上游不远处是拉西瓦水库、龙羊峡水库，贵德就在三座大型水库之间的河段，贵德黄河碧波荡漾，有“天下黄河贵德清”的赞誉。我们驱车从李家峡水库边顺河而下，跨过尖扎、化隆、循化三县交界处的黄河大桥。桥下是碧蓝的水波，前方是南来的隆务河入口。司机说，这河汊口鱼特别多，是垂钓爱好者钟情的地方。

尕马羊曲黄河激流一线。乘车出共和县城西南行，一马平川，坦坦荡荡，方圆几百平方公里的大草原，过了塔拉（蒙古语：草原），紧接着是二塔拉，再进入三塔拉。前面视野开阔，地势广阔平坦，汽车似乎可以一路平直地开过去。哪知道，汽车突然下行“之”字形路，深入逼仄的峡谷，抬头望，上面几乎是一线天，两岸切面平直。这黄河峡谷名为尕马羊曲。河两岸草原同样的高度，同样的平直，很早以前是连在一起的平原，黄河将其硬生生地切开，不断地往下切割，深达五百多米。峡谷顶切口两三百米宽，谷底河面似乎只有一辆卡车勉强通过的宽度。要是有一根长撑竿，我使劲一跃就能跳到对岸。往返几次尕马羊曲，见两岸顶部鹅卵石遍布，我认定两边就是亿万年前黄河的河床底。让人对这伟大的沧桑巨变顿生感慨。我站在尕马羊曲峡谷中仰视俯瞰，天上草原边沿切面两条直线，谷底三四米宽一条激流曲线，我惊叹黄河惊天地泣鬼神的魔力。

玛曲黄河奔腾向西天。站在若尔盖桑日山顶西望，眼前的河段壮观极了，黄河奔腾东来，又转身滔滔西去。古人少见多怪，觉得山势西高东低，河流都应该向东流，见日月山下一条小河向西流，就命名为“倒淌河”。哪知道，西向流淌的河流那么多，连赫赫有名的滔滔黄河也是这样大踏步地西进！这里的黄河好深好深。黄河沿着阿尼玛卿山南坡流啊流，把一个个山头淹没下去，只剩下矮矮的山头浮出水面，黄河滔滔流向天。流到与阿坝草原和秦岭交接处，折转身，流向夕阳西下的霞光里。

求吉玛黄河冰凌如山。求吉玛山背后，这里的黄河与下游完全两样。黄河弯弯，黄河弯弯，黄河像一条长长柔柔的绿丝带，被舞动成若干个“S”形的长弯弯。这里的黄河好浅好浅，几乎没有多高的河岸。黄河两岸的残冰两米多厚，被河水不断冲刷着，掏挖着，挖空了基脚。冰面裂开，房间大的冰块倾斜在河岸边，翻倒在河水滨，船体大的冰块随水漂流。

达日河汇入黄河的河道如同中原铁路枢纽火车站。两山间地势平坦，一马平川。广阔的草原都成了黄河的领地。这里的黄河如同一张撒开的网，有九十九条。网状的河汊，分分合合，合合分分，亦分亦合，亦合亦分。走到一起来，分道扬镳去，又走到一起来，这就是阿尼玛卿山与巴颜喀拉山间宽阔草原的黄河河网。一条小河汊如同一条铁轨，几十条铁轨在这里云集，这里就像一个特大火车站。天上黄河，九十九条河道，九十九道弯。

天上黄河，九十九条支系。黄河像一棵千年古树，春风杨柳万千条。一条条支流，从西南东北四面八方流向黄河。一条支流一颗归心，一条支流一份凝聚。驱车翻山越岭，跨过一座三拱长桥，一座单跨拱桥，一座小桥，一个涵洞，一片积水，都是古老黄河的枝枝丫丫！乘车顺着一条河走，弯弯拐拐，上上下下，把一条河追到头，翻过山岭，再追赶另外一条河流。追到头，跃上一道分水岭，转而顺河而下。两条河虽然相背而行，最后却又都汇入黄河，走到一起，凝成一股，波涛汹涌，奔腾向前。

追赶黄河，追赶黄河，如同夸父逐日。将液态的河追成固体的河。高处不胜寒。山下水流畅畅，水波泛泛。随着海拔的升高，河流半开，两边冰墙，中间流动着冰块。再往上，半封冻，水流在冰的封冻中拱开一个洞，流出不远，又钻入冰下。有的地方，水在冰下潜流。高原的气温在零度左右，太阳照在脸上却是热烘烘的。冰雪被烤融化，水从冰上流。日流夜冻，塑造成形态各异的冰雕作品。冰冻的河流被融化，水汽蒸腾，一天中经历着固体、液体、气体三种形态。再往高处，一条冰瀑布挂在山湾，挂在岩石上，挂在草坡上。早春二月，在高原走啊走，跨过黄河多少条支流！把多少条大河追赶成小河，把小河追赶成小溪，把溪水追赶成固体的冰瀑！

2009 年 5 月 5 日作

七彩霓裳

我国各民族因居住地理环境不同，经济形态各异，生活习惯不一，穿着服饰多姿多彩，审美追求多样。各民族各具特色、绚丽多彩的服饰，给生活注入美丽的色彩、丰富的意趣。

各民族服饰体现各自居住地区的地理特征、气候特点和审美追求。一般来说，北方和青藏高原人着长袍，江南广大地区居民着较短的裙、衫、裤。蒙古族男女都穿长袍，袍长且肥大，袖子也长，乘马放牧中能护膝防寒，夜晚还能当被盖，皮袍即使挂不起面子也要绣上花边。鄂伦春、鄂温克族为适应在林海雪原中游猎，穿的是以狍皮为原料的御寒性强的皮装，女式皮袍大襟覆盖脚面。赫哲族穿鱼皮衣裤，冬天狩猎抗寒耐磨，春秋捕鱼防水护膝。青藏高原气候寒冷，日照强烈，藏袍以皮袍为主，宽腰，肥大，超长。高原的夏季早晚凉中午燥热，藏族人穿厚实长藏袍，早晨穿双袖，扎腰带，捂严实；上午气温升高后只穿左袖，右袖空出，露出右胳膊；中午天热，左袖也脱下，两袖都扎在腰间。女式藏袍在前面系一条五彩帮典，美观大方。满族崇尚骑射，男子多喜欢穿带有箭袖的袍子。满族妇女着线条流畅、贴身合体的流线型旗袍。这种旗袍逐渐受到汉族及其他民族妇女的广泛喜爱，普及全国，被国际服装界誉为“东方女装”的代表。北方民族的裙装很有特色。朝鲜族妇女的多褶长裙束于胸际，短短的小灯笼袖斜襟上衣以飘带系于前胸，长裙色彩素雅而又艳丽，形态优美。维吾尔族的爱德丽丝绸色彩艳丽，图案别致，维吾尔族女子普遍喜爱穿爱德丽丝绸连衣裙，鲜艳飘逸，婀娜多姿。

各民族的服装受其经济生活的影响。过去主要从事渔猎的赫哲族揉制鱼皮、兽皮为衣，缀贝壳为饰。生活在大兴安岭森林的鄂伦春、鄂温克族用猎获的狍皮、熊皮制作衣帽。从事畜牧业的蒙古、藏、哈萨克、柯尔克孜、塔吉克、裕固、土等民族穿牲畜皮毛制品，住毡房。南方许多少数民族善于绩麻织布。海南黎族织布历史很早，黄道婆从海南学习到纺织技术传播中原。土家、布依、苗、侗、壮、瑶等民族擅长织锦，织锦工艺品编织精巧，结构严谨，色彩鲜明，花纹图案朴素绚丽，富有浓郁的民族风格。苗、布依、瑶、仡佬等民族蜡染技艺高超，布面呈现花鸟虫鱼以及波浪、漩涡状等花纹图案，色调素雅，朴素清新，服装斑斓多姿，精美绝伦。各民族因地制宜，以灵巧的双手装扮自己。

南方少数民族服饰多种多样。男子的装束简单一些，大多穿对襟或大襟上衣，长裤，戴头帕，颜色以黑、蓝、白为主。妇女大多着裙，苗、布依族妇女的百褶裙长者曳地，短者在大腿上部，有的长度只有五六寸，真可谓超短裙。布依族青年妇女盛装往往穿多条裙子，下端有层次地展现出件数。傣族妇女的统裙式样特殊，长及脚背，窄袖短衫只到腰部，显得苗条多姿，袅袅婷婷。景颇族妇女着黑、红色统裙，左衽短上衣，前后及肩上缀有很多银片，银饰闪亮。彝族的多褶长裙由多节不同的色布组成，较长的大襟上常绣以水波纹。纳西族妇女上身穿长过膝的大褂，外加坎肩，前系百褶围腰，背披羊皮披肩，缀有象征太阳、月亮、星星的九盘圆形绣锦描花图案，称之为“披星戴月”，寓意勤劳。

各民族帽饰多姿多彩。凉山彝族男子在蓝黑大包头右前方扎出细长椎形的“英雄结”，英武潇洒。毛南族的“顶卡花”花竹帽花纹美观，体现了毛南族人美好的心灵。鄂伦春猎人头戴狍头皮帽，以便游猎时伪装。红河彝族姑娘饰鸡冠帽以象征吉祥，白族姑娘喜爱美丽的凤凰帽，珞巴族的熊皮圆盔显示猎人的英武，维吾尔族的四棱小花帽色彩艳丽，哈萨克族姑娘的绣花小帽缀以猫头鹰羽毛显得婀娜多姿，回族男子戴一顶无沿小白帽，乌孜别克族妇女常在小帽外罩上薄如蝉翼的挑花绣边披巾，柯尔克孜族人四季均戴灯芯绒小圆帽，裕固族妇女头戴喇叭形红缨帽。汉族中，绍兴人戴传统的尖顶圆边乌毡帽，陕北农民扎白羊肚毛巾，江浙鄂一带给幼儿戴绣花虎头帽。种种风格的帽子，花儿朵朵，多姿多彩。

各民族的鞋饰也充分表现出精巧技艺。蒙古族穿绣边的高腰长统马靴，以御寒护膝。赫哲族穿鱼皮靰鞡，轻便暖和。维吾尔族男女喜穿皮靴，靴上加套鞋。羌族姑娘精心绣制有彩云图案的“云云鞋”，向小伙子表达爱情。

发饰表现了各族妇女对美的追求。满族妇女将头发束在头顶，分成两绺，在头顶上梳成一个横长式的发髻，再将后面的余发缩成一个燕尾式的扁髻压在后脖领儿上，走起路来庄重典雅。傣族妇女的发髻顶于脑后或稍偏于一侧，一般不束带，显得活泼。佤族妇女留长发，不绾髻不梳辫，头戴银箍拢发于脑后，跳起甩发舞来洒脱飘逸。侗族妇女绾髻的式样有扁髻、盘髻、双盘髻等等，藏族妇女梳多条细长辫，畲族妇女将头发椎髻成螺形盘于头顶，贵州镇宁布依族姑娘将头发绾成拱桥髻披向脑后。

各民族的佩饰也多种多样。傈僳、怒、独龙、阿昌、景颇、佤、普米等民族男子爱佩刀，既是生产需要，也是装饰。德昂族妇女腰系红黑两色藤篾腰箍，红河彝族男子扎花腰带，阿昌族妇女扎绣花长飘带，光彩夺目。

载《民族风情》，吉林教育出版社 1995 年 10 月出版

老大哥风采

众多兄弟民族组成的中华民族大家庭，汉族人口最多，被各少数民族称为老大哥。

汉族的先民是中国古代夏、商、周诸族联称的华夏族。传说中的炎黄是华夏的始源。华夏族在与其他民族的往来交流中不断融合、扩展。秦王朝结束地方割据、诸侯纷争的局面，实行书同文、车同轨，使华夏民族在地域基础、语言文化、经济生活和政治上成为一个稳定的人们共同体。到了汉代，汉朝之名遂被其他民族称呼为华夏民族之名。汉族以其族称确定为标志，成为世界上人数最多的民族。经过历代多次民族迁徙和融合，汉族不断发展兴旺，逐渐成为中国人口最多、经济文化最发达的民族。

汉民族在全国分布最广。当东北地区正是滴水成冰的季节，海南岛已经春暖花开。各地区因地理、气候的不同，各有不同的居室和建筑风格。北方地区冬天烧土炕取暖，溜严实了窗缝，有的地方房顶上厚实得可以赛跑，这有利于防风保暖。南方的居室讲究通风凉爽，室内摆设竹椅、竹床、竹席，光洁凉快。江浙水乡临河小楼，北京的胡同和四合院，陕北的窑洞，各地区各有不同的建筑风格。汉民族传统建筑很讲究屋顶艺术，从北到南有卷棚顶、悬山、硬山、歇山（九脊式）等多种式样。

汉语是世界上历史最悠久、内容最丰富的语言之一。汉语可分北方、吴、湘、赣、客家、闽北、闽南、粤八大方言。北京话语音字正腔圆，富有乐感。吴侬软语，紫韵红腔，委婉动听。北京胡同，苏州街头，叫卖声声，透出南北方不同的音乐感。因地域特色和方言发音的不同，各地区的民间文学、戏剧、曲艺、音乐等显出各不相同的语言艺术风格。京剧蜚声全国，昆剧流传几个大城市，秦腔高亢，越剧缠绵，湘剧热烈，川剧恢谐，还有黄梅戏、粤剧等，组成汉民族的各地方戏剧艺术的多姿多彩。汉民族特有的相声艺术，以“说、学、逗、唱”为艺术手段，各地区不同的方言、笑话、俗曲、小调和地方戏剧是这些艺术手段的重要因素。不同的方言是因为地域的辽阔和历史上长期的封闭等多种因素造成的。虽然各不同方言区的发音差别很大，但是提笔一写就清楚了。现代汉语普通话以北方方言为基础，以北京语音为标准音。近几十年来，特别是改革开放以来，推广汉语普通话的工作广泛深入地开展。

汉民族饮食文化丰厚，中国的烹饪艺术享誉世界。中国菜主要有山东菜、四川菜、湖南菜、广东菜、江苏菜、浙江菜、福建菜、安徽菜等八大菜系，还有北京菜、天津菜、上海菜也很有名气。中国菜的烹调技法多达数十种，花样至少在万种以上，调味适宜，火候恰当，受到世界各国游客的普遍赞誉。

服饰方面，旗袍被当代国际服装界誉为东方女装的代表。旗袍线条流畅，贴身合体，本是满族妇女的民族服装，从清代起逐渐流行中原，后来又经过不断革新，更加轻便适体，显示女性的曲线，在全国受到广泛欢迎。辛亥革命成功，倡导男子剪辫、易服，废弃长袍马褂，孙中山设计创制出一种具有我国民族特色的中山装，在全国普遍推广，成为现代汉族的典型男装。

汉民族的传统文化十分重视婚姻和家庭。传统的家庭往往是由有血缘亲情关系的几代人组成一个庞大的家庭，四世同堂，百十口人生活在一起。传统的家庭有着传统的家庭伦理，家长总揽全家事务，家教谨严，形成尊老爱幼的特质。后来传统大家庭普遍都变为小家庭。按照传统观念，很讲究婚姻家庭的稳定。婚姻不仅仅是个人的事情，而且更是家族的大事。在传统礼乐文化中，婚礼被视为礼之本，迎亲和婚礼特别的热闹和喜庆。古时候本来只有大户人家和官太爷才有资格骑马坐轿的，而民间一般不管什么人家，必得以花轿迎接新娘，足见对迎亲的重视程度。新娘遮以红盖头，一直到男方家，在婚礼上由新郎揭下。婚礼十分隆重热闹，新郎新娘庄重地拜天地、拜祖先、拜诸亲。闹洞房把喜庆和热闹推向高潮，以图日子红火，兴旺发达。传统婚姻遵从“父母之命，媒妁之言”，现在恋爱婚姻自由，有些地方特别是农村，由于受社会传统习惯的影响，男女双方已经谈成了对象，也还是请一个介绍人做做样子。现今举办婚礼，特别是城市，往往以几辆到十几辆小轿车，遍请诸亲，浩浩荡荡，形式上变得豪华，内容上继承了传统的热烈喜庆。

诞生礼是人生的第一个隆重的礼仪，民间十分重视。婴儿降生，便有“逢生”、“十朝”、“望月”等礼俗。外婆家派人带上礼品前往祝贺，赠送摇篮或悠车、小被、衣物等。有些地区外婆家给小宝宝挂长命线、长命锁，祝愿“长命百岁”。端午节期间，有的地方给小孩儿戴绣花虎头帽，穿虎头鞋，寓示避邪。还有“百日”、“抓周”等纪念礼俗。人生礼仪中，贺生日在人们心目中是重要的。特别是对老年人的逢整十周岁寿诞庆贺，晚辈和亲戚朋友都要送寿幛、寿礼，祝贺老人健康长寿，是民俗礼俗中的重要一项。

春节是中国汉族最为隆重的民族传统节日，也是许多少数民族的隆重佳节。春节由上古时代的腊祭演变而来。腊，即接，又作祈年。新旧交接之际，用猎获的野兽祭祀祖先和众神，体现了农耕民族祈求新的一年风调雨顺、五谷丰登的心愿。农民辛辛苦苦，一年到头，农闲正好休息，欢欢喜喜过个年。过年的喜庆热闹，往往从腊月二十三祭灶，一直延续到正月十五元宵节。其中高潮是除夕的除旧迎新。年来到，家家户户打扫得干干净净，贴上喜庆的春联。春联源于桃符。新年期间汉族先民在门上插桃枝以避邪，后来发展成在门上钉两块桃木板，在上面画符咒，就是桃符。再后来又以一些喜庆吉祥的文字取代，这便是春联。家家户户门窗旁的春联贴得红火热烈，很多地方还配以年画、窗花等装饰。吃是过年的重要内容，人们普遍讲究年夜饭的阖家团聚、丰盛热烈。最受重视的食品是饺子、年糕。饺子取更岁交子之意。新旧相交的除夕夜半子时，热烈的鞭炮响成一片，以示除旧迎新。元宵佳节，民间张灯结彩，放灯观灯，还有戏剧表演，火树银花，相映成趣。苏杭等地放灯赛灯，热闹非凡。北京专门设有几条街的灯市，观者摩肩接踵，喜庆热烈。

其他重要的传统节日主要有：肃穆地纪念祖先、扫墓踏青的清明节，纪念屈原、赛龙舟的端阳节，关于牛郎织女美丽伤感的爱情故事的七夕节，祭月赏月寓团圆的中秋节，九月初九登高、赏菊、敬重老人的重阳节。

龙的传人崇拜龙、喜爱龙，最突出的是赛龙舟和舞龙灯。赛龙舟最早源于古代某些部落将自己的图腾装饰在船上举行竞渡活动。后来很多地方端阳节赛龙舟纪念屈原。赛龙舟的传统习俗广泛风行于江南各省市城乡。每逢竞渡，江面上千船竞发，鼓角声声，岸上观众如云，呐喊助威，赛得翻江倒海，地动山摇。每逢节日和盛大活动，民间都要举行舞龙灯。舞龙灯是一项具有相当表演技巧和带有浪漫主义色彩的民族舞蹈艺术。龙身有草扎、纸糊、布绷、板凳等多种，有“单龙戏珠”、“双龙抢珠”、“群龙呈祥”等数种，舞来腾跳飞跃，忽高忽低，似腾云冲海，象征吉祥如意。赛龙舟和舞龙灯充分体现了龙的传人飞跃奔腾的龙的精神。

1997 年 12 月 10 日

第六辑

长江放歌

酒乡漂

一条小河在碧翠的山坡脚弯弯绕绕流过，水塘中映出两岸如画的风景。小河岸边，垂柳袅娜，水车“吱呀——吱呀——”吟唱，把那古老悠长的旋律融进欢笑的稻秧行间。苗家将坡脚易于灌溉的地方修成梯田种植水稻，把吊脚木楼挂在山腰摞在山坳口重叠成寨子。瓦角上挑着云彩，木楼吊脚上垂着红辣椒串。那条长长的白云彩带从山腰随意甩下来，成了进山出山的路。

山坳上，新栽插的两根青枝绿叶的竹子拦路弯成一道拱门，竹枝上挂着一对牛角酒器，组成一道别致的风景。这就是苗家盛情待客的“酒卡”。莽筒浑厚的伴奏声里，一杆杆芦笙婉转地吹奏成一片悠扬的竹林。姑娘们弯弯的银头饰高高地挑起太阳，满身珍贵的银饰随着轻捷的舞步丁铃细脆地摇响。小伙子手提满溢的酒海（有容乃大故称海）斟酒，盛装的姑娘手拿长长的弯牛角酒器敬酒。高亢的酒歌唱出热烈的气氛：

客人啊，尊贵的客人！/歌是苗家的理，/酒是苗家的心，/歌从酒出，/酒随歌生，/歌和酒在生活中必不可少，/酒和歌本是处世的亲邻。

客人们一个个从象征繁荣昌盛的拱门下通过，接受酒的洗礼。敬酒的姑娘举起弯水牛角酒器，酒的泉流不断，这造型使人想到一幅叫做《泉》的名画。小伙子在旁边盛情相劝，像一座架在酒溪旁的水车唱着车水歌。客人们面对牛角酒海，有的像在山泉口仰头痛快地畅饮；有的拱手谢却，还是不得不喝；有的只喝一点就想过关；有的不胜酒力，躬身躲酒。苗家的热情让人开怀，酒歌唱得人推卸不了，劝酒追酒几近于相逼，到了苗家哪有不喝的道理！笑语喧哗，追逐嬉闹，差一点没有成了泼水节。刚到寨口，才跨寨门，宾主就已经心心相融。

一连喝了三道拦门酒，方才进了寨。客人远道而来，苗家备酒席款待。苗家待客，三餐必酒，说是早酒添力，中酒鼓劲，晚酒解乏。席间，每两位姑娘一组，端着酒杯给一个个客人轮番敬酒。酒杯一端，酒歌先起：

客人来到家，/我们真高兴，/没有好酒菜，/冷水表真情。

按照苗家风俗，客人只能正襟危坐，垂手听歌，仰头伸嘴接喝。

满堂酒歌起伏，满堂酒香飘飘。敬酒，劝酒，酒歌酒，交杯酒，喝得云里雾里。走路打漂漂，踏云踩风。芦笙场上，芦笙舞漩动波光，激荡起茫茫征途的历史长河。酒醉话多，一腔酒话讲的都是苗家古往今来的根巴。

苗家重酒，每逢红白喜事或大的活动，迎来送往，邻里相帮，必定是酒搭桥，酒开路。苗家人勤劳，善酿酒。苗家酒香，因为有这方水土，苗乡有好泉，甘泉酿美酒。苗家勇敢，仰天喝干牛角酒，放起木排江中走，壮怀激烈酒中行。

云雾深处的这条河就是从酿造名酒的清泉起始的，千百年来日夜流淌的不就是苗家的美酒吗！

一些关于天地来源，关于山和水的生动描述，那些“开天辟地”、“铸造日月”、“扁香尤闹天庭”、“跋山涉水”等苗族古歌的强烈感染，激荡得人按捺不住激动的心情，不由得捋脚舞手，想往苗乡的河里漂流激荡，要去苗家的酒河里潇洒豪放。

担任防护的船工先下了水在前面漂，二十来人八条船随着顺流而下。每条橡皮船上三个人，都穿着桔红色的救生衣，在这黛绿的深山沟里鲜明而又富有生气。

前面两位坐观青山流水，后面一位拿一根短竹篙左点一下右撑一篙把握着方向。“让我们荡起双桨，小船儿推开波浪……”歌声在水波上荡悠悠。河水清澈见底，石子儿粒粒可数，时有三两尾小鱼儿游过。溪河里飘着满天的白云，满天地都充溢着这清清的流水。一颗心空游浮荡无所依，怡然天地间。

两岸青山，遍布莽莽苍苍的原始森林。古木参天，挤得峡谷里更加幽深。石嘴上的树根外露，修练成天然古朴的造型。一丛古藤不由分说地挽住那棵树，缠得它左扭右躲也作了弯弯绕绕的藤状。猴子在树枝上跳跃。小鸟在枝叶间嬉戏。临河两岸，一丛丛钟乳石倒挂在悬崖上，幻化出各种形状。这里一泓山泉汩汩突出，那里一挂飞瀑扬扬洒洒。河流弯弯曲曲，船儿漂漂荡荡，水随意流，景随山转，十里画廊，一步一景。

一路景色丰富多彩。感到大饱眼福的同时，似觉得不果“心福”。看脚下，水流平缓，浅浅淡淡，怎么耸动臀部帮着用劲，船也快不起来。下水起船时旅游点工作人员的叮嘱，说什么“很惊险”、“很刺激”，都是吓唬人的吧？

橡皮船转了两个弯，水流急转直下，形势大不一样，想平缓点悠着点儿，却由不得人了。乱石如麻，滩险浪急。船被冲得打了横，一根“如意棒”左突右刺，怎么也走不出这八卦阵。或船尾作了船头，张果老倒骑毛驴，心想朝南却面朝北。忽而闯进树丛，荆棘藤蔓留客，激流冲卷逐流。忽而误入石旮旯，航道艰险，再艰险也只有向前。几个人费了九牛二虎之力，好不容易把船从石坷垃里拖出来，推下水，长舒一口气。

再坐上船，从头做起。道路坎坷，不容你悠悠然平心静气。一会儿下陡坡，船几乎竖立起来。一会儿跌跳坎，给人以突然坠下深渊的感觉。一不小心，橡皮船被激流推上石坎，还没反应过来怎么回事，船就倒扣过来。从水中冒出头来马上想到，我们这条船上的女士不会水，得负起责任，欲见义勇为，但是水太急太浅，脚下的石头又太光滑，怎么也站立不起来。会游泳又怎么的，一直被冲卷出十几米，方站定了，见几条船上一张张水花花脸拊掌开心大笑：你坐了船这么久，船也该坐坐你！

这漂流真是有惊无险。翻船落水者没有碰伤淹没的危险，一般无需救助，落在水中在激流里滚几个翻身也就起来了，即使呛几口水也是免费的矿泉水自动送上门服务到位，给自己一些刺激，给大家几分欢乐。

未翻船的时候，听说漂在后面的谁翻船了，一阵开心。鼓劲往前划，心里催着船快漂，一心只想赶上前去看看又有谁翻了船。未看到好戏，自己翻了，而且就在好几只船相聚的时候，让前后好多人看得开心。没翻船的，想着别人翻我不翻；自己翻了船以后，希望没翻船的也下水；没翻的还是翻了的，只想那翻过船的再翻一番增加一份热闹。又闯过一个险滩，向后望着说，看吧，这儿肯定会有人翻船，等着看热闹吧！

漂过激流，漂过酒乡。每相见，总是问：翻了没有？像是探问吃了没有，问候晚上好。没翻？那你白来了。这一趟，好像不是漂流去的，而是翻船去的。谁解个中滋味！

苗乡有好泉，甘泉酿美酒。仰天喝干弯弯月亮般一牛角杯酒，驾起小船江中走，壮怀激烈酒中行。这险滩漂流使人联想到喝酒，得让客人喝好。翻船如醉酒，希望别人醉，自己不醉。自己还是醉了，飘飘荡荡，踏云踩风，奇妙的感觉。下棋，总是你不如我；喝酒，总是我不如你。我不会喝酒，从来都是不喝酒的，今天幸会你这样的好友，破例舍命相陪。你得有诚意啊，一口闷，好事成双。敬酒，劝酒，引酒，灌酒，先发制人，后发制人。你醉？我醉？我没有醉！晕晕乎乎，天上人间，不做神仙，到苗乡做酒中人。

1997 年 7 月 25 日作

《山野》1998 年第 2 期发表

歌唱人生

歌如长河

土家族人爱唱歌，逢人便唱，每事必歌，到处都是歌。土家山乡，歌山歌海。有一家女儿女婿携孩子给外公祝寿，见面唱道："乘车行船来贺生，/祝福家公寿比路长。/贺礼一船长长歌，/歌如长河水流长。"一首歌表达晚辈的祈愿和生活中歌的丰富，路有多长寿有多长，长河水有多长歌有多长。

土家人一生与歌相伴。谁家新生小儿，众亲友"打十朝"祝贺新生，歌声伴随他（她）走上人生路。妈妈唱摇篮曲。外婆教唱儿歌。自个儿学的词语刚刚会连成句子，就用歌句表达意思。十二三岁的小弟妹唱着山歌为出远门的父兄送行，有板有眼，情深意切。好男好女能说会唱，不会唱歌的人哪个看得上他(她)！小伙子唱给心上人的情歌缠绵："郎走姐乡走得多，/常来常往未歇脚，/衣袖揩汗节节烂，/岩板踩起灯盏窝。"姑娘们更忙，十二三岁就去见习练唱长篇抒情哭嫁歌。姑娘临出嫁，十几天里姐妹们每天晚上与新娘对唱哭嫁歌。歌声送你出门，唱歌迎你进洞房。婚礼词、告祖歌在庄重的仪式上唱过后，祝贺新婚的人们即兴编唱对歌，通宵达旦。唱歌祝贺生日，唱得歌海翻腾。老人故去，丧鼓歌连唱三宿，热热闹闹陪亡者，用歌声连接阴阳两界。

什么时候都有歌。一天唱到晚，一年唱到头。春天歌泉涨春潮，夏日激情似火，秋天唱丰收，冬日唱农闲。今天太阳好，搭帮阳光好晒草，你唱我唱，满山坡的锄草任务在歌声中完成。下雨天不便出行劳动，正好休闲唱歌。一唱就是整天，一高兴就唱个通宵。

什么事都离不开歌。盖新房唱上梁歌，乔迁之喜唱“镶火炉歌”。挖土劳动阵上，被专门请来的四位歌师敲锣打鼓唱挖土锣鼓歌，唱英雄故事，使大家乐而忘疲；就劳动场景编唱，表扬先进，激励后进，现场办公，鼓舞士气。行船打岩唱号子，声震山谷。两山相对歌邀伴，放排划船歌满河。祝生贺寿，婚嫁丧葬，每有红白喜事，围坐火塘唱通宵。唱土家族古歌，唱传统故事，也配合一个阶段的生产和工作唱时事政策。干部下乡，将法律和政策条文编成朗朗上口的歌句，用歌宣讲上面的精神，做群众工作。甚至，讲理劝解、讨价还价、诉讼辩护也用歌声表达。

有事有歌，没事更好唱歌。“三棒鼓”就是一种常见的受到普遍欢迎的休闲歌吟。三四人邀约一组，锣鼓咚咚当当响，一边抛接三根短棒一边唱，唱传统故事、古典名著，或即兴编唱生活中的事，表现出独到的智慧和高超的技巧。

哪儿没有歌啊！围着火塘唱通宵，路上相遇对一阵。小镇上赶场，当街一坐对唱半天。梦中唱醒了，愁的唱笑了，结的唱开了，唱得青山团团转，唱得河中水倒流。喝水把杯子当鼓点敲，蹲茅坑还是曲不离口。那年飞机播种植树造林，对着空中的飞机扔上去几首，没听到对答，一直耿耿于怀，满脑子的歌满心怀的情催得满山松树情切切伸长树枝把天抓。绿叶枝头亮着晶莹的歌珠，屋檐口挂着黄灿灿红通通的歌串。这山对那山，上游漂下游，土家人的歌，漫山遍野，满江满河，似路，像水，路有多长歌有多长，水有多长歌有多长。

土家人的歌，有高亢的山歌、缠绵的情歌，又有口若悬河的讲唱，还有独特的哭唱歌。哭唱歌分哭嫁歌和哭丧歌两种。每有姑娘出嫁，姐妹们、大嫂大妈们都去陪唱哭嫁歌。长辈们谆谆教导、殷殷嘱咐，封赠前程。姐妹们歌唱同伴间的深情厚谊，叙说自由自在的少女生活和无忧无虑的岁月，与新娘依依惜别，深情送行。姑娘们很小就到哭嫁场上现场练兵，在哭嫁中学习哭嫁。临出嫁时，新娘子的唱词内容和哭腔艺术是衡量姑娘聪慧与否的标尺。再就是哭丧歌。亲人去世，阖家悲痛，亲友吊丧。土家人认为，那些豪啕大哭嗷嗷叫，就像狗叫猪叫样的，都是粗俗的没有心智的表现，要有词有韵，哭出艺术来，唱出韵味和情致来。土家山寨如有老人去世，人们倾诉悲痛之情都是哭唱长篇抒情诗，都是有声有色的。女人们围着灵柩坐成一长圈，以手巾捂面，缓缓地有节奏地弯腰倾身，抬头低头，根据自己与亡者的辈份关系，叙说亡者的业绩，怀念其功德，倾诉与之情谊，表达悲痛和惜别之情。每一场群情混合哭唱持续二十来分钟。机关单位开大会每人分别发言 20 分钟，这里唱哭丧歌多人同时混合哭唱 20 分钟。有的人担任劝解任务，劝哭也用韵句。在动人的哭唱词和深深的悲痛之情感染下，劝解的人也忍不住跟着一起哭唱起来。经过反复劝解，哭唱暂时止住。每过一个多小时，又哭唱一场，一个通宵哭唱七八场。一场吊丧活动一般举行三四个通宵。一边是女人们围着灵柩唱哭丧歌，混合群哭，各抒深情；另一边是男人们围坐火塘抡番击鼓，独唱丧鼓歌，悼念致哀，哭的唱的互相呼应，共同为那位亲人的歌唱人生画上一个铿锵热闹的句号。

哭嫁歌喜庆

结婚前的半个多月里，姐妹们每天晚上到新嫁娘家，陪新嫁娘唱哭嫁歌，哭唱叙说姊妹间的深情厚谊，表达对出嫁姑娘的难分难舍之情。新娘哭唱道：“桔子虽好要分瓣，/姊妹相好要分散。/鱼儿不能离开水，/姑娘难舍姊妹们。”姑娘们你一言我一语，长篇描述姐妹们在一起的自由自在生活：“清早上山去砍柴，/午后下河去捞虾。/追追打打跑上坡，/嘻嘻哈哈转回家。/灯下呼呼拉鞋底，/说了几多悄悄话。……”哭嫁伤别离，祝福前程，编歌句，赛口才，比才智，是村寨里姑娘们的文娱活动，一项传统的文化生活。

山寨里，姑娘长到十二三岁，就开始学习哭嫁。平时，劳动中，劳作小憩，姐妹们相聚一起做针工，轻轻哼唱练习。远近村寨每有大姑娘临婚哭嫁，是姊妹们见习的好机会，一送别，二学唱。土家人把是否会唱哭嫁歌作为衡量女子才智德能的重要标准，认为唱哭嫁歌热闹吉利，有面子，预示兴旺发达。

临近出嫁日，哭嫁高潮迭起。新娘分别与爹娘，与众亲戚及姐妹们对哭对唱。

新娘哭爹娘，诉说离别之情，凄切缠绵：“我的爹（啊）我的娘（哎），/白果（是）开花（嘛）见得（啦）稀（啊），/我们从此啊——/寅时相见（嘛）卯时（的）离（啊）。”

姑娘是娘身上的肉，儿心连母心，儿行母担忧，母哭撕心肝：“我的儿（哎）我的崽（啊），/风筝（是）放到（嘛）半天（的）云（啦），/脚下（嘛）连到（啦）线一（的）根（啊），/啊崽儿啊——/我崽（是）连到（嘛）娘的（啦）心（啊）……”

母女对哭，缠绵悱恻，凄楚动人，内容最为丰富，连哭几天不重复词句。女儿要离别生养自己的父母，离别熟悉的山寨和生活，去重新组织生活，叙说父母养育之恩，倾诉深深的离别之情。母亲叮嘱女儿处世之道，表达疼爱之情，祝愿吉祥如意。

与姐妹们的对哭对唱，角色众多，时间较长，内容丰富，回忆少女美好时光，哭唱别离后的思念，哀哀怨怨，难分难舍：“今朝姊妹陪伴我，/明朝花轿抬过堂。/姊妹几时再相会，/天高路远望断肠。”

哭嫁歌中的“骂媒人”部分很精彩，怨怼愤懑，睿智巧骂：“板栗开花球对球，/背时媒人想猪头。/媒人婆婆夸海口，/花言巧语吹死牛。/树上鸟儿哄得来，/岩坎猴子要得走。/骗得我爹点了头，/要得我妈开了口。”

在土家族婚俗生活中，媒人是个可敬可憎，该谢又该骂的角色。新婚之后，有专门的“谢媒”礼节。土家族婚姻本来是男女自由恋爱，自由婚姻，后来由于受封建势力的侵蚀影响，男女婚配得服从“父母之命”、“媒妁之言”，盛行包办婚姻。媒人一方面是封建包办婚姻的牵线人，一方面又是玉成百年好合的月下老人。哭嫁歌中骂媒人，对封建包办婚姻和旧道德进行愤怒的揭露、控诉和斥骂。但是，并不是所有的婚姻都是不幸的。姑娘在这人生转折关头，充满对做姑娘时的无忧无虑、自由自在生活的留恋，对婚后生活的不可知，对受封建伦理道德的羁绊约束深感恐惧，以哭嫁为契机，大肆哭诉痛骂。更早可追溯到母系社会结束后父系社会刚建立时，哭嫁表达了女性对母权荣耀过去的眷恋。骂媒人是一种习俗，久久沿袭。也可能显现一种过场，我可不愿意离开熟悉的娘家，是媒人使我离开爹娘离开众姐妹的啊！新的社会生活中，媒人的作用越来越小了或没有了，男女自由恋爱，谈好之后，有的“安”个媒人。哭嫁歌中也来一段“骂媒人”，歌中多以花木瓜果起兴，骂得左右逢源、丰富多彩，显示新嫁娘能编会唱的聪明才智。

丧歌丧舞闹人生

丧葬，往往使人想到肃穆的气氛、凄惋的哀乐、悲痛的啜泣。土家族的丧俗很特别，至今仍然沿袭自然古朴的风俗，讲究热闹，击鼓踏歌，彻夜闹丧。灵堂最忌讳冷冷清清，要有生气而不要“死”一般的沉寂。办丧事气氛热烈，鞭炮连天，敲敲打打，且歌且舞，热闹红火，洋溢着喜庆色彩。

人生百年，最终都难免离别这个世界。这是不可抗拒的自然规律。土家人认为，有生必有死，老年人去世虽不免悲痛，却是白喜事。老人操劳了一辈子，离别亲人去另外一个世界，应该热热闹闹陪他（她）三个通宵，鞭炮阵阵送上山。这种独特的闹丧习俗，以奔放的形式表达对死者的颂扬，反映了一种视死如归的豪迈气概。

闹丧分围坐击鼓唱歌的“坐丧”和且歌且舞的“跳丧”两种形式，现今有的地区两种形式并存，有的地方只保留一种。

丧鼓歌沉稳厚实。歌手们围火塘而坐，掌堂师执皮鼓于怀，击鼓吟唱：“哪晓春花不常开，/谁知青松也有衰。/只因老伯功果大，/玉女接去赴瑶台。”每人唱十几分钟，皮鼓逆时针方向往下传，歌手们一个个击鼓即兴编唱，拜会各路歌手，迎接四方来宾，悼念，慰问。接着，编唱亡者生平事迹，唱其一生勤劳节俭、急人危难、济贫帮困、修桥补路等等。从亡者的离去，唱到家人的悲哀，伤别离，寄哀思。接下来，根据亡者的年龄、身份，分别编唱一些典故，有开天僻地、人类起源、民族英雄故事、生活故事、“三国”、“水浒”等等，诸如刘备托孤、徐母修书、董郎尽孝、屈原投江、土家族英雄洛蒙挫托故事、匠帅拔佩故事等等。

丧鼓歌是一种悼念活动，也是一种文化活动，乐神娱众，可歌可泣。歌手们以歌悼念死者，慰问家属，为灵堂添些热闹；也以歌会友，摆古叙今，谈论世事。丧歌内容广泛，歌手们击鼓赛歌，抠典故，憋韵律，比编唱技巧，高门大嗓争论，抢唱，热闹通宵。年轻的初学者往往顾及到编唱词而击乱了鼓点，注意击鼓又编错了唱词，难以做到手、口、脑的协调。没有现成的歌本子，即使有也得背下来，唱丧鼓歌没有照着本子唱的。越是学到将会要会而又不太熟悉的时候越是着迷，白天干农活，晚上熬通宵，天亮时稍稍打个盹，照样爬到大坡上顶着烈日薅草，脑子里琢磨着晚上赛歌的对策，工休时树荫下练嗓子，收工路上敲着锄板当鼓边走边唱。歌场上，有的搬生僻典故难人，有的憋韵脚，选窄韵憋句子。唱得好的受到人赞赏。如果唱走了韵，或弄错了典故，别人就会编唱歌句嘲笑，这就发生竞唱、论争。皮鼓只有一个，拿到鼓才有发言权。本应顺序往下传，有人迫不及待越过几人去抢鼓，那边抱定皮鼓不歇口。鼓点时而激越时而舒缓，歌声时而缠绵深情时而高亢激昂。灵堂热闹，正是家属所期望的。一直唱到东方发白，才告一段落，各自去忙农活，收工以后继续下一个晚上的丧歌高潮。

跳丧舞热烈奔放。动作有点类似打太极拳，比之激烈得多，套式多得多，特别的夸张、舒展。掌堂师击鼓领唱，跳舞者接歌合唱，且歌且舞。舞者均为男性，光着膀子，一般二或四人一组，八人或更多人成组对跳，两两对应协调，踢腿扬手，扭腰耸胯，大幅度摆动，唱腔高亢欢快，充满嬉戏和浪漫情调，把肃穆悲凉的灵堂变成热烈欢快的歌舞场。掌堂师的鼓点随时变换节奏，唱腔不时变换曲牌。有优美抒情的“凤凰展翅”，下蹲上跃挽手花的“风夹雪”，激烈强健的纵、跳、踢、打相结合的“武打丧”，踩升子底、走平行四边形的“四大步”。有多种舞蹈套式，如“猛虎下山”、“犀牛望月”、“蜻蜓点水”、“燕儿衔泥”、“观音坐莲”、“雄鹰插翅”、“螺蛳旋顶”、“蜘蛛牵丝”等舞姿造型，动作均衡协调，优美舒展。其中很多模仿虎的动作，双手空握拳左右晃动，作老虎“洗脸”状；有节奏地左右晃身，像是猛虎摆尾；跳“虎抱头”，二人左肩相靠，曲膝哈腰，双手抱头，身体上下颤动，如同二虎互相逗趣；跳“猛虎下山”，二人一跃一掀，躬身扫腿，相对逼视、撞肘，紧接着跳跃转圈，左弓步，抡右臂，口中发出阵阵嚎啸，活像猛虎扑食。两个后生相对，时而绕臂穿肘，时而相对击掌，时而撞肩擦背，时而踮脚打旋，大汗淋漓，虎虎生威。情绪激昂时，击鼓领唱的同时也舞起来，观舞听歌的众人也加入跳丧行列，满堂歌舞，跳得痴迷，跳得癫癫狂狂。跳丧舞如同把一块块巴掌田种上白云间，似云似仙空中走。就像光着膀子放排，木排过滩头，簸起颠落钻波谷斩浪峰，忽隐忽现，冲下瀑布，从水中潜钻出老远，冒出黝黑精壮的胴体青铜般铮亮，冲得地斜天倾，峡谷晃荡，江水摇曳云天。

跳丧歌舞内容广泛，颂扬先民开辟疆域，歌赞祖先开基创业，咏唱渔猎农桑生产，叙说日常生活，家庭和睦，邻里情深，丰富多彩，生动多样，无不以热情奔放的语言，夸张的艺术手法，奇幻的想象力，表现出土家族独有的浪漫特质。

豪放旷达跳丧舞，唱的是高亢欢快曲，舞的是豪迈雄健风，并无悲痛哀伤。土家人讲求“欢欢喜喜办丧事”，“高高兴兴送亡人”。在土家人看来，死是生的延续，死是“上路”，如同去另外一个地方赶场。以歌当哭，以乐致哀，以舞寄情，通宵达旦。跳唱越热烈，亡者家属越满意。这古朴的习俗在土家山乡世代相传，千古不绝。土家人将跳丧当做欢歌聚会。“听到丧鼓响，脚板就发痒。”知晓跳丧信，几十里路也要赶去。在山大人稀的土家村寨，山里人借守灵之夜，听故事，学本事，长见识，比试歌舞才艺。跳丧到四更，面对黑黝黝的棺材，竟唱些花花草草的男女情事，歌句甚至带荤带色，歌唱生命，歌唱爱情，为生命的旷达和延续而歌舞。

跳丧舞源自古代巴人的军前舞，这种战斗之舞衍生了土家跳丧的文化精神。古来征战几人回，寿终正寝值得庆贺，跳丧舞是土家人沿袭先民巴人遗风，对生命的礼赞。跳丧舞威武强劲的动律，狂放不羁的风格，撼人心魂。强劲雄浑的牛皮鼓声中，雄性刚烈的汉子黧褐古铜色的赤膊，踩着鼓点，挥汗如雨。跳死跳活的跳丧舞，跳出了雄健勇猛的阳刚气，跳出了生生不息的民族魂。

土家族聚居区地处古巴楚地。土家族先民古代巴人的文化习俗渗透到荆楚直至中原。楚地“信鬼尚巫”习俗与土家族丧葬习俗有密切的关系。屈原记录整理民间祭奠神歌《九歌》，其中《国殇》篇以歌代哭，祭奠阵亡将士。庄子“鼓盆而歌”悼亡妻，无为而乐，就是受到土家族先民巴楚丧葬习俗的影响。文学家们整理记载巴楚古俗，宏篇传千古。巴楚沅湘古老风俗经口传心授，由民间渠道世代传承。

《歌如长河》，《南风》1998 年第 1 期发表；
《哭嫁歌喜庆》，选自散文集《西湘记忆》，
开明出版社 1998 年 10 月版；
《丧歌丧舞闹人生》，选自《神州风情》，
吉林教育出版社 1995 年 10 月版

赶年抢年

土家族比苗、汉等民族提前一天过年，谓之过“赶年”。多数人家早餐过年，天不亮就响起鞭炮祭祖吃年饭，各家抢早，叫“抢年”。过年早象征勤劳和富足，意味着抢到了吉祥和幸运，能不抢吗！

过赶年来源很古老。古时候的一年，土家人被朝廷征集出征抗击侵略者，各家提前一天过年，大甑蒸饭，将士们吃了年饭出征。从此以后，土家族人世代都提前一天过年，而且不管家中人多人少都用甑子蒸饭，表示对那次壮举的纪念，对勇士们的怀念。

进入腊月，过年的气氛逐渐浓起来。理檐沟，打扫檐尘，杀年猪，购买蜡烛、鞭炮、副食等各种年货，碾米，磨面，打年粑粑，磨年豆腐，做得热烈喜庆，忙得心里欢快，人人乐呵呵的。腊月里脚步匆匆，见面便问，年货备得丰盛啊。

抢早过年，过年的饭菜头一天得准备大半天。洗饭甑，准备劈柴，从菜园里拔菜，洗菜，杀鸡宰鸭，烧肉，炸豆腐，一直忙到很晚。睡不多一会儿，就起床潦米蒸饭。用最好的干柴，掌握好火功，人们认为蒸年饭熟得快不快预示来年的运气。专门有一道“合菜”，白菜、豆腐丝、粉条、海带丝、胡萝卜丝等多种菜混合在一起，合即聚合，谐音和、贺，为纪念那次出征而做，寓意阖家团圆、喜庆祝贺。

天还没亮，就有人家放起鞭炮，开始吃年饭。接着，这里那里一阵阵鞭炮响起来。天亮不多久，各家都过年了。大块吃肉，大碗喝酒，阖家团圆，吉祥如意。

山乡村寨，土家、苗、汉族杂居，年过得绵长悠远。头一天，土家族家庭有的早晨过年，有的晚上过年；第二天，苗、汉族家庭有的早晨过年，有的晚上过年。哪家如有人在那一年中去世，再提前一天过年，以示纪念。几天中早早晚晚都有人家过年。各族互相通婚，亲连亲，亲上加亲，亲戚朋友之间，你接我家过年，我接你家过年，大家都过几个年。赶年抢年，热闹喜欣。

2005年1月5日作

《鸭绿江晚报》2005年2月发表

这里卡拉不 OK

谁发明的卡拉 OK，是那样的 OK，真是太棒了，广受欢迎，普及城乡，到处都在唱，且歌且舞。卡拉 OK 的办法就是高明，给一首首会哼调忘了词似想得起来又想不起来的歌曲打上字幕，给你提词，点明节奏，伴以曲调，引导你把歌唱好。然而，与土家族地区出口成章的山歌，随口便答的即兴对唱比起来，卡拉就显得并不 OK，是那样的古板、僵硬。

土家族地区是歌的海洋。农村地头，集镇小桥边，赶场的日子，农闲的夜晚，人们聚集在一起，三个一群，五个一党，合唱对歌："什么在天一行行？/什么水面结成双？/什么咕咕岭上叫？/什么搬泥造新房？" "大雁在天一行行，/鸳鸯水面结成双，/鹧鸪结伴咕咕叫，/燕子搬泥造新房。"或单独对唱，你唱我答："妹我胆小没出息，/笼里关鸡不敢啼；/哥在高楼妹在地，/不敢和哥比高低。" "妹会唱歌妹莫推，/大声唱来大声回；/桅杆顶上晒灯草，/真心不怕风来吹。"

县长下乡宣讲政策，布置工作任务，做村民的思想工作，都用山歌，将规定和道理变成通俗易懂、朗朗上口的歌句，大家乐于接受。工作做好了，晚餐饭桌上还意犹未尽，喝着酒，吃着菜，接着唱。唱山村所见，景致风光，潺潺流水，竹林倒映，鸟雀鸣吟……由远到近，以桌上的菜肴为题，你问我答。山蘑菇，生在何方，何人采来，历经艰难，几多诗意。折耳根，叶紫根白，消炎祛火，饶有回味。边喝边对，边吃边唱，酒瓶已干，意犹未尽，最后碟中只剩下两根咸菜，就以那两根咸菜为题，对唱对接，一唱方休。

放牛在山坡，牛撒欢，牧童对歌。在山上锄草，这山对着那山唱。田里插秧，哥妹对唱："大田栽秧（那个伙计），/哎！/蔸对蔸（的来那个话）。/你说嘛。/为妹在前（哎哎耶），/郎在后（那个哟依哟）。/螺蛳晒得（那个伙计），/哎！/喳喳口（的来那个话）。/你说嘛。/为妹晒得（哎哎耶），/汗长流（那个哟依哟）……"赶场路上，老朋友相遇对一阵。即便不认识的，也唱一首抛过去："三个大姐一样齐，/中间那个是我的……"那边接上，说你冒昧；这边又唱，对歌既成，仁义也在，不打不相识，粑粑越打越糯，没完没了。姑娘出嫁，姊妹们每晚陪唱哭嫁歌，连续半个月。谁家新婚，唱歌到夜半。寨上有老人去世，连唱三个通宵，十几位歌师围坐一堂，一边击鼓一边即兴编唱，唱老人的身世，唱古典名著，有人挑剔别人编唱典故路子不对或是不押韵，被挑剔者夺鼓抢唱，争执、辩论、激烈、热闹。

歌场上讲究设韬谋略，唱歌"比狠"。或互相谦让，明让实争，或明刀快枪，盘歌比狠，快唱快接，能守易攻，较量调门熟悉多寡，对抗韵律宽窄难易。一首七言四句，分别是起、承、转、合，第一句是"歌头"，第四句是"歌魂"，最讲究尾句翘起来，画龙点睛，发射炮弹似的直冲云宵。对答者从对方的第一句开始就抓住其脉络，理清"歌头"，弄清其形式、内容、调、韵，赶紧想自己的对接内容，到他唱到第三句时，自己对答的框架内容就差不多了，他的第四句一落音，随即接上来，捉住"歌魂"，以压对翘。甲乙相遇，唇枪舌剑，以歌交锋："进山有路雾迷迷，/歌师今天来哪里？/一山竹子任你挑，/满园青青满园齐。""从小长在竹山里，/根根丫丫我熟悉，/满园竹子都看完，/未见哪根是好的。"甲又唱四句，说对方"明明挪根打狗棒，/一园桂竹看不起"，讥讽对方是乞讨者。乙马上还击，讨米是以前的事，现在我富起来了，"二十年前去讨饭，/搭帮公社大集体。/如今你到我屋看，/猪槽都是金子的”。一首一首往下对，难分胜负。甲：“你是一个马桑蔸，/扛起锄头把你抠。/可惜是个阴阴火，/燃也不燃烟灸灸。”乙：“杜康面前你讲酒，/鲁班面前你架楼，/缺口锄挖我盘龙根，/弹你一个翻跟头。”……

歌曲都在心页的硬盘上，调出来轻轻组装，即兴编唱，随唱随对。如同对着歌本照本宣科似的卡拉OK唱歌与之比起来，不是显得很蹩脚很无能吗！

2004年4月16日作

《中国民族》2008年第12期发表

羌笛酒歌伴年节

人们熟知“黄河远上白云间，一片孤城万仞山。羌笛何须怨杨柳，春风不渡玉门关”，每每吟诵，无不对幽怨的羌笛和古羌人叹发幽思。早在汉民族形成之前就活跃于大西北的羌人，都哪里去了呢？古代羌人的大部分在历史长河中逐渐融合于汉族以及其他一些民族，其中的一支形成今天的羌族，聚居在岷江上游的茂汶等县。

深秋的一天，从成都出发，沿岷江上行，一路上，只见树叶黄绿褐红色相间，多彩的秋意写满山冈。远处云雾中，雪山耸立。进入羌族地区，云雾、雪山、金色阳光与黄绿褐红山冈交相辉映中，一座座羌寨碉楼矗立山崖，蔚为大观。十多米高的碉房，全用石头砌成，造型古朴别致。

包长头帕穿羊皮褂子套长袍的羌族汉子，穿着绣有鲜艳花边缀以银饰的妇女，杀鸡宰羊，迎亲戚，接朋友，拜年聚会，繁忙热闹而又欢快。羌寨迎来十月初一的年节。

谁吹起羌笛？小小笛管一扫古时征战、蛮荒的幽怨，抒发着新生活的悠扬，充满对美好未来的憧憬。羌笛和小锣、手铃、唢呐、羊皮鼓、口弦等乐器合奏，引来远近山寨的男女老少，聚会饮酒，唱歌跳舞，欢庆年节。

亲朋好友会聚一起喝“咂酒”，举行隆重的开坛仪式。长者致开坛词，颂扬英雄，赞美生活，欢迎来宾。用青稞、小麦和玉米酿造而成的酒，装在坛子里，大家轮流用细竹管吸饮。同饮一坛酒，宾主脸上洋溢着欢快的笑容。边吸饮边加清水，酒越来越淡，情越来越浓。大伯、大娘、姑娘、小伙子边饮酒边即兴唱酒歌，缅怀祖先，恭贺年节，互致祝颂，旋律优美，悠扬婉转。唱得高兴，一腔浓情难以用语言表达。酒不醉人人自醉。羌笛声、各种乐曲声骤起，欢快的旋律缭绕山冈，男男女女手挽手，围着篝火跳起轻松活泼的“锅庄舞”，感情浓烈的“兰寿舞”。羌笛悠悠，皮鼓咚咚，歌正浓，舞正酣，忘情的欢乐将今天展示给远古，把历史告诉未来。

1994 年 10 月 14 日作

《北京日报》1994 年 10 月 23 日发表

追踪溯源

仲秋的一天，我们乘一辆越野车沿着岷江上行。

公路一直顺着岷江往上，标识海拔高度的指针不断攀高。沿江两岸，森林郁郁葱葱，苍劲的岷江杉直刺苍穹。岷江如脱缰的野马似地奔腾，总是那样湍急的波峰浪谷，沿江见不到一个水潭，都是那样的高落差，波涛汹涌。见到几个修建中的水电站。新设计修建的小水电站都尽量不对环境造成大的改变，不建拦水坝，而是凿洞引水，机房和发电设施建在洞内。空气湿漉漉的，两岸群山青翠欲滴，满是常绿乔木灌木。一路所见各种不同品种的竹子，有的粗壮高大，竿竿刺天；有的山山岭岭相连，香樟、青冈点缀其间；有的柔情依依，蓬蓬相拥在江边；有的谦虚得像芦苇，无比的亲近。

过了汶川县城，顺着岷江支流杂古脑河往上，是羌族聚居区。水流还是那么急，不见一个水潭，落差更大，有些地方差不多成瀑布状。高山峡谷，山峰直插云天，两边陡峭得几乎直立。不时见到羌寨石头房。河谷地带，公路两旁绿树成荫，苹果压得枝头弯弯。两边山上植被不怎么好。转过一个弯，前面山岭光秃秃的，干旱的河谷没有树也没有草。

汽车停在桃坪羌寨碉楼前。吃过午饭，跨过杂古脑河湍急流水上的小桥，进入桃坪。羌寨依山而居，垒石为室，近百户人家房子全部为片石砌成，一般高四五层。每幢屋顶置放着几大块白石，羌族的白石崇拜在太阳照射下亮晃晃。廊檐上挂着一摞摞黄灿灿的玉米棒子，一串串红辣椒，碉楼的黄褐色，木板壁的烟灰色，白石的亮色等几种颜色鲜明地相映着。两座碉楼孤标直立，直插云霄，具有很强的视觉冲击力。寨口一块木牌上写着说明文字：

碉楼建于公元前111年，长宽各3米，高30米，共9层，上有了望孔、枪眼。

进入巷道，但见寨内呈八卦布局，几十条通道，迷宫般地连接每家每户，各家之间可开为门亦可堵为墙。但闻地下水声汩汩。导游员介绍说，羌寨引山泉入寨内，暗沟从房屋底下通过，水道宽可通人，水流各家，便于饮用，又可作为消防用水。高耸的碉楼以及楼内设施，都是为防御外敌入侵而设置的，即使经年累月被围困，粮草饮水不缺，仍可坚守。和平年代，羌寨的战斗防御功能不再，但是仍然标识着厚重的民族凝聚力。

从羌寨出来，再沿河而上，植被明显好起来，绿树成荫，悬崖上石缝中长着树。理县县府所在地杂古脑镇小巧逼仄，沿河一条街。杂古脑河从南往北流，两边山岭耸入天际，谷底县城每天只有五六个小时日照。理县海拔较高，夏秋季气候凉爽，沿河两岸层层梯地，是成都反季蔬菜生产基地。正是大白菜收获时节，不时见到一车一车往下运，不少地方在装车。

过了理县县城不远，公路顺河拐向北，沿河往上，两边山岭绿树苍翠，郁郁葱葱。松树长在石壁上，横枝往下伸展，颇似黄山松。经幡在树林中插得像一座小城，黄白绿蓝相间，迎风呼啦啦翻动。河谷里的藏族住房用石块垒成，与羌族建筑风格相近。一般的房屋建筑都是直着砌墙，横向码放砖石，呈垂直走向。这里的藏式建筑竖立的墙呈80度往里收缩，窗口呈梯形，横砌线不是水平的，而是呈弧形，两头往上扬，高高翘起。这独具特色的建筑方式具有抗震功能。

地势越来越高，河流越来越瘦小。是一条条支流加入进来壮大了河流，还是河流被一条条支流分割得瘦小了？

米亚罗是著名的红叶风景区。树林莽莽苍苍，老树枝上的气生根参杂着寄生植物如美髯在浓荫中飘拂。有的树叶刚开始泛黄，露出点红的苗头。要是过一个月来，满山红叶火焰般燎原，大片黄灿灿给以烘托，苍松翠柏点染其间，定会让人心花怒放。

顺着杂古脑河再往上行，不断见到有小溪流加入河中。河流比先前更瘦小，窄到跨步就能跳过去。追到鹧鸪山前，公路很不情愿地离开杂古脑河，横向切开山岭，穿越过先前汇入杂古脑河的十几条小溪、泉流，像在密集的梳齿间穿行一遍。满山杜鹃树青枝绿叶，花开的时候一定十分壮观。

大半天都追随着杂古脑河的脚步，这会儿真有些恋恋不舍。翻过鹧鸪山，幸有大渡河的支流梭磨河替补上来，填充我感情上的缺失。溯梭磨河而上，追踪溯源。过了刷经寺，车窗两边显现出典型的高原草甸风光，山岭被我们甩在脚下，不远处的圆圆山头，似乎一口气就能跑到顶似的。

从杂古脑河到梭磨河源头，藏式建筑因地制宜，就地取材，各有特色。下游接近汉族地区，是藏汉结合式风格，歇山顶，木板房。中游河谷地带嘉绒藏族地区，与羌族互相影响，就地取材，建石头墙。高原草甸，没有那么多石头可寻，建的是砖木结构房。草原牧业区，衣食住行用都出在牦牛身上，住的是牦牛毛编织的帐篷。

将一条梭磨河追溯到只有两尺宽，汽车爬上一道山岭。山坳口一块石碑上写着：

查真梁子，长江黄河水系分水岭，山峰海拔 4345 米，山坳海拔 3875 米。

啊！这就是长江、黄河两大水系相依的山梁！神州大地，华夏以及一些少数民族自称龙的传人，崇拜龙。巴蜀之地，一些民族是伏羲后裔。伏羲女娲，人首蛇身。人们说，蛇是小龙，龙是蛇长成。

查真梁子，长江、黄河水系在这里相交，龙蛇在这里相晤，龙蛇从这里出发。

我坐在山坳口北坡草坡湾里，思绪万千。长江、黄河两条巨龙，一泻千里，气势宏伟。她们条条支流幼年的源头就是这个样子啊！她们就是这样成长的啊！这儿泉流只有手腕粗，泉流汩汩在草丛间涌动。我侧身斜躺，头枕手臂，感觉自己太阳穴的血脉和手腕上的血脉一起跳动，鼓突着，涌动着。手指所及，黄河的血脉在母体涌动，在我的身旁跳动。我趴下身，手摸泉流，感觉自己的血脉鼓突，倾听黄河的血脉跳动。

顺着溪流往前行。一条条泉流加入进来，小溪不断长大，渐渐的有了两尺多宽。草原平坦广阔，车行一个多小时，海拔仪的刻度没有变化。河流更宽，在高原明丽的阳光下泛着波光。一群牦牛在低着头吃草，看它们似从远古走来。溪流不断长大，变宽，静静地流。

高原草甸的山，再不是峡谷的陡峭悬崖，而是静静地大大咧咧地横陈着，充满丰腴的鼓胀，饱含着乳汁，飘着乳香。

高原草甸的河流，不像谷地那样奔腾喧哗，那样波涛汹涌，而是柔柔地不紧不慢地流，轻轻地把太阳揉碎，泛着细小的波纹。

黄河水系的这条支流叫白河。她缓缓地向北流着，流向川青交界处黄河第一湾。

月亮湾，多么富有诗意的名字！白河在这里千回百转，款款地漫出几十道柔美的舒缓，魂牵梦绕地盘过去，绕过来，又飘过去，再流回来，千娇万媚，往复不已，是那样地留恋，凄婉迷离，柔肠百折，怎么也不愿意离去。河流的臂弯里是碧绿的草坪，河流与草坪缠过去、绕过来、纽下去、翻上来，看得人迷茫，看不出是河流包着草坪，还是草坪绕着河流，看不出水从哪方流来，要向何处流去。

2005 年 12 月 22 日作

《西部大开发》2006 年第 4 期发表

少数民族印象

“你是少数民族？你汉话说得不错啊！”日常生活中，少数民族成员受到的最高褒扬就是“不像个少数民族”。

一些人眼里的少数民族，总是与落后、贫困、蛮荒、原始连在一起。你也是少数民族？不像啊，不怎么落后啊。这就是很瞧得起了。

我从湘西出来，外面有人问我：湘西人吃生肉吗？后来我在西藏生活了几年之后回到家乡，湘西有人问我：听说西藏人吃生肉？发问的人脑子里总是带着一幅血淋淋的蛮荒萧森的画面，他们囿于封闭，缺乏常识，无知得可爱。

语言是民族的重要特征。各少数民族使用语言的情况各有不同，有的使用本民族语言；有的兼通本民族语言和汉语；有的兼通多种语言；有的不再保留本民族语言而转用汉语，其中不少人从小就使用汉语。国家法律规定，各民族语言文字平等，各民族都有使用和发展本民族语言文字的自由。国家提倡各民族互相学习语言文字。会不会使用汉语汉文并不说明先进与落后，只会本民族语言并不是落后，多会一种语言当然就多一种社会交际工具，多一把社会生活的钥匙。

一些人往往将少数民族等同于落后，一说到少数民族就认为是帮助、照顾的对象。习惯成自然。甚至于在民族学院的校园里，大家都是少数民族，某人言行不当，旁人开玩笑鄙夷曰：“少数民族！”

生活在边远地区、山区的少数民族，由于历史的原因和自然条件的局限，比起汉族来，相对落后一些，经济社会发展慢一些。新中国成立以后，国家实行民族平等政策，给予少数民族一些支援和帮助、照顾。就说高等院校招生，对少数民族考生采取降低分数线录取的照顾办法。但不能由此而以为凡是少数民族都是低分受照顾入学的。各地情况很不一样。湖南、湖北、广东等省多年来高校录取控制分数线都是全国最高的，比北京、天津、上海高出一百多分甚至二百多分，那些地区的少数民族考生在本地区虽然享受到降低十分二十分的照顾，对其录取控制分数线在全国仍然是相当高的。并不是所有的少数民族的教育水平都低，朝鲜、满、蒙古等民族的水平就高于汉族。

落后是相对的，帮助是互相的。汉族帮助了少数民族，少数民族也对汉族给予了帮助。各少数民族大多居住在边疆，世世代代开发建设边疆，保卫祖国边防，对国家作出了巨大的贡献。

说某少数民族成员不像少数民族，称赞他汉话说得好，似乎有点像问某苗族人士会不会苗语，他回答说是作苗语研究工作的，尴尬。

1998 年 2 月 15 日作

《四川民族经济报》1998 年 6 月 26 日发表

干栏式建筑掠影

干栏式建筑是长江流域及其以南地区一些少数民族普遍的建筑形式。干栏式建筑以木、竹为主要建筑材料，竖立木柱，在距地面两米多处架设楼梁，着穿斗式构架，以木板或竹板为地板、墙壁板，屋顶盖杉木皮、茅草或瓦。一般为两层，上层住人，下层筑石砖墙或镶木板壁，放置碓磨以及农具、杂物，或圈养牲畜。干栏式小楼或以全楼居式单独成栋，或与正屋平房相配。南方多雨潮湿，木楼通风干爽，人居楼上，可避湿气，受到普遍喜爱。这种建筑后来受汉式建筑影响，结构上采用斗拱，屋顶演化为陶瓦悬山式。干栏式建筑成为南方各民族普遍适用而又很有特色的建筑艺术。

苗、侗、土家、布依族的干栏式建筑往往依山傍水，正屋为平房，木楼横伸而出，前面两方靠外的排柱悬空而吊，吊柱之上曲栏回廊环绕，故称吊脚楼，有的叫转角楼。回廊置雕花栏杆，傍以长条凳，女儿家坐在上面做针工，称为“美人靠”。栏杆及檐口晾挂苞谷、辣椒等物。屋檐口滴水檐雕成花边，转角处弯弯的翘得高高，略向上翻，形似水牛角。屋脊中部略低，外角高翘，与檐角一起，有一种腾飞之感。木楼全用木质结构，不用铁钉。侗族木楼将前面的回廊辟得宽敞，可放置织机，可会客，为家庭活动处所；后半部以木板隔为若干间，作为卧室。苗族、土家族的吊脚楼为曲栏回廊式，走廊上有坐椅栏杆，倚栏而坐，眺望山景，其情融融。楼内房间一般是姑娘卧室绣房，独辟幽境。姑娘在房中绣花织锦，梳理打扮，神思飞扬。临水的吊脚楼轻悬水波之上，河中船桨轻荡，房中织机声声。

瑶族的吊楼不高，与正房相配。正房进大门是起居室，家中父母及兄弟住正房里间内房。未婚女儿住侧面吊楼上房间，朝侧后开一阳台回廊。夜晚，月白风轻，别家小伙子来与姑娘相会，不是从正门进，而是从吊楼回廊翻栏进入姑娘房间，同姑娘谈情说爱。

西双版纳坝子上，榕树掩映，竹丛苍翠，绿荫碧翠中，一幢幢傣族竹楼若隐若现。傣家的干栏式建筑用二十多根木柱，以木梁构架，楼板、墙壁都用竹料，所以叫竹楼。上下两层，下层无墙，堆放杂物，上层住人。客人上楼，楼口有一方竹面楼台，置水缸、水盆等物，用以洗手洗脸等。进入楼内，有内外两间。外间中央置一火塘，作为煮饭烹茶之用，为接待客人、进餐、聚会、聊天处所。内间为卧室。楼顶盖茅草或瓦。门窗不多，阳光从树枝间洒下，清风徐徐，干爽宜人。

基诺族盛行干栏式大房子建筑，长二十多米，宽十几米。父系家庭成员共同居于一所大房子内，包括十几个到二十几个小家庭，多达百人。进门处有一个象征性的家庭总火塘。每建立一个新家庭，依次新建一个火塘。多个火塘一字排开，体现家族的团结和兴旺。

载《神州风情》，吉林教育出版社1995年10月出版

江南龙舟竞渡

龙舟竞渡是南方汉族和各少数民族的传统习俗，广泛流传于江南各省区城乡，情趣浓厚，热情洋溢。

龙舟竞渡是史前图腾社会的遗俗。南方水乡，人们划着绘有本氏族图腾的船去探亲访友，游乡串寨，嬉戏，竞赛，逐渐固定日期进行图腾舟竞渡。这种习俗世代沿袭，图腾舟演变为龙舟，形成龙舟竞渡。

后来，人们给龙舟竞渡赋以新的含义，以龙舟竞渡活动纪念心目中的英雄人物。民间传说多种，龙舟竞渡的日期不一，风俗各异。流传最广影响最大的传说是关于屈原的。五月初五，屈原在汨罗江投江殉道，人们划着船去抢救。以后每年五月端阳赛龙舟纪念屈原。把龙舟竞渡作为对伟大爱国诗人屈原的纪念活动，激发人民群众的爱国主义热情，增强了中华民族的凝聚力。吴地人传说龙舟竞渡是纪念伍子胥的。云南西双版纳傣族每年傣历新年（约在清明节后几天）欢度泼水节，划船竞渡，纪念贤明的召勐岩洪蹩。贵州清水江畔的苗族每年五月二十四至二十七过龙舟节，纪念传说中的保公。云南大理白族每年六月二十五竞渡，纪念不畏强权、坚贞不屈的白洁夫人。这些传说各不相同，都表达了对英雄人物的崇敬与怀念，通过龙舟竞渡纪念活动，增强民族凝聚力和自信心。

龙舟竞渡是一项竞争性和协作性很强的集体竞赛，参赛人员必得身手敏捷，耐力出众，训练有素，划技不凡，更主要的是协调一致，团结拼搏。这项活动有广泛的群众基础，竞渡期间往往是倾城而出，聚集观看，人山人海，群情激奋，场面极其壮观，气氛极为热烈。

各地各民族风俗不同，龙舟竞渡各有特点，风格各异，多姿多彩。做龙舟就很有讲究。贵州清水江畔的苗族，选在龙年十月未日砍树做龙舟，砍树时祈愿护佑老少吉祥平安，子孙发达昌盛。龙船木运行途中，全寨人高呼："龙来了！龙来了！"以酒迎接，为龙船木系上红缎带。龙舟造好后，全寨老少欢宴，击鼓唱歌庆祝。湖南汨罗江的风俗，造龙舟的木匠师傅们分班连续工作，从开始到做成，中间不得有稍许停留，村寨人说是"每时每刻都要听到丁丁咚咚的钉船声"，是当年抢救投江的屈原大夫事情紧迫的写照，又体现争时间抢速度的急切心情。台湾各地巧妙地将"画龙点睛"成语典故运用到龙舟竞渡中。将龙船头雕成高昂的龙头，不到正式比赛不画点眼睛。比赛开始之际，邀请地方贤达为龙舟点睛，类似剪彩，龙舟点睛即飞。

龙舟竞渡热烈壮观。万里长江西陵峡，江面狭窄，水流湍急，激流一泻千里，如万马奔腾。屈原故里秭归举行端阳龙舟盛会，红龙、黄龙、白龙、乌龙、浑江龙、鸭蛋青龙，各色龙舟齐头屹立长江南岸楚王台。龙舟上的健儿们身着与各自龙舟颜色相同的对襟短袖小褂。一声令下，万船齐发。随着惊天动地的击鼓声、号子声，双双手臂整齐而有节奏地奋力划桨，龙舟射向江北对岸屈原沱。锣鼓声、呼号声、鞭炮声与浪涛声一起在峡谷里轰鸣、翻腾。盛会分起鼓、祧桡、游江、招魂、竞渡、回舟和抢彩等几个部分。最有特色的是水手们在龙舟上吟唱低沉而雄浑的《招魂曲》："魂兮归来！东方不可以托些。长人千仞，惟魂是索些。……魂兮归来！反故居些。"

不论是长江上游内江的潜水抢鸭子，上岸百米冲刺争抢彩旗，还是赣江万众拥戴龙舟下河，楚天船只云集，都是锣鼓喧天，龙舟济济。观众是更汹涌的潮水，千家万户关门闭户，倾城观竞渡，沿路络绎不绝，江岸山上山下，观众如云。观众的激动比划船手更甚，着急啊，跳啊，呐喊啊，其热烈气氛，对之痴迷程度，万千球迷观看精彩足球赛的群情激越难以与之相比。湖南沅陵人将看龙舟竞渡叫“看病”，非看不可，不看难受得如坐针毡。龙舟竞渡已渗透到人们的内心深处。

江上热闹，海边更甚。珠海的端午节，驰骋于南海上的数千只渔船都集中到香洲港湾。船帆都卸下，数千桅杆构成一片海上森林。龙舟竞发，如离弦之箭，毫不相让，几乎同时到达终点。本地人、外地人、港澳同胞数万人观阵助威，腾起阵阵海潮。

傣族竞渡的船上绘着兽头鱼尾，前端有形似三根象牙的雕饰物伸向前方，尾部饰有孔雀尾造型，大象和孔雀是傣族地区吉祥的象征。象脚鼓劲敲指挥行动，手持木桨划船的全为妇女。有些汉族地区不准妇女上船，云南少数民族却不是这样，白族妇女平时本来就在洱海捕鱼，泸沽湖上纳西族妇女不但划船捕鱼，在家里还是当家人，参加竞渡理所当然。

素有“文化之邦”称誉的浙江，龙舟竞渡不仅是体育竞技，还是文化聚会，上演戏文，表演各种惊险绝技。入夜，张灯结彩，灯光绰约。上下两层的“楼船”，下层桨手划船，上层吹拉弹唱。细乐伴奏，演出《白蛇传》、《哪吒闹海》等传统剧目。船上鼓乐齐鸣，水上碎银遍洒，好一派流动的水上市街。

广西壮族的赛龙舟习俗独具特色。歌仙刘三姐的故乡桂林，龙舟竞渡不仅是竞划，更是歌唱大赛。那里的龙船歌共有八章，多为即兴编唱。出船唱“发兵歌”，竞渡唱“游船歌”，众桡手凯旋时全村人涌到江边唱“得胜歌”，翻江倒海，地动山摇。

《神州风情》，吉林教育出版社 1995 年 10 月出版

邛海这杯酒

安宁河谷西昌离月亮最近，是我国“嫦娥一号”登月卫星发射升空的地方，人称“月城”。人们都说，西昌城十五的月亮又大又明亮，满盈地倒影在邛海中，银波闪闪，宛若仙境。我没赶上月城的浑圆，来到邛海边的日子是初六，仰望一弯新月涤荡湖面，半浸在水里。邛海晶亮的水波不紧不慢，轻轻拍打着弯弯月亮的船舷。

邛海是川西高原轻举起的一杯酒，酒波中泛起银亮的月色。

彝族同胞爱喝酒。彝语不同于汉语的“主语谓语宾语”语序，而是“主语宾语谓语”语序，先强调主体、客体，汉语说“我喝了一瓶白酒”，彝语说“我酒白一瓶喝了”。凉山地区彝族人很能喝酒，一些酒圣酒仙的名字以姓氏加“三瓶”、“五斤”为号，本来的姓名却被人们淡忘了。凉山彝族自治州的汽车牌照号都跟他们的酒量有关，不像甘孜自治州的“V”（小酒杯），不是阿坝自治州的“U”（大酒杯），而是“W”（双杯）。

在一条游船上的酒席间，月琴弹响，彝族阿妹的祝酒歌唱得执著到霸蛮：“阿表哥，端酒喝，/阿表妹，端酒喝。/阿表哥，/管你喜欢不喜欢也要喝。/阿表妹，/管你喜欢不喜欢也要喝。/喜欢么也要喝，/不喜欢也要喝。/管你喜欢不喜欢也要喝，/管你喜欢不喜欢也要喝。”

我不会喝酒，想起有一首歌中唱的“喜欢你，喜欢你，你就带我去飞”，借用彝族祝酒歌曲调，唱道：“阿表妹，喜欢你，/阿表哥喜欢你。/阿表妹，喝酒不喝酒也都喜欢你。/阿表妹，喝酒不喝酒也都喜欢你。/会喝么喜欢你，/不会喝也喜欢你。/不管喝酒不喝酒也都喜欢你，/不管喝酒不喝酒也都喜欢你。”

九个姑娘唱歌敬酒，传递一个大酒杯，每人往酒杯里加一次酒，哪有这样敬酒的啊，如同一条条小溪注进邛海。

我实在是不会喝酒，被逼无奈，喝了满满一“豪华杯”。仰天喝下一海，酒海在我腹中，不胜酒力，天旋地转。

乘着月色，泛舟邛海，举杯对月，漏船载酒泛中游。邛海是一个大酒杯，我在酒海里泛游。是酒在我中，还是我在酒中？

新月高挂在天空，海浪拍打着羞月，白云轻轻拂过海面，飘过邛海这杯酒。

2010 年 4 月 26 日作

梦幻九寨沟

有道是，九寨归来不看水。去了一趟九寨沟，总想起九寨沟的水，静若处子的水，闭月羞花的水，鱼游枝头、鸟翔海底的水，满树林子跃珠泛玉的水流，一泓泓五颜六色的海子，一道道扬扬洒洒、蒸腾扑面的瀑布。从此后，不管是乘车散步，还是吃饭小憩，抑或是睡梦中，脑子里都是镜中云天，看到哪里都是水雾缭绕，梦里梦外都是九寨水景，频点频现，换屏又来，挥之不去，总想忘记，却不能忘记的九寨沟！

九寨沟美在水。水的清澈明丽，因满山冈遍山沟莽莽苍苍的森林。九寨沟没有河流，就是海子、水上森林、瀑布相连的格局。一片清幽静谧、蓝莹莹的海子，静静地倒映着万千树笔调合的七彩云天。水从海子溢出，漫过树林，俏然跃下悬崖，下面又是一片碧绿翠蓝的海子。一百片海子，三百里水上树林，九千道瀑布水雾，满山沟人间奇迹，梦幻瑶池。九寨沟满山川水的舞蹈流溢，水在九寨沟循环往复，上演着九千九百台歌舞节目。

九寨沟的海子，静得神秘，美得出奇。倒看镜海，鱼儿往云天飞，鸟儿在水底游。静观火花海，“日出江花红胜火，春来江水绿如蓝”。孔雀海，蓝莹莹，翠绿、宝石蓝相间，水中幻化孔雀开屏。双龙海，巨龙腾飞在海底云天。五花海，五彩池，以蓝、绿为基本色调，有宝蓝、碧绿、湛蓝、青翠、天蓝、黛绿、藏蓝、翠绿、深蓝、苍翠、绛紫、藕灰、天青、蜜黄、枣红、绀紫、靛青……五彩缤纷，光怪陆离。走在九寨沟林间，步步移，面面观，每移每变，每看每异，角度不同，景色变换，“横看成岭侧成峰，远近高低各不同”，任怎样地绞尽脑汁，搜索枯肠，也找不出能够充分表现的词汇，把词典里所有描绘颜色的词搬来，也写不尽九寨沟海子的斑斓多姿。

我去九寨沟的时候是初秋，还不到红黄绿紫相间的深秋佳境，也不是万紫千红的三春，如果在那些日子，色彩会更加瑰丽多姿。九寨沟各大小海子的水，一年四季各异，冬日冰瀑晶莹、玉树琼花，春天山花烂漫、姹紫嫣红，夏季的翠绿浓得化不开，特别是深秋，一树树一枝枝红橙黄绿青蓝紫各色倒映水中，花团锦簇，五光十色。一天之内，朝阳晨雾，落霞暮霭，朝暮之变，颜色各不相同；雾阴晴雨，景色随之变化。

九寨沟百十个海子，暴雨倾盆水面不浑，大旱半年水深不减。水永远是那么静静地搁在海子里幻化着，不紧不慢地挂在悬崖上垂柳似地飘拂着。一幅幅静态的画图，不声不响地满盈着，悄悄从林间溢出，轻言细语地在崖上讲述着沧海桑田。海子百般变幻无穷，水中山石钙化悠久，树林太茂盛了，水流太柔情了。没有冲出河道，没有绕来绕去的冲撞改道，海子连树林，形成大片大片水上森林奇观。所有海子的水都是溢出的，都在林间尽量地放轻再放轻脚步，即便流出声响，也就像演奏轻音乐。

水上森林妙不可言。说不尽树正群海水上林子与瀑布、海子交相辉映更替千叠，说不尽盆景海如人工刻意打造的怪石虬枝盆景万般，说不尽珍珠滩大珠小珠圆溜溜跑跳一公里宽长，说不尽金秋树海红橙黄绿相间、光怪陆离万顷莽莽苍苍。没法说，不说了，说不尽争奇斗艳、眼花缭乱！

林子是剪裁刀，林子是织布机，林子是调色笔，林子是魔幻杖。九寨沟树林给世人演绎着大自然美景解剖学，把五彩海子剖开给你看。鲁迅说：“悲剧将人生有价值的东西毁灭给人看，喜剧将那无价值的撕破给人看。”水上森林不是悲剧也不是喜剧，它将五彩斑斓搂底抖开，将碧绿宝蓝海子那么美丽神奇的景色裁开，一片片一缕缕剪裁给世人，给你看水底龙宫的神秘，给你看奥妙无穷的究竟。林子，一架架织机，将海子底的瑰丽捻成五彩线，织成一匹匹长绢，从悬崖上洒挂下来，悠长，飘逸。林子是调色笔，在一片片海子里调合着千百种颜色。林子是魔杖，点水成金，裁瀑成云。

九寨沟瀑布云集，一去三百米的诺日朗瀑布，黄河之水天上来的珍珠滩瀑布，与游人并肩散步、肌肤相亲的箭竹海瀑布，一步三叠、三步九级的树正群海瀑布，形态各异，景色迷人。前人咏庐山瀑布"飞流直下三千尺"，诺日朗瀑布是"双臂一展百丈宽"，前者是文学夸张，后者是测量实际所得。千古流传的诗句在这儿显得是那样的苍白无力。

神奇九寨，高明的美学大师！将一个海子经过水上树林的裁剪、抽拉，编织成一叠叠瀑布，就如同，"和块黄泥儿捏咱两个，/捏一个儿你，/捏一个儿我，/一个妹妹一个哥哥……/将泥人儿摔破，/着水儿重和过，/再捏一个你，/再捏一个我，/哥哥身上也有妹妹，/妹妹身上也有哥哥"。将上一片海子做成瀑布跌碎，加上联想、幻想和心灵感应，搅和在一起，灌注新的生命体验，糅制出新的形象，做成下一片更加神奇更加斑斓多姿的海子。

九寨沟的美是阳刚之美与阴柔之美的高度统一，更多的是秀美、幽美、舒徐、柔曲。千万挂瀑布日夜不停地飞金溅玉，扬扬洒洒，千万台织机从上古一直忙碌到今，赶织着奔流到海的万里长绢。岷江杉苍劲，矗立湖畔。雪峰劲峭，直刺蓝天。九寨沟的水流也有"黄河之水天上来"的雄浑壮美，义无反顾，刚劲有力，豪壮激越，动人心魄。九寨沟之水，更有"杨柳岸晓风残月"的秀美，莺燕啼啭，舒缓轻柔，月光幽幽，白云舒卷，杏花疏影，波平如镜，有情人难分难舍，依依离情，幽婉纤柔。

九寨沟的美是静态美与动态美的完美结合，体现出人与自然的和谐相处。一片片海子静如亿万年环宇的沉寂，宇海爆炸，新星形成，尽在不言中。任你惊呼、高喊，九寨沟一片海子就是一道银河，静得可以听见牛郎织女的轻轻絮语。诺日朗瀑布宽300多米，不可谓不博大。树正群海九叠十八连的叠瀑，整个景区50公里长全是瀑布相连，不可谓不绵长。九寨沟与那些雄美壮阔的景区相比，更多了些与人的亲近感。箭竹海瀑布，让人随意搂着肩合影。诺日朗瀑布，蒙蒙细雨扑面，肌肤相亲，伸手可触，水雾在脸上流光溢彩。珍珠滩，将近一平方公里的石板灌木丛斜坡上，银珠白花花滚动，卷起裤脚赤脚走几个来回。五花海，远看如孔雀开屏，近看水中枯木枝丫横陈，潭中游鱼头头可数，伸手可触，看着看着手上就有了滑腻的感觉。五彩池，分明就是襁褓婴儿浮现着笑靥，摸摸她细嫩的脸蛋，她给你一个可心的甜笑。九寨沟是一位古代美女，“手如柔荑，肤如凝脂，领如蝤蛴，齿如瓠犀，螓首峨眉，巧笑倩兮，美目盼兮”，顾盼言笑，静中寓动。

九寨沟是自然的杰作，又很具人文气息。沟内九个藏族寨子，处在嘉绒、白马、康多等藏族支系的结合部，兼具睿智、多情、豪放性格。九寨沟处于青藏高原向四川盆地倾斜的过渡地带，与羌族有亲缘关系，与汉、回等民族交会，受多民族文化影响，村寨建筑及宅院布局是明显的藏汉结合风格。九寨沟藏族信奉苯教，后来受喇嘛教影响，新创教义，演变为白（苯）教派。他们崇奉天地山林水泽等自然神灵，视自然山水为神山圣水，顽强地保护着自然生态环境，使九寨沟自然遗存得以延续。自然景观游览与民族风情旅游有机结合，九寨沟发展前景看好。

有人说，九寨沟是作家的地狱，画家的坟墓，摄影家的遗憾。我在游览中感到，不管什么家，去了九寨沟，都会有一种想跳河的感觉。作家没词，这次第，怎一个“啊”字了得！你画家就算调得出九百种颜色，但你画不出九寨沟的多姿多彩。你看一眼水景，收回眼描画几笔，再看，已经不是你画的那种色彩，美景随着太阳的移动、雾气的飘渺随时变幻，你怎么画得出！谁都带着照相机，谁都不作无照之旅，九寨沟日进八千摄影家。九寨沟之游，胶卷总是不够用，总有人提醒省着点省着点，美景多着哩。用多少胶卷，得计划用粮，精打细算，算到后来还是不够。即便是数码相机，往往也是内存不够，或者关键时刻电用完了。到后来，一处处很想拍摄的绝妙景致往往没能拍摄成，留下多少千古之憾！

照片冲洗出来后，看来看去总不是眼睛里扫描的九寨沟，不是脑子里存盘的九寨沟，不是令人心瓣瓣儿颤动的九寨沟。什么美景如画、画如美景，这类词显得多么的词不达意！九寨沟，只可意会，不可言传。此中有真意，欲辩已忘言。九寨沟，不可为外人道也。去了一回，魂断九寨。魂兮归来！迷魂可招乎哉？

九寨沟，总想忘记，总也忘不了。

2005 年 10 月 11 日作

《环境新观察》2006 年第 4 期发表

第七辑
黔桂行吟

石板寨漫步

一条小河，流水弯弯。河岸边绿树掩映，垂柳婀娜。我沿着林间小道，顺小河上行。河水清浅，波光粼粼，小鱼缓缓游动。大大小小的鹅卵石在树叶间洒下的点点团团阳光的抚弄下，在水波闪闪中笑盈盈地闪动。

河岸边坐落着一个布依族山寨，从河岸边到山腰，百多幢房屋全都用石片盖房顶。一大片石板房，层层叠叠，错落山间。远远望去，幢幢石板屋顶一片灰白，灰蒙蒙如下了一层白霜。

近看石板房，有的略显灰褐，有的灰白中透着米黄，有的棉白，有的晶莹如瓷砖。盖房的石板薄如玻璃片，一块块石板边缘或直或斜或弯，有的呈方形，有的是梯形，有的呈不规则形，叠盖在房顶上。从房檐到屋脊，层层叠叠，错落杂然，不规则地叠摞，石缝纹路无序地奔跑，像缩微的层层梯田，有序地组成布依族山寨石板房一面面歇山式倾斜屋面。

沿着弯弯的石板路进寨，感受着石板的清爽，阅读着石板的几何学、民族学建构。坡坎处一级级石梯，平缓处铺成巷道。两旁石头墙顺山势蜿蜒，高高低低，砌得很见功夫。比较讲究的地方用一两尺宽厚的垛子岩砌成厚实平整的墙体，菜园和院外道路砌坎的石块不规则而垒出的墙体有序，院墙所用石块如砖，有的横着夹花码放，错落有致；有的竖着砌，镶嵌得紧密无间；有的斜放，上下行各朝一个方向斜，排成人字形。有的石块砌得严密合缝，不着一点泥沙；有的用粘土勾缝筑砌，同糯米浆、魔芋浆捣和的粘土经过多年风雨锤炼，仍然很牢实。

我走在两条石墙夹道的直直弯弯的甬道，浏览着被风雨剥蚀的石墙体，走在历史的巷道，阅览着古旧档案的褐黄书页。墙上的石块已经被岁月的风雨打磨光了棱角。有的墙段上爬满藤蔓，有的墙体上老树扎墙而长，树根鼓突，盘根错节，钻墙缝，挤石块，把墙体咬合得更加严实，显得古朴苍劲。

布依族居住的石山地区，很多地方可以层层揭取石块。布依族人进山看石，一眼就能看出石山的层次、纹路，什么地方好采石，岩层厚薄如何，用錾子、楔子錾开岩层，取下厚薄不一的石块、石板、石片，分别作各种用途。厚条石一两尺厚，作砌墙铺台阶用；中等厚薄的块石砌院墙；薄石片如玻璃片，盖在房顶上轻巧美观，鱼鳞般错落有致。场院里，石板铺的晒谷场平整光滑。作台阶的长条石一米多长，一尺来厚，直角规整，边线笔直。将长条石切割成两米高的厚实的门框，或打磨成石桌，将稍薄的石板合拼成水缸，将大石礅凿成石磨、石盆、石槽、石擂钵等多种生活用具。

作客布依家，坐在石屋中，听雨滴敲打在屋顶厚薄不一、质地不同、重合或多或少的石片上发出的种种高中低音，如欣赏多种乐器合奏的交响乐章，浮想联翩。

布依族人大都崇拜自然，信奉万物有灵，信仰多神。山有山神，村寨有社神，在村寨旁认定一棵古树为树神，连同周围林木一律禁止砍伐。家有小孩，拜长者或拜树木拜山石为“保爷”，祈求平安顺遂。有人说，修木质建筑者为人而建，修石头建筑者为神而建，修筑石材建筑的民族是有耐性的民族、健康的民族。从这个角度说，布依族修造石头建筑具有神圣的崇高感和坚强的韧性。

布依族村村寨寨掩映在绿树丛中，青山如黛，清溪环绕。布依族人修房屋，除了梁柱檩椽和门窗用木材，铺的盖的和墙体都用石材。建房因地制宜，就地取材，建筑与自然亲和，人与自然和谐相处，天人合一，有利于保护生态环境，维持生态平衡。每修一栋房屋，用木材很少，采伐量极小，有效地保护了森林。安顺、镇宁、关岭、花溪等地区，也如贵州全省大部分地区一样，石山多，平整耕地少，且土层不厚。烧制砖瓦是严重破坏土层的，且很费木柴，破坏山林。布依族地区盖房不用砖瓦，家家户户用石块砌墙，用石片盖房，用石料作诸多用具，保持生态平衡，青山常在，绿水长流。

2002 年 11 月 26 日作

《民族之声》2003 年第 3 期发表

八桂歌海荡心扉

“唱山歌哎～～/这边唱来那边和。/山歌好比春江水哎，/不怕滩险湾又多啰湾又多。”一首悠扬的山歌，荡着竹排，从缓缓流淌的漓江波光中飘出，从歌仙刘三姐古老的传说中飘来。

广西各族人民爱唱山歌，八桂大地是一片歌的海洋。广西人从歌的波峰上荡着竹排，走向世界。悠扬的歌声是飞架于广西各民族与全国各民族兄弟的彩虹。民歌将广西唱遍神州，把广西唱响世界。

“唱山歌哎～～这边唱来那边和。”山歌，从彩色故事片《刘三姐》浓郁的五彩风情画中唱出来。

歌，从一年一度的“南宁国际民歌艺术节”荡开，唱响八桂大地。乘着歌声的翅膀，将壮乡小绣球抛向世界。小绣球与大地球，传统艺术与现代文明，中国气魄与世界胸襟相互交融，相互激荡。人们通过民歌节歌唱爱情、友情，歌唱民族精神的淳朴、豪放，抒发对美好生活的追求，对和平的向往。壮乡是“天下民歌眷恋的地方”，南宁成了世界民歌之都。

进入新世纪，南宁国际民歌艺术节又创出新的品牌，举办“中华民歌大赛”。从举着火把寻找幸福的彝族青年男女，到弹起冬不拉追求爱情的哈萨克猎手；从罗马尼亚乡村小调，到曾经获得世界最负盛名的音乐大奖歌曲……一曲曲从心底流淌出的旋律，折射着时代的华彩。南宁国际民歌艺术节舞台上，不仅有国内著名民歌手，歌曲内容表现壮、汉、苗、瑶、彝、蒙古等多民族文化，而且邀请加拿大、印度尼西亚、罗马尼亚、瑞典等国家著名的民歌手演唱，使民歌打破地域界限，向世界传播。

南宁国际民歌艺术节在扩大中外文化交流的同时，还在旅游、经贸方面取得可喜的成绩。民歌节投资贸易洽谈会已成为全面推介南宁市投资环境，推动南宁市经济社会发展的重要舞台，成为在国内外有重要影响的经贸盛会。

民歌，从山野飘向都市，成为沟通城乡的情感语言。南宁国际民歌艺术节为海内外各民族的民歌文化艺术交流搭建一个平台，五湖四海的民歌在壮乡尽显无穷魅力与夺目风采。

“唱山歌哎～～这边唱来那边和。”民歌，从桂林山水大型实景演出《印象·刘三姐》折射出来，与漓江的渔火一起荡起生活的波光，与自然山水紧密地结合在一起，从渔家生活的船舷边，紧扣海内外观众的心弦。

《印象·刘三姐》以漓江山水为实景舞台，在十二座山峰下两条岔河交汇处两平方公里的水面上展开。迷离的灯光、渔火，梦幻的漓江，渔舟唱晚，牧童夜归，鱼跃水面“啪嗒”弹出渔家生活，壮家姑娘在江波上划着竹排，小伙子以水波为经以渔火作纬编织着生活，侗族儿童唱着多声部大歌，苗家姑娘铮亮着满身银饰踏着波光一路飘舞。

这部大型作品以民族地区丰富多彩的文化艺术为主题，将刘三姐经典山歌、广西少数民族风情、漓江山水等元素相结合，成功地展示人与自然的和谐，创造出天人合一的美妙境界。艺术家们将其与现代艺术手法和科技手段相结合，打造出全新感觉的少数民族文艺作品，创造出丰厚的经济效益和社会效益，在国内外产生很大反响。世界旅游组织一位官员说，从世界任何一个地方专程到桂林阳朔看一场《印象·刘三姐》，都是值得的。

《印象·刘三姐》对于扩大少数民族的历史文化和精神风貌在国内外的影响，促进旅游发展，带动农民致富，对于当地经济社会发展，都有积极的作用。《印象·刘三姐》以自然山水为大舞台，以渔民生活为演出场景，唱出劳动之乐，舞出生活之美。演出活动以当地村民为主体，数百人的演职队伍中过半数是当地农民、渔民。他们白天种地、打鱼，晚上在家门口水面上演出，荡舟山水实景，显身国际大舞台。大型演出为阳朔提供了数以千计的就业机会。当地村民在实景演出中获得不薄的报酬，甚至农家耕牛也有“出场费”。村民们燃点渔火，开办饮食服务业，当导游，经营观看演出所需物品和旅游纪念品等，增加了收入。

“唱山歌哎～～这边唱来那边和。”壮乡的民歌，从农家生活、传说故事，到舞台、屏幕，从国际民歌艺术节舞台，到桂林山水大型实景演出，与老百姓的生活融为一体，唱出震撼人心的风采，唱出民族精神的放歌。

2008 年 9 月 20 日作

《中国民族》2008 年第 12 期发表

壮乡门开

小客船航行在下枧河碧波上，左右是高高的石壁，前方是高高的石壁，似乎再无出路。导游员让大家猜，船行前方往左还是往右？很多人猜向左，不少人猜往右。顺着导游的指引，眼望石壁，随着船行，两扇石壁渐渐打开，曲径通幽。

再前行，一片新天地，一个被石山包围的壮族村寨在竹林和榕树的簇拥中显现出来。

下枧河之旅是游众参与性很强的旅程。游船上播放着故事片《刘三姐》。导游唱着壮族山歌，让大家抛传绣球，击鼓传花似的，唱歌停顿时，绣球在谁手里，谁就被选中。经过一番笑闹，选出了莫老爷和陶、李、罗三位秀才，换上长袍装扮好。

船到流河寨，十几个壮族姑娘迎候在寨口石梯路上。导游领着众游客、莫老爷和三位秀才站在船头，与寨上的姑娘们对唱山歌。《刘三姐》曲调一般都会，有船上发给的小歌本，三位秀才照着歌本上的唱词，一首首与岸上对答：

> 三姐故乡风情多，/连情会友唱山歌。/如今广西成歌海，/宜州三姐传下来。
>
> 心想唱歌就唱歌，/心想打鱼就下河。/打鱼不怕滩头水，/唱歌莫怕有人说。
>
> ……

我选好角度，为同行中的绿色长袍罗秀才拍摄了几张照片。

对了一阵歌之后，游客们下船进寨，饶有兴致地游览参观刘三姐故居。屋内有纺车，屋檐下晾晒着鱼网。按既定规格，伟人才有资格建故居供人瞻仰，民女刘三姐享受高级别待遇。

接着，邀请游客参与表演板鞋舞。男男女女，每三人一组，双脚穿在两条长板鞋上，步调相协，竞速，双手做各种舞蹈动作。

然后，男女分两队对歌，一问一答。先是唱传统对歌，然后各以所见事物起兴，见子打子，你问我答。唱到高潮，姑娘们纷纷抛来五彩绣球。

参加歌舞的游客中，我们三位男士被认定为新郎，披上大红绸球，分别被称为大郎、二郎、三郎。到女歌队与抛出绣球的姑娘相认，手拉手跳起舞，翩翩进退，歌浓舞酣。我们分别将红盖头搭在姑娘头上。被意中人盖上红盖头的三个姑娘羞答答地藏到小屋里去了。

经过拦门槛、过独木桥等关口，每道关口三杯糯米酒，我们三人晕晕乎乎来到姑娘房门口，唱起恋歌：

想妹一年又一年勒，哎妹哎——，/想妹啊一天又一天。/铁打肝肠想断了勒，/铜铸眼眶也望穿罗也望穿……

三个情郎按当地风俗，从窗口往里扔进纸币，三个姑娘这才开了门。我们三人进屋认亲，却不准掀起盖头，各凭感觉牵上自己的“相恋”，背起姑娘，过桥，跨越竹竿拦门，送上花轿。

就这样，从下枧河石门开处进壮乡，在流河寨当了一回阿牛。

我想到拨乱反正之年，《刘三姐》、《五朵金花》等在十年浩劫中被封杀的优秀影片恢复放映。有观众说，就影片中刘三姐唱“哥哦哟”那眼神和声调，当晚全县城多少夫妻激出水来。曾经听到过那样的说法，经不起性挑逗的民族是落后的民族。被封建主义禁锢的多情土地终于解冻，春波泛泛。

在我们湘西山乡，小伙子们赶着连看几场《刘三姐》。有小伙子看到刘三姐那么漂亮，禁不住说，讨米也要到广西去，恋到个刘三姐那样的姑娘，死了把眼睛紧紧闭上。但是，在那被焊得铁板一块的人民公社时期，规定每个劳动力每月必须出勤二十七八天，到镇上赶场都得请假，哪去得了广西！那时，广西也是紧闭大门不开放的，进不去，出不来。

现在开放搞活，人们东进西出，南来北往，民工潮涌动，山民们到大城市到东南沿海务工经商，外面不少人到西部山区投资办实业。我想，可以回到湘西对当年的伙伴说，到广西壮乡当了一把阿牛。

回程的游船上，还在连续放映着故事片《刘三姐》。导游介绍说，这个旅游点已开发十年，一直这样放映着这部经典影片。我从这事想到，庐山旅游点二十年来连续放映《庐山恋》，创下一部影片在同一地点连续放映场次最多的世界纪录。《刘三姐》是六十年代拍摄的，比《庐山恋》早得多，但是壮乡大规模旅游开发比庐山晚。完全可以利用少数民族文化艺术兴办很有特色的文化产业，为少数民族经济社会发展服务，虽然起步晚，但是前景很广阔。

2004 年 6 月 16 日作

《民族》2004 年第 8 期发表

吊楼滴翠

瑶寨的吊楼，是为柔顺的绿树枝条儿搭的吗？半方栏杆，无多雕饰，矜持多情地低垂着。树枝儿在栏杆上轻拂，长青藤悄悄攀上去缠挽着树枝儿绵绵低语。

瑶寨的吊楼，是为闺中女儿碧翠的梦幻爱情修建的吗？木栏杆紧围阳台，阳台里面是未婚姑娘的绣房。小伙子来谈情说爱，不是从大门进屋上楼梯到房内，而是从窗外跃身攀爬上吊楼。月光如水，心明如镜，树枝儿轻摇，心心相印。爬楼谈爱，大瑶山独特的恋爱方式。吊楼，瑶家儿女的爱情楼。

大瑶山原始森林的臂弯里，搂着一个静卧沉思、翡翠秀丽的金秀瑶族自治县县城。弯弯的坡道两旁，虽不乏幢幢颇具现代化气息的楼房，仍然还是随意地斜伸出座座古朴的吊楼。四周山林郁郁葱葱，一山洼自然纯真的静谧。穿城而过的小河尽量放慢脚步，压低嗓音，轻轻地轻轻地流淌。绿树掩映自治县政府门楼，芭茅芦花轻拂着办公楼窗台。

瑶山从毁林开荒到植树造林，保护山林，返归自然，把山城装扮得绿意盎然。维护生态平衡的观念是从长时间的坎坷经历和苦苦的思索中建立起来的。瑶民们在莽莽苍苍的密林中开垦，一把长刀一把火，砍倒一片，放火烧荒，撒一把种子，收两把粮食，又迁移到另一片山……过山瑶，是从哪一片深山密林中刀耕火种砍刈过来的？是怎样历经千难万险迁徙过来的？

人们数落刀耕火种落后的生产方式，可曾记得山外开来的伐木大队对山林的抽血性索取？当一辆辆卡车满载山外的兴旺碾过树枝开进瑶山，同时输进了先进科学技术、当代的激进和对大自然的践踏。开山斧，运输车，炼钢炉，公路伸到哪里，哪里就一片光。飞鸟在枯枝上哀啼，木材在山沟里腐烂。一场大雨，山洪暴发；天旱三日，河床干涸，田地开裂，大自然被挤干油脂，疯狂地报复。

土地分到户以后，瑶山以林为主，粮林互促。瑶家人在昔日砍刈烧垦的山坡上植树，兴起一片片幼林。绿树丛不断扩展，伸向公路旁，飘拂到县城的楼前。

往日悄悄把东西放在路上，躲藏在路旁茅草丛中，等人交换走的瑶民，开发出山中的珍品，上市销售，萌发起商品意识。

树荫下，大红榜上记录着为扩建学校集资捐款人员的名单。为了瑶山的明天更葱绿更美好，人们合力赞助。

街道旁的阳台、楼顶培育出一片片绿油油的蔬菜，楼口前挂着金灿灿的瓜果。身居大瑶山的金秀人并不缺少土地，七八千人的县城挤在两平方公里的山洼，有计划地发展，满山翠绿迎着小城的发展向市街延伸。

深沉的夜幕为瑶族男子爬楼谈爱拉上一层神秘，姑娘顺手从楼口摘一片树叶吹起来，吹绿了山寨，吹开了心中的爱情花朵。

月亮进云层，瑶寨在绿树掩映中更加幽隐。一支如碧翠的蜜浆甜沁沁地从吊楼口轻轻滴落：

姑娘你戴上银耳环，/满山的花儿不香了，/满山的鸟儿不叫了。/我的心啊，/昵阿玛背洛（瑶语，意为：跟你去了），/昵阿玛背洛……

1992年6月26日作

《中国矿业报》1994年8月21日发表

小七孔游历

贵州省荔波县小七孔风景区，因一座七跨拱石桥而得名。盛夏七月的小七孔，清风徐徐，凉爽宜人。小七孔的山并不十分奇特，完全为原始森林所覆盖。小七孔奇在原始、古朴自然，奇在山间的林和水。

山重水复。流水在石上漂滑、跳跃、激荡，千里银，万堆雪。一挂瀑布飞流直下，激起阵阵水雾，扑面而来。太阳透过水雾映出七彩虹，美在朦胧间。欲待追根寻源，那河流却没有了。流水把舞台让给鸟儿细脆鸣叫。秧苗儿碧绿，一栋栋水族干栏式木楼悠然如老妇端坐田边。

那河存心跟人捉迷藏似的，岩坡上几个大跳跃，一会儿潜入地下，一会儿钻入林中。奇特的卡斯特地貌，河的源头从林莽中的山洞里奔腾而出，汹涌澎湃，打着急转旋涡，那么突然，那么激烈。

流水转身漩出一泓碧潭。水在林中，树在水中，碧蓝的水波在森林中弯弯绕绕，近前才看出是一个湖。那湖水，蓝莹莹，蓝宝石，湛蓝，碧蓝，镶嵌在原始森林中。

湖边，十几条小船横陈。一块木牌上写着“湖深 38 米”、“禁止划入危险区”等警示性语句。

四下里一片寂静，偶尔两声鸟叫，林子更加幽静。我们划着小船向水的曲径深处进发。水环绕着树林，小岛撕拉着水波，弯弯拐拐，七入八出，如八卦阵。前面还有路吗？船分明就要划向树丛中去，近前却又通幽径。土坎边，一捋捋白嫩的树根须在水波中轻荡着。不少树就长在水里，不知是先有水从中长出树，还是先有树而后水围住了树。那么郁郁葱葱，逸然自得，在水波中笑弯了树身。一棵树挺立在水中枯干了，缠绵的长青藤绕在树胸前作了绿佩带，水波中清晰可见树根扎裂开的石缝。一只小船，四把木桨划动，用力稍不均匀，船头便钻进树枝藤网中，藤勾衣，树挠头，叶拂面，仿佛它们都是一个个精灵，而船载的我们几个倒成了一丛随波逐流的漂浮物。

经不住诱惑，我还是跳进水中。刚出洞的阴河水沁凉透心，脚下深处更是冰凉刺骨，使人心悸。这边冒水阵阵上翻，把人往上托。那边洞口的水打着旋涡往下吸。不敢靠近，不怎么游得起来，大口喘着粗气。脚趾被什么抓了一下，一个反弹。到弄清楚是深水中一弯勾藤所为，心跳过速仍然久久降不下来。总想到那38米深，哪知道幽深处有什么，也许正张着大口……一个神秘幽隐的未知世界。我慌忙抓住小船，小船却又不由自主地钻进树丛藤网。

湖水给人的感觉够新奇够神秘够刺激。

河流一路欢笑着在树林中跳跃，呈现一派水上森林奇景。一棵棵树长在岩石上，长在水中，树根暴露在流水中造型，众多奇特的盆景。阳光从树叶缝中撒下一把把亮闪闪的鳞片，流不走，抓还乱。

钻丛林，爬上山，又是另一番景象。那些千年古树，有的骑在石头上，有的楔开山石，强劲地从石缝中伸向纵深处。一些树根像人工安置的条条盘山自来水管，长长地伸下山，寻找水分，追赶河流，为屹立在石尖上的树身吸水抽水。

山石怪异，根雕奇特，像这个，似那个，雄鹰、骏马、奔鹿、山龟。随游人自己去看，去揣摩。小七孔没有解说词，这个新开发的原始森林风景区，幽隐而神秘。小七孔保持着大自然的本来韵味，小七孔不要解说词。

1992 年 9 月 19 日作

《贵州民族》1994 年第 1 期发表

花山花杆花伞

春节后不久，滇黔接壤的苗族同胞迎来传统佳节花山节。又称作“踩花山”、“跳花”的花山节，有对歌跳舞、民族传统体育比赛等活动，是苗族青年自由恋爱、寻求心上人的佳期。

山脚水滨，优美风景映衬下的一片开阔地，吉祥的“花场”中央，树立起数根光溜溜的花杆。花杆上的许多红绿花彩带在微风中飘扬，花杆脚放置一桶桶美酒，花杆顶挂着葫芦酒和雄鸡。花场四周张灯结彩，彩旗飘扬，人群熙熙攘攘，一派浓郁的节日气象。

小伙子们青衣宽裤，头帕高耸，绑腿高扎，精神抖擞，蜂涌进花场，一片高高低低笙管的芦笙林。小伙子的芦笙都是经过精心打扮的，葫芦笙、竹管环列，主管直伸空中，扎着大红彩绸，顶上插着三尺长的野鸡翎。姑娘们穿着红青色相间的褶裙，云鬟轻挽，银项圈，银项链，满身银花、银铃、银泡、银羽，闪闪发亮，随着轻盈步履丁零脆响，如一汪波光粼粼的轻柔流水。

花杆又细又高又光滑，杆顶的葫芦酒和雄鸡昭示着古老、传统和雄健。比赛开始。表演者吹着芦笙绕花杆起舞，是展示骄健，也是运气鼓劲作准备。一个鹞子翻身上杆，手握花杆，身子悬空，双脚蹬举造型。以双脚交叉绞住花杆，有时身体横陈，或倒挂，吹着芦笙，手指按笙孔，或伸手。或展腿，作各种姿势亮相，不断变换着动作姿势，直到花杆顶，舞动得花杆弯如长弓，颤悠悠。观众的心瓣儿似悬吊在半空，担着忧，使着劲。表演者头朝下双腿夹花杆吹着芦笙下滑，离地三米高时一个筋斗翻下地，千百颗心才落到地面，会心地微笑，狂放地喝彩。

花山节是纪念传说中的桃花和憨哥的。据传说，很久很久以前，桃花山美丽的桃花姑娘爱上了勤劳憨厚的憨哥，却被远方的一个恶霸强行抢走。憨哥带上刀、箭，穿上桃花用他猎来的兽皮鸟羽缝制的百鸟衣，吹着芦笙，翻山越岭，找到那个恶霸，杀了仇人，救起桃花，逃回山寨。桃花山人吹起芦笙跳起舞，贺喜欢庆。从此以后，每到正月，各村寨的人们就聚集起来吹芦笙、唱歌、饮酒、赛爬杆，久而久之形成花山节。

花山节会上，除了爬花杆比赛，还有斗牛比赛、舞狮表演、绩麻穿针比赛等活动。芦笙舞持续引人而富有特色。小伙子排起长队吹着芦笙边吹边舞，时而跨步跳跃，时而屈身大蹲，有时悬身倒立，以头顶为轴心，身体为轴杆，跨步画圆，边转边吹边舞，技艺高超。小伙子芦笙劲吹，彩绸飘飘，矮子步踢一路风云。姑娘们柔臂轻扬，彩裙舞动，银饰脆响。姑娘们一手拉手，一手搭肩，随着芦笙舞曲，舞步轻盈，柔臂荡波，花裙飞飘，舞得花山颔首，花场融融。

前来踩花山寻觅友谊和爱情的苗家小伙子，都会随身携带一把小花伞，小花伞撑开便是一个小小花山，友谊和爱情的幽幽一隅。苗族姑娘带一条亲手编织的花带，那是爱情的信物。姑娘小伙子眉目传情，各自寻找着意中人。小伙子看准目标，迅速打开小花伞，罩向意中人。姑娘如果没有从伞下跑出去，那就是有意思了。小伙子唱着求爱的苗歌，姑娘缓缓移步，小伙子亦步亦趋，移动小花伞继续罩着姑娘，歌句越唱越甜蜜。小伙子唱一首，姑娘对一首。也许他俩初次相识以歌相互了解情况，也许早就相识，或许是青梅竹马两小无猜。初相会的越唱越熟悉，老相识的越唱越亲近。一顶顶小花伞从花杆周围漫开去，一对对情侣唱着歌儿随伞漂移。

这一对，歌唱到心里去了，从眼波里飞飘出来。姑娘那带枝带勾的翠滴滴的飞快一瞥，比对一首歌更撩人。小伙子更进一步，唱那拨动心尖尖儿的颤颤的歌句。姑娘倏地甩出心爱的花带，赶紧背过身，以手轻掩笑唇。花带那头系在姑娘心上，小伙子伸手接住这头，打几个转身，绕身几圈，两人便做了一堆，都罩在了小花伞下。歌声越来越低，由唱到轻吟，到轻轻的情话，再后来什么也听不见了，惟见一顶又尖又圆的小花伞。

花场四周的山坡上、大树下，雨后蘑菇般满是小小花伞堆……

1994年12月20日作

《中国人口报》1995年2月发表

沿着先人拓荒的足迹

出产中国国酒茅台酒的黔北仁怀县茅台镇，是仡佬族人的世居之地。他们为缅怀祖先创业功绩，过年时在茅草丛生的土台上竖立起木杆，杆顶置油灯，除夕至正月十五夜夜点灯。茅台长明灯映照下的黔北川盐转运水码头的仡佬族人喜饮酒，善酿酒。茅台泉水清冽，高粱酒经八次蒸烤，在桔红色的朱砂土中储存三年，数十种单型酒经过精心勾兑，成就了醇香的茅台酒。

在贵州大部以及桂西北、滇东、川南、湘西等山区的大小河流上，可见到悬崖峭壁上凿孔插木桩置放的棺木，或者棺木腐掉只剩下木桩、石孔。这就是神秘的悬棺葬。在耸入云天的岩峰上，紧贴绝壁，一排排残存的木桩、石孔，是古人的幽魂通往神圣天国的栈道？

据考证，悬棺葬是春秋战国时期至唐宋以前濮人、僚人的葬俗。濮人、僚人是仡佬族的先民，曾建立威震西南的夜郎国。夜郎国称霸一方，笑傲王侯，夜郎自大的狂妄在于闭塞寡闻。仡佬族人的冶炼、织染技艺高超，历史悠久。我国的朱砂主要产于仡佬族聚居区，仅务川仡佬族苗族自治县的汞矿储量就占全国的一半，且品位最优。早在殷商时期，仡佬族先民就开采汞矿，提炼丹砂，作为贡品输入中原。仡佬族中很多人世代从事炼汞业、冶铁业。早在汉代，仡佬族的冶铁技术就已经很发达。贵州出土的战国至西汉文物中，有仡佬族早期的纺具和织品。西南各族人民称仡佬族先民是“地盘业主，古老前人”，流传着“蛮夷仡佬，开荒辟草”的民谣。仡佬族人披荆斩棘，艰苦创业，为开发我国大西南做出了重要贡献。在漫长的历史长河中，濮人、僚人的一部分融入彝、苗、布依等民族中。现在仡佬族43万多人口，有本民族语言，普遍使用汉语文，广泛分布于贵州的仁怀、黔西、织金、务川、道真、关岭、遵义、安顺、六枝等二十多个县市以及滇东、桂西北一些地区。

仡佬族人居住的地区山高谷深，地无三里平，交通极为不便。仡佬族人世代生活在环境险恶的山谷之中，男女老幼或赤足或着草鞋穿行于杂木茅草小径。历史上，川盐入黔，茅台酒出山，仡佬族人肩背二百多斤重的货物，翻越高峻艰险的大娄山，抹热桐油的铁脚板铮铮，石级上汗滴石凹，一行光溜溜的石板古道，留下仡佬族人吃苦耐劳、艰苦创业的永恒足迹。

出门就爬山的险恶自然环境，世代与艰难险阻搏斗的历程，铸就了仡佬族人坚韧顽强、乐观豁达的品性，集中体现在他们的治丧活动中。村寨每有老人去世，众人汇集悼念，慰问丧家。巫师念诵祭词，追忆民族发展历史，述说死者生平事迹。众男子围棺跳跃、吹芦笙、打钱竿、手摇足踏、且歌且舞。这种踩堂舞，哀而不伤，悲而不恸，超度亡灵，替丧家分忧解愁，是一种独特的悼念方式。

仡佬族人对祖先的拓荒功绩十分崇敬，世世代代不忘祖先的恩泽，缅怀祖先开荒辟草的业绩，发扬先辈的开拓精神。

入秋，新谷成熟，仡佬村寨迎来一年一度盛大的吃新节。全寨青年男女身着盛装，提着竹篮，鱼贯出寨，到田坝上捋取新谷。捋谷的范围很广，不管是自家的还是人家的，不管是本寨的还是别寨的，甚至翻山越岭走很远的路程，一丘田捋几把，表示捋取的是祖先开辟的广大田园的成果。谷物的主人不会干涉。还要摘取一些毛稗、草籽等野生植物粒，意思是不忘祖先曾吃着这些东西开创基业的艰苦。回到各自家里，女的忙于焙谷、舂米，男的洗肉、杀鸡。翌日，天未亮明，与十几种草药浸泡过的新米蒸成香喷喷的白米饭，和酒、肉、鸡等一起献于神龛前祭祖，全家按长幼顺序请祖宗尝新。煮熟的整鸡背上插以苦艾、茅草和稻穗，表示对开荒辟草的祖先的崇敬。

有的地方仡佬族人还过拜树节。传说他们的先人在官军追赶下躲藏于树林中，将祖宗灵位供于一棵大树洞中。那古树被视为“祖树”，受世代崇拜。祖树所在的山坡被视为神圣之地，倍受爱护，山上的树木不许随意砍伐。祖树保佑全寨吉祥平安，五谷丰登。

除夕过年，更是以丰盛的酒饭菜肴祭祖，放鞭炮迎接祖宗回家过年。做很多糯米粑粑供祖，其中一个用十来斤糯米制作的大粑粑上插以草标，以纪念祖先开荒辟草的壮举。下午，全寨男子手持锄头、镰刀，端着祭品，在寨老的带领下，汇集于村口大树下，跪送祖宗，齐声祷念：旧岁去，新年来，送别了老祖公，我们要去耕地下种了。

1996 年 6 月 10 日作

《桥》1998 年第 7 期发表

烈焰腾腾的激情岁月

——壮剧《瓦氏夫人》观后

广西壮剧团参加第三届全国少数民族文艺会演的壮剧《瓦氏夫人》（宋安群、谢国权、常剑钧编剧），展现明代广西田州土官瓦氏夫人率兵奔赴江浙抗击倭寇，保卫中华一统的壮阔历史画卷，给人以壮怀激烈、激情燃烧的感慨。

一首歌，在剧首、剧中、剧尾反复吟唱："我有千山的草，/我有万山的柴，/我有雷王的火，/风吹就燃起来。"

倭寇侵扰我东南沿海，烧杀抢掠，无恶不作，江浙一代，生灵涂炭，军情紧急，民族危亡。瓦氏夫人并壮乡军民义愤填膺，如满山的松涛阵阵，发出一阵阵呐喊：还我河山，复我安宁！

我有千山草，我有万山柴，我有火种，只欠东风，一声令下，便是熊熊燎原。壮乡是一片秋后的草木，中华大地堆满柴草，火把一炬，就是腾腾烈焰，火光冲天。

我就是草丛，我就是柴山。我愤怒，我呐喊，我满胸膛烈火，就要熊熊燃烧！

俗话说，人活一世，草木一秋。人和草木一起活在世上，要活出生气，活出气节，活出样子，活出气概。

秋天是草木种子成熟的季节，是繁衍发展的季节，是展示丰硕成果，展现生命辉煌的时节。草木的秋天长短时间不一，当生命遭受干旱、贫瘠、病虫灾害的时候，会尽快长成、开花、结籽，迅速繁衍下一代。竹子一般是不开花的，干旱来临，土地贫瘠，不能再维持下去时，就开花结籽，以繁殖下一代。竹子开花，开得壮怀激烈。沙漠里有一种小草，迫于严酷环境的威逼，几十个小时之内火速开花结籽，抓住机会，焕发生命的辉煌，完成生命的全过程，迅速繁衍下一代。

壮剧《瓦氏夫人》开场就是一幅悲壮的场景。当倭寇骚扰，边疆难以安定，民族危亡之际，瓦氏夫人接到朝廷命令，即将发兵抗倭的前夕，青年男女们在忙着谈情说爱，忙着完婚，人们高声呼唤：留种喽！留种啊！这朴实纯真的呼喊，这激越长天的敲击，多么像严酷的沙漠干旱环境中的小草迅速开花结籽。抗倭军士开赴前线，像电波闪射半个中国，破釜沉舟，赴生死，就大义，马革裹尸还，感天动地、大义凛然的牺牲精神，要使民族的种和根生生不息。

瓦氏夫人与莫古将军有着十年恋情。在抗倭斗争中，他们率领壮军，一次次杀退倭寇的进攻，取得节节胜利。抗倭的同时，还与克扣军粮的朝廷腐败官气作坚决的斗争。他们两人有一个“来世之约”。莫古没有阵亡在敌人的刀枪阵中，却惨遭封建官僚主义、腐败之风的杀害。他俩用民族仇恨之火燃烧着自己，以爱情之火灸炙着灵魂，在烈火中涅槃，在共赴国难中永生。几番“来世之约”，预示着爱情的永恒，生命的生生不息恒久远。瓦氏夫人班师凯旋，捧着一腔抗敌决胜的世纪回响。这对我们今天的生活不无启迪。

明代嘉靖年间倭寇侵扰，中华大地堆满柴草。“九·一八”国难当头，中华大地遍积干柴。饱受苦难折磨的中华大地是一片赤地千里，“风吹就燃起来”，星火燎原，烈焰腾天。人生，轰轰烈烈；生命，在激情中燃烧。

“野火烧不尽，春风吹又生。”凤凰在烈火中涅槃，抗击侵略的勇敢顽强民族精神在炮火中永生，待到春风吹，翠绿满原野。

2006年9月8日作

《中国民族报》2006年9月12日发表

歌圩盛会

阳春三月，八桂壮乡一树树木棉花开得火红热烈，硕大的花朵绽满枝头，似彩霞染红了天空，映红了大地。三月三，歌如潮。山道上一辆辆大客车小客车赶往歌圩，人群成千上万汇集歌圩。圩场内外，山坡河滨，人声鼎沸，热闹非凡。

歌圩就是歌场，壮语称为“窝坡”，是酷爱唱歌的壮族人民比歌赛智的传统节日，一般在农历三月初三举行，有些地方在正月初一，有的在八月十五举行。一个较大的歌圩，往往吸引周围几十里地数万人前往参加，连唱三天三夜。

歌圩起源于劳作。人们在劳动中歌唱，在劳作之余唱歌娱乐，乐而忘疲。相传唐代壮乡出了个歌仙刘三姐，她才智过人，歌喉闪亮，歌唱劳动，歌颂友谊和爱情，深受大家的喜爱；在对歌中揭露封建财主剥削压榨穷苦人民的行径，对歌得胜，名扬四方。唐宋以后，歌圩有了很大发展，在壮乡流行。

壮乡无处不歌，无时不歌，无人不歌。欢度节日，春播秋收各项劳动中，贺新婚，祝寿，建新房，赶街相逢，随时都来一番山歌对唱。壮乡人人酷爱唱歌，交朋结友，择偶婚配，喜庆祝福，凡事以歌代言，以歌表达思想感情。歌手们往往随编随唱，出口成章，表现聪明智慧和艺术才华。歌逢对手，对答如流，兴浓情酣，彻夜不绝。

最热烈的还是歌节。歌台搭好了，一个广阔的大舞台，面对满山坡涌如松涛的人潮。歌棚搭好了，五彩长条幅垂挂，是相对幽静的后台，或会朋友，轻吟山歌；或团队相聚，商讨对策，准备以最佳状态一比高低。

歌棚内外，桥头树下，在进行赛歌前奏——有趣的碰蛋游戏。男女青年手持煮熟的彩蛋相碰，如单方碰破，就是无缘对歌，另找缘分；如双方碰破，就是象征命运相连，遂结交对歌。当然只是游戏而已，如果你有情我有意，不管碰得怎么样，山歌敞开心扉，唱就唱，连就连，你我相交定百年。

一般先是自由对唱。男女双方先唱见面歌，说些客套话；接着唱请歌，询问对方的爱好、特长等；再唱盘歌，作知识性问答；最后唱离别歌、送别歌。

男女青年初次见面，小伙子出歌试探："一对鲤鱼游并排，/摇头摆尾上滩来。/哥怕不是吃鱼命，/手拿丝网撒不开。"姑娘巧妙回答："鲤鱼红嘴又红腮，/连游带跳上滩来。/有心吃鱼滩上等，/无心就把网拿开。"这样一步步巧妙试探，若明若暗地询问，接着对下去，互相盘歌，出种种问题，有天文地理、历史知识、农事问答、数学运算、动植物及生活用品等知识性盘问，问得巧妙，答得机敏。遇到难题，各自村寨的人从背后帮着出主意。回答得好，就受到众人喝彩。如果男女双方有意，就接着唱追求歌、情歌，在歌会上播种爱情。

歌圩上抛绣球游戏喜庆热烈。姑娘们用彩绸或花布做成五彩绣球，绣球下端缀几束小穗子，上端系一条彩带。男女青年各站一边，姑娘们将一个个绣球抛向小伙子群中。花季少女精心制作绣球，把友谊和爱情缝绣在彩球里，把爱情的信物抛给意中人。彩调《刘三姐》中一首歌唱得好："五彩绣球鲜又鲜，/千针万线妹手连。/哥接绣球胸前挂，/条条线把妹心牵。"在壮乡，多少对有情人的心被山歌和绣球紧紧地连在一起。

男女青年通过对歌，建立起感情，相约下次再会。第二年歌圩重逢，以歌唱相思，唱追求，热烈火爆，翻江倒海。

随着时代前进，歌圩的形式和内容不断发展变化，从过去的谈爱择偶发展成为民族文化活动，内容更加丰富广泛。各地游客到壮乡旅游，壮乡青年以歌飨客，盛情邀请来宾对歌。壮族姑娘们手持五彩绣球，抛向观众群中。在拥挤的人群中，你有幸接着一个，壮家的热情以及吉祥和幸福永远陪伴着你。

载《神州风情》，吉林教育出版社 1995 年 10 月出版

织女舞星

贵州省民族艺术团献给第三届中国艺术节的民族歌舞《山之舞》，其中有一个独具特色的布依族舞蹈《织布谣》。幕启，云雾缥缈，象征织机的两根木杠高架。织女踏云踩风，在双杠上翩翩起舞，扬手，翻滚，纺线，织布，一匹长绢像是从幽隐的天空布景上凌空飞飘下来。随着音乐，舞台转亮。这便是彝族舞蹈家金曼主演的《织布谣》。就像织女下凡！好一个织女舞星！观众席上一片惊叹，一阵情不自禁的鼓掌。这个融民间舞蹈艺术与体操、杂技功夫于一体的节目太精彩了！

金曼是贵州省民族歌舞团的主要舞蹈演员、贵州省舞蹈家协会理事。她主演的三人舞《织布谣》，曾荣获 1990 年全国少数民族单、双、三人舞比赛大奖。她担任领舞的《芦笙节日》组舞，1992 年在波兰扎笠帕奈国际民间艺术节上获团体比赛最高奖“金山杖奖”。

1968 年出生于贵州省威宁一个彝族干部家庭的金曼，家庭和幼儿园、小学教育没有给她多少艺术传授，乌蒙山的百里杜鹃、草海的湖光山色培养了她爱美的心灵，给她以美的陶冶。1984 年，金曼从贵州省艺术学校毕业。四年的艺术专业学习，为她的艺术道路打下坚实的基础。她先被分配到黔南自治州歌舞团，1985 年调入新组建的贵州省民族歌舞团，从事舞蹈专业工作。在由贵州省舞蹈家协会主席吴保安任团长兼编导的省民族歌舞团，金曼得到了专家的悉心指导和精心培育。刚调入不久，就在建团首场演出中担任领舞。她先后担任领舞的舞蹈节目主要有：布依族舞蹈《织布谣》《香花舞》、苗族舞蹈《锦鸡舞》《踩鼓》《踩鼓的少女》、彝族舞蹈《漩》等等。她在大型民族舞剧《魂系苗山》中饰演女主角阿朵，还参加演出了一些汉族民间舞、现代舞和外国舞。

十余年来，金曼先后参加了首都国庆四十周年文艺调演，香港国际旅游博览会，中央电视台“正大综艺”节目，四川国际艺术节，’95中国民族风——全国56个民族音乐舞蹈邀请展演活动，深圳电视台和贵州电视台联合举办的春节联欢晚会等十多个国内大型文艺演出活动。1989年参加中国少数民族艺术团出访加拿大、美国，在六个地市的国际民间艺术节演出。1992年出访法国、波兰，参加国际民间艺术节演出，受到外国观众和艺术家的热情赞赏。数十次到农村、工厂、学校演出，把精美的艺术之花送到少数民族村寨。

贵州是多民族聚居的高原山区省，有美丽的自然风光和淳朴的民俗风情。金曼在众多的舞蹈节目中，塑造了贵州山区各民族一系列艺术形象。她的舞姿优美，具有独特的艺术神韵。《锦鸡舞》舞出苗山的独特风韵和自然美，表现了自然生灵的欢快之情，展示出人与自然的和谐之美。在《香花舞》表演中，男女舞者手持焚香和纸花，在烟香雾绕、星火闪烁中踏着鼓点，腾跃、转身、抖臂、甩手，洋溢生命之韵，透出深沉飘逸的朦胧美。彝族舞蹈《漩》，象征生命之水的垂天绿裙波涌连天，翻卷山乡奔腾的春潮。《踩鼓》格调激昂，卷起高原的雄风，柔美中不乏刚健。金曼在这些舞蹈的领舞表演中，展示出独到的艺术技巧和高超的艺术才华。

在艺术道路上，金曼有一股坚毅的韧劲，一种不懈的挚着追求精神。她自身的基础条件并不是很好，靠的是勤学苦练，以无比的毅力和韧劲，在艺术的道路上顽强地跋涉。她充满自信，认准一个理：我行！别人行的，我干吗不行？别人不行的，我能行！别人练一遍，她练十遍。功夫不负有心人。她就是靠刻苦，靠一股拼搏精神，竞争成领舞，成为A角，成为团里的顶梁柱。

贵州省民族歌舞团建团之初，条件很差。没有排练场地，只有借省军区礼堂的舞台，因陋就简。演员没有住房，几十个人住在一间大放映室里，每人用布幔圈围三四平方米，在这临时住处住了六、七年。金曼在自己的一围布幔小天地里，安置了一块穿衣镜，早早地起床，对着镜子练，练腿功，练腰功。一有空余时间就对着镜子练，把别人上公园、逛街的时间都用来练功。对着镜子观察每一个动作，把编导设计的舞蹈段子琢磨透，找准表演角度。《织布谣》这个舞蹈，是一个有相当难度的节目。两个男演员双手握两根五尺木杠，时而高举，时而下蹲，上下左右摆动，女演员在木杠上做各种舞蹈动作，除了调动舞蹈艺术化手段，还得有体操的技巧、杂技的功夫，悬空翻滚，跳跃，倒立，一系列高难动作。刚开始排练时，她多次摔下来。双膝摔得流血，腰扭伤了，忍着痛去医院看。医生给开的假条，从来不交，也不说，默默地咬着牙坚持练。就这样不懈地努力，她成功了。谈到艺术上的成功，金曼总是发自内心地对培养她的老师怀着深深的感激之情。

《织布谣》的高超舞技，独特的艺术韵味令人久久难以忘怀。两个男演员握举着两根象征织机的木杠。织女姑娘高站在木杠上，两腿屈伸，踏云踩风，走钢丝般地跳跃，前滚翻，后滚翻，或倒立，或坐在木杠上表演纺织动作，眼波随着指尖的银梭飞，艺术化地表现种棉、抽纱、纺线、织布等一系列劳动。姑娘凌空跳跃，揽月摘星，翻身卷布，滔滔长绢如云彩般的洒满天。布依族的传统纺织技艺精良，姑娘从小就会织布。布依族也有“牛郎织女”的传说，织女把天上的技艺带到人间。经过编导人员和舞蹈演员的创作演出，以《织布谣》等为代表的音乐舞蹈节目把贵州高原特有的民族艺术传遍神州大地，跨洋过海，传到北美大陆的东西海岸，传到西欧、东欧，进行国际间的民族民间艺术交流。

《魂系苗山》是贵州省民族歌舞团的第一个大型民族舞剧。金曼饰演女主角阿朵，成功地塑造了纯情、坚毅、美丽的苗家姑娘艺术形象。为了演好这个18岁的苗族姑娘，金曼多少天节食，坚持减肥，硬是减下20多斤。红军和苗山百姓的鱼水情、红军战士英勇战斗的悲壮故事使金曼感动得热泪滚滚，红军的斗争精神鼓舞她演好了自己担当的角色。饰演阿朵的成功，标志着金曼的舞蹈艺术上了一个新台阶。她不断地激励自己，刻苦学习、钻研，去攀登新的艺术高峰。

1997年9月30日作

《民族》1997年第11期发表

芦笙歌舞芦笙节

西南地区的苗、侗、水、彝、瑶等民族都喜爱吹芦笙。尤其是苗族地区流行最广，芦笙的形式最多，芦笙曲、芦笙歌、芦笙舞多种多样，有传统音乐艺术节芦笙节。成千上万人伴着芦笙载歌载舞，笙歌袅袅，笙曲悠悠，笙舞踏踏，热闹非凡，蔚为大观。

芦笙的使用，有着古老的历史文化渊源、源远流长的民俗意义。在远古时代，芦笙曾作为一种号角，起调动队伍的作用。民俗事项中运用很广，在丧葬悼念活动中吹奏，曲调哀怨悲壮，祭奠死者，慰藉生者。后来，广泛用于婚丧嫁娶、建造新房、佳节喜庆、“踩月”求爱等礼仪风情活动。历史上，由于民族歧视和民族压迫，芦笙演奏蕴含幽怨情调，倾诉人间的不平，在压抑中充满反抗，阴郁沉静；另一方面，芦笙旋律优美，追求自由和美好，动作狂放，烘托喜庆气氛，表达欢乐之情，激发人们热情向上。

芦笙演奏形式多样，有芦笙独奏、对芦笙、三滴水、四滴水、莽筒芦笙等。用于伴舞的芦笙舞曲，结构简洁，节奏鲜明活跃而又富于律动，舞蹈性强，有三步曲、五步曲、转步曲、翻步曲、平步曲、顺步曲、踩步曲等。有些地方用芦笙吹奏歌谣、神话曲调，伴奏情歌，有的用芦笙开玩笑，传情达意，谓之“芦笙会说话”，或叫“芦笙吹歌”，有河虫曲、鱼鳞曲、讨花带曲、邀约曲、爱慕曲、叙事曲等等。

贵州、云南、广西、湖南等省区民间广泛流行芦笙舞。水族芦笙舞欢快热烈，众男子吹芦笙相和而舞，女子队舞花帕而随。彝族芦笙与多种舞蹈配合，轻快热烈。瑶族芦笙舞与长鼓、锣、钹合奏。拉祜族芦笙舞有七十二套动作，演奏民族的历史和开拓精神。纳西族芦笙舞动作幅度较大，吹笙者边吹边舞，众人手挽手随之而舞。相比较而言，苗族和侗族的芦笙舞形式更为多样，技巧难度高。

侗族芦笙舞亦称“踩堂”、“踩笙堂”。各村寨组成芦笙舞队，举行盛大比赛，每个队几十上百把芦笙，绕圆或交叉吹奏十二支芦笙曲，吹跳欢舞，场面壮观。有表演性芦笙舞，有组舞、集体舞、独舞、双人舞等。

苗族芦笙舞种类繁多，乐舞合一，舞姿多重于下身变化。群众性的芦笙舞又叫“踩芦笙”，数百人集体踏舞。二至五名男子吹芦笙领舞，男子舞队成圆圈边吹边舞，女子舞队手拉手踏乐而舞。吹奏和舞蹈动作有多种变化，乐浓舞酣，气氛热烈。黔西一带在舞队圆圈中央置一大鼓，围鼓起舞，节奏更明显，鼓舞人心。集会或节日的竞赛性芦笙舞，由少数技巧高的男子集体或个人竞技表演。较为常见的有蛤蟆晒肚、翻刀、滚坡、抽天柱等等数十种，高难动作有大蹲矮子步、屈身仰卧、翻身倒立等。男舞者或以蹲步边吹芦笙边跳跃，或身体缠在树干上展开手脚吹笙造型，或以头着地脚朝天倒吹芦笙，或两头着地肚皮朝上呈拱桥状吹奏。以十几个碗在地上放置一圈，舞者以身体作圆规，头为圆心，脚在碗圈外，身体悬空，碗在腰下，绕着碗圈划圆，边移步边吹奏，音乐艺术兼带体育和杂技性，吹奏巧，功夫深，技艺高超。

凡节日就有芦笙。黔东南还有专门的芦笙节，又叫芦笙会，每年正月或九月举行。几万人围着芦笙场，汇集山上山下观看。简单的仪式过后，数百上千人的男女芦笙舞队陆续入场，娱乐、表演、比赛。吹笙小伙子动作狂放，蹭步、跳步、一蹲一跃、左右旋转，芦笙乐曲旋律优美。姑娘们盛装艳丽，满身银饰丁零细脆，随着笙曲翩翩起舞，舞姿轻盈，舞步轻跨，击掌转身，褶裙轻飘，舞得水绕山转，云雾飘袅。

“隔山听到芦笙响，牵动花裙牵动心。”芦笙歌舞会是男女青年传递爱情的好场所。年轻的芦笙手看上一位姑娘，以芦笙对着那姑娘，眉目含情地吹，潇洒而又倾心地舞，音乐柔和甜润，舞蹈动作既大胆又似乎有那么点不好意思。姑娘面带羞怯，欲行而又却步，含情脉脉，妩媚地向小伙子投去深情的一瞥，舞步与小伙子并行，从腰间取出精心制作的花带，连同情思系在意中人的芦笙管上……

载《民族风情》，吉林教育出版社 1995 年 10 月出版

侗乡丰碑

在湘黔桂毗连的侗族山乡，一个个村寨里耸立着多达十几层的巍峨塔楼，引人注目。这就是闻名中外的侗家鼓楼。村寨口小河上，一座座风雨桥横跨，桥上建长廊、亭阁，遮阳避雨，造型优美。鼓楼、风雨桥一座座历史的丰碑交相辉映，体现了侗族人民高超的建筑艺术和审美追求。

每个村寨都有一座鼓楼，大的寨子有两座以上，多的达四五座。塔形建筑鼓楼底层方形，上面多数为六边形，也有八边形、四边形的，楼层飞阁重檐，有五层、七层、九层乃至十五层不等。每层飞檐，檐牙高啄，自下而上层层缩小，顶端覆以葫芦形宝顶。鼓楼装饰精美，翼角、瓦面和封檐板等处彩绘花鸟虫鱼、飞禽走兽、人物故事等雕塑和绘画。

鼓楼为杉木结构建筑，中间四根大古杉柱直达屋顶，四周十二根柱头排列，几百根梁枋，全以木榫、木栓穿合，不用一枚铁钉，牢固坚实。侗家工匠建造这种结构复杂、体积庞大的建筑物，不用图纸，全凭心记默算，可见工艺技术之高超。

侗族先民每迁到一个地方，必定先建鼓楼，然后再建住房。鼓楼是侗寨的心脏，是团结村民，集中集体智慧和力量的枢纽。鼓楼内置一面大鼓，每有匪情、山火或其他重大紧急事项，就由传事人击鼓为号，各家闻讯而至，全寨汇集，商讨对策，采取紧急措施。鼓楼是一个寨子的集会和议事中心，也是迎送宾客、娱乐休息的场所。平时，大家围坐聊天，商量农事，交流思想；老年人弹琵琶，讲故事，谈古论今；青年人对唱大歌，赛芦笙，踩歌堂，互诉衷情。

在侗族聚居山乡，可以说有河必有桥，架桥必建亭阁、长廊。村寨口，既有鼓楼，又有风雨桥，两绝比翼竞秀。有的风雨桥亭阁用的就是鼓楼造型，人称鼓楼花桥。村寨旁的风雨桥，房檐、鼓楼、木桥长廊相接，贵客出寨，长桥相送，头上不打伞，脚下不湿鞋。山野小溪的潺潺流水之上，青瓦飞檐的小桥轻架，在田地间劳动的人们正好避雨乘凉、休息歇乏。

风雨桥为石礅木身结构。粗壮的横梁木飞架，上建长廊式木桥，以木头凿榫穿枋衔接而成，不用一钉一铆。桥面铺木板，竖柱立桥，上盖青瓦，长廊通道，避雨遮阳。两边有木栏杆，架以长条凳，供过往行人休息。桥上矗立一座或数座亭阁，亭檐层层向上翻卷，廊檐、亭柱、桥壁上雕龙画凤，彩饰花卉。

风雨桥由各村寨各家出工、集资、凑木料建成。与人方便，自己方便，修建风雨桥体现了侗家人热心公益活动，团结协作的优美品格。每一座桥建成或修复，都要举行隆重的踩桥仪式，周围几十里各村寨都派人祝贺。

侗寨鼓楼、风雨桥象征着侗族人民古朴的集体意识和团结协作精神。侗族村寨有自己古老的民间组织“款”，公推“款首”，共立“款约”。“款”组织负责集合民众抵御外侮，对内维护“款约”，如有违反，严加惩治。侗族的村寨交往、文体活动、婚丧嫁娶都带有浓厚的集体性，就像他们同心协力建筑鼓楼和风雨桥，如同他们古朴的款约法律制度组织。

那边风雨桥旁，男女老少相聚一起踩歌堂。人们手搭肩，围成一圈，有节奏地踏步徐行，整个队伍随着脚步起落而摆动。这边鼓楼内，上百人的歌队分男队、女队围圈相对而坐，对唱“侗族大歌”。全寨老少里三层外三层围聚听歌。男声大歌、女声大歌、男女混声大歌交替进行，时而齐唱，时而多声部合唱。领唱和合唱相结合，主旋律在低音部，派生高声，曲调悠扬婉转。夜幕降临，鼓楼内火光通红，映衬着山寨的静夜。对歌的高潮是“蝉之歌”，一人唱，大家合，领唱高亢，合唱低沉浑厚，开头咏叹，间以吟诵，每一段结尾都拖一声“嘎九”尾腔。对唱配合默契，如潺潺流水，和谐流畅，音乐的祥云缭绕鼓楼、风雨桥。

载《民族风情》，吉林教育出版社 1995 年 10 月出版

田园欢歌

云贵高原苗岭以南的都柳江和龙江流域山岭间，生活着勤劳智慧的水族人。这一带海拔在几百米至千米之间，雨量充沛，气候温和，无霜期长，森林广为覆盖，农作物一年两熟或三熟。水族是一个农耕民族，以种植水稻为主，兼种一些杂粮。

水族有自己的历法，一年分为十二个月，岁末岁首在农历八九月。这期间，水族男女老少隆重欢度端节。正是秋收结束之时，田园显现产后的安详，满场院金灿灿，一片丰收景象。端节是一年一度欢庆丰收的节日。各地区过节时间不一，分别在一个多月内每逢亥日过节，延续时间长。人们走村串寨，探亲访友，各种文艺、体育、娱乐、庆祝活动丰富多彩，高潮迭起。

过节喽！村寨里响起浓重浑厚的铜鼓声，鼓声表示辞旧迎新，鼓声传达欢乐心情。家家户户将房屋内外打扫得干干净净，磨豆腐，蒸甜米酒，做鱼包韭菜，吃新米饭，庆贺丰收，欢庆节日。铜鼓声声，芦笙、唢呐伴奏，姑娘小伙子们聚集在端坡，随着铜鼓的敲击声翩翩起舞。鼓点由慢到快，鼓声从低沉到高昂，男女青年踩着鼓点纵情欢跳，悠扬的歌声在山间缭绕。各村寨聚集端坡赛马，辞旧迎新，庆贺丰收。

欢快的斗角舞跳起来。领舞的两人双手握举竹篾编制的牛头道具，模仿水牛相斗，边斗边舞。其他男舞者紧随其后舞闹、嬉戏、逗弄、助兴。姑娘们头插雉尾，摆动鸡毛花裙伴舞。几个吹奏莽筒、芦笙者边吹边舞，舞曲热烈奔放。莽筒声浑厚深沉，幽远长吟；芦笙或高亢清幽，或尖声细脆，滑稽搞笑，激将逗引。

斗角随着笙调的缓急展现各种舞姿，动作幅度大，顶角，磨角、抖肩、甩腰、旋转、耸胯、扫腿、轰击，状如波涛，起伏翻卷。身披彩绸的斗角舞者双手伸展牛头，或低头作插沙耖角状；或蹬地跃步，轰然击撞，角抵角，呱呱作响；或横推车，涌浪拍岸；或八字步稳扎稳打，中流砥柱，任尔激流翻卷。斗角到极致，两人同时高举牛头道具颤动，跃身抖肩，跳跃欢呼，歌浓舞酣，欢庆胜利。人牛相戏，山水同乐，田园欢歌，庆贺丰收，欢快的气氛弥漫山间。斗角舞场面比一些地方的舞龙、舞狮更热烈欢快，显示出水族的热情豪爽，那粗犷豪放的性格，开朗的胸怀。

入夜，人们聚集在热烈喜庆的酒席间唱双歌。水族双歌有两大类，一类是敬酒、祝贺、叙事类双歌，你唱我对，你唱我和，朋友相聚，增进感情。另一类是寓言性双歌，包括说白和吟唱两部分，拟人寓理，对歌道情，幽默风趣，很有特色。说白部分以一个小故事作介绍，主人公大多是拟人化的动物或植物。吟唱部分是主体，由故事中的主要角色对唱。吟唱者扮演其中的一个或多个角色，根据出歌内容和当时气氛，用心揣摩，即兴编唱，歌词幽默风趣。一对长期爱慕而无缘成眷属的男女青年，分离多年后偶然重逢，以孑孓、蜻蜓作喻，互吐心曲，表达天各一方的苦衷："当初我们俩，/生活在碧绿的水塘。/没一句逆心话，/恩爱相依话衷肠。/想不到你变成蜻蜓飞上天空，/我守着你的脱壳暗悲伤。/你远走高飞了，/我却孤身守着冷清的老地方……"双歌通宵达旦。临别，唱"阳雀和布谷鸟"。前面一段说白，阳雀和布谷鸟就要分别了，一起唱告别歌。两人举起酒杯对唱，"双双飞，遨游天下"，"同唱歌，心里快乐"，一个深情挽留，至诚之语，感人肺腑；一个婉言告别："到明年，樱桃花开，那时节，我又再来。"两人说白吟唱相间，离情别意，黯然销魂，难舍难分，其情融融。

2005 年 12 月 5 日

情爱走坡节

聚居在广西罗城仫佬族自治县的仫佬族，每年传统节日多，其中有两个专门为青年男女开展社交活动而设的节日——走坡节，时间分别在春节期间和中秋节前后。走坡时节，村村寨寨男女青年穿上节日盛装，三三两两汇集到传统的走坡场地——风景秀丽的山坡或峒场，对唱山歌，以歌传情，交朋结友。

仫佬族聚居的九万大山南沿地带，层峦叠嶂，密如剑排，山涧河流纵横，落差大，瀑布多。在这样秀美如画的山乡举行的走坡盛会，别有一番情趣。

走坡节之日，举行抢花炮、舞草龙、舞狮等盛大文体活动和集市贸易。

花炮场上，排放着五门花炮，炮架裹满彩色鞭炮，其中一个花炮装置土火箭炮，炮口放置着缠以红绸飘带的小铁环"马铃"。一声哨响，五个花炮一溜点燃，鞭炮噼噼啪啪炸响，土火箭炮"轰隆"一声，"马铃"射向天空。各村寨的花炮队员争涌上前，争抢"马铃"。抢花炮靠集体力量协调配合。众多人员争、挤、抢、传、追逐、掩护，声东击西，围魏救赵，你争我夺，难分难解。哪个村寨抢到"马铃"，就象征得到"天赐之福"，村寨平安，五谷丰登。顿时全场数千人欢声雷动，热烈祝贺。

那边，舞龙队舞的是用草扎的龙，上下翻滚，龙腾人涌。高潮之时，观看的人们点燃一挂挂鞭炮，扔到草龙身上。龙头龙身龙尾几十挂鞭炮炸响，燃起火光，火龙飞舞，火星闪耀。人们欢呼雀跃，认为这样就会风调雨顺，吉祥平安。坡场上人山人海，热闹非凡。

一些姑娘、小伙子向往的是另一种热烈和动人情景，如山歌所唱，“舞龙舞狮哥不看，一心想和妹唱歌。”他们撑着花伞，成双成对，到大榕树下、山坡上、小溪流旁，对唱山歌，表达情意。歌的种类很多。开始接触时，小伙子先唱“邀唱歌”。姑娘一脸娇媚，欲言无语，含而不露，微笑不答。小伙子唱了好几首，赞美、邀请、挑动，表达出诚挚的真情，女方才接唱，形成对唱，两人唱“初相逢”。接下来，有“会意歌”、“谈情歌”、“结双歌”、“思念歌”、“约会歌”、“重逢歌”等等。

河边那一对，从丢个石头试水深，到情投意合两相知，歌声轻轻而心鼓劲擂：“隔河看花花有情，/心想过河怕水深，/心想变鸟又无翅，/心想变鱼又无鳞。”“山高还有人修路，/水深自有船渡人，/牛郎织女来相会，/百鸟搭桥来通行。”

山坡这边的一对，唱出思念之苦，表达依依深情：“妹相思，妹相思，/妹有知心哥也知。/蜘蛛结网龙江口，/水推不断是真丝。”

节日多，聚会频，欢乐多，节日在仫佬族生活中象征意义深刻。春节的凌晨，家家燃放爆竹，喜迎新年。当家人抢先从水井挑回一担水，谓之“抢新水”，谁家先抢到新水，预示更吉利。这习俗表现了仫佬族人的勤劳朴实，对新的一年新的生活充满希望。农历四月过“牛王节”，纪念先人驯养耕牛，歌颂英雄业绩，同时也感谢牛为春耕出力。六月的驱虫保苗节，各家各户到田边敲锣打鼓，驱虫保苗，祈求丰收。依饭节，每逢农历闰年立冬日举行，这是一个庆贺丰收、保安集福、祈愿生活美满的传统节日，人们尽情歌唱，十分隆重。每逢节日，姑娘小伙子都到野外走坡，对唱山歌，结交朋友。

每逢节日都走坡，每年有两个专门的社交和谈情说爱的走坡节，这就是仫佬族风俗的独特之美。

男女青年经过一段时间的走坡恋爱，建立起感情，订下终身，经过双方父母同意后，再过一段时间，择定吉日举行结婚典礼。男方在家里宴请宾客，派出迎亲队伍到女家迎亲。女方家在村寨路口用条凳、犁耙、竹竿等物摆下“拦门阵”，送亲的姐妹们当门而坐，在迎亲队伍到来时唱起“拦门歌”。男方歌手接唱“拆门歌”。双方对唱盘歌，随编随唱，一问一答。男方歌手唱得好，才可以“拆阵”，入村迎亲。新娘被迎到男方家，新郎新娘拜堂之后，举行通宵达旦的“闹歌堂”对歌活动。洞房中摆开八仙桌，新娘、送嫁娘与新郎、陪郎相对而坐，互相对歌。男青年先唱“入门歌”，接着唱婚礼歌，祝贺大喜临门。然后众男女青年对唱，互问互答，比才斗智，以歌取乐。对唱内容丰富多彩，从民间故事、神话传说，到天文地理、生产劳动。进入后半夜，男女青年唱起互表爱慕的情歌，有情人在对歌中播下爱情的种子。

1996 年 7 月 12 日作

《中国少数民族人口》2001 年第 12 期发表

寄情花竹帽

第三届中国艺术节开幕式上，每个民族呈献一个表达民族意志，闪耀民族精神的吉祥物。毛南族献的是花竹帽。花竹帽是毛南族人民追求和向往幸福生活的美的象征，也是爱情的信物。

花竹帽，毛南语称“顶卡花”，意思是“美丽的帽底编花”，是毛南族独具特色的手工艺术珍品。花竹帽直径二尺，用金黄色的金竹和黑亮的墨竹破成细篾，经过精心编织而成。篾片粗的只有火柴梗的一半宽，细得如发丝。织成的帽面金黄，帽里用金黄和墨黑两色细篾交织出多层匀称的菱形花纹图案，犹如壮锦，帽沿饰以绒线花带，美观大方。姑娘戴上花竹帽，遮阳避雨，通风爽快，更加标致妩媚，惹人喜爱。

相传古时候毛南山乡有个美丽的姑娘，聪明又勤快，犁田种地、织布绣花样样能干，又很会唱歌。有一个诚实勤劳的小伙子，与姑娘在同一条山岭上开荒种地。他们从对歌相识，逐渐熟悉，产生爱慕之情。小伙子英俊能干，有一手绝妙的编织手艺，头上戴的花竹帽就是自己编织的。有一天，他们正在锄草的时候，天突然下起大雨。小伙子送帽子给姑娘挡雨，自己却挨着雨淋。大雨过后，美丽的彩虹显现在天上。姑娘仰望竹帽，看到精美的花纹图案，连声赞叹：“顶卡花！顶卡花！”小伙子就把花竹帽送给姑娘，两人相爱定情。恋爱中的小伙子赠送亲手编织的花竹帽，姑娘回赠自做的布鞋，作为爱情的信物，这成了民族传统习俗，相沿至今。

在毛南山乡，姑娘上山劳动，下河洗衣，以及赶圩、走亲戚，都喜欢戴着花竹帽。花竹帽漂亮，自己喜爱，人见人夸。在翠竹林里，姑娘唱道："哥哥送的花竹帽儿哟，/我晴雨戴着不分离。/看到花竹帽就想到哥哥，/花竹帽儿伴我进入甜梦里。"竹帽细篾千丝万缕，金黄与墨绿交织成精美的云锦花纹，体现了小伙子的勤劳质朴、聪明才智，传达着他真挚的深情，叫人怎不睹物思人！"新娘嫁妆千万件，先看花帽精不精"。个人对爱情的珍爱与民族的审美融合在一起，更显出花竹帽的不同寻常。

毛南族主要分布在广西北部山区的环江毛南族自治县以及河池、南丹、宜山等市县的山区。大环江、小环江、打狗河以及古宾河等众多河流与龙江交汇，给予毛南族地区以灌溉和发电之利。河与河之间，包括八仙山、圣母山、七女山等一系列山峰的茅难山绵亘数十里，山高谷深，怪石嶙峋，很多地方干旱缺水。毛南族人长期抗干旱战险恶，创造出精深多彩的毛南文化。

分龙节是毛南族特有的祈望征服干旱，祈求丰收的民族传统节日，在临近夏至的分龙日举行。一般来说，这个日子之前雨水比较均匀正常，之后容易干旱，所以人们杀牛祭祀，祈求风调雨顺，以获丰收。妇女们折来竹枝、柳枝插在厅堂，把五色糯米饭粘在竹枝、柳枝上，象征果实累累、五谷丰登。节日里，年轻人在清新悦耳的曲调声中跳起轻盈优美的花竹帽舞。人们舞起金黄色和墨绿色的绸带表演砍竹、破篾、编织花竹帽等劳动，歌唱"金竹黄灿灿，墨竹亮闪闪，花帽对布鞋，芙蓉对牡丹"的深情，表现赠送花竹帽传送爱情的喜悦和欢快之情。

节日之夜，山坳河滨飘起悠扬的歌声。青年们在山坡上举行愉快的歌会，对唱山歌。毛南族山歌有"欢"、"排见"和"比"三种。"欢"是在家中举办喜事和欢度年节唱的颂体民歌，唱日常生活，还有言物猜谜等。"排见"是一种叙事民歌，唱人的身世或故事，简炼明快，寓意深刻。"比"为一般山歌，是最流行的歌唱形式，借物托情喻理，生动有趣，每唱完两句之后都带有语气叹词“罗嗨”，所以又称“罗嗨歌”。这种歌的内容多为表达男女之间的爱慕之情，可分为邀唱歌、见面歌、赞美歌、探情歌、热恋歌、挽留歌等十几种。青年们即兴编唱，在歌中互相询问、介绍、相知，唱生产知识、天文地理、风土人情。经过多次歌会，产生感情的一对对男女青年离开集体社交场合，到幽静的地方去对歌互答，谈情说爱。

圆月西沉，情长夜短。有情人越唱情越浓，依依难舍，情歌炽烈：“七女峰山茶朵朵开，/蜜蜂闻香千里来。/阿哥编好花竹帽，/互带信物对歌来。”

1996年6月8日作

《民族与宗教》2000年第1期发表

第八辑
天涯踏浪

椰林歌月夜

高高的五指山，蓝天上白云飘飘，远处薄雾缭缭，万泉河清流长长。热带雨林景色奇丽，色彩斑斓，林外骄阳似火，林内烟雾霏霏，烟雨绵绵，点点滴水在林间阔叶上滴答。青果树老茎生花，高山榕将树根缠绕在别的树干上，一些老古树杈上长满寄生植物，组成一片南国奇景空中花园。

三月三，是海南岛黎族人最隆重最热闹的传统节日。黎族男女青年聚集在椰林间的平地上跳竹竿，游客们兴致勃勃地观看热闹。姑娘小伙子蹲在两边，手握竹竿，有节奏地拍打着，开开合合，不断变换着行距。男女青年在竹竿行中跳跃，点点跳跳，轻松活泼。拍打竹竿者慢一阵快一阵的，不断变换着节奏。跳跃者轻快地变换舞步，蜻蜓点水，斜跨，回旋，舞姿优美而又敏捷，既热烈紧张而又轻松愉快。

太阳即将落山，人们在山野烧制出别具风味的竹筒香饭。勤劳的海岛人用山竹筒装上水和山栏稻米，在火堆里烧烤熟，破竹出饭，格外清香。

夜幕降临。小伙子一个队，由一名帅小伙打头；姑娘们一个队，由一个漂亮姑娘带队，两组对歌。盘问、接答、出题、对唱，歌声婉约，随着晚风飘曳着，如海潮一浪赶一浪。青年男女们在对歌中建立感情，寻觅意中人。

先是集体对歌，然后两两互对，再后来是牵着意中人的手进入丛林深处，渐入佳境。

以后的夜游谈情，大都在“隆闺”进行。“隆闺”是父母专门为青春年少子女搭建的对歌奏乐、谈情说爱的小房子。小伙子来到门口，不能冒失闯进，也不能敲门喊门，得唱“请开门歌”。姑娘接歌对唱，将男子迎进屋，见面对歌，打口弓，吹鼻箫，传达恩爱，表达情意：“哥有心来妹有意，/两人剥藤去圈天。/天有多大圈它小，/月有多长圈它圆。”“芭蕉身断丝牵连，/和妹交情深生根。/月星做灯夜相逢，/相亲相爱心连心。”

一首首唱过去，一首首对过来，棋逢对手，将遇良才。唱啊唱啊，唱得云彩散开雾霭聚拢，唱得海风沉醉花儿含羞。阿哥的歌句像从深山峻崖采来的魂草魂药，放在妹身旁，沉入妹梦中，日思夜想。

一个梦境，编织着那个古老的传说。姑娘在前面跑，小伙子在后面追。幻化成民间故事《鹿回头》中的画面，梅花鹿在林间跑啊跑，小伙子在后面追啊追，翻过九十九座山，淌过九十九条河，一直追到海岛最南端伸向南海的小山尽头，青年猎手搭好箭正要拉弓，梅花鹿回头凝望，化成美丽的少女，含情脉脉地迎上前来，两人深情地拥抱在一起……

送亲队伍打着火把，将新娘送到男方村寨路口。祝贺新婚的亲戚朋友们也从四面八方打着火把聚集拢来。小伙子们举着火把，照看新娘的容颜，看送亲队伍里一个个姑娘的俊俏模样，一个比一个更漂亮。新娘和伴娘们把脸藏在竹笠后，小伙子将火把从竹笠下面从侧面照看，挤啊，掀啊，绊啊，你嚷我躲，推推搡搡，笑闹声声，呵呵阵阵。

婚礼场上，对歌贯穿始终。新婚夫妻对唱：“敬酒对歌表心意，/酒满月圆比情意。/等石开花马生角，/海水上山才分离。”“对歌敬酒妹不推，/月照双人影一对。/两人携手合双照，/抽刀断河清如水。”

姑娘小伙子们在婚礼场上寻觅意中人，听那歌儿对的啊，新的情意又滋生蔓延：“敬酒对歌表心情，/酒碗相碰要有声。/马走远路才知力，/人交久长才知情。”“敬酒对歌声接声，/双手捧碗领哥情。/谁见山林无鸟叫，/谁说妹心断人情?”新的姻缘又在婚礼场上孕育、成长。

2005年11月3日

竹竿舞编织

黎族人善织，延续三千多年的黎族织锦巧夺天工，辉耀中华。元代纺织家黄道婆就是到海南岛学习到黎族先进的纺织技术，传授到中原地区，促进了中国以及世界的纺织业发展。

黎族人善舞，他们精湛的舞蹈艺术曾经一次次轰动首都舞坛，而且获得世界青年联欢节金质奖章。他们多姿多彩的舞蹈有歌颂英勇斗争、反映劳动生活、表达爱情、祭祀祖先、歌唱英雄等等五大类。竹竿舞是久负盛名的一种舞蹈，亦称打竹舞、打柴舞、跳竹竿。

三月三盛大节日期间，农闲时节，收割之余，总可以看到黎族男女青年聚集在椰林间跳竹竿。平地上平行摆放两根长竹竿，再在其上横放琴键般的十根长竹竿，十人相向而蹲，双手各执竿端，随着锣鼓点和二胡、竹笛乐曲伴奏声，双手将竹竿自击他击，“旁敲侧击”，与地面的竹竿叩打，一合一开，一上一下，左左右右，开开合合，有节奏地分合敲击，不断变换着行间距。一对、两对、三对男女青年在竹竿的开合拍击空隙中跳跃，腾悬、转身、对面、侧身、躲闪、进击，忽而单腿跳，忽而双脚舞，上翻下踩，左跨右跳，做出筛米、磨刀、鹿跳、穿门等姿势，还有猴儿挠腮等动作，点点跳跳，轻松活泼，变化多样，动作优美。拍打竹竿者慢一阵快一阵的，不断变换着节奏。高潮时，拍打者和观众齐呼“嘿，嘿，啊嘿”。跳跃者轻快地变换舞步，蜻蜓点水，斜跨，回旋，舞姿优美而又敏捷，既热烈紧张而又轻松愉快。

这种舞蹈表现出舞者的机灵聪慧、勇敢沉着、飘逸多姿、青春活泼，寓惊险于从容，赋体育健身于娱乐中。舞者像是用双脚敲击着竹竿琴键，演奏优美的乐曲。横竖摆放的竹竿阵更像是一架织机，不断开合敲击和往返跳跃，恰似穿梭织锦，编织着美丽多彩的生活。

黎族妇女善于纺织，特别精于用木棉纺织，她们织出精美华丽的黎锦、黎单、黎幕，织染绣有精美花纹图案的筒裙、被单、头巾、花带等，在国内享有盛名。早在宋代以前，甚至在春秋时期，黎族妇女的纺织技艺就具有相当水平，以至影响和带动了中原地区纺织技艺的发展。

黎族织锦的花纹图案、色泽、样式源于生活，是黎族人民对生产劳动和精神生活的感悟，对古老历史文化的思考。他们的纺织技术与生产劳动相连接，与娱乐、体育、音乐、舞蹈相结合，相得益彰。跳竹竿舞，竹竿的开合拍击，双脚在经纬竹竿之间的运作，多么像纺织工作。是织锦受到舞蹈娱乐的启发，还是跳舞愉悦促使纺织技艺美妙的艺术构思？“啪、哒、啪、哒”，响如织杼，跳如轻燕。大陆来的游客对竹竿舞倍感奇异，脚板痒痒，加入其中，尽管黎族青年对外乡初学者尽量放慢节奏，总还是或被夹住脚，或者踩在了竹竿上。而对本乡人，却是急速拍击，越拍越快，想夹都夹不到，不得不停下击竹而给舞者敬酒。

姑娘小伙子跳竹竿舞，编织美好生活，歌舞爱情，将深深的情意交融在歌舞中。如一首黎族情歌所唱，“与妹交情情意深，/交情都如线和针，/妹比银针哥当线，/针过几层线都跟。”

2006 年 9 月 20 日作

《中国民族报》2006 年 9 月 22 日发表

日月潭畔杵乐声

在祖国宝岛台湾，美丽的日月潭陶冶了高山族同胞欢快乐观的性格，赋予他们美妙灵动的艺术灵感。

明月高挂，夜色清清，日月潭湖面上波光粼粼。伴随着熊熊的篝火，姑娘们每人手执一根乐杵，有节奏地杵捣在石臼上，音律流动飘摇。她们模拟舂米劳动，你一杵，我一捣，时而以足踏地，时而左右摇摆，翩翩进退，散开聚拢，柔美的舞姿伴以悦耳的歌声，悠扬的杵乐随着湖面银波粼粼荡漾。

湖湾的那一边，一棵棵高高的槟榔树耸立夜空，高挑着点点明星。一群姑娘小伙子正要举行一场别开生面的“背篓会”。

先上树采槟榔。小伙子们一个个手把树干，脚抵树身，肚皮不沾树，“刷刷刷”上到树梢。不是攀爬上去的，而是猴子样的以树干为平地，四肢撒欢“跑”上去的。谁不想在众多姑娘面前露一手！以引起注意，受到青睐。小伙子们采够了一定数量的槟榔，装在挂包里，四肢附吸着树干“哧溜”滑到地面，偷觑姑娘们的神态。

姑娘们一个个背起红、黄、绿、白各色花纹的小竹背篓，跳着笑着跑开了。小伙子们在后面追逐、笑闹。姑娘们边舞边唱：“在美丽的月光下，我们欢聚在一起。”小伙子们欢跳着对唱：“唱起来呀跳起来，幸福的种子播种在我们心里。”小伙子们一边唱着一边向姑娘们的背篓里投掷槟榔。你一个，我一个，投向看中的姑娘的小竹背篓里。姑娘边跑边回头看。要是投槟榔的小伙子不中意，她就歉意地耸耸肩，侧身抖落掉背篓里的槟榔，继续跑着唱着跳着，嬉戏、逗引。要是哪位小伙子是自己中意的，她就有意在他前面慢跑，吸引投掷。小伙子一投中的，姑娘不跑了，低着头“哧哧”笑，从身上掏出绣花荷包，连同一片柔情和多情的目光，送给小伙子。

两颗“怦怦”剧跳的心相拥到槟榔树林深处，来到专给姑娘单住的船形屋旁。小伙子吹起悠扬的鼻笛倾诉衷肠，头上的野鸡翎随着吹奏颤动。姑娘的头上玉珠闪亮，衣裙上的曲线花纹、彩色图案似都柔柔地跳起舞来。合唱歌一曲：“你是天上的一轮明月，/我是月旁明亮的星星。/星星和月亮永不分离，/阿哥和阿妹永不变心。”歌声像船形屋檐尖的曲线雕刻，波浪状屈曲流动，顺着树枝叶梢飘摇。

姑娘、小伙子经过一个阶段的恋爱，订婚之后，按传统习惯，姑娘到男方家去劳动一段时间，当家理财、操持家务。这期间，姑娘与男方家庭成员同吃同劳动，不在男家住。通过这一段的“实习”，男女双方彼此了解更深了，爱情基础越加牢固。

这姑娘与村寨里的姐妹们，同其他来“实习”的姑娘一起种地、洗衣、刺绣，渐渐熟悉了。姐妹们来到场院里，摆上一个石臼，各执一根乐杵，摇摆击踏，你来我往，在铿锵之声的伴奏下，唱起悠扬的杵歌。

一群小伙子参加进来，那不紧不慢的杵歌变换，悠扬的旋律中揉进一些阳刚之气，变得更加激昂豪壮起来。唱水流长，唱阿里山，碧水青山交融在一起：“啊——高山青，涧水蓝，/阿里山的姑娘美如水呀，/阿里山的少年壮如山啊。/阿里山的姑娘美如水呀，/阿里山的少年壮如山啊。/高山常青，涧水常蓝，/姑娘和那少年永不分呀，/碧水常围着青山转啊。”

槟榔树下，歌声阵阵。日月潭湖水轻轻，相思树柔枝曼曼。新的爱情花朵在歌舞声中孕育。

1996 年 4 月 5 日作
《中华魂》1999 年第 1 期发表

京家歌潮漫三岛

北部湾烟波浩淼，渔帆点点。广西防城港湾里搂着三个明珠般的小岛“京族三岛”。

海滩上，京族渔民正在拉大网。三四十人分作两组，拉成“U”形。网头喊号子，大家呼号唱合。随着歌声，大网渐渐出水。银鱼欢跳，海潮激涌，群情激奋，丰收的歌儿漫海滩。四百多年前，他们的先民就是这样唱着劳动歌，追着鱼群，拉着大网，到三岛来定居的。

京族人爱唱歌，在生产劳动中唱，在日常生活中唱，逢事必歌，节日里更是歌不离口。一般是男女即兴对唱，一问一答，内容丰富，有山歌、情歌、渔歌、风俗歌、长篇叙事歌、宗教歌等等。歌的调子有三十多种，花腔悠长，旋律低缓，多以幽雅深沉的独弦琴伴奏。

大海不舍昼夜地向滩涂上涌、漫，拍打着堤岸。京族人在海上捕鱼，在海滩上抓蟹、挖沙虫，他们的歌声像海潮一样永无止息地涌漫三岛，渗透到社会生活的各方面。

从恋爱到成婚，是人生的大事。京族人的恋爱、婚姻和家庭生活的各个环节都充满歌声。

早晨，太阳升起，海潮退去。十里银滩潮纹道道，彩贝闪烁。夜渔归来的小伙子在渔船上整理着渔具。几个头戴尖顶葵叶笠，挽黑长裤的姑娘在挖沙虫。她们在收获大海的富有，同时又播下一片饱满的笑声。那边一位姑娘赤脚走在水边，散开的长发随意披搭在紧身开襟白绸短衣上，初升的太阳将她的曲线美长长地投映在沙盘的素描画板上。似乎一直低头忙着的小伙子，是否听到姑娘唱的那首歌：海边竹筏排对排，/初次见面口难开，/有情装着无情样，/就是神仙也难猜。

节日里，男女青年们欢聚一堂，托物寄情，对歌交友。直到海上明月高挂，兴犹未尽，三三两两踏着月光，到树林间、海滩上游逛。海波泛银，沙滩松软细碎。小伙子对哪位姑娘有意，便慢慢向她靠拢，赤脚撩起沙粒撒向姑娘。姑娘会意，也照样用脚尖向对方撩沙粒，表示接受追恋。这是京族三岛试探爱情的独特方式。

几天之后，两人各准备一只绘有花纹图案的木屐，各编好一首定情歌，分别请一位“蓝梅”（京语，意为牵引情丝的人）代为传送。歌传信物往，左右木屐合成一双，有情人姻缘成对。

热恋中的有情人，见面时对情歌，分别后唱思念。小伙子爱情妹，从“一爱”唱到“十爱”。姑娘想情哥，从“一想”唱到“十想”：从早想到晚，茶饭无味难下咽，不知何时再相见？

确定婚姻关系之后，有一个简单的“联亲”仪式。男方请一对哈哥哈妹（歌郎歌妹），将装有红枣、槟榔、茶叶等物的礼盘送到女家。女方请一对哈哥哈妹接礼盘。双方以歌代言，对答尽兴。

结婚前一周内，新娘每天唱哭嫁歌。长辈和姐妹们陪着哭唱，祝愿、惜别、依依情深。

临近结婚的前一天，新郎由“带中”（能说善歌之人）陪伴，去女家“认亲”。女方的“带中”代表女方热情接待，以歌出难题，考智慧。男方“带中”帮助新郎识计策、出谋略，对答如流。双方对歌加嬉戏，直到雄鸡报晓。

迎亲之日，女方家在大门前路口连设三道“歌卡”，由一些久经歌场、才华横溢的歌才把守。男方家前去迎亲的队伍里也精心挑选了几对男女歌手。双方盘歌，女方出题男方对，对答得满意才放行。歌声唱开三道关卡，唱开禁闭的大门。堂屋里，双方唱歌祝贺。宴席上，还要对歌。

行嫁路上，歌手唱，新郎新娘唱，一路走一路歌，即景抒情，见子打子。男家同样设“歌卡”盘考新娘及歌手。进屋后，新郎新娘拜祖公，歌手们唱“拜堂歌”。新人向父母和客人敬献槟榔，众宾客唱“谢槟榔歌”。婚礼高潮，新郎新娘唱“结义歌”，“我俩恰似船与舵，驶到哪里连到哪里”；“我俩姻缘完备，患难安乐哥妹与共”。

月光下海潮不息，京家歌潮漫三岛。树林、田园和房舍，劳动、交往和风俗，都沐浴在歌海里。

婚礼堂是歌堂。不少青年男女在婚礼场上结识之后，又到海滩上去踢沙，到节日里去唱歌，交情结友。

京族有专门的哈节（歌节）。一般为期三至七天。哈哥弹独弦琴伴奏，哈妹轻叩竹梆，边敲边唱。琴声古朴幽雅，歌声悠扬婉转。哈亭里深沉地唱民族历史传统、祭祀祖先、祈求丰收和平安。亭外林荫里海滩上山歌对唱、歌舞娱乐。海潮漫涌滩涂、歌声漫卷三岛、独弦琴丝丝入扣诉衷肠……

1996 年 4 月 18 日作

《中国民族博览》2000 年第 1 期发表

东兴涌潮

中越界河北仑河入海口的边陲重镇东兴，是个既沿海又沿边的边境贸易口岸。北仑河水面上，船只繁忙如织，人声鼎沸，中越两边码头上舟楫云集，中越商旅商贸红火，卸货装船，一片繁忙。

北部湾波涛汹涌，拍打着中越两国边境海岸。北仑河码头边境贸易的潮水，激活了两边的经济。东兴正在深化改革扩大开放，兴办边境经济贸易合作区，商贸开发大潮汹涌澎湃。

京、壮、瑶等民族人民跨境居住，生活习惯相同，语言相通，中越两国边民历史上就有互市贸易的传统。东兴建镇四百多年历史，兴盛于清代，长时期商贾云集，热闹非凡。五十年代曾建立东兴各族自治县，后来撤并。河畔的中越人民革命烈士纪念碑，标记着两国人民的传统友谊和共同抗击侵略者的辉煌篇章。由于众所周知的原因，边境口岸曾经一度关闭。边界停火以后，边境两侧都有经济互补的强烈要求和愿望，边民互市的潜流在地下涌动。八十年代后期，两国边民越过界碑，在夜色掩护下的山凹里偷偷互市贸易。中国边民的暖水瓶、针织品、洗衣粉等日用百货很抢手，越南边民以香蕉、槟榔、水鱼等农副产品和海产品换取。1989 年春节，数千越南边民淌过北仑河奔上东兴街头，急匆匆扑向一个个商店，抢购烟酒糖果、日用百货、服装鞋帽，买光了镇上的商业库存，背着大包小包，满意地回到对岸。这种互惠贸易如泉水从地下涌出、奔流、激荡、发展。边境开放以后，两国边民木船在河中穿梭，将中国的啤酒、饼干、油毡、柴油机等运往对岸，把越南的香蕉、药材、海产品、钢铁等运过东兴来。对岸的芒街兴起一片商业贸易区，摆摊卖货者更多的是中国人，汉语、越南语、壮语通用，人民币、越南盾通行。

走在东兴街上，迎面扑来滚滚商贸热潮。就那些商行、饭店的牌子，就响当当的开放味浓烈，“东方饭店”、“湖广酒家”、“东都商行”、“东安商业集团总公司”。既有边城的老字号，又有新近从国内各省市区以及国外来这里新办的企业。“华龙贸易经营部”门前张贴着“批发零售商品信息”：礼品铁壳保温瓶、气压保温瓶、毛巾、屋内装饰材料、饲料添加剂、卡拉OK光碟、啤酒……

街道两旁，有从越南运过来的时鲜木菠萝、木瓜，以及各种古朴的木雕艺术品、象牙制品、各式遮阳帽等等。

脚穿拖鞋忙活的越南汉子个头不高，都有一副铁铮铮的肩膀，大包大捆的香蕉从船上卸下来，扛上岸，过秤，销售给中国商人，运往中国内地。

一圈穿着得体的越南妇女坐在街道旁，垂在肩头的长发随意束起，脚边摆着成捆成捆的越南盾，好几人熟练地点数钞票，俨然银行专业点票手。在这个自由的个汇市场，1800越南盾换1元人民币。有人在叫卖：“两毛一张，做个纪念。”是400越南盾的，“薄利多销”。人民币在越南人心目中地位高。据估计，积淀在越南的人民币达数亿元。这对我国的生产和流通领域将产生什么影响，一时难以预料。

北仑河绕东兴荡了一个弯儿。破损的旧城楼旁兴建起的新贸易楼房伴着大青树、油棕倒映在水波里，厚重的断桥斜插在界河水中，河岸边一长排大阳伞下的茶座、小吃摊随意将战争留下的残垣断壁作了背景。“让过去的永远过去吧。”两国边民常常这样说。现实的画面上涌动的是比河水更汹涌的商贸浪潮。

东兴的边境贸易来势迅猛，贸易商品从生活用品发展到建材、家用电器、橡胶、煤炭、木材等大宗商品。每天参加商贸者几万人，从两国边民扩大到内地各省市人，还有泰国、老挝以及中国的香港、台湾人。进口货物平均每天超过 1500 吨。1992 年上半年成交额超过上年全年。国有、集体、个体商贸集团在东兴投资办企业者 1500 多家，海内外三资企业、外商到东兴投资者 350 家。

在新一轮扩大开放的热潮中，国务院下发通知，给予东兴等边境和内陆城市比沿海开放城市更优惠的政策，这给东兴的商贸和开发浪潮以强劲的东风。

沧海横流，大潮汹涌。边陲重镇东兴在进一步扩大开放中，商贸浪潮、开发大潮正一浪高过一浪。

1992 年 8 月 8 日作

《民族团结》1992 年第 11 期发表

适彼乐土

春末夏初，我们来到“秀甲东南”的武夷山区。乘上竹筏，竹篙轻点，漂过清澈明丽的九曲溪，到一山口，见石壁上刻着“桃源洞”三字，便舍筏进入。果然，四面环山中，“土地平旷，屋舍俨然”，好一处“不知有汉，无论魏晋”的世外桃源。陶渊明的《桃花源记》是根据现实生活创作的文学作品。湖南、江西、重庆等地区有几处桃源胜境，这里的桃源洞显然又是一处。

两位畲族人士和我们一路走一路说着畲族的历史文化。武夷山地区并闽粤赣浙皖五省接壤山区，是畲族散居地区。畲族是经过千百次零星迁徙的民族，他们受封建统治者的压迫剥削，世世代代都在开垦新的土地，都在寻找没有徭役赋税，自由自在生活的乐土。这使我想到《诗经》歌句，“逝将去女，适彼乐土；乐土乐土，爰得我所。”这一处“桃源洞”，似乎是他们要找寻的乐土？

畲，意为刀耕火种。畲族历史上长期过着迁徙不定的游耕生活，因到处迁徙、开荒辟地、刀耕火种的经济生产方式而得名。畲族人都说，他们是从广东潮州凤凰山北迁的。据一些古代文献以及家谱记载，隋唐之际，畲族聚居在粤闽赣三省交界地区，唐以后逐渐往北迁徙。宋元时期，畲族居住区扩大到包括潮州、泉州、长汀、漳州的大范围山区，一部分迁入闽东北山区。明清时期，又逐渐向浙南山区移动。再后来，一些畲族人迁居到安徽宁国。文献记载，畲族“散处各地，随山迁徙，去瘠就腴无定居”。畲族或为生活所迫，“贫不能存，则亡徙以走”；或逃避封建剥削，“遁入山谷中，不供徭赋”，如畲族史诗《高皇歌》中所唱，“自种林木无税纳，没有税纳多清闲。”畲族就是这样多少年多少代一直不断地迁徙着游耕着。在迁徙过程中，大部分畲族同化于汉族，相当一部分再往北迁，造成现在畲族主要散居在闽东浙南等地的状况。

畲族的长期迁居是封建压迫造成的，是其原始低下的社会生产力与封建化生产关系矛盾的产物。隋唐时代，畲族还处于原始社会末期，封建生产关系开始强加到这个生产力低下的原始民族身上。畲族陷入既无力摆脱封建势力的影响，又无法在封建制度下生活的进退维谷境地，被迫向深山密林迁移。畲族的迁移是一个弱小的原始民族在强大的封建民族迫使下的一种逃避封建化的行动，是落后的原始生产力无法适应封建生产关系而产生的自发性抗拒。

畲族是一个勤劳的“力本务农”民族，他们不断迁徙，总是分散地向地广人稀的偏僻山区逃遁，开垦荒山，自食其力。他们迁移时总是随身携带着农具。别的民族赠送新娘的嫁奁是花花绿绿的衣被，而畲族新娘的陪嫁是犁、耙、刀、锄等农具。

畲族人在频繁迁居、辛勤垦殖的生活中，总是持乐观的人生态度，他们爱唱歌，随事而歌，歌乐人生。《高皇歌》是他们追述祖先，描述历代开垦种植和迁徙的历史叙事歌。他们一路迁徙，一路垦殖，一路歌唱。

畲族人时兴陪客人唱歌，每有客人到来，村子里马上活跃起来，通宵陪客人唱歌。你问我答，对歌盘歌，比智慧，赛“肚才”。有的难分高下，第二个晚上又接着对。每年还定期举办规模盛大的“盘诗会”。各村寨在对歌中增进友谊，青年男女在歌会中发展感情，结成终生伴侣。

在畲族山寨，不会唱歌娶亲难。结婚那天，众歌手挑着彩礼并酒菜，拥着新郎去女方家迎接新娘。女方家大门紧闭，抛出

“拦门歌”阻拦。男方迎亲队伍唱“开门歌”，唱得好，女方家才开门。接着，送洗脸水、请茶、敬烟、清点礼品等等一道道程序都有相应的对唱。该吃饭了，客人围坐酒席，桌上不但没有酒菜，连碗筷也没有，都得以歌请出来。要筷子唱筷歌，要酒唱酒歌，然后，唱着歌点菜，每唱一首，司厨和一首并上一道菜，诙谐有趣，轻松愉快。饭后，女方家打扮新娘，唱梳头歌。祭祖后，围坐再唱，唱请女歌、嫁女歌、劝女歌。出了门，一路走，一路歌，一直唱到新郎家，在歌声中开始新的生活。

畲族的生活履历表中记载着，千百年的迁徙，千百年的垦殖，他们总在寻找，开拓疆域，创造生活。我抚着桃源洞的山石，心里想，哪里是没有压迫、没有剥削、人人平等、自由自在的乐土？他们找到了吗？

2005 年 11 月 10 日

反气候衣食

一般来说，居住在不同地域各民族包括衣食住行的生活习惯都与其居住地区的地理环境、气候特点相适应。但是也有例外，有的民族的衣食偏偏与该地区的气候特点背离。

居住在寒温带的蒙古、达斡尔、裕固等民族，居住在青藏高原高寒地带的藏族，穿长皮袍着长靴戴皮帽，是御寒的需要。居住在南方热带亚热带的民族着短衣短裤，水乡傣族短衣统裙，飘逸多姿，是适合当地气候的穿着。但是也不尽然。北方寒冷地区有的姑娘大冬天穿裙子，露大腿，人们评论说那是“只要风度，不要温度”。西双版纳的初冬，天气刚有点转凉，北方去旅游的客人穿着短袖衬衫觉得正合适，当地人赶紧穿上毛衣，难得有几天凉爽天气，他们压在箱底的积存得派上用场啊。福建惠安女的装束让人很不理解，长长的头巾紧捂着头发、脸面和脖子，却将肚脐眼露在外面风光。

北方气候寒冷，人们爱吃热食；南方气候炎热，人们喜欢吃凉食。这是一般情况，也有反其道而行的。延边朝鲜族居住在东北地区，气候寒冷，然而人们四季都爱吃冷面。初冬时节，凉飕飕的，一大碗冷面，面条凉沁沁，汤水冰凉，还加冰块，就着冰凉的泡菜，外地人吃得五脏六腑全身心凉透了，延边朝鲜族人吃得舒服快意。冰凉的冷面，祛火消炎，散淤健身。延边人到外地出差，吃这种那种饮食总觉得不是个味儿，北京的冷面凉不凉热不热的像粤味普通话，一回到延边，直奔四层楼的金达莱冷面馆，吃得通体透凉、舒舒服服。云南蒙自，气候温暖，是过桥米线的发祥地。据说，古时候一书生独在小岛上刻苦读书，其妻过桥送饭，端一碗油热汤米线，晕倒在桥头，一个时辰后醒转来，热汤还是滚烫的，生肉片掉入其中也被烫熟，原因是大碗热汤表面浮着一层厚厚的油隔凉保暖。大碗热乎乎的米线温了书生的身，暖了书生的心。这种大碗滚烫米线流传开来，是云岭之南的特色名吃。与凉爽延边喜欢吃冷面相对应，气候温暖的云南偏偏爱吃热汤面。

冬春季节，武陵山区土家族人的八大碗家常菜，一个个炒好后，倒回到炊炉子或火塘上的菜锅里，大家围着火塘烤火吃热菜，吃得热乎乎的，祛寒除湿。这是适合气候特点的吃法。重庆人四季都爱吃火锅。三伏天，放了许多辣椒的火锅里红浪翻滚，又烧煤似的加上几铲子辣椒面。七八人围着火锅，每人面前的蘸水碗里搁半碗辣椒粉，从辣汤里夹出菜再蘸辣椒粉吃，一手拿筷子，一手拿扇子，边扇边吃，满脸是汗，浑身流汗，汗流浃背，全身的毒气、废物都排出去了，通体舒坦。常言道，四川人，不怕辣；贵州人，辣不怕；湖南人，怕不辣。那些地方多雨阴湿，冬天阴冷，吃燥热的辣椒祛湿暖胃。朝鲜族人爱吃辣椒，也可说是气候原因吧。其他很多地方的人特别是江浙粤闽人，看湘鄂川黔人吃辣椒，看一看就浑身冒虚汗，哪还敢动筷子！吃火锅热情相聚，情浓谊长，天南海北的大伙儿聚会怎么吃？有人发明了鸳鸯火锅，锅内以铁板隔开，一锅两制，一边不辣，另一边怕不辣。怎么，陕甘宁青人的筷子都往辣的那边伸？不是说辣椒祛湿去火的吗，大西北干燥多风啊，怎么解释？谁说得清！

2002 年 10 月 23 日作

《北京晚报》11 月 13 日发表

欢乐之火

大兴安岭茫茫林海，居住着一个狩猎民族鄂温克族。“鄂温克”是民族自称，意思是“住在大森林里的人们”。

入夜，幽深的山林更加神秘。林间空地上，燃起一堆被称为“欢乐之火”的熊熊篝火。一群鄂温克族男女老少簇拥着新郎新娘，来到篝火旁，举行别开生面的野外婚礼。主持婚礼的长者将两只桦皮杯斟满酒，交给新郎新娘。一对新人郑重地将酒泼在火里，作为对火神的祭祀，再给双方父母敬酒。

随后，大家和新郎新娘一起，手拉手，绕着篝火围成一个大圆圈，唱着祝婚歌，跳起强健剽悍的“欢乐之火”舞。众人扭腰振臂，举手投足，一人领唱，大家唱合。歌声由低而高，舞步从慢到快，表现出豪放爽朗的性格和乐观向上的胸怀。大家纵情狂欢，直到夜半方归。

婚礼当晚，新婚夫妇住在女方家。第二天早晨，女方全家及亲友为新人送行。新郎新娘带着父母送给的一群驯鹿，高高兴兴地回家。驯鹿俗称“四不像”，是鄂温克人便利的交通工具。驯鹿兼有鹿的灵性和牛的勤劳，善于在深山密林和雪原中、沼泽地长途跋涉，被誉为“森林之舟”。鄂温克族饲养和使用驯鹿已有很久的历史，饲养驯鹿都由妇女担任。她们特别疼爱驯鹿，给每一只起个名字。驯鹿性情温顺，乖乖地听从使唤，还有喜欢舔食盐碱的嗜好。主人敲着盐盒子，叫着它的名字，它就应声而来。勤劳的姑娘饲养了那么多驯鹿，临出嫁时承蒙父母送陪嫁，就把她最喜欢的驯鹿选走。

男方家的蒙古包和“希楞柱”，是按传统习惯在结婚前不久迁移到离女方家不远处新搭盖的，男方家在亲友的帮助下忙乎了好几天。男人们使用雪橇，借助“金勒”（滑雪板）和撑杆，轻快地滑行，大老远的距离，很快就到了。妇女们赶着驯鹿群，以驯鹿驮着各种用具，随后赶到。接着就紧忙着做迎亲的准备。

新郎新娘回到这朴实漂亮的新家，受到热烈的欢迎。手把肉肥嘟嘟，泡好的奶茶飘香，圆溜溜的四壁回荡一片温馨。过来人对现在的自由恋爱、自主婚姻备加赞赏，深有感慨地叙说往事。上一辈人中有的人自由相爱了，却受到阻拦，成不了一家，只有悄悄密谋，私下里“逃婚”。那时候，两个人私订了终身，但女方父母不同意，两个人商量好，约好时间、地点，姑娘从家里偷偷溜出来，两人飞马逃走。男方家新盖的蒙古包里，专门约请的一位老太太等候着，把姑娘的八根小发辫改梳成两根粗发辫。一对新人祭拜火神和祖先，争取到自由婚姻，做了一对情投意合的夫妻。

鄂温克族人世代狩猎，生性勇敢强悍。女孩子从七八岁就开始跟母亲学习挤奶、学缝制手工。男孩子放小犊、拾柴火，七八岁就开始学习骑马，再大一些就练习套马、驯马，参加赛马，十二岁学习使枪打猎，过几年后成为一个勇敢的猎人。鄂温克人练就了一身在林中疾走和滑雪捕猎的本领。英俊的小伙子带着猎犬，身背猎枪，脚踏滑雪板，在林海雪原飞奔，追击猎物，百发百中。

鄂温克族现有两万多人，绝大多数人早已走出森林，从事畜牧业和农业生产。现在基本上禁猎了，他们或以牧为主，或以农为主。现代农业、现代牧业在飞速发展，鄂温克族自治旗的牧业机械化程度居全国之首。传统的驯鹿饲养业还在继续着，在新形势下有了新的发展。那边的林海深处，熊熊篝火炽烈，“欢乐之火”舞跳得正酣；这边的草原边缘，马达“突突”轰鸣，传统与现代交织着醇美的诗意。

1996年4月15日作

《民族之声》1999年第6期发表

达斡尔风情美

在内蒙古与黑龙江交界的嫩江两岸，山岭低缓，原野开阔。风格独特的达斡尔族村庄背靠丘岭，随江流而居。房舍排列成行，院落严谨，显得大方雅观。房屋呈“介”字形，红柳条篱笆墙编织出各种花纹图案，给人以美的享受。

进屋，只见天棚和墙壁上贴着凤、雉等飞禽剪纸，神态各异，色彩鲜艳。描绘着表现狩猎场景的彩色图案，追述远古劳动生活。墙上还装饰着雉羽、兽角，更透出几分古朴、苍劲。这些都体现了这个具有漫长狩猎生活史的民族特有的审美情趣。室内南、北、西三面连炕，炕桌拢着一个和睦融融的家庭。

最吸引人的，是那个用皮条从房梁上吊挂下来的婴儿摇篮。摇篮扁而窄，像一叶扁舟，摇篮四周错落有致地缀挂着各种形状的兽骨、鱼骨，其装扮颇具匠心。摇篮下端系着一条绳子，连在妈妈的脚上。年轻的妈妈踩踏着，摇篮晃晃悠悠，饰物轻轻摇响，伴奏着深情的摇篮曲。脚上摇着，嘴里哼唱着，手里忙着活计。女式长袍上流云似的枝叶藤蔓花边就这样绣出来了；男人出猎穿的狍皮猎装就这么缝制出来了，狐狸皮帽子的双耳还调皮地翘着花样哩。老年男女都用的小巧烟斗上各种兽骨组成的美观图案，也是在摇篮曲的吟唱中镶嵌出来的吗?

“达斡尔”的意思是“开拓者”。达斡尔族首先开拓了北大荒，为祖国东北边疆的开发建设做出了杰出贡献。他们抗击沙俄入侵，浴血奋战了半个世纪，17 世纪中叶从黑龙江北岸南迁到嫩江流域定居。达斡尔族主要分布在内蒙古自治区莫力达瓦达斡尔族自治旗以及黑龙江齐齐哈尔、嫩江等地。这个民族崇尚先进的科学文化，善于博采众长，每万人拥有的大、中、小学生数远远超过全国平均水平，居各民族第二位。

达斡尔族乐观开朗，热情活泼。如果说建筑的整齐规划，居室及家具的美观布置体现了一种凝固的音乐美，那么他们特有的文艺、体育、娱乐活动则表现了轻波灵动的旋律美。

“阿涅”是达斡尔族人对春节的叫法。正月初一早晨，姑娘小伙子们给一家家长辈拜年，进屋先抢甜糕吃，一条欢笑的小溪绕村流动。

正月十五，各家门口挂灯笼，其中大多是别致的冰灯。

十五的月亮十六圆。达斡尔族的正月十六却仿佛是月全蚀，这一天是他们最欢乐的“黑灰日”。男女老少手上都涂上黑锅烟，年轻人更活跃，追逐笑闹，涂烟抹黑，个个涂得满脸黑，黑得高兴。这漆黑的夜晚，这吉祥的日子！

月亮在彩云中时隐时现，天上的流星陨落在场院里飞流闪动？那是一场在黑夜中进行的曲棍球比赛。人们把杏树根块削制成球，浸油之后燃成火球。达斡尔语称这种球为“波依阔”。黑夜里打这种火光曲棍球，飞来蹿去，激动人心。达斡尔族打曲棍球的历史久远，男女老少都酷爱这一传统体育活动。莫力达瓦达斡尔族自治旗是我国著名的“曲棍球之乡”。由达斡尔族青年组成的内蒙古自治区曲棍球队，近十几年中二十多次赢得全国冠军。中国曲棍球队以达斡尔族运动员为主组成，在国际比赛中多次取得优异成绩。

妇女更喜爱歌舞。达斡尔族姑娘长袖长袍，婀娜多姿。唱起来，唱“札恩达勒”。这种民间歌曲多数无歌词，用“呐依哟”等衬词吟唱，开始轻声哼咏，渐渐有感而发，情之所激，高歌悠远，情感与曲调交融，抒发一种无歌词情绪美感。跳起来，跳罕伯舞。舞蹈表现妇女们摘豆角、挑水、梳头、照镜子等劳动和生活情趣，以上拍手、双搭肩、提裙摆胯、单盖手等多种舞姿表现欢快情绪，轻盈舒展。跳得兴起，载歌载舞，歌唱与呼号交替，众呼“阿罕伯”、“阿罕伯”，热情高涨，激烈奔放，舞出嫩江流云的舒卷，舞出民族的力与美。

1996年3月20日作

《贵州民族》1999年第6期发表

放歌兴安岭

“我站在高山上唱起歌，\ 山林都被震响起来。\ 我站在松树林里唱起歌，\ 松树林都欢笑起来。\ 我站在白桦林里唱起歌，\ 白桦林都舞蹈起来。”高高的大兴安岭林海雪原天际，飘荡一首高亢的鄂伦春民歌。

勇敢强悍的鄂伦春族，生活在富饶美丽的兴安岭，他们族称的意思就是“山岭上的人们”。广袤的黑龙江流域大小兴安岭茫茫林海，是他们天然的猎场。他们世世代代一匹猎马一杆枪，游猎在崇山密林中。他们的物质生产、精神生活，从衣食住行，到婚丧嫁娶、歌舞娱乐，都有着鲜明的山岭文化色彩、勇武剽悍精神。

鄂伦春孩子刚刚懂事的时候，母亲就给讲许多生动有趣的动植物故事、英雄神话故事，使孩子从小就受到教育。孩子五六岁时，就跟随母亲去采集，熟悉周围的环境和各种植物、动物。男孩子从七八岁开始就跟随父兄练习骑马、射箭，参加赛马、射击等游戏，跟着父兄学习打猎、捕鱼，到十五六岁时就能够单独上山狩猎了。当小猎手第一次猎获到狍子等较大猎物时，要举行咬指仪式。全“乌力楞”（村庄）的人们都来祝贺，长辈们一进门，就一边连声说“莫日根”、“莫日根”，一边用牙轻轻咬一下小猎手的大拇指，表示祝愿少年将来成为一个出色的猎手——莫日根。

在长期的狩猎生活中，鄂伦春猎人个个练得精骑善射，熟练地掌握了狩猎技术，对猎场的环境和各种野兽的生活规律、活动情况了如指掌。他们根据野兽的踪迹准确地判断野兽走过多久走出多远，然后利用山形、风向接近猎物。他们使用特制的鹿哨模仿公鹿的叫声，引诱母鹿出来，开枪射击。他们利用犴的视觉差且喜爱晚上跑到河边吃水草的习性，悄悄地埋伏在桦皮船上，趁夜色猎取。冬季，鄂伦春人在林海雪原追捕膘肥肉满的野猪，猎获满足和喜悦。男女订婚后，未婚女婿往往要在岳父母家住一段时间，帮岳家打猎，岳父趁此考察小伙子的狩猎本事。这便是鄂伦春族的婚姻“见习期”。现在，鄂伦春族人都已收起猎枪禁猎，从事农业生产以及加工业，很多人成为城市居民。

鄂伦春人特别喜爱马。一匹猎马一杆枪穿行在林海雪原，勇敢的猎手离不开骏马。马是鄂伦春人狩猎的得力助手和重要工具，还是主要运输工具，被称为“山林之舟”。订婚后，男方给女方所过的彩礼主要是马匹。举行婚礼前，新郎到女方家去接新娘。兄弟姐妹和其他亲属组成庞大的接亲队伍，每人都骑上自己最好的马，簇拥着新郎浩浩荡荡前往。女方家也由众多兄弟姐妹组成迎亲队伍，骑马到较远的地方迎接。两队相遇，人欢马叫。男方家、女方家的马队摆开阵势，挑战叫阵，掀起一场赛马活动。马蹄奋扬，“呼呼”生风，白桦树排排向后拉去。双方迎亲队伍呐喊着为赛马加油，人声鼎沸，热闹异常。鄂伦春族世代狩猎，崇尚勇武强悍，他们的婚礼场连着赛马场、射猎场，展示出猎手们的飞马善骑勇武制胜。男方家、女方家两队合一，百十骑飞奔，浩浩荡荡入村落，那是何等的壮观景象啊！

结婚仪式上，众多男女老少亲友簇拥着新人。新郎头戴镶有貂尾的猞猁皮礼帽，帽后缀着五彩飘带，更显得神采奕奕。新娘全身穿戴色泽艳丽，都是自己精心缝制的，特别是头饰更为精美，镶缀着各种串珠、贝壳等物，丁当作响，亲友们不由得“啧啧”称道。前来参加婚礼的人们大都穿着精美的兽皮制品。领口、袖口和襟边绣有各种美丽的图案花边，如小鹿、猎狗、花草、蝴蝶等等。尤其是用狍头皮做的帽子十分精巧，狍的双角双耳都保留着，眼眶处还镶着两只用黑皮绣的晶亮的眼珠。男人们戴上这种别致的帽子，虎虎生威，既神气又俏皮，显示自己在狩猎中的勇武机智。居室内，摆放着诸多桦皮制品，大到桦皮船、箱、柜，小的有碗、针线盒，上面雕刻着别致的花纹图案，显示出姑娘们的心灵手巧。

夜幕降临，篝火烧起来，映照得喜庆的人们满脸通红。婚礼进入高潮。新郎新娘为大家表演拿手好戏，引起阵阵笑闹。随后，姑娘们跳采红果舞，二人转圈，翩翩进退，表现姑娘们采摘劳动时欢快娇美的情景和姿态。男子的黑熊搏斗舞，摹仿黑熊勇猛搏斗，上身前倾，两膝微屈，跳跃着，用力呼号，声震山岭。最后，大家一起跳起“依和嫩”舞。大家手拉手围成一圈，左右走跳踢腿，时而向圈心集中，时而退步向圈外张开，开始时节奏舒缓，后面逐渐加快。人们且歌且舞，一人领唱，众人合唱衬词，声调舒缓悠长，有节奏地由慢到快：“鄂——呼——兰——，德——呼——兰——，/加乎加乎微！/唱起来，跳起来，/加乎加乎微！/又唱又跳多愉快，/那耶那依耶，/大家多愉快。”高亢明快的歌声响彻大兴安岭，把人们的欢愉之情传向悠远的夜空。

1996年2月22日作

《中国人口报》1996年8月23日发表

东方第一渔村

正值数九寒冬，东北大地雪原茫茫。我们来到祖国雄鸡状版图的鸡冠尖，从同（江）三（亚）公路0公里处驱车往东20分钟，就到达有“东方第一渔村”之称的街津口赫哲族乡。

赫哲族是我国人口最少的民族，聚居在黑龙江、松花江、乌苏里江沿江地带，传统生产方式以打鱼为主，兼渔猎，练就了一套响当当的捕鱼技术。以前从《乌苏里船歌》乐曲声中从图书资料里了解赫哲族，这次有了一个到实地体验感受的机会。

街津口渔村坐落在莲花河注入黑龙江的河口，三面环水。我们来到临江的钓鱼岛上。黑龙江面冻得厚实，可以开行汽车，一片白茫茫，江对岸是俄罗斯。

离钓鱼岛不远的封冻江面上，一位老汉在冬钓。走近，看到冰面上四个面盆大的冰眼，老汉一手握两根短棍，四根棍上的鱼线垂入冰眼水中。同行的街津口赫哲族乡乡长介绍说，线头上不用钓饵，系着铅做的闪亮小鱼，抖动鱼线，鱼就会咬金属小鱼而上钩，不时将鱼提到冰面上来。

那边冰面上，一座圆锥形草房。我们走到草房前，只见一位赫哲族汉子手握鱼叉守候在一个直径近一米的冰眼旁，身边的鱼筐里已经得了不少鱼。他说，这叫坐冬库，草房内暗外明，有鱼游过来，看得很清楚，一叉便中。

稍远处，十多人在拉大网。冰面上两排冰眼，大家齐心合力大网。一网拉上来，长长短短的银白色鱼在冰面上跳得耀眼。

我们参观了赫哲族民俗博物馆。走在民族文化村山岗上，乡长说，赫哲族人在结冰一两米厚的季节尚能用多种办法捕鱼，春夏秋季捕鱼就更容易了。赫哲族中流行一首捕鱼节气歌，从立春、雨水唱过芒种、夏至，直到小寒、大寒二十四节气，每句跟鱼有关。春夏秋季江上船游网举，渔歌互答，水激渔忙。冬季，凿冰眼钓鱼叉鱼，坐如禅定，收获丰厚。春季，狗鱼、大鳇鱼等随着开江的冰排顺流到稳水涡子里，江面上银网飞举，有时一网就捕上千斤。白露前夕，大玛哈鱼成群上溯黑龙江中游，渔民们忙赶鱼汛，白天，网丝飞舞，银鱼满舱；夜晚，满江渔火，渔舟唱晚。网捕办法有拉网、抬网、旋网、挂网等十几种，根据季节、时段、水流、鱼种的不同采取不同的网捕办法。钩捕办法有甩钩、滚钩、撅达钩、毛毛钩等十数种，按季节和地势、鱼类的不同而用不同的钩钓，如在急流陡滩用锚形甩钩，冬钓用撅达钩。

渔民心气十足地说，赫哲族人有非常娴熟的叉鱼技术，根据鱼在水中游动激起波纹的形状，识别鱼的种类及大小，辨明鱼的朝向，决定怎样用叉，是斜叉还是正掷，百叉百中。赫哲族中流传着一个故事，莫高尔叉鱼技术高超，收获丰厚，其妻用他揉制的鱼皮缝制鱼皮衣服，嫌鱼皮上有叉眼不好裁剪，莫高尔再叉鱼，每叉必中鱼的鳍眼，得整鱼皮，让妻便于缝制，名声远扬。赫哲族的鱼皮衣很有特色，轻便耐磨，御寒防潮，在各民族服装中别具一格。

赫哲族民族传统体育项目叉草球就是从叉鱼演变而来的。参赛队员分为两队，每人拿一把三齿木叉，草球抛在空中，如鱼在水中游，运动员飞叉草球，快捷准确，传给队友，进攻，防守，你争我夺，对抗激烈。

走进鲟鳇鱼养殖场宽敞的玻璃房内，气温宜人，一座座或宽或窄的鱼池，分养着大大小小的鲟鳇鱼。“这个养殖场年产500万尾鱼苗，产值150万元。”与我们同行的同江市副市长介绍说，

“街津口民族乡新修了赫哲族新居，修筑了莲花河大桥，基础设施大为改善，传统的渔村兴起粮食种植、木耳培育、养牛等，收入为全市最高，赫哲族人从传统的渔猎转变为打鱼与种养及加工相结合，走上农林牧副渔全面发展的新路子。”

乡长带我们到一户尤姓赫哲族家庭。老乡用赫哲族鱼宴招待我们。历史上长期过渔猎生活的赫哲族人家以鱼和兽肉为主食，做鱼的方法多种多样。除了煎、炸、煮、溜鲜鱼，还加工晒鱼干、烤鱼干、炸鱼块、炒鱼毛。独具风味的名菜是“刹生鱼”，陆续端上来四种。先是剔下生鱼肉切成的细丝，拌上姜丝、葱丝、盐和醋，再加上豆芽、土豆丝、白菜、粉丝等，做成生拌鱼丝；其次是削下鱼肉切成薄片，用盐和醋蘸着吃的生鱼片；再次是将冻鱼刨成薄片，蘸醋、盐和辣椒油吃，既凉爽又香脆，叫吃刨花；最有意味的是吃“塌拉哈”，将鲜鱼切成薄片串好，在炭火上烤到三四分熟，蘸上调料吃，味道好极了。

窗外千里冰封，室内炉火熊熊，我们围坐一堂，烤鱼饮酒，刨吃着北国冰冻的香脆，听老渔民唱着神奇的“伊玛堪”，陶醉在浓郁的脆生生香喷喷的渔乡风情中。

2005 年 4 月 28 日作

《水文化》2005 年第 2 期发表

后　记

我从事民族事务工作三十年，办公室桌上摆着民族事务阅件办件，书柜陈放的大多是民族图书资料，出差调研到少数民族地区，工作中生活中总是与各民族特别是少数民族人与事打交道，沉浸在多民族的多彩生活中。

各少数民族大都聚居在边疆地区，我的足迹遍及祖国边疆以及边境线各个角落。

穿行帕米尔高原，慕士塔格雪峰似乎伸手可触，在草原上塔吉克族居室里，我和塔吉克同胞围着火炉，从天窗口遥看中国最晚西沉的月亮。

在祖国最东部有“东方第一渔村”之称的赫哲族渔村，我吃着刨冰鱼，听那位讲“伊玛堪”的老大爷讲乌苏里江雪原冬钓的情趣。

在果洛藏族自治州，过年保玉则，一路看过黄河边一米多厚的冰立方，夜宿海拔 4100 米的地方，听藏族老牧民讲，他们从外面回草原，最先想到的是雪山，然后是牛羊，最后是亲人，那种天人合一的理念，那样的人与自然和谐相处的童话仙境。

我驱车顺着长江的一条支流追呀追，把那条滔滔激流追得可以一步跨过，追得只有手腕粗，一直追到一处标示为长江与黄河分水岭的地方，看另一条支流起步，小水泉嘀嗒嘀嗒……遥看滔滔东来的黄河转而掉头西去。

驱车河西走廊，时速190公里，就像是在月球上飘飞的感觉。越过嘉峪关城楼，看漫漫驼队悠悠摇过。听一位边民讲儿时偷苹果过程：只要听得守果园老头高喊两声“谁呀！我打断你的腿！”这就可以动手了，因为他喊落句就午睡了。

我乘车翻越喜马拉雅肩头，仰望珠穆朗玛峰旗云，顺着满是瀑布和云雾的山涧下行，在一处被泥石流冲毁的路段下车，看着山顶上轰隆隆石块翻滚，提着鞋，高挽起裤管，瞅空急速涉过泥浆，到樟木。

在喜马拉雅南麓，我走到藏南门巴族聚居的达旺河谷上游的勒布河谷，山间云雾蒙蒙，云雾大幕拉开、合上，又徐徐拉开，露出莽莽苍苍原始森林中的茶园。同行的错那县长对我们说：这样记几个门巴族乡地名：吉巴、贡日、麻玛、勒。

怒江河谷，山高谷深。八十年代那次驱车横跨峡谷，从江岸这边山头下河谷再爬到那边山头，用了四个多小时。进入新世纪这次顺河谷而上，沿江一条路，峡谷陡峭，梯田如同沙发重叠摞放，一丘田只有洗澡毛巾宽，只能栽十几棵秧。上午8点半从呈贡县城出发，到福贡、泸水，连续行驶，凌晨4点半赶到兰坪县城。

瑞丽，中缅边境村，两国边民同舀一井水，缅甸的母鸡到中国来下蛋，中国的南瓜藤牵到缅甸去结瓜，我的绵绵思绪顺着一根陆地边境的长藤触摸两国边民交往的瓜蔓，坐在一挂秋千上荡去荡来，一分钟出国十八趟。

西盟佤族木鼓节，一群又一群佤族小伙子簇拥着大木鼓，“咚咚”敲击，拉向会场中央，姑娘们激情甩发，发舞腾腾，跳啊跳啊，直跳到圆月西沉，我还在会场边缠着佤族县长讲，他给讲“司岗里”，讲拉木鼓……

中越界河北仑河畔，汽车长龙排队，一船又一船货物淌过激流，忙碌的边民互市贸易，东兴涌潮，激荡着两边经济社会的快速发展。

我去阿鲁克尔沁旗，帮助全国民族团结进步模范人物满都拉整理他的先进事迹宣讲材料。满都拉经商贩运先富起来，将所有积蓄买羊贷给贫困户，三年后新发展的羊只归牧户所有，归还本钱，不计利息。他的事迹在草原上轰动，也感动了九州大地。

我作为民族事务工作部门的工作人员，参加了几届不同形式的大型文化活动，在其中做筹备、策划、组织、协调、宣传等工作。每五年一届的全国少数民族文艺会演，每四年一届的全国少数民族传统体育运动会，以少数民族艺术为主的第三届“中国艺术节”，等等，都是55个少数民族的大会聚，中华56个民族的大团圆。开幕式或艺术大游行最能体现多民族会聚的盛况。五彩服饰，不同风格的乐曲旋律，多姿多彩的舞蹈，多彩的河流，淌过我的心上，使我心潮激荡，不由得泪流满面。

我为这些活动为一些会议起草领导讲话稿，起草领导署名文章、部门署名文章。我起草人民日报社论，撰写《瞭望》评论，参加制定国务院有关法规，起草国务院有关文件，撰写民族理论政策研究论文和研究著作，提出政策性建议和意见。在民族事务工作中，各少数民族许许多多的人和事使我备受感动，除了写工作文稿“正产品”，也写“边缘”文字，这就是描写各民族风貌风采的散文，我工作之余留下的“副产品”。其中有的是报刊和出版社约稿，我应约而写的。

这部散文集的大部分作品已经在2000年以前发表，产生一定的社会影响。海南大学文学院李鸿然教授在《中国民族》

2003 年第 3 期的文章《杨盛龙：真诚的边地歌者》中称，中国当代作家“像杨盛龙这样写了五十多个民族的作家，绝无仅有。只此一端，就应给予充分肯定，更何况他的写作严肃而又真诚，其作品也具有一定的思想深度和艺术力度”。（此文收入云南教育出版社 2004 年版李鸿然著《中国当代少数民族文学史论》）。

中国作家协会审核批准这部散文集为 2010 年度重点作品扶持篇目（原来呈报和核批时题为《黄河远上——中华 56 个民族讴歌》，后来改为现题），给予重点扶持。我工作的单位国家民委一直关注和重视我的民族题材文学创作。中国作家协会创联部副主任、中国少数民族作家学会副会长尹汉胤先生欣然作序。作家出版社那耘先生为此书出版给予大力支持，付出了心血。我衷心感谢！

2010 年 9 月 19 日于北京海淀

图书在版编目（CIP）数据

心心相依：中华五十六个民族散记/杨盛龙著. －北京：作家出版社，2012.8
ISBN 978－7－5063－6461－4

Ⅰ.①心… Ⅱ.①杨… Ⅲ.①散文集－中国－当代
Ⅳ.①I267

中国版本图书馆 CIP 数据核字（2012）第 128972 号

心心相依：中华五十六个民族散记

作　　者： 杨盛龙
责任编辑： 那　耘
装帧设计： 翟跃飞
出版发行： 作家出版社
社　　址： 北京农展馆南里 10 号　**邮编：** 100125
电话传真： 86－10－65930756（出版发行部）
86－10－65004079（总编室）
86－10－65015116（邮购部）
E－mail： **zuojia@zuojia.net.cn**
http://www.haozuojia.com（作家在线）
印　　刷： 北京明月印务有限责任公司
成品尺寸： 142×210
字　　数： 290 千
印　　张： 12
版　　次： 2012 年 8 月第 1 版
印　　次： 2012 年 8 月第 1 次印刷
ISBN 978－7－5063－6461－4
定　　价： 25.00 元
